HOWARD GORDON

Payday

GOLDMANN
Lesen erleben

Buch

Seit Gideon Davis seinen Posten als Berater des Präsidenten und Friedensstifter verloren hat, ist er entschlossen, sein Leben etwas ruhiger angehen zu lassen. Er beginnt neu als Dozent und Lehrer und wird in wenigen Wochen seine Verlobte Kate heiraten. Doch bei alldem spürt er auch eine gewisse Unruhe in sich ... Und diese findet ein Ventil, als ihn ein zwielichtiger Drogenabhängiger namens Ervin Mixon auf der Straße anspricht. Er will ihm Informationen verkaufen – über einen geplanten Anschlag unfassbaren Ausmaßes. Gideon erkennt schnell, dass Mixon nicht blufft. Doch als er seine Exfreundin Nancy vom FBI kontaktiert und zum nächsten Treffen mit Mixon mitnimmt, um mehr von den angeblichen Beweisen zu sehen, ist der Mann von der Bildfläche verschwunden. Es gibt Hinweise, dass Mixon entführt wurde, und so bringt Nancy Gideon am nächsten Morgen zu ihrem Vorgesetzten, dem stellvertretenden Direktor des FBI. Aber dieser glaubt Gideon nicht und denkt nicht daran, den Hinweisen nachzugehen. Und so sind Gideon und sein Bruder Tillman völlig auf sich allein gestellt bei dem Versuch, die USA vor einer Katastrophe zu bewahren ...

Weitere Informationen zu Howard Gordon
sowie zu lieferbaren Titeln des Autors
finden Sie am Ende des Buches.

Howard Gordon

Payday

Thriller

Deutsch
von Robert Brack

GOLDMANN

Die Originalausgabe erschien 2012
unter dem Titel »Hard Target« bei Touchstone,
A Division of Simon & Schuster, Inc., New York.

Dieses Buch ist auch als E-Book erhältlich.

MIX
Papier aus verantwortungsvollen Quellen
FSC® C014496
FSC
www.fsc.org

Verlagsgruppe Random House FSC® N001967
Das FSC®-zertifizierte Papier *München Super* für dieses Buch
liefert ArcticPaper Mochenwangen GmbH.

1. Auflage
Deutsche Erstveröffentlichung Juli 2014

Published by arrangement with the original publisher,
Touchstone, a Division of Simon & Schuster, Inc.
Umschlaggestaltung: UNO Werbeagentur München
Umschlagmotiv: FinePic®, München
Redaktion: Waltraud Horbas
AG · Herstellung: Str.
Satz: IBV Satz- und Datentechnik GmbH, Berlin
Druck und Bindung: GGP Media GmbH, Pößneck
Printed in Germany
ISBN: 978-3-442-48126-2
www.goldmann-verlag.de

Für meine Eltern
Bob und Sylvia

Ein leitender Beamter der Anti-Terror-Abteilung des FBI erklärte: »Unsere größte Sorge gilt den Einzelpersonen, die ein Training durchlaufen haben und somit über besondere Fähigkeiten verfügen, aber von den Aktivitäten – bzw. Nicht-Aktivitäten – ihrer (rechtsradikalen) Gruppierung enttäuscht sind und sich deshalb entschließen, auf eigene Faust zu handeln.« Ein hochrangiger Beamter des Department of Homeland Security (Ministerium für Innere Sicherheit) fügte hinzu, es sei »fast unmöglich eine solche Nadel im Heuhaufen zu finden«, selbst dann, wenn das FBI einen Informanten in dieser Gruppierung hat.

TIME, 11. Oktober 2010

PROLOG

POCATELLO, IDAHO

Amalie Kimbo hatte schon vor langer Zeit gelernt, den Mund zu halten.

Als sie noch klein war, hatte sie sich nicht beherrschen können und den anderen Kindern von den hilfsbereiten Geistern und hinterlistigen Dämonen erzählt, deren Gegenwart nur sie spürte. Aber ihre Mutter hatte sie gewarnt: Wenn sie nicht als Hexe abgestempelt und verbannt werden wollte, dann sollte sie derartige Gedanken besser für sich behalten. Als sie dann in dieses Land namens Idaho gekommen war, hatte sie sich vorgenommen, ihre dunklen Vorahnungen nicht mit den anderen Frauen zu teilen. Sie waren ja zum Arbeiten gekommen, wollten in wenigen Monaten mehr Geld kassieren, als sie normalerweise in ihrem ganzen Leben verdienten. Aber kaum hatte sie ihren Fuß auf den gefrorenen Boden gesetzt, war Amalie klar geworden, dass sie einen schrecklichen Fehler begangen hatte.

Sie stammte aus dem Westen des Kongo, aus der Stadt Kama. Sie war jetzt einundzwanzig Jahre alt und hatte in den letzten fünf Jahren in der Maniokfabrik von Monsieur Nzute gearbeitet, wo sie die kartoffelähnlichen Wurzelknollen zu Mehl verarbeitete. Die Arbeit war nicht unbedingt schlecht, allerdings trank Monsieur Nzute zu viel und schlug sie und die anderen jungen Frauen, die für ihn arbeiteten. Manchmal kam es auch schlimmer. Christiane Shango, Amalies beste Freundin, war die Jüngste und Hübscheste in der ganzen Fabrik. Sie hatte mehr als alle anderen unter Monsieur Nzute zu leiden. Einmal war Christiane mitten in der Nacht zu Amalie ins Bett gekrochen und hatte am ganzen Körper gezittert. Ihr Kleid war zerrissen gewesen und die Innenseite ihrer Schenkel blutverkrustet. Christiane wollte ihr nicht sagen, was passiert war – nicht beim ersten Mal und auch nicht danach, aber das war nicht nötig. Amalie wusste es auch so.

Als dann ein Amerikaner namens Collier Christiane eine Arbeit in seiner Maniokfabrik in den Vereinigten Staaten anbot, bat sie Amalie, sie zu begleiten. Monsieur Collier, ein dünner Mann mit sanfter Stimme, versprach ihnen Unterkunft, Essen und einen Lohn von dreitausend US-Dollar für drei Monate Arbeit. Was bedeutete, dass Amalie und Christiane, wenn sie nach Hause zurückkehrten, genug Geld besaßen, um sich ein Haus zu kaufen und ein eigenes Geschäft aufzumachen – vielleicht einen kleinen Laden, in dem sie Töpfe und Pfannen verkauften. Wenn Christiane dann Monsieur Nzute auf der Straße begegnete, konnte sie ihm einen Blick zuwerfen, der ihm deutlich zu verstehen gab, was sie von ihm hielt.

Die Arbeit in Idaho war genau die gleiche wie in Kama. Amalie bediente eine Maschine, die die dunkle Rinde vom weißen, körnigen Fleisch der Maniokknollen abschälte. Die Maniokknollen wurden zu Mehl zermahlen, aus dem man Brot oder Kuchen backte. Man konnte sie aber auch wie Kartoffeln kochen und essen oder aus ihrem Mehl Tapioka herstellen, die kleinen Kügelchen, die man mit Milch vermischte oder zu einem Pudding verarbeitete.

Bei Amalies Aufgabe waren Schnelligkeit und Geschicklichkeit gefragt. Die Schälmaschine besaß zwei große Raspeln, die die Schale von den Knollen abzogen. Manchmal blieben die Knollen in der Maschine hängen, und dann musste jemand mit der Hand hineingreifen und aufpassen, dass sie nicht zwischen die Raspeltrommeln geriet. Diesen Fehler machte man nur einmal. Die Raspeln konnten einem den Arm abreißen oder die Haut und das Fleisch bis auf die Knochen abschälen.

Bisher war Amalie immer sehr vorsichtig gewesen. Und hatte Glück gehabt. Sie fragte sich sogar, ob ihre dunklen Vorahnungen falsch gewesen waren, ein Echo vergangener harter Zeiten und einer anderen Welt. Aber eines Morgens, mitten im dritten Monat ihrer Zeit in Idaho, brach Christiane zusammen. Sie hatte Schaum vor dem Mund, nur noch das Weiße ihrer Augäpfel war zu sehen. Amalie wusste sofort, dass die bösen Geister zurückgekehrt waren.

Ihre Arme waren noch immer vom Manioksaft verschmiert, als sie Christianes Kopf hielt. Sie fühlte sich schuldig, sie hätte sie warnen sollen.

Estelle Olagun schüttelte den Kopf und sagte: »Konzo.«

Die anderen Frauen versammelten sich um sie herum und schnalzten mit den Zungen. Konzo war eine Krankheit, die in Dürrezeiten ausbrach, wenn die Menschen nur wenig zu trinken hatten und kaum andere Nahrungsmittel außer Maniok. Manche behaupteten, in der Maniokwurzel sei ein Gift enthalten, aber Amalie wusste, dass Konzo, wie alle Krankheiten, ein Fluch war, den böse Dämonen über die Menschen brachten.

»Monsieur Collier hat eine Medizin dagegen«, sagte Estelle. »Ich werde ihn holen.«

»Nein«, sagte Amalie. »Ich kümmere mich um sie. Helft mir bitte, Christiane zu ihrem Schlafplatz zu bringen.«

»Du willst dich um sie kümmern? Hast du etwa solche Medikamente wie Monsieur Collier?«

»Ich werde ihr helfen, die bösen Geister zu besiegen.«

»Böse Geister, böse Geister, du immer mit deinen bösen

Geistern.« Estelle schaute sie finster an. »Mit diesem Gerede wirst du noch in der Hölle landen.« Estelle war vor einigen Jahren einer christlichen Sekte beigetreten und sprach ständig davon, dass man in die Hölle kommen konnte.

»Ich weiß, was ich weiß«, sagte Amalie. »Lasst es mich mal versuchen, bevor ihr ihn holt.«

Estelle hörte nicht auf sie, sondern ging zum Telefon. Sie war die Älteste und wurde deshalb von den anderen Arbeiterinnen als eine Art mütterliche Autorität geachtet. Amalie fand keine Verbündete für ihr Vorhaben.

Wenige Minuten später traf Monsieur Collier ein. Er stampfte mit den Füßen auf, um den Matsch abzuschütteln, und klopfte sich den Schnee vom Mantel. »*Qu'est-ce qui s'est passé?*«, fragte er auf Französisch mit starkem Akzent. Die Reihe der Frauen teilte sich wie ein Vorhang, damit er die kranke Christiane sehen konnte. Ihre kleinen Brüste hoben und senkten sich mit jedem ihrer flachen Atemzüge.

Collier legte seine Hand auf die schweißbedeckte Stirn der jungen Frau. »Konzo«, sagte er mitfühlend.

»Aber Sie können ihr doch helfen, nicht wahr?« Estelle knetete nervös die Hände.

Monsieur Collier sah sie an. Er schien über etwas nachzudenken, bevor er schließlich antwortete: »Sie wird wieder gesund. Aber ich muss sie ins Krankenhaus bringen.«

»Nein!«, brach es aus Amalie hervor.

»Was ist denn bloß los mit dir«, fragte Estelle. Dann schnippte sie mit den Fingern und forderte eine der Umstehenden auf: »Los, wir müssen sie hochheben.«

Hilflos folgte Amalie den beiden Frauen, die Christiane in die Kälte hinaustrugen. Draußen ächzten und stöhnten die Bäume, deren Zweige dick mit Schnee beladen waren. Irgendwo im Wald splitterte lautstark ein Ast und fiel zu Boden.

Monsieur Collier öffnete die Tür seines Pick-ups. Monsieur Nzute hätte niemals für eine Frau eine Tür aufgemacht, erst recht nicht für eine seiner Arbeiterinnen. Aber Amalie wusste, dass Monsieur Colliers Geste völlig bedeutungslos war. Hinter der freundlichen Maske, die er aufgesetzt hatte, lauerte der Mbwiri, ein Dämon, der in die Menschen fährt und sie dazu bringt, um sich zu schlagen und Schaum zu spucken. Manchmal zwang der Mbwiri die Besessenen sogar, Menschenfleisch zu essen oder schändliche sexuelle Handlungen zu begehen.

Amalie spürte die Wärme, die aus dem Transporter drang, als die Frauen Christiane hineinschoben. Monsieur Collier zog den Sicherheitsgurt über die Kranke und nahm sich ein bisschen viel Zeit, ihre Kleider glatt zu ziehen. Der Anblick seiner ekligen weißen Haut, die sich von Christianes hübschem dunklem Teint abhob, ließ sie erschauern. *Bitte, lieber Gott, sag mir, was ich tun soll*, betete sie. Aber Gott gab keine Antwort.

»Geht zurück an die Arbeit«, sagte Monsieur Collier. Er hatte kleine schiefe Zähne.

Die anderen Frauen gingen zurück in die Fabrik, als er davonfuhr. Amalie blieb in der Kälte stehen und schaute dem Pick-up hinterher. Sie war sicher, dass sie ihre Freundin nie mehr wiedersehen würde. Nur die Bäume wussten, was hier geschah. Die Zweige mit den vielen grünen Nadeln zischten im Wind wie tausend Schlangen.

Dale Wilmot fand noch immer nicht die richtigen Worte. Obwohl er im Laufe der Jahre zahllose Reden geschrieben, Geschäftspläne erstellt und Unternehmensleitbilder entworfen hatte, war ihm bislang keine Aufgabe so schwergefallen wie diese. Es handelte sich um einen Brief an seinen Sohn Evan. Er kam nicht voran, weil dieser Brief an ein weitaus größeres Publikum adressiert war als nur an seinen Sohn. Die Medien würden ihn verbreiten und die Strafverfolgungsbehörden ihn analysieren. Am Ende würden die Historiker ihr Urteil darüber fällen. War es übertrieben, dieses Dokument mit der Unabhängigkeitserklärung der Vereinigten Staaten oder Abraham Lincolns Rede in Gettysburg zu vergleichen? Auf jeden Fall war es mehr als nur der Versuch eines Mannes, seine Handlungen dem eigenen Sohn gegenüber zu erklären. Es war ein Aufruf, der das in seiner Selbstgefälligkeit gelähmte amerikanische Volk aufrütteln sollte. Zu lange schon hatten die Bürger dieses Landes sich mit ihrer Sklavenrolle abgefunden. Dafür wollte er alles opfern, was er besaß, sogar sein eigenes Leben.

Er seufzte und wandte seinen Blick von dem leeren Computerbildschirm ab. An der Wand seines mit Mahagoniholz vertäfelten Arbeitszimmers hingen Fotos, auf denen er Präsidenten und Premierministern die Hand schüttelte oder mit Spitzensportlern und Wirtschaftsführern Golf spielte. Auf den Fotos strahlte der Mann mit dem dichten Haarschopf, dem markanten Kinn und dem souveränen Lächeln sehr großes Selbstvertrauen aus. Man sah sofort, dass dies ein Mensch war, der sich nicht nur zwischen den Reichen und Mächtigen wohlfühlte, sondern auch tatsächlich reiten und schießen und, wenn nötig, sogar einen Sicherungskasten neu verdrahten konnte. Über die Jahre war es ihm gelungen, dank seiner Anteile im Holzhandel, in der Logistikbranche sowie im Heizungs- und Klimaanlagengeschäft ein kleines Vermögen anzuhäufen. Er war ein einflussreicher Mann, und nicht nur seine großen, zupackenden Hände zeugten davon, dass er zum Anführer geboren war.

Aber Dale Wilmot ähnelte schon seit Längerem nicht mehr dem Mann auf den Fotos. Der lebendige Optimismus, der einst in seinen Augen geleuchtet hatte, war im Laufe der Zeit verblasst, bis er schließlich ganz erloschen und von einem kalten und verbissenen Ausdruck ersetzt worden war. Er war sich selbst fremd geworden. Die Fotos, die seinen einst so flammenden Patriotismus bezeugten, erschienen ihm jetzt wie Hohn. Sie erinnerten ihn nur noch daran, dass man den Versprechungen dieser Männer keinen Glauben schenken durfte.

Wut und Empörung waren immer Wilmots Antrieb gewesen, egal ob auf dem Footballfeld oder im Sitzungszimmer des Aufsichtsrats. Genauso war es jetzt auch. Die Saat des Zorns war vor einundzwanzig Monaten gesät worden, als Evan, sein einziger Sohn, aus dem Krieg zurückgekehrt war.

Er erinnerte sich noch, wie er die hallenden Korridore des Walter-Reed-Militärkrankenhauses entlanggegangen war, vorbei an einem Zimmer, in dem junge Männer mit verstümmelten Körpern wie Zombies vor einem dröhnenden Fernsehapparat hockten. Er erinnerte sich daran, wie er Generalmajor William D. Bradshaw getroffen hatte, der ihn mit ernster Miene in sein Büro bat. Für Dale Wilmot war es normal, dass jede Art von Neuigkeit, ob gute oder schlechte, ihm immer von der ranghöchsten Person im jeweiligen Haus mitgeteilt wurde. Aber in diesem Fall kam er dem General zuvor, noch ehe dieser etwas sagen konnte, und fragte: »Wo ist mein Sohn?«

Bradshaw setzte eine Maske des Bedauerns auf und sagte: »Mr Wilmot, wir haben bei der Behandlung unserer verwundeten Soldaten enorme Fortschritte gemacht und unterstützen sie beim Übergang …«

»Bringen Sie mich zu meinem Sohn. Sofort. Ich möchte es nicht noch mal sagen müssen.« Wilmot ballte die Fäuste.

Sie kamen Bradshaw wie Vorschlaghämmer vor. »Kommen Sie bitte mit, Sir«, sagte er und führte ihn aus dem

Büro einen kurzen Flur entlang zu den Aufzügen. Schweigend fuhren sie ins Untergeschoss, wo sie einem Schild folgten, das den Weg zur Station für Verbrennungsopfer wies.

Der auf geradezu groteske Art zusammengeschrumpfte Patient, der unter dem Sauerstoffzelt schlief, hatte keine Ähnlichkeit mehr mit seinem Sohn. Sein dichter blonder Haarschopf war verschwunden, und nur noch ein fleckiger, von Narbengewebe überzogener kahler Schädel war zu sehen. Sein einst hübsches Gesicht war kaum noch vorhanden, Lippen und Nase schienen weggeschmolzen, ihre Umrisse fast gar nicht sichtbar. Die bandagierten Überreste der Beine hörten kurz unterhalb des Knies auf und der rechte Arm war nur bis zum Ellbogen vorhanden. Der linke Arm war noch intakt, aber von einem Narbenmuster überzogen, das von Granatsplitterwunden herrührte. Durch den transparenten antibakteriellen Verband konnte man die verbrannte Haut sehen.

Das Klingeln seines Telefons riss Wilmot aus seinen Gedanken. Die Erinnerung an den scharfen Geruch nach Desinfektionsmittel und Urin hing ihm noch in der Nase, als er den Stift beiseitelegte und nach dem Hörer griff.

»Was ist denn?«, fragte er.

Collier antwortete mit ruhiger Stimme: »Wir haben hier ein Problem, Sir.«

Einige Minuten später erreichte Wilmot in seinem Jeep Wrangler die Stallungen und hielt neben Colliers Ford F-150 an. Nachdem Evan zur Army gegangen war, hatte Wilmot alle Pferde verkauft. Der Stall und die angrenzende Scheune standen seitdem leer.

Wilmot betrat den kalten Stall. Die Boxen waren ausgemistet und sauber. In einer davon stand Collier neben einer der jungen Frauen, die sie aus Afrika geholt hatten. Sie lag auf einer dünnen, mit Rostflecken überzogenen Matratze auf einer Armeedecke. Ihre weit aufgerissenen Augen glänzten feucht. Sie schauten Wilmot an und flehten um Hilfe. Ihre Schönheit verwirrte ihn für einen Moment.

Dann ergriff Collier das Wort: »Konzo«, sagte er. Als Wilmot ihm seinen Plan vorgetragen hatte, war Collier skeptisch gewesen und hatte ihn genau vor so etwas gewarnt. Er hatte ihm erklärt, dass die Blausäure, die in den kongolesischen Fabriken vorhanden war, ein noch größeres Risiko darstellte als die gefährlichen Maschinen. Collier hatte vorgeschlagen, den Aufenthalt der Frauen in der Fabrik zu begrenzen und rotierende Schichten einzuführen, damit sie dem Gift nicht zu lange ausgesetzt waren. Ganz offensichtlich hatte er sich verkalkuliert.

Wilmot unterdrückte seinen Ärger: »Wird sie sterben?«

Collier nickte. »Nach dem ersten Anfall tritt normalerweise eine Lähmung ein, die dann zum Atemstillstand führt.« Er zögerte kurz, bevor er fortfuhr: »Aber wir können nicht das Risiko eingehen, sie zu einem Arzt zu bringen.«

»Das weiß ich selbst.« Natürlich durften sie die junge Frau nicht in ein Krankenhaus oder zu einem Arzt bringen. Da es sich um eine Blausäurevergiftung handelte, war der behandelnde Arzt verpflichtet, den Fall dem Gesundheitsamt zu melden, vielleicht sogar der Einwanderungsbehörde. Sie konnten jetzt also nur zusehen, wie sie qualvoll starb, oder ihrem Leiden selbst ein Ende bereiten.

»Ich erledige das«, sagte Collier.

Wilmot hörte heraus, dass Collier geradezu darauf brannte, diese unangenehme Aufgabe zu übernehmen. Collier war auf Wilmots Ranch aufgewachsen, seine Mutter hatte hier als Wirtschafterin gearbeitet. Als er im Teenageralter war, fand ein Stallgehilfe im Wald einen geköpften und ausgeweideten Hund. Sechs Monate später wurde ein Rehkitz gefunden, das an einem Baum hing. Schon damals hatte Wilmot den Verdacht gehabt, Collier könnte hinter diesen Gräueltaten stecken. Und nun bestätigte der hinterhältige, räuberische Ausdruck in den Augen des jungen Mannes seine Befürchtungen.

»*Nein!*«

Collier zuckte zusammen, als Wilmot ihn so kategorisch zurechtwies.

»Ich werde das selbst erledigen«, fügte er beherrscht hinzu. Dale Wilmot war schon immer stolz darauf gewesen, rechtzeitig erkennen zu können, was getan werden musste, um es dann möglichst effizient und leidenschaftslos durchzuführen. Zum Beispiel hatte er einmal einem aufmüpfigen Angestellten den Kiefer gebrochen. Der arme Mann war so verschreckt gewesen, dass er sogar darauf verzichtete, ihn zu verklagen. Um seine Einheit zu retten, hatte Wilmot ein Dutzend Vietcong umgebracht. Und nun würde er diese junge Frau davor bewahren, durch die Hände eines Sadisten zu Tode zu kommen.

Er beugte sich über das Gesicht der jungen Frau, spürte ihren warmen Atem und nahm den Geruch nach Bittermandeln wahr. »Es tut mir leid, Liebes«, sagte er mit sanfter Stimme. »Wirklich.«

Mit einer schnellen und entschiedenen Bewegung verschloss er ihre Nase mit Daumen und Zeigefinger und drückte mit der übrigen Hand auf Mund und Kinn. Der ganze untere Bereich ihres Gesichts war wie von einem Maulkorb umklammert. Ihre Augen weiteten sich in Panik, sie bäumte sich auf und warf sich hin und her. Wilmot drückte sie mit dem linken Arm auf die Matratze. Sie war überraschend stark, ihr Körper hatte trotz der Vergiftung noch genug Energie, um sich vehement gegen die eigene Auslöschung zu wehren. Er bezwang sie, indem er den Ellbogen auf ihren Venushügel legte und sie mit aller Kraft auf die Matratze zwang.

Er merkte, dass diese Situation durchaus eine sexuelle Komponente hatte. Die Brüste der jungen Frau bewegten sich unter dem dünnen Kleid auf und ab, ihr warmer Unterleib drückte gegen seinen Arm. Aber nach einer Weile musste sie aufgeben, und schließlich starrte sie mit leeren Augen zur Decke.

Wilmot nahm die Hand von ihrem Gesicht. Dann schloss er mit einer sanften Geste ihre Augen und zog ihr Kleid glatt. »Ich möchte, dass sie ein anständiges Begräbnis erhält«, sagte er, ohne Collier anzusehen. »Der Boden ist gefroren. Du musst eine Spitzhacke nehmen.« Damit verließ er den Stall.

ERSTES KAPITEL

GEORGETOWN UNIVERSITY

Gideon Davis überprüfte den Windsorknoten seiner gelben Krawatte im Rückspiegel, während er darauf wartete, dass die Ampel auf Grün umsprang. Vor acht Jahren hatte er zum letzten Mal in einem Vorlesungssaal gestanden. Seither hatte er einige seiner Fähigkeiten eingebüßt, zum Beispiel die, eine Krawatte zu binden. Er schaute in den Rückspiegel, fummelte daran herum und sehnte sich nach der Zeit zurück, als er noch Diplomat und Präsidentschaftsberater gewesen war. Damals durfte er sich während der Arbeit die Hemdsärmel hochkrempeln, und wenn es nötig war, wurde ihm ein Frack mit ansteckbarer Fliege geliefert.

Die Ampel zeigte Grün, und Gideon bog nach rechts auf die Brücke, die Virginia mit Washington, D.C., verband. Das *Mortara Center for International Studies* lag in einer schicken Gegend von Georgetown. Die Straßen wurden von hübschen Stadthäusern gesäumt, und die Einwohnerschaft bestand größtenteils aus Studenten und Akademikern mit einem nicht geringen Anteil von Diplomaten und Politikern. Gideon liebte die Dynamik dieser Gegend, die Jugendlichkeit der Bewohner und das internationale Flair der Restaurants und Geschäfte. Aber ihm fehlten das frische Grün und die freien Flächen für eine Familie mit Kindern, wie er sie bald mit seiner Verlobten Kate Murphy gründen wollte.

Noch vor achtzehn Monaten hätte er sich nicht vorstellen können, einmal ein Haus im klassischen Federal Style in

Alexandria im Staat Virginia zu kaufen. Aber das war, bevor eine Gruppe von Terroristen unter der angeblichen Führung seines Bruders Tillman Kates Erdölplattform »Obelisk« im südchinesischen Meer überfallen hatte. Hätte Gideon nicht eingegriffen, wäre die Bohrinsel zerstört worden und mit ihr die Beweise für die Unschuld seines Bruders. Die Rückkehr in die Vereinigten Staaten gestaltete sich für beide sehr kompliziert. Tillman war lange als verdeckter Agent im Einsatz gewesen. Da man ihm im Laufe der Zeit immer mehr Freiheiten zugebilligt hatte und seine Vorgesetzten es ablehnten, die Verantwortung für seine Handlungen zu übernehmen, hatte er praktisch ohne jede Absicherung gearbeitet. Es endete damit, dass er aufgrund dieses Einsatzes für die Sicherheit der Vereinigten Staaten zur Rechenschaft gezogen und wegen »Geheimnisverrats gegenüber Staatsfeinden« verurteilt wurde. Anschließend sollte er zwanzig Jahre im Hochsicherheitsgefängnis in Florence, Colorado, absitzen. Gideon wusste, dass sein Bruder von einigen rückgratlosen Bürokraten abserviert worden war. Also setzte er alle Hebel in Bewegung und schaffte es schließlich, dem scheidenden Präsidenten eine Begnadigung für Tillman abzuringen. Diese Begnadigung verursachte einen wahren Entrüstungssturm, und Erik Wade, der nachfolgende Präsident, zwang Gideon dazu, das State Department zu verlassen.

So sehr die Obelisk-Affäre ihn auch verbittert hatte, sie lag jetzt hinter ihm. Immerhin hatte er bei dieser Feuerprobe eine Frau kennengelernt, die ihm beigestanden hatte, und mit der er nun den Rest seines Lebens verbringen wollte. Kate Murphy war die liebenswerteste Frau, die Gideon jemals getroffen hatte. Sie hatte kastanienbraunes Haar und Haselnussaugen, die manchmal grau, manchmal grün schimmerten, je nach Gemütslage. Nach einem knappen Jahrzehnt im internationalen Krisenmanagement war

Gideon bereit, sich zur Ruhe zu setzen, und er konnte sich glücklich schätzen, dass Kate ihn erwählt hatte.

Als er nun auf dem für ihn reservierten Parkplatz anhielt, dachte er nicht mehr an die Obelisk-Affäre. Vielmehr wunderte er sich über den limonengrünen Chevrolet Impala, den er im Rückspiegel bemerkt hatte, und der jetzt direkt hinter ihm stoppte. Vielleicht war es nur Verfolgungswahn, aber der Wagen war genau wie er langsamer oder schneller geworden und hatte jedes seiner Manöver mitgemacht, seit sie die Brücke verlassen hatten.

Er schloss den Land Rover ab und ging die Dreiundsiebzigste Straße entlang. Er bog nach rechts in eine Seitenstraße, die er immer als Abkürzung zur Uni nahm. Am Rand seines Sichtfelds bemerkte er jemanden, der ihm folgte. Ganz ruhig und ohne zu beschleunigen ging er weiter, bis er die Hintertür des Lokals erreichte, in dem er normalerweise zu Mittag aß. Er trat in den Eingang und wartete.

Zwanzig Sekunden später tauchte ein drahtiger Weißer auf, der einen Pappbecher in der Hand hielt. Er drehte ständig den Kopf nach allen Seiten, als würde er die Umgebung nach einem Hinterhalt absuchen. Er trug eine Khakiweste, eine Cargohose aus dem gleichen Stoff, die um seine dünnen Beine schlackerte, ein schwarzes T-Shirt und eine Sonnenbrille, die ihm ein gewisses militärisches Aussehen verlieh. Sein Äußeres und die Art, wie er sich bewegte, ließen auf eine Crystal-Meth-Abhängigkeit schließen. Sein hageres Gesicht war leicht entstellt, über dem einen Wangenknochen befand sich eine üble Entzündung. Als er vorbeilief, bemerkte Gideon die Ausbuchtung unter seinem linken Arm. Offenbar trug er ein ziemlich großes Schießeisen mit sich herum, Kaliber .357, vielleicht sogar eine .44er.

Gideon trat aus seinem Versteck und nahm den Kerl in den Schwitzkasten. Gleich darauf bereute er es auch schon.

Von dem Mann ging ein übler säuerlicher Geruch aus, als wäre er an einem fehlgeschlagenen chemischen Experiment beteiligt gewesen. Ein Schwall tabakgetränkter Speichel spritzte auf Gideons Schuh.

»Was soll der Scheiß?«, würgte der Mann hervor.

Gideon nahm ihm blitzschnell die Waffe ab, eine Pistole Kaliber .357, entlud sie und schob sie zurück ins Schulterholster des Mannes. »Das kann ich genauso gut fragen«, sagte er. »Was soll der Scheiß? Warum verfolgen Sie mich?«

»Ich will nur mit Ihnen reden.«

Der Mann zappelte im Schwitzkasten wie ein Fisch an der Angel. Gideon ließ ihn los. Der Mann taumelte zurück und stieß beinahe gegen einen vorbeigehenden Studenten.

»Ich bin kein Spinner«, sagte der Mann. »Ich weiß, dass ich komisch aussehe, aber ich habe einige sehr wertvolle Informationen.«

Gideon sah auf die Uhr. Sein Vortrag sollte in zehn Minuten beginnen. »Informationen worüber?« Als der Mann nicht gleich antwortete, schüttelte Gideon bedauernd den Kopf und tat, als wolle er gehen.

»Über einen Anschlag auf US-Territorium. Ein ziemlich prominentes Ziel.«

Gideon zuckte mit den Schultern. Wahnvorstellungen eines Süchtigen. Aber dann drehte er sich doch noch einmal zu ihm um.

»Sie wollen wissen, worum es geht? Die Leute, mit denen ich zu tun habe, wollen möglichst viele Opfer, die verstehen keinen Spaß. Aber bevor ich Ihnen mehr dazu sage, will ich hunderttausend Dollar. Amerikanische, in bar.«

»Sie haben sich den Falschen ausgesucht«, sagte Gideon. »Ich mache keine Hinterhofdeals mit Drogensüchtigen. Wenn Sie Ihre Informationen loswerden wollen, wenden Sie sich ans FBI.«

»Das FBI«, sagte der Mann verächtlich. »Das sind doch bloß hinterhältige Bürokraten. Denen vertraue ich nicht.«

»Aber mir schon?«

»Glauben Sie etwa, ich hab Sie zufällig angesprochen?« Er verzog den Mund zu einem arroganten Grinsen. »Sie sind doch der Scheißkerl, den sie Peacemaker nennen.«

In seiner Funktion als Sondergesandter von Präsident Alton Diggs war Gideon von den Medien gelegentlich als »Peacemaker« bezeichnet worden. Inzwischen hasste er diesen Spitznamen.

»Was den Scheißkerl betrifft ...«

»Ich hab im Internet gelesen, dass Sie bei dieser Sache auf der Ölplattform zwanzig feindliche Kämpfer eliminiert haben. Das passt irgendwie nicht so recht zu Ihrem Spitznamen, oder?«

Auch wenn der Mann ziemlich großspurig tat, merkte man ihm an, dass er Angst hatte. Seine Hände zitterten, er schaute sich ständig um, der Muskel in seinen Wangen zuckte nervös. Er war eindeutig abhängig von Methamphetamin, und ein Symptom dieser Abhängigkeit war Verfolgungswahn.

»Ich verstehe trotzdem nicht, wieso Sie ausgerechnet zu mir kommen«, sagte Gideon.

»Ihre politischen Ansichten sind vielleicht falsch, aber Sie sind einer, dem ich eine Menge zutraue. Nachdem die Regierung Sie so schäbig behandelt hat, hätten Sie in den Untergrund gehen können. Aber Sie sind noch hier, Mann, und verbreiten die Frohe Botschaft, sagen allen, was richtig und was falsch ist. Sie sind ein echter Patriot.«

So wie der Mann es ausdrückte, schien ein »Patriot« nicht unbedingt etwas Gutes zu sein. Aber es stimmte, dass Gideon, obwohl der Präsident ihn ziemlich überraschend entlassen hatte, sich seinem Land gegenüber weiterhin verpflichtet fühlte. Vielleicht war er ja naiv, aber er glaubte daran, dass es bestimmte Prinzipien gab, für die es sich zu kämpfen lohnte: Wahrheit, Gerechtigkeit, Demokratie. Das Land hatte zweifellos gewisse Probleme, aber er war nicht der Typ, der untätig herumsaß und zusah, wie alles den Bach runterging.

»Wie heißen Sie?«, fragte Gideon.

»Ervin Mixon.« Er räusperte sich und spuckte gelben Schleim auf den Gehweg. »Ich bezeichne mich gern als freischaffenden Verfassungsschützer. Nicht so ein abgehobener Streber im Elfenbeinturm, sondern einer, der zupackt. Im zweiten Zusatzartikel der amerikanischen Verfassung heißt es, das Recht der Bürger auf Waffenbesitz soll nicht beschränkt werden. Es heißt nicht: Das Recht der Bürger auf den Besitz von Waffen, die nur einen Schuss abgeben, wenn man den Abzug durchdrückt, soll nicht beschränkt werden. Die Verfassung ist in gut verständlichem Englisch geschrieben. Wenn ein Mensch sein Heim und seinen Grund und Boden mit einer vollautomatischen HP5-Maschinenpistole schützen will, dann ist das sein von der Verfassung garantiertes Recht. Und ich sichere die verfassungsmäßigen Rechte, indem ich Menschen, die meine Ansichten teilen, mit speziellen Geräten ausrüste, die man nicht in den üblichen Waffenläden kaufen kann. Einer meiner Kunden ist ein Typ namens Verhoven – Colonel Jim Verhoven. Der lebt ganz autark auf seinem eigenen Stück Land oben in West Virginia.«

Gideon kannte sich in dieser Gegend ein wenig aus. Dort hatte sein Bruder Tillman sich nach seiner Freilassung niedergelassen.

»Verhoven hat eine Handvoll Anhänger als Miliz um sich geschart, die in Wohnwagen oder Zelten auf seinem Grundstück leben. Die meisten von diesen Nazitypen reden eine

Menge Blödsinn, aber im Grunde schrecken sie davor zurück, größeren Schaden anzurichten. Aber vor ungefähr einem Monat war ich dort und hörte zufällig mit, wie Verhoven mit jemandem telefonierte …«

Er zögerte einen Moment und schaute unwillkürlich nach links. Bei seinen Einsätzen als diplomatischer Unterhändler hatte Gideon die Fähigkeit entwickelt zu erkennen, ob jemand log oder die Wahrheit sagte. Einer der einfachsten Indikatoren war die Richtung, in die eine Person schaute, nachdem sie eine Behauptung aufgestellt hatte. Ein Blick nach rechts bedeutete meistens, dass die betreffende Person sich etwas ausgedacht hatte, also log. Ein Blick nach links deutete darauf hin, dass derjenige sich an etwas erinnerte, das tatsächlich passiert war. Natürlich war diese Methode nicht bombensicher, zumal die Blickrichtung bei Linkshändern mitunter gegenteilig interpretiert werden musste.

Mixons Pistole war allerdings wie bei einem Rechtshänder umgeschnallt, und nun hatte er nach links geschaut, bevor er mit seiner Geschichte fortfuhr. »Ich rede hier nicht über das übliche Säbelrasseln in diesen Kreisen. Es klang ziemlich konkret.«

»Um was geht es denn?«, fragte Gideon. »Was haben Sie denn gehört?«

»Einige sehr genaue Details über eine Operation.«

»Und weiter?«

»Hören Sie, wir nähern uns jetzt ziemlich schnell dem Punkt, an dem ich mehr als nur ein paar warme Worte brauche.«

»Warten Sie einen Moment«, sagte Gideon. »Da ist etwas, das ich nicht verstehe. Sie haben ja ganz offensichtlich eine lange und profitable Geschäftsbeziehung zu diesem Mann namens Verhoven. Warum wollen Sie ihn dann ans Messer liefern?«

Mixon verzog schmerzlich das Gesicht. »Ich bin in ziemlich akuten finanziellen Schwierigkeiten. Und meine Geschäfte mit Verhoven werfen nicht genügend ab, um das in den Griff zu bekommen.«

»Hunderttausend sind nicht gerade wenig«, sagte Gideon.

»Schauen Sie mich doch an. Ich weiß genau, wie es um mich steht. Ich bin seit zehn Jahren von Crystal Meth abhängig. Ich hab es nur so weit geschafft, weil ich mir die allerbeste Qualität beschaffen konnte. Glauben Sie, das bekommt man umsonst? Also muss ich mir ein paar Extraeinnahmen sichern. Ich wusste, dass Verhoven mehr im Sinn hat, als gelegentlich ein paar Schwuchteln zu verprügeln. Also hab ich mich vorbereitet. Und was ist passiert? Ich hab das große Los gezogen.«

»Was hat dieser Verhoven denn vor? Will er eine Atombombe auf dem Dupont Circle mitten in Washington zünden?« Gideon wollte ihm auf den Zahn fühlen. Würde er jetzt maßlos übertreiben und eine völlig lächerliche Behauptung aufstellen?

»Sehe ich wie ein Trottel aus? Wie soll sich so eine Horde Hinterwäldler-Faschisten denn eine Atombombe beschaffen? Aber hier geht's auch nicht um irgendeinen vereinsamten Waffenbesitzer, der auf einer Wahlveranstaltung in der Provinz Amok läuft, weil seine Frau ihn verlassen hat. Hier geht es um eine gut organisierte Verschwörung mit sehr ernst zu nehmenden Akteuren. Und wenn Sie sich nicht sputen, dann ziehen die ihre Aktion ziemlich bald durch.«

»Und Sie glauben, dass ich jetzt ein paar Leute anrufe und ihnen die paranoide Story eines heruntergekommenen Drogenabhängigen auftische?«

»Nein. Ich kann Ihnen ja Beweise liefern.«

»Beweise?«

»Eine Aufnahme, auf der zu hören ist, was Verhoven während dieses Telefonats gesagt hat. Zu einem gewissen Teil jedenfalls.«

»Dann lassen Sie mal hören.«

Mixon gab ein heiseres Husten von sich, das offenbar ein Lachen sein sollte. »Nicht bevor ich das Geld gesehen habe.«

Gideon wurde bewusst, dass er spät dran war. Aber irgendwas an diesem Mixon und seiner Geschichte wirkte glaubwürdig.

»Wie haben Sie es aufgenommen?«

»Mit einem Zoom H4n-Recorder.«

»Was für ein Mikrofon?«

»Ergil 37D, drahtlos.«

Gideon versuchte, ihm ein Bein zu stellen, um ihn durcheinanderzubringen. Wenn er jetzt nach oben in die Luft starrte, war das ein Zeichen dafür, dass er sich etwas ausdachte oder seine Geschichte anpasste. Auch ein veränderter Gesichtsausdruck, ein unpassendes Lächeln oder sonstige Auffälligkeiten konnten darauf hindeuten, dass er log. Bislang aber hatte Gideon nichts davon bemerkt. Tatsächlich beschrieb sein Informant bis in alle Einzelheiten, wie er Verhovens Telefongespräch aufgenommen hatte.

»Und was hat er gesagt?«

Mixon schaute sich verstohlen um und zog dann einen Digitalrekorder aus der Jackentasche. »Das ist nur ein ganz kleiner Ausschnitt, verstanden? Falls die Regierung die ganze Aufnahme hören möchte, dann muss sie dafür bezahlen.« Mixon drückte auf einen Knopf, und die Aufnahme wurde abgespielt. Sie klang verzerrt, denn sie war von einem Mikrofon in einiger Entfernung aufgezeichnet worden, aber die Worte waren deutlich zu verstehen.

»*Ja.*« Das war ganz offensichtlich Verhovens Stimme. »*Wir haben das Ziel eingegrenzt und den Zugriff eingelei-*

tet ... Wir warten auf Ihre Instruktionen.« Die Aufnahme war zu Ende. Mixon warf Gideon einen erwartungsvollen Blick zu.

Auch wenn er es nicht gleich registriert hatte, spürte Gideon jetzt doch, wie diese altbekannte Erregung ihn erfasste, nachdem er sich die Aufnahme angehört hatte. Aber das hier war nicht sein Ressort, er war nicht mehr zuständig. Ungefähr vierhundert Meter von hier befand sich sein neues Tätigkeitsfeld. Und dort würde man nicht ewig auf ihn warten. Außerdem war klar, dass Mixon ihm alles präsentiert hatte, was er preisgeben wollte.

»Ich kann jemanden anrufen«, sagte Gideon. »Jemanden beim FBI, dem ich vertraue.«

»Nur eine Person. Wenn es mehr sind, bin ich raus.«

Mixon reichte Gideon einen Zettel. »Da steht drauf, wo Sie mich finden. Eine Meile die Straße runter ist ein Einkaufszentrum. Dort können wir uns um sechs Uhr treffen.«

»Ich werde da sein.«

»Gut«, sagte der Drogensüchtige. »Ihr Land zählt auf Sie.«

ZWEITES KAPITEL

McLEAN, VIRGINIA

Ervin Mixon war völlig verängstigt. Als er seinen Chevrolet Impala aus der Parklücke lenkte, zuckte sein rechter Fuß unkontrollierbar.

Vor zehn Jahren war er noch ein ganz normaler Mensch gewesen. Verheiratet, drei Kinder, einen soliden Job als Teilhaber des Waffenladens AAA Gun 'n' Pawn in Tullahoma, Tennessee. Dann hatte er Crystal Meth kennengelernt und war richtig tief in der Scheiße gelandet.

Es hatte mehrere Momente gegeben, in denen es möglich gewesen wäre, das Ruder herumzureißen. Zum Beispiel an dem Tag, als er sich entschied, seinem Partner Ronnie Revis Jr. einundvierzigtausend Dollar zu stehlen. Wenn er sich einfach zusammengerissen hätte, wäre alles ganz anders gekommen. Oder beim ersten Mal, als er David Allen Kring, dem »Großen Drachen« des Ku-Klux-Klan von Idaho, ein gestohlenes Simonow-SKS-Selbstladegewehr angedreht hatte. Oder der Tag, an dem er sechs Kisten mit MP5-Maschinenpistolen an den Pagans Motorcycle Club in Baltimore verkaufte. In einer Kiste befand sich tatsächlich das, was draufstand, in den anderen fünf aber Softairwaffen, Spielzeugreplikate also, bei denen die orangefarbenen Kappen am Ende des Laufes abgesägt worden waren. Das war ein kapitaler Fehler gewesen, der ihn dazu gezwungen hatte, Jim Verhoven einige Versprechungen zu machen, die er leider nicht einlösen konnte.

Mixon bog auf den Jeff Davis Parkway, fuhr nach Süden parallel zum Potomac River und schaute ständig in den Rückspiegel. Jedes Mal, wenn er eine Harley sah, traf ihn fast der Schlag, weil er Angst hatte, die Outlaws oder irgendeine andere Motorradgang könnte es auf ihn abgesehen haben. Als er durch McLean fuhr, stellte er fest, dass in dieser Gegend ausschließlich Schwarze auf den Straßen zu sehen waren. Noch nie in seinem Leben war er so glücklich darüber gewesen, nur von Bimbos umringt zu sein. Bei einem Schwarzen konnte man jedenfalls sicher sein, dass er nicht zu einem Motorradklub oder einer beschissenen Bürgermiliz gehörte, die nur darauf wartete, ihn ins Visier zu nehmen. Er lebte auf einem 360-Grad-Schlachtfeld, so sah es aus. Die Gefahr konnte aus jeder Richtung kommen.

Zum zigtausendsten Mal schaute er in den Rückspiegel.

Was war das da für ein Lieferwagen? Hatte er den nicht

schon mal gesehen? Ein weißer Transporter mit Leitern auf dem Dachgepäckträger. Herrje, Amerika war vollgestopft mit solchen Autos, in denen lauter Mexikaner hockten. Und einer sah aus wie der andere. Zum Glück hatte er sich nie mit der mexikanischen Mafia angelegt. Mit diesen Drecksäcken war überhaupt nicht zu spaßen. Wenn er nur diesen Deal mit Gideon Davis hinbekam. Dann würde er das Geld einstecken, sich selbst auf Vordermann bringen und ein neues Leben anfangen. Das hatte er sich allerdings auch vorgenommen, nachdem er die Outlaws um fünfzigtausend Mäuse geprellt hatte. Das Geld war irgendwohin versickert, noch bevor ihm klar wurde, dass er schon wieder auf Entzug war. Dieses Mal aber würde er es anders anpacken. Dieses Mal würde er von dem Zeug runterkommen. Ganz bestimmt.

Er sah auf die Uhr.

Davis hatte versprochen, ihn heute Abend zu treffen. Dieser Mistkerl sollte sich bloß hüten, den Termin zu verpassen! Mixon lenkte den Wagen auf den Parkplatz vor seinem Motel, der Word Up Lodge. Als er durch ein Schlagloch fuhr, setzte der Wagen kurz auf, dann holperte er in eine Lücke zwischen zwei Müllcontainern.

Trotz seines Verfolgungswahns und aller Vorsicht übersah er den Dodge-Ram-Pick-up mit den sehr dunkel getönten Scheiben, der auf der Dolley Madison Road am Straßenrand parkte.

Hinter dem Steuer saß Colonel James C. Verhoven, der selbst ernannte Kommandant der »Seventh West Virginia (True) Militia«. Auf seinem Schoß, unter einer Snuggie-Decke in Tarnfarbe, die ihm seine treusorgende Ehefrau Lorene geschenkt hatte, lag eine Rock-River-Arms-AR-15-Pistole mit herausziehbarem Schaft, einer Picatinny-Schiene zum Aufmontieren eines grünen Lasers, einem 230-Lumen-

Blitzlicht und einem Aimpoint-Rotpunktvisier. An seinem Gürtel hing sein ganzer Stolz, eine Les-Baer-M1911-Pistole mit Hardchrome-Finish, Novak-Visier und Perlmuttgriffen. Im Magazin steckten 230-Grains-Hornady-Hohlspitzgeschosse. Außerdem trug er vorsichtshalber eine weitere Waffe am Fußgelenk, einen kompakten J-Frame-Smith-Revolver, Kaliber .38 mit Crimson-Trace-Lasergriff, der mit 129-Grain-P-Federal-Hydra-Shok-Munition geladen war. Außerdem hing noch ein kleines CRKT-Neckknife an einem Paracord-Band unter seinem Hemd.

Verhoven kniff die Augen zusammen, als Mixons Impala vor dem Motel auftauchte. Er wartete, bis Mixon eingeparkt hatte, bevor er seinen Wagen am anderen Ende des Parkplatzes positionierte. Einheit zwei – Lorene und die Upshaw-Brüder – rollte in ihrem weißen Ford Econoline mit der Aufschrift CRUZ PAINTING & DRYWALL auf den Parkplatz neben ihm. Auf dem Dachgepäckträger waren diverse Aluminiumleitern festgezurrt.

Verhoven gab das Signal, sprang aus dem Wagen und überquerte den Parkplatz, in der Hand die AR-15, gefolgt von den Upshaw-Brüdern. Als Mixon aus seinem Auto stieg, deutete Verhoven auf die gelbe Markierung, die unter den halb platten Reifen des Impala zu sehen war, und sagte: »Richtig einparken hast du wohl auch nie gelernt, was?«

Der Angesprochene starrte verdutzt auf die gelbe Linie, schloss kurz die Augen, sah auf, bemerkte Verhoven und sagte: »Oh Scheiße.«

Vier Sekunden später hatte er Plastikhandfesseln um die Gelenke, einen Knebel im Mund und wurde zu dem Lieferwagen geschleppt, während er mit den Beinen zappelte. Verhoven sah die Angst in Mixons Augen, als er die Tür zuwarf, und dann war es wieder ruhig auf dem Parkplatz.

Zwei Schwarze, die am Balkongeländer im oberen Stockwerk lehnten und aus Flaschen in Papiertüten tranken, hatten verwundert zugeschaut.

Verhoven und seine Männer trugen alle die gleichen CamelBak-Kampfwesten, schwarze Springerstiefel und schwarze Feldjacken mit Schulterklappen, auf denen in dicken gelben Buchstaben »POLICE« geschrieben stand. Die beiden Schwarzen hatten ganz offensichtlich nicht die Absicht einzugreifen, aber es war nicht nötig, dass sie Verhovens Truppe allzu viel Aufmerksamkeit schenkten.

»Polizeioperation«, rief Verhoven. »Los, schafft eure schwarzen Ärsche schleunigst ins Haus!«

Die Männer wechselten verärgert einige Worte, bewegten sich aber nicht.

Bevor Verhoven noch mehr sagen konnte, stieg die Fahrerin aus dem Lieferwagen mit der gefälschten Aufschrift. Sie war groß, sportlich, hatte blondierte Haare und trug ein AR-15 an einer Schlaufe. Sie lächelte breit, als sie mit der Pistole auf die jungen Männer zielte. »Bitte«, rief sie ihnen zu. »Tut irgendwas, damit ich einen Grund habe zu schießen.«

»Ich hab alles im Griff, Lorene«, sagte er mit sanfter Stimme. Er wusste, dass sie öfter mal übers Ziel hinausschoss und mitunter ein blutiges Durcheinander hinterließ.

Ihr Lächeln wurde verkniffener, während sie die jungen Männer weiter im Visier behielt. Sie hatte ein braunes und ein blaues Auge – eine Vererbung, die man »Heterochromie« nannte. Dieser Umstand verstärkte nur den Eindruck, dass man es mit einer Frau zu tun hatte, die nicht alle Tassen im Schrank hatte. Die beiden Männer erkannten, dass sie es ernst meinte, drehten sich um und verschwanden hastig in ihren Zimmern.

Lorene sah zu, wie sie sich davonmachten. Sie hatte ihr Ziel dicht vor Augen gehabt und war jetzt nervös und reizbar. Sie drehte sich zu ihrem Transporter um. Ihre Hände zuckten, sie war enttäuscht. Aber dann stellte sie sich vor, was sie alles mit Ervin Mixon anstellen würden, und entspannte sich.

DRITTES KAPITEL

POCATELLO, IDAHO

Dale Wilmot hörte einen dumpfen Schlag und einen Schmerzensschrei oben im zweiten Stock. Sein Herz fing an zu rasen.

»Verdammt!«, murmelte er vor sich hin und rannte die Treppe hinauf zum Zimmer von Evan.

Ohne anzuklopfen, stürmte er ins Zimmer seines Sohnes und erwartete das Schlimmste.

Er ließ seinen Blick durch das Zimmer schweifen und sah, dass die Tür zum Badezimmer offen stand. Evan lag auf dem Fliesenboden. Ganz offensichtlich hatte er versucht, unter die Dusche zu kommen, und war aus dem vom Wasser glitschig gewordenen Rollstuhl gefallen. Die Dusche war immer noch an, und das Wasser sprühte auf den Boden. Wilmot hatte seinen Sohn schon lange nicht mehr nackt gesehen, und der Anblick war grauenhaft. Die Überreste seines Körpers waren mit einem dichten Netz aus Narben überzogen. Dar-über hinaus hatte er sich durch den Sturz auch noch eine Platzwunde an der Stirn zugezogen. Das Blut rann über die eine Gesichtshälfte.

Evan Wilmot war in Mosul in eine Sprengfalle geraten und hatte schwere Verbrennungen erlitten, als der Truppentransporter, in dem er saß, in Flammen aufgegangen war. Der Arzt vor Ort hatte erklärt, dass er die Brandverletzungen nicht überleben würde und hatte die Bluttransfusionen gestoppt. Der Kommandant der Kompanie hatte dem Sanitäter mit dem Kriegsgericht gedroht und verlangt: »Solange der Junge um sein Leben kämpft, werden Sie ihm eine Bluttransfusion geben.« Sie hatten Freiwillige holen lassen und das Blut direkt von den Venen der anderen Soldaten in Evans Arm fließen lassen. Hundert Kameraden hatten sich in einer Reihe zur Verfügung gestellt, um Blut zu spenden. Fünfzig waren nötig, bis Evans Kreislauf sich stabilisierte.

Eine Woche lang blieb er bewusstlos, bis er schließlich auf dem Luftwaffenstützpunkt in Ramstein aufwachte.

Wilmot hätte den Jungen am liebsten angeschrien, weil er sich so störrisch und dumm verhielt. Er konnte doch nicht allein unter die Dusche! Aber er brachte es nicht übers Herz, seinen Sohn auszuschimpfen.

»Es ist alles gut«, sagte er sanft. »Komm, ich helfe dir.«

Evan schaute seinen Vater aus hellen blauen Augen an. Er sagte kein Wort, umklammerte mit der einen Hand den nassen Sitz des Rollstuhls und versuchte, sich hochzuziehen. Wilmot eilte durch das aufspritzende Wasser zu ihm, um ihn zu stützen.

Evan machte eine abweisende Handbewegung, aber Wilmot konnte den hilflosen Bewegungen seines Jungen nicht tatenlos zusehen.

Beim Umbau des Badezimmers hatte Wilmot keine Kosten gescheut. Insgesamt hatte er 120 000 Dollar investiert. Die geräumige, mit einem Rollstuhl zugängliche Dusche konnte per Fernsteuerung ein- und ausgeschaltet werden, sogar die Temperatur war auf diese Weise regelbar. Ein Gurt mit Trapezgriff konnte mit Schienen, die in die Decke eingelassen waren, unter die Dusche oder zur Toilette bewegt werden. Ein mannshoher Lufttrockner war ebenfalls vorhanden, sodass Evan sich nicht mit einem Handtuch herumquälen musste. Hinzu kamen eine rollstuhltaugliche Toilette mit dem eingebauten Bidet, ein auf Rollstuhlhöhe angebrachtes Waschbecken und spezielle, von der Firma Kohler in Wisconsin angefertigte Wasserhähne.

Aber das war noch nicht alles. Vierzehn Stunden am Tag war im Haus eine Betreuungsperson anwesend, eine speziell ausgebildete Krankenpflegerin, die morgens kam und bis zum Abend blieb. Für die Abende war John Collier verpflichtet, der Evan beim Waschen und dem Toilettengang half, ihm etwas vorlas oder einfach nur Gesellschaft leistete.

Aber Evan musste natürlich auf eigene Faust versuchen, unter die Dusche zu kommen, und dabei den Rollstuhl als untaugliche Stütze benutzen.

Wilmot senkte die Stimme. »Evan, ich bin ja da. Ich will dir doch helfen.«

Evan biss die Zähne zusammen und warf seinem Vater einen bösen Blick zu. Aber er sagte nichts. Die Ärzte meinten, dass Evan nichts von seinen kognitiven Fähigkeiten verloren hatte. Aber manchmal war Wilmot sich da nicht so sicher. Nun fasste er ihn unter den Achseln und zog ihn hoch.

Nachdem er seinen Sohn wieder in den Rollstuhl gesetzt hatte, war er völlig durchnässt. Außerdem hatte das Blut aus Evans Wunde seine Hose befleckt. Er griff nach dem Handtuch, das in die Dusche gefallen war und den Abfluss verstopfte, und zog es weg. Dann nahm er ein frisches Handtuch und trocknete Evan ab.

»Ist schon gut, Dad, ist schon gut.« Die meisten Menschen hätten die unartikulierten Laute aus Evans Mund kaum verstanden. Aber Wilmot hatte sich inzwischen an die undeutliche Aussprache seines Sohnes gewöhnt.

»Ich schau mal, ob ich was für deine Platzwunde finde«, sagte Wilmot, während er die blutige Stelle mit einem weiteren frischen Handtuch abtupfte. »Du willst dir doch bestimmt keine neue Infektion einfangen.«

»Kann ich nicht …« Ein Ausdruck hilfloser Wut glitt über

das verunstaltete Gesicht des Jungen. Wassertropfen und Blut flossen über seine Wangen. Vielleicht weinte er ja, aber das konnte nicht einmal Wilmot genau erkennen.

»Es tut mir leid, mein Junge. Es tut mir so leid.«

Dann schien die Wut aus Evans Körper zu weichen. Seine Muskeln entkrampften sich, und der verzerrte Gesichtsausdruck verschwand. Er sackte zusammen und wandte resigniert den Blick von seinem Vater ab.

Wilmot legte sein Telefon und seine Armbanduhr auf dem Rand des Waschbeckens ab und schob seinen Sohn zurück unter die Dusche. Aus irgendeinem Grund machte es ihm Spaß, angezogen in den warmen Wasserstrahl zu treten. Es war ein kleines Aufbegehren gegen die üblicherweise geltenden Regeln. Als er einen dicken Tropfen der antibakteriellen Seife auf den Waschlappen drückte und damit den Körper seines Sohns einrieb, die schwielige Haut an den Amputationsstellen, die narbige Maske seines Gesichts und seinen Hintern, verloren sich seine Gedanken in der Vergangenheit, und er dachte an den Augenblick, als er seinen Sohn zum ersten Mal in den Armen gehalten hatte. Wilmots Frau Claire war während der Schwangerschaft sehr krank gewesen. Wie sich später herausstellte, hatte es sich schon um jene Krankheit gehandelt, die sich später verschlimmerte, bis sie schließlich daran starb. Das war der Grund gewesen, warum Evan als Frühgeburt zur Welt kam. Aber als Wilmot den winzigen roten Körper seines Sohns in den Armen hielt, war es, als würde die ganze Welt um ihn herum verschwinden. Alles, was ihm etwas bedeutete, lag in diesem Moment in seinen Händen. Die völlige Hilflosigkeit dieses kleinen Wesens hatte Wilmot mehr Hoffnung und Heiterkeit geschenkt als alles, was er sonst erlebt hatte.

Zu diesem Zeitpunkt war Wilmot bereits ein reicher Mann gewesen. Er konnte seinem Sohn alles geben: gute

Erbanlagen, Reichtum, ein großes Haus in gesunder ländlicher Umgebung, jede Menge Baseballspiele, jedes erdenkliche Essen, das er sich wünschte, und alle Bücher, die er lesen wollte. Und Liebe – also das, was Wilmots missratener Vater seinem Sohn niemals geschenkt hatte. Auch das hatte er seinem Sohn gegeben.

Aber er hatte ihn nicht verwöhnt. Hier und da ein wenig Luxus, klar. Was für einen Sinn hatte es denn, hunderte Millionen Dollar angehäuft zu haben, wenn man seinem Sohn nicht zum achtzehnten Geburtstag ein Pferd schenken konnte? Aber er ließ nicht zu, dass der Junge dachte, er hätte auf dies alles ein Anrecht, weil sein Vater so reich war. Wenn der Junge seine Freiheiten genießen wollte, musste er bestimmte grundlegende Dinge erledigen: sein Bett selbst machen, das Zimmer aufräumen, die Spülmaschine bestücken, seine Hausaufgaben erledigen. Jeden Tag musste man sich aufs Neue beweisen. Das war Wilmots feste Überzeugung, und danach lebte er.

Evan hatte ihn nie enttäuscht. Er wurde Kapitän in seiner Baseballmannschaft, Schulsprecher, zu Weihnachten sammelte er Geld für wohltätige Zwecke und hielt die Abschlussrede am Ende des Semesters. Er war hochgewachsen und sah gut aus – Herrgott, was war er für ein großartiger Junge gewesen!

Eine Zeitlang nach Evans Rückkehr hatte Wilmot seinen Sohn für die eigene Misere verantwortlich gemacht. Der Junge war gegen Wilmots ausdrücklichen Wunsch in den Irak gegangen, ein Jahr vor seinem Harvard-Abschluss. Wilmot war so wütend darüber gewesen, dass sie ein Jahr lang nicht mehr miteinander sprachen. Er war von Anfang an gegen den Krieg gewesen, weil diese Regierung, die seiner Ansicht nach nicht mal mit den Problemen im eigenen Land fertigwurde, sich damit völlig übernommen hatte. Irgendwann hatte er allerdings eingesehen, dass dies nicht die Schuld seines Sohns war. Schuld waren diese Mistkerle, diese Parasiten, diese Drecksäcke in Washington. Sie verführten tapfere amerikanische Jungen, die meisten davon noch Kinder, dazu, ihren falschen Prinzipien zu folgen, die nur dazu da waren, ihre Gier zu kaschieren. Aber bald schon würde dieses Geschmeiß dafür bezahlen.

Sein aufwallender Zorn wurde von Collier unterbrochen, der in der Tür auftauchte und erstaunt das Gesicht verzog, als er die durchnässten Kleider seines Chefs bemerkte.

»John«, sagte Wilmot und musste sich dabei sehr zusammenreißen. »Siehst du denn nicht, dass wir hier ein Problem haben?«

»Das haben wir unten auch«, sagte Collier.

»Kann das nicht warten, bis mein Sohn zu Ende geduscht hat?«

Collier schaute Wilmot nur an, ohne etwas zu erwidern.

»Also gut«, lenkte Wilmot ein. »Junge, kann ich dich für einen Moment allein lassen?«

Evan nickte.

Wilmot griff nach einem Handtuch und verließ Evans Zimmer, während er sich abtrocknete.

»Was ist denn los, John?«, fragte er.

Collier verzog das Gesicht. »Unser Freund Verhoven aus West Virginia. Einer von seinen Leuten versucht, Informationen an das FBI zu verkaufen.«

Wilmot fluchte. »Wie kann denn einer seiner Leute überhaupt etwas wissen? Verhoven sollte doch gegenüber seinen dämlichen Handlangern nichts erwähnen.«

»Es geht nicht um jemanden aus der Miliz, sondern um einen Waffenhändler, mit dem er zu tun hat. Ich hab ihn ein paar Mal getroffen. Ein ziemlich durchtriebener Bursche. Außerdem drogenabhängig, Crystal Meth, so wie es aussieht. Die Hälfte seiner Zähne ist weg, und er stinkt wie eine Chemietoilette. Aber er war mal beim Militär und ist bestimmt kein Dummkopf.«

»Sag Verhoven, er soll den Kerl dingfest machen und herausfinden, was er weiß.«

»Er ist schon dabei.«

»Dann soll er bis auf den letzten Rest rausquetschen, was dieser Kerl weiß. Er muss hundertprozentig genau in Erfahrung bringen, welche Informationen er sich verschafft und an wen er sie weitergegeben hat.«

Collier nickte. »Ich sorge dafür, dass er alles Nötige unternimmt.«

»Wir sind bereits an einem Punkt, wo wir nicht das kleinste Risiko eingehen dürfen. Wenn Verhoven herausgefunden hat, was der Typ weiß, soll er ihn ausschalten. Sag ihm das. Am besten, es sieht wie eine Überdosis aus.«

»Verstanden.«

Nachdem Evan das Duschen hinter sich gebracht hatte, legte er sich aufs Bett, und Margie Clete, seine stoische Krankenpflegerin, trocknete ihn ab. Sie war ziemlich groß, knapp ein Meter achtzig, stämmig, hatte muskulöse Unterarme, schmale Hüften und große Brüste, die von ihrem Büstenhalter kaum gebändigt aus der viel zu engen Bluse quollen. Margie schimpfte ihn aus, weil er eigenmächtig unter die Dusche gegangen war. Sogar nach zwei Jahren, in denen sie ihm bei seinen intimsten Körperfunktionen half, schämte Evan sich dafür, dass er von einer Frau mittleren Alters abhängig war, wenn es nur ums Abtrocknen ging.

Aber schließlich war es vorbei, und Evan blieb allein in seinem Zimmer zurück. Er lag in frisch gewaschenen Kleidern im Bett und griff unter die Matratze, wo er heimlich ein Fläschchen mit Tabletten aufbewahrte. Er machte die

Verschlusskappe ab und ließ zwei Pillen Oxycodon neben sich auf die Bettdecke fallen.

Über was hatte sein Vater unten in der Eingangshalle mit John gesprochen? Seit Monaten flüsterten sie immer wieder klammheimlich miteinander. Evan hatte die Dusche abgedreht, in der Hoffnung, etwas davon aufzuschnappen, aber das war ihm leider nicht gelungen.

Die wenigen Worte, die er verstanden hatte, waren wie durch einen Tunnel zu ihm gedrungen und schienen keine Verbindung miteinander zu haben. Evan wusste, dass er betäubt war und alles nur verzerrt wahrnahm. Obwohl sein Vater ihn streng überwachte, war es ihm gelungen, die doppelte Menge der von den Ärzten verschriebenen Dosis von Betäubungsmitteln zu sich zu nehmen. Die Krankenpflegerin, die am Wochenende kam, hatte gute Kontakte in Coeur D'Alene und konnte ihm alles besorgen, was er wollte – Oxycodon, Pentobarbital, Hydromorphon, alles. Aber obwohl er bis unter die Schädeldecke zugedröhnt war, wusste Evan immerhin eins: Sein Vater war kein Mann, der flüsterte oder zur Heimlichtuerei neigte. Er war ein großer Kerl mit einer lauten Stimme und einer einnehmenden Persönlichkeit, einer von denen, die es liebten, vor anderen zu stehen und Kommandos zu brüllen.

Als er zum ersten Mal die Stimme von John Collier in diesem Haus gehört hatte, war er überrascht gewesen. Evan wusste, dass John ihn nicht leiden konnte. Sie kannten sich seit ihrer Kindheit und hatten eine recht komplizierte gemeinsame Geschichte, um es mal vorsichtig auszudrücken. Jetzt war John also wieder zurück in Idaho, arbeitete halbtags als Evans Betreuer und verbrachte viel Zeit mit seinem Vater. Irgendetwas Merkwürdiges ging hier vor, aber Evan hatte keinen blassen Schimmer, um was es sich handelte.

Missgelaunt starrte er die Tabletten an, die vor ihm auf

dem Betttuch lagen. *Scheiß drauf*, dachte er. Vielleicht sollte er die Pillen einfach mal weglassen und abwarten, wie er sich dann fühlte. Ganz langsam, mit linkischen Handbewegungen, klaubte er jede einzelne Tablette auf und tat sie zurück in das Fläschchen. Zum ersten Mal seit langer Zeit verspürte er wieder so etwas wie Neugier. Ja, er war neugierig und sogar ein wenig besorgt. Aber wenn er über diese Angelegenheit intensiver nachdenken wollte, musste er einen klaren Kopf haben.

Nachdem es ihm gelungen war, die Tabletten wieder in das Fläschchen zu befördern, legte er sich hin und schaute auf den TV-Bildschirm an der gegenüberliegenden Wand. Er spürte, wie der Schmerz zurückkam, sich langsam näher wand wie eine große hungrige Schlange. Evan grinste. *Komm schon, du Miststück*, dachte er, *zeig mir, was du draufhast.*

VIERTES KAPITEL

McLEAN, VIRGINIA

»Er ist spät dran«, sagte FBI-Agentin Nancy Clement und schaute auf ihre Armbanduhr. »Er sollte längst da sein.«

Sie saßen in Nancys Einsatzfahrzeug, einem schwarzen GMC Tahoe, vor einem Einkaufszentrum ungefähr eine Meile von Mixons Hotel entfernt. Nach eigener Aussage hatte Mixon diesen öffentlichen Ort ausgesucht, weil ein Überfall aus dem Hinterhalt hier schwieriger durchzuführen war. Nachdem er Mixons Fähigkeit zur Beschattung kennengelernt hatte, fragte Gideon sich, ob seine sonstigen konspirativen Fähigkeiten vielleicht ähnlich schwach ausgeprägt waren. Immerhin bot das Einkaufszentrum ein großes Maß an Anonymität. Außerdem war es von hier aus nicht weit bis nach Hause, wo das Abendessen auf ihn wartete.

Der zähe Feierabendverkehr hatte ihnen ziemlich zu schaffen gemacht, und der Parkplatz, auf dem sie standen, wurde von manchen Autofahrern als Ampelumgehung genutzt. Deshalb mussten Nancy und Gideon die ganze Zeit die Köpfe in alle Richtungen drehen, um den Verkehr im Auge zu behalten.

Sie hatten sich vor drei Jahren bei einer Konferenz zur nationalen Sicherheit in Colorado kennengelernt und waren anschließend sechs Monate lang öfter zusammen ausgegangen. Nancy war eine begabte Kriminalistin, aber ihr gutes Aussehen schien in dem männlich dominierten FBI-Apparat eher ein Karrierehindernis zu sein. Sie kam ganz gut zurecht innerhalb der Hierarchie, indem sie selbstbewusst und hart auftrat, womit sie sich im Kollegenkreis allerdings nicht gerade viele Freunde gemacht hatte. Auch wenn Gideon ihre Unabhängigkeit schätzte, hatten die Ecken und Kanten ihrer Persönlichkeit seine anfängliche Zuneigung zu ihr deutlich abkühlen lassen. Nun saß er mit ihr auf engstem Raum zusammen, auf den Vordersitzen ihres Wagens, und konnte doch nicht anders, als ihre athletischen Beine und ihr honigblondes Haar zu bewundern.

»Ich bin dir sehr dankbar, dass du mich hier unterstützt«, sagte er.

»Und ich bin dir dankbar, dass du angerufen hast.«

»Wahrscheinlich ist es falscher Alarm, aber es ist bestimmt besser, wenn wir auf Nummer sicher gehen.«

»Du hast bisher immer den richtigen Riecher gehabt.«

»Hast du Ray erzählt, dass wir uns treffen?« Ray Dahlgren war stellvertretender Direktor der Abteilung für Terrorismusbekämpfung des FBI und damit Nancys Vorgesetzter. Gideon hatte ihn auf der gleichen Konferenz wie Nancy kennengelernt. Er hatte auf ihn den Eindruck eines Mannes gemacht, der vor allem deshalb als Experte anerkannt wurde, weil er ehrgeizig war und rücksichtslos vorging. Außerdem war er ziemlich intelligent, allerdings nicht so intelligent, wie er selbst glaubte.

Nancy lächelte. »Woran denkst du?«

Sie hatte ein bekanntes Parfüm aufgelegt, etwas Leichtes, Blumiges, und der Duft erinnerte Gideon daran, wie er in ihrem loftartigen Apartment neben ihr gelegen hatte. Nancy sammelte mittelalterliche Kupferstiche, und an den Wänden ihrer Wohnung hingen zahlreiche teure, großformatige Bilder. Spät in der Nacht verlieh der Lichtschimmer, der von der Straße hereindrang, den schwarzweißen Porträts von Mönchen und anderen Würdenträgern eine zusätzliche befremdliche Tiefe, und sie wirkten fast dreidimensional. Er hatte nicht wenige Stunden damit verbracht, ihre Umrisse zu studieren, während er auf den Schlaf wartete, der nicht kommen wollte.

»Dahlgren mag mich nicht«, stellte Gideon fest.

»Er hat nichts gegen dich persönlich«, sagte Nancy. »Er ist einfach nur loyal gegenüber Präsident Wade.«

Dahlgren war ein Karrierist, der wusste, wie man in der Hierarchie nach oben kam. Er war im Gefolge des neuen Präsidenten ins Amt gekommen. Da Gideon kein Anhänger der neuen Regierung war, konnte er nicht damit rechnen, dass Dahlgren ihm einen Gefallen tat.

»Falls Mixon an einer heißen Sache dran ist, wird Dahlgren sich den Fall schnappen und daraus Kapital schlagen.«

»Und du nimmst seine Angaben wirklich ernst?«

»Ich habe dir ja schon gesagt, dass er die Fakten, ohne mit der Wimper zu zucken, vortragen konnte. Und die Tonaufnahme klang authentisch. Sollte es sich dennoch um eine Fälschung handeln, ist es auch nicht tragisch.«

»Außer dass wir unsere Zeit verschwendet haben.«

»Immerhin war es mal eine Gelegenheit, sich zu treffen.«

Nancy lächelte. Ihre Zähne waren blendend weiß. »Und du hast also die Absicht zu heiraten?« Gideon hatte das Thema bisher vermieden, aber geahnt, dass sie es ansprechen würde.

»Stimmt. Und zwar in drei Wochen.«

»Wow. Da darf die Braut sich aber glücklich schätzen.«

»Und der Bräutigam auch.«

Nancy nickte nachdenklich. Er hatte keine Ahnung, was in ihr vorging. Als sie auseinandergegangen waren, hatte sie nichts weiter gesagt. Trotzdem freute sie sich immer, wenn er anrief, und war sofort bereit gewesen, ihm bei seinem Treffen mit Mixon zu assistieren. Vielleicht machte sie das ja nur, weil ihr die Sicherheit ihres Landes am Herzen lag, aber Gideon vermutete, dass dies nicht der einzige Grund war.

Nancy schaute erneut auf die Uhr. Es war fast sieben Uhr, eine Stunde nach dem vereinbarten Termin. »Weißt du, wie du ihn erreichen kannst?«

»Das nicht, aber ich weiß, wo er abgestiegen ist.«

Gideon rief in der Word Up Lodge an, war aber nicht sonderlich überrascht, als er die Auskunft bekam, dass niemand namens Ervin Mixon dort gemeldet war. Da er keinen Verdacht erregen wollte, verzichtete er darauf, weitere Fragen zu stellen.

»Ich habe kein gutes Gefühl bei dieser Sache.«

»Wir können ja mal zu diesem Hotel hinfahren.«

»In Ordnung.«

Sie ließen Gideons Wagen vor dem Einkaufszentrum stehen und fuhren den kurzen Weg bis zu Mixons Hotel. Die Word Up Lodge sah so einladend aus wie eine Mietskaserne oder ein Gefängnis. Der Parkplatz davor war von tiefen Furchen durchzogen und mit Schlaglöchern übersät. Die Farbe blätterte von der Vinylverschalung. Die Hälfte der Glühlampen im Namenszug des Motels war kaputt. Der Balkon, der sich im oberen Stockwerk über die gesamte Länge des Gebäudes zog, sah gefährlich instabil aus. An einer Stelle senkte er sich so weit nach unten, dass er aussah wie eine Rollstuhlrampe.

»Da steht sein Wagen.« Gideon deutete auf den grünen Impala, der noch immer zwischen den Müllcontainern stand.

Sie stiegen aus und schauten sich den Wagen an. Er war unverschlossen und die Motorhaube kalt. »Der steht schon länger hier«, stellte Nancy fest. Sie öffnete die Tür, steckte den Kopf hinein und inspizierte das Innere.

Knapp zwei Meter vom Hinterrad des Wagens entfernt fand Gideon eine Lasche, die aussah, als wäre sie von einem Stück Gummi oder Stoff abgerissen worden. Dann erkannte er, dass sie von einem Gurt stammte, der zu einem Gewehr gehörte, einem AR-15 zum Beispiel. Er hob sie auf und zeigte sie Nancy.

»Das sieht nicht gut aus«, sagte er. »Jemand scheint es abgerissen zu haben.«

»Gehen wir mal zur Rezeption«, schlug Nancy vor.

Hinter dem Tresen stand ein Junge mit strähnigen Haaren und ziemlich viel Akne im Gesicht. Als Nancy ihren Ausweis zeigte, nahm er unwillkürlich Haltung an. Gideon beschrieb Mixons Aussehen, und der Junge sagte, er sei gestern hier angekommen, und seitdem hätte er ihn nicht mehr gesehen. Er gab Nancy den Zimmerschlüssel, und sie gingen nach oben, um es zu durchsuchen.

»Für einen Durchsuchungsbefehl ist jetzt nicht genug Zeit«, sagte Nancy.

»Gefahr im Verzug«, stimmte Gideon zu.

Das Zimmer war völlig leer – bis auf eine Zahnbürste, die neben dem Waschbecken lag. »Verrückt. Hätte nicht gedacht, dass dieser abgehalfterte Typ sich Gedanken um Mundhygiene macht«, sagte Gideon.

»Und wo ist er jetzt hingegangen?«

»So einer wie der geht doch nur aus dem Haus, wenn es Geld bringt.«

Nancy nickte. »Vielleicht hat ihn ja jemand gesehen.«

Am anderen Ende des Balkons, dort, wo er sich gefährlich nach unten neigte, lehnten zwei Schwarze am Geländer und rauchten Zigaretten. Nancy hielt ihnen ihren Ausweis hin und fragte, ob sie den Gast aus Zimmer fünfundzwanzig gesehen hätten.

Der eine sah zu Boden und antwortete nicht, der andere schüttelte den Kopf und verneinte.

»Sind Sie sicher?«, hakte Nancy nach.

Dieses Mal antworte auch der zweite Mann nicht mehr, und der andere schaute seine Schuhe an. Nancy gab ihnen ihre Karte, aber auf dem Weg nach unten bemerkte Gideon, wie die Karten vom Balkon nach unten flatterten.

»Die sagen nichts, aber sie wissen etwas«, stellte Nancy fest.

»Jemand hat ihnen Angst eingejagt.«

»Du meinst Verhoven?«

»Genau den.«

FÜNFTES KAPITEL

ALEXANDRIA, VIRGINIA

Es war kurz vor halb elf Uhr abends, als Gideon in seinem neu erworbenen Haus in Alexandria ankam, mit einer Flasche Pinot aus Oregon und einer Tüte mit englischem

Käse und spanischen Würsten. Bis auf ein einziges Licht im Wohnzimmer war das Haus komplett dunkel.

Nach ihrem Abstecher zu Mixons Hotel war Gideon mit Nancy zum FBI gefahren, um mit Dahlgren zu sprechen und die Datenbank des National Crime Information Center nach Eintragungen über Mixon abzufragen. Dahlgren war leider schon weg, also machten sie einen Termin für den nächsten Tag. Dann stellten sie fest, dass Mixon bis auf zwei (folgenlose) Verhaftungen wegen Drogenbesitzes und eine Anklage wegen Ladendiebstahl und eine andere wegen Scheckfälschung bislang nichts zur Last gelegt worden war. Seine Verbindung zu Verhoven war notiert, sonst stand dazu aber nichts. Sein Profil war das eines typischen drogenabhängigen Schmalspurdealers mit einem Faible für elektronische Geräte.

Von Nancys Büro aus hatte er Kate angerufen und ihr erklärt, dass etwas Dringendes dazwischengekommen war. Auch wenn sie nicht glücklich darüber war, fragte sie nicht neugierig nach. Er versprach ihr weitere Erklärungen, wenn er erst zu Hause war. Auf dem Heimweg hielt er bei einem Supermarkt, weil ihm der Gedanke gekommen war, dass ein nettes Abendessen zu zweit die Lage wieder entspannen könnte. Unglücklicherweise dauerte der Zwischenstopp bei Whole Foods länger als erwartet. Anschließend wurde der Verkehrsfluss auf der Route 66 durch einen umgestürzten Lkw behindert. Als er zu Hause anrief, ging niemand ans Telefon. Wahrscheinlich wollte Kate ihn auf diese Weise für seine Verspätung bestrafen.

Als er eintrat, lag Kate schlafend auf dem Sofa. Sie war barfuß und hatte das eine Bein angezogen. Sie trug ein schlichtes schwarzes Kleid und eine einfache Perlenkette. Ihr kastanienbraunes Haar war nach hinten gekämmt, und obwohl sie nur ein wenig Lippenstift aufgetragen hatte, ging von ihrem Gesicht ein sanfter Glanz aus. Ein ziemlich umfangreicher Bericht des Ocean Energy Management war ihr aus der Hand gerutscht und lag aufgeschlagen auf dem Schoß.

Eine Untersuchungskommission hatte die Ursachen des Gasausbruchs auf der Deepwater-Ölplattform untersucht und Vorschläge unterbreitet, wie man derartige Risiken in Zukunft ausschließen oder zumindest begrenzen konnte. Als einziges Aufsichtsratsmitglied, das schon mal eine längere Zeit auf einer Bohrinsel verbracht hatte, verstand Kate mehr von der Materie als die meisten anderen. Sie wusste, dass es für eine staatliche Behörde extrem schwierig war, ein so komplexes und riskantes Hightechprojekt wie die Erdölförderung auf hoher See zu überwachen. Der Auftrag, die widerstreitenden Interessen von Umweltschützern und Energiekonzernen auszubalancieren (wie auch der Politiker, die von den jeweiligen Gruppen finanziert wurden), machte die Arbeit der Kommission extrem schwierig. Als neutrale Vermittlerin hatte sie nun die Aufgabe, konstruktive Vorschläge zu erarbeiten, fürchtete jedoch, dass diese im unübersehbaren Gestrüpp der Bürokratie, das die meisten staatlichen Institutionen lahmlegte, hängen blieben.

Aber an diesem Abend hatte sie vorgehabt, ihre wichtige Arbeit für ihn beiseitezulegen. Sie hatte eine Tischdecke über den Klapptisch gebreitet und für zwei Personen gedeckt – feine Porzellanteller, hübsche Weingläser und Kerzen. Die Kerzen waren schon so weit heruntergebrannt, dass das Wachs aufs Tischtuch tropfte.

Als er ins Zimmer trat, murmelte sie etwas und kuschelte sich tiefer in die Sofakissen. Die Haare fielen ihr ins Gesicht. Er weckte sie nicht, sondern schenkte sich ein Glas Wein ein, schnitt sich ein großes Stück von der Wurst ab und schaute zu, wie sie schlief. Kate war nicht mehr so braungebrannt wie früher, denn sie arbeitete nicht mehr auf Ölplattformen in der grellen Sonne. Jetzt hatte sie wieder ihre eigentliche helle Hautfarbe. Sie atmete entspannt ein und aus, der sonst oft sorgenvolle Ausdruck war aus ihrem Gesicht verschwunden.

Ich darf mich wirklich glücklich schätzen, dachte Gideon.

Und doch.

Irgendwas nagte an seinem Gewissen. Er hatte sich als Vermittler in Krisensituationen international großes Ansehen verschafft. Seine Erfolge verdankte er seiner lange Zeit festen Überzeugung, dass militärische Interventionen nur das allerletzte Mittel der Konfliktlösung waren. Sie durften erst in Erwägung gezogen werden, wenn alle diplomatischen Bemühungen ausgeschöpft waren. Aber die Ereignisse der vorangegangenen achtzehn Monate hatten ihn dazu gebracht, sein öffentlich geäußertes Bekenntnis zur gewaltfreien Konfliktbewältigung in Frage zu stellen. Er hatte sich und anderen bewiesen, dass er sehr wohl fähig war, Menschen zu töten, wenn es nötig war – er war sogar überraschend effektiv darin gewesen. Noch immer standen ihm die Bilder der Männer vor Augen, die er getötet hatte, aber nicht, weil er sich schuldig fühlte, sondern weil er im Gegenteil überhaupt kein schlechtes Gewissen hatte.

Wie war das möglich? Sollte das etwa bedeuten, dass er nicht länger der nachdenkliche Intellektuelle war, dass seine Zeit als »Mann des Friedens« vorbei war? Der Gedanke behagte ihm überhaupt nicht.

Die Ehe seiner Eltern war sehr lieblos gewesen und hatte tragisch geendet – als Gideons Vater seine Mutter umgebracht und dann die Waffe gegen sich selbst gerichtet hatte. Wenn Gideon sich in der Welt behaupten musste, fühlte er sich stets selbstsicher. Seine viel gerühmte Ruhe war nicht gespielt. Er kannte sich aus, konnte Situationen überblicken und seiner Intuition vertrauen. Und im Laufe der Zeit hatte er festgestellt, dass er immer vernünftige Entscheidungen traf.

Dass er Kate heiraten wollte, war ebenfalls eine klare, eindeutige Entscheidung. Vom ersten Moment ihres Zusammentreffens hatte er es sich gewünscht.

Und doch. Nachdem Kate ihren Job aufgegeben hatte und nach Washington gezogen war, um als Lobbyistin für Trojan Energy zu arbeiten, ertappte er sich manchmal bei dem Gedanken, dass er vielleicht gar nicht für ein Leben als normaler Bürger geschaffen war. Wenn einer seiner üblichen Arbeitstage zu Ende ging, fühlte er sich oftmals unausgeglichen, vor allem wenn die Nacht hereinbrach und es um ihn herum ruhig wurde. Der Friede, der dann herrschte, machte ihn nervös. Dann hatte er mit einem Mal das Bedürfnis loszuziehen und sich in den Kampf zu stürzen. Genau das hatte sein Bruder Tillman ihm gesagt, als sie die Obelisk-Plattform verließen: Ein Leben im Schatten ist kein richtiges Leben.

Als die Kerzen ausgingen, leerte er sein Weinglas. Der Geruch nach heißem Wachs und verbranntem Docht hing in der Luft.

Er stellte das Glas beiseite, hob Kate hoch und trug sie die Treppe hinauf ins Schlafzimmer. Während seiner Abwesenheit hatte sie die restlichen Umzugskisten ausgepackt, das Bett gemacht und Bilder an die Wände gehängt. Um das Bett herum standen frische Kerzen. Sie stöhnte leise, als er sie hineinlegte, protestierte aber nicht. Kurz öffnete sie die Augen und schloss sie sofort wieder.

Mixon fiel ihm wieder ein. In Gideons Kopf kreuzten sich widerstreitende Gedanken wie Züge, die aus den vorgegebenen Gleisen sprangen. Möglichkeiten, Vermutungen, Unvorhergesehenes und Fragwürdiges – alles wirbelte wild herum. Am liebsten hätte er es einfach abgestellt, aber es ging nicht.

Was war mit Mixon geschehen? Wohin war er gegangen? War sein Verschwinden ein Beweis für die Wahrheit seiner Behauptungen? Oder war die angebliche Verschwörung nur ein Trugbild, ein Produkt der paranoiden Einbildungskraft eines heruntergekommenen Drogenabhängigen?

Er versuchte sich einzureden, dass Nancy erfahren genug war, um allein klarzukommen. Sie brauchte seine Hilfe nicht, um im Fall Mixon zu ermitteln. Er hatte sich bereit erklärt, den Kontakt herzustellen, und damit hatte er die Angelegenheit aus den Händen gegeben. Aber er musste trotzdem ständig über Möglichkeiten nachdenken, wie er sich einbringen konnte. Über Argumente, die er Dahlgren gleich morgen früh vortragen wollte, um ihn zu überreden, einige FBI-Ressourcen für diesen Fall bereitzustellen. Beim Zähneputzen, und als er anschließend ins Bett ging, ließ er die Ereignisse des Tages Revue passieren und kam ins Grübeln. Wäre es nicht doch möglich gewesen, Mixon mehr Informationen zu entlocken? Hätte er nicht mehr erreichen müssen?

Diese Gedanken beunruhigten ihn, und er wälzte sich schlaflos hin und her. Kate erwachte und schlang die Arme um seinen Hals. Sie war ganz warm und lächelte ihn schläfrig an. »He, da bist du ja«, flüsterte sie.

»Ja, da bin ich«, sagte er. »Ich bin zu Hause.«

Er gab ihr einen Kuss, dann noch einen und noch einen. Und schließlich liebten sie sich.

Aber dann, nachdem Kate wieder eingeschlafen war, lag Gideon auf dem Rücken, starrte zur Zimmerdecke und dachte über den verschwundenen Mann nach, der behauptet hatte, er habe Informationen über einen Terroranschlag auf amerikanischem Boden.

SECHSTES KAPITEL

FBI TRAINING ACADEMY, QUANTICO, VIRGINIA

»Also, wenn ich das richtig verstanden habe«, sagte Ray Dahlgren, nachdem Nancy ihm die Ereignisse des Vortages geschildert hatte, »dann haben Sie einen Zivilisten zu einem Treffen mit einem Informanten mitgenommen, bei dem es um Belange der nationalen Sicherheit ging?«

Es war noch sehr früh am Tag. Nancy Clement hatte Gideon ins Trainingszentrum des FBI gebracht, damit er dort ihren Chef treffen und sie in der Sache Ervin Mixon unterstützen konnte. Dahlgren hatte gerade eine Rede vor Seminarteilnehmern gehalten und wollte sie jetzt zum Schießstand begleiten. Nancy und Gideon saßen mit ihm zusammen in einer Art Golfmobil, mit dem er zur Schießübung fuhr. Er ließ den schmalen Weg, den sie entlangfuhren, nicht aus den Augen. Gideon hatte er keines Blickes gewürdigt.

»Botschafter Davis hat uns doch auf den Informanten aufmerksam gemacht. Und Sie sind ja sicherlich über seine Aktivitäten für die Diggs-Regierung informiert.«

Dahlgren war ein großer, massiger Kerl, der aussah wie ein Superbulle – er war auf einer Farm in Minnesota aufgewachsen und hatte bei den Marines gedient, bevor er sich dem FBI angeschlossen hatte. Einer, der das Reinigen von Schusswaffen als Entspannungsübung betrachtete. Jedes Wort, das er von sich gab, machte deutlich, dass er das Sagen hatte und keinen Widerspruch duldete.

»Wir führen einen Krieg gegen den Terror«, sagte er. »Und Sie kommen mir mit dieser Geschichte von einem Drogenabhängigen, der sich was dazuverdienen will. Er hat Ihnen keine Einzelheiten mitgeteilt und ist verschwunden, bevor Sie überhaupt mit ihm reden konnten.«

»Er behauptete, Informationen über einen geplanten Anschlag auf ein prominentes Ziel im Inland zu haben«, sagte Nancy. »Und er hat Verbindungen zu einer Miliz in West Virginia.«

Dahlgren unterbrach sie mit einer herrischen Handbewegung. »Das haben Sie mir bereits gesagt. Und so wie ich das sehe, hat dieser Asoziale nicht die geringsten Belege geliefert, die seine Behauptungen untermauern.«

Gideon unterbrach ihn. »Ich glaube, dass er die Wahrheit gesagt hat. Er hatte eine Tonaufnahme dabei …«

Dahlgren trat auf die Bremse. »Wir sind da«, sagte er zu Nancy. »Wenn die Seminarteilnehmer sich versammeln, werde ich sie instruieren. Wenn Sie mir also noch etwas Wesentliches mitzuteilen haben, dann sollten Sie sich beeilen.« Ohne auf eine Antwort von ihr zu warten, drehte er sich abrupt um und schaute Gideon zum ersten Mal an. »Sie behaupten doch, Sie könnten Personen ziemlich gut einschätzen, Mr Davis. Was war Ihr Eindruck von diesem Informanten?«

Gideon registrierte sehr wohl, dass Dahlgren ihn absichtlich als »Mr Davis« ansprach und seinen Titel als Botschafter unter den Tisch fallen ließ. Titel waren Gideon nicht sonderlich wichtig, aber dies war ein deutliches Signal. Er würde mit Dahlgren nur klarkommen, wenn er nicht um den heißen Brei herumredete.

»Mein Eindruck von Mixon?«, sagte Gideon, während er aus dem Golfmobil stieg. »Meiner Meinung nach ist er ein labiler, unzuverlässiger Scheißkerl.«

Dahlgren starrte ihn einen Moment lang ausdruckslos an. »Und trotzdem sind Sie hergekommen?«, sagte er schließlich.

»Weil ich davon überzeugt bin, dass der Mann etwas weiß.«

»Kommen Sie mal mit«, forderte Dahlgren ihn auf. Eine Gruppe von FBI-Azubis mit Baseballmützen und blauen Jacken fand sich gerade vor dem Schießstand ein.

Als sie bei ihnen ankamen, stellten sie sich eilig in einer Reihe auf.

»Also gut, Leute, alle mal herhören«, rief Dahlgren laut. »Ich bin davon überzeugt, dass Ihre Ausbilder Sie genauestens instruiert haben, wie man mit Feuerwaffen umgeht. Aber ich bin hier, um einige speziellere psychologische Aspekte anzusprechen, die beim Umgang mit todbringenden Waffen wichtig sind. Eine Schusswaffe ist nicht einfach eine Maschine, die laut knallt, wenn man den Abzug durchdrückt. Wenn Sie eine derartige Waffe benutzen, dann wird das zweifellos in einer besonderen Stresssituation der Fall sein. Wenn es um Leben und Tod geht. In einer solchen Stresssituation werden die feinmotorischen Fähigkeiten beeinträchtigt, der Blickwinkel verengt sich, die Hände werden schweißnass, der ganze Körper zittert. In diesem Moment ist es kontraproduktiv, erst einmal darüber nachzudenken, wie die Waffe überhaupt funktioniert. Sie müssen so gut trainiert sein, dass alles instinktiv geschieht.«

Er drehte sich um und deutete auf Gideon. »Wir haben heute einen besonderen Gast. Ich bin sicher, Sie alle haben schon mal von Gideon Davis gehört. Einige von Ihnen kennen ihn vielleicht unter dem Spitznamen Peacemaker. Wie ich jedoch gehört habe, kann er auch recht gut mit Schusswaffen umgehen. Ist das richtig, Mr Davis?«

Gideon nickte. Ihm war völlig klar, dass Dahlgren ihn vorführen wollte. »Ich kann schießen«, sagte er.

Dahlgren zog eine Pistole aus dem Holster, nahm das Magazin heraus und ließ die Kugel aus der Kammer auf die Hand fallen. Dann reichte er Gideon die Waffe. »Kennen Sie das Modell, Sir?«

»Das ist eine M1911. Eine Les Baer. Hübsches Gerät. Aber ich dachte eigentlich, dass die beim FBI nicht zugelassen ist.«

Die Umstehenden fingen an zu lachen.

»Dachten Sie, hm?« Dahlgren grinste. »Tatsächlich, meine Damen und Herren, ist die M1911 eine für das FBI zugelassene Schusswaffe, allerdings nur für Agenten, die eine besondere Genehmigung haben.«

Gideon lächelte. »Ich lasse mich gern eines Besseren belehren.« Er gab Dahlgren die Pistole zurück.

Dahlgren ließ seinen Blick über das Schussfeld schweifen. »Stellen Sie mal zwei Ziele auf, sieben Meter«, befahl er dem zuständigen Beamten.

»Jawohl, Sir«, sagte der Range Officer. Er drückte auf einen Knopf auf einer Konsole zu seiner Rechten, und zwei Ziele mit menschlichen Umrissen stellten sich auf.

»Mr Davis kennt sich mit Schusswaffen aus«, sagte Dahlgren und nahm die Pistole hoch. »Kommen wir also auf einige wichtige Aspekte zu sprechen, damit Sie verstehen, um was es bei diesem Training geht.« Er wandte sich an den Range Officer. »Agent Stimson, wären Sie so freundlich, Ihre Handfeuerwaffe Mr Davis zu leihen?«

Dem Beamten war diese Frage sichtlich unangenehm. Aber dennoch schnallte er gehorsam seinen Pistolengurt ab und reichte Gideon die Waffe.

Gideon erkannte, dass es sich um eine Glock 22 handelte, die von einem Großteil der amerikanischen Polizisten getragen wurde. Die Waffe war nicht geladen, das Magazin nicht eingesteckt. Umständlich schnallte er sich den Gurt um, aber dass er sich mit dieser Pistole nicht auskannte, war eine Finte. Er besaß selbst so ein Modell und konnte damit sehr gut umgehen.

Dahlgren trat vor den weißen Streifen, der über den Rasen gemalt worden war.

Der Range Officer legte eine schwere Hand auf Gideons Schulter und flüsterte ihm ins Ohr: »Unser stellvertretender Direktor war mal Mitglied des Teams für Geiselrettung, das ist eine Eliteeinheit des FBI, so was Ähnliches wie ein Spezialeinsatzkommando«, sagte er. »Und er war der beste unter den Handfeuerwaffenschützen des FBI. Versuchen Sie gar nicht erst, ihn zu schlagen, okay? Gehen Sie lieber auf Nummer sicher, zielen Sie langsam und genau und passen Sie auf, dass Sie niemanden verletzen.«

»Verstanden«, sagte Gideon.

»Tun Sie nicht so großkotzig«, flüsterte der Beamte weiter. »Es ist mir scheißegal, wer Sie waren oder was der stellvertretende Direktor von sich gibt. Wenn Sie irgendwas Dämliches oder Unvorsichtiges tun, mach ich Sie zur Schnecke, ist das klar?«

»Kristallklar«, erwiderte Gideon.

Dahlgren machte eine ungeduldige Handbewegung. »Kommen Sie, Sportsfreund. Es kann losgehen.«

Gideon spürte eine prickelnde Erregung. Er hatte schon in seiner Jugend an Schießwettbewerben teilgenommen und einige Meisterschaften gewonnen. Aber nach dem gewaltsamen Tod seiner Eltern hatte er jahrzehntelang keine Waffe angerührt. Vor achtzehn Monaten war er dann gezwungen gewesen, sich mit Hilfe von Schusswaffen zu verteidigen. Seither verbrachte er zwei oder drei Nachmittage pro Woche im Schießstand und genoss das Gefühl von Macht, das sich beim Schießen einstellte.

Nachdem Gideon an die weiße Linie getreten war, reichte der Range Officer ihm das Magazin.

»Machen Sie sie scharf«, forderte Dahlgren ihn auf.

Gideon schob das Magazin in die Glock-Pistole, lud durch und schob sie ins Holster.

Dahlgren wandte sich wieder an die Zuschauer. »So, Leute, es ist ganz normal, dass man in einer solchen Situation nervös wird. Möchten Sie Ihre Waffe erst einmal ausprobieren, um zu testen, wie sie funktioniert?«

»Wenn es Ihnen nichts ausmacht«, sagte Gideon.

»Genügen Ihnen fünf Schuss?«

»Ich schätze, das muss wohl genügen«, sagte Gideon, schenkte den Umstehenden ein schwaches Lächeln und erntete fröhliches Gelächter.

»Ziehen Sie und feuern Sie fünfmal«, sagte der Beamte. »Und lassen Sie sich ruhig Zeit.«

Gideon zielte mit übertriebener Sorgfalt, indem er die Waffe ziemlich ineffizient und altmodisch mit beiden Händen umklammerte, das linke Auge zusammenkniff, dabei das Gesicht zu einer Grimasse verzog und fünfmal hintereinander mit großen Pausen schoss. Drei Schüsse gingen ins Schwarze, einer traf die Neun, einer riss zur Seite aus und traf die Sieben.

»Nicht schlecht!« Dahlgren deutete mit der Hand auf Gideon. »Wie wär's mit einem kleinen Applaus für unseren Gastschützen?«

Die Umstehenden applaudierten brav. Wahrscheinlich konnte höchstens ein Drittel von ihnen besser schießen. Aber es war nicht direkt eine Glanzleistung gewesen.

»Wie wär's mit einer kleinen Wette«, schlug Dahlgren mit leiser Stimme vor. »Wenn Sie mich übertreffen, dann setze ich Agent Clement auf Ihren Informanten an. Wenn nicht, dann vergessen Sie die Sache einfach.«

Genau das hatte Gideon erwartet. Er hatte die ganze Zeit geahnt, dass es darauf hinauslaufen würde, und unterdrückte ein zufriedenes Grinsen. Dahlgren hatte gar nicht die Absicht, Nancy in diesem Fall aktiv werden zu lassen. Seine Absicht war, seinen Gast zu blamieren. Gideon würde das Spiel mitspielen und abwarten, wohin es führte.

»Kommt mir zwar eher zweifelhaft vor, eine Angelegenheit von solcher Wichtigkeit derart zu behandeln«, sagte Gideon und wandte sich ab, damit die anderen nichts hören konnten. »Aber das ist ja nur meine ganz persönliche Meinung.«

»Dann bin ich aber froh, dass ich Sie nicht danach gefragt habe«, gab Dahlgren flüsternd zurück und wandte sich wieder mit erhobener Stimme an die Seminarteilnehmer. »Wir simulieren jetzt den Angriff eines entgegenkommenden Feindes. Stellen Sie sich einfach mal vor, sie würden während der Vernehmung eines Verdächtigen hinterrücks angegriffen. Sie drehen sich um und stellen fest, dass ein Angreifer mit Pistole im Anschlag auf Sie zukommt. Was tun Sie dann?«

»Eine leichte Übung«, erklärte der Range Officer. »Meine Herren, bitte drehen Sie sich zu mir herum. Auf mein Kommando machen Sie kehrt und geben drei Schüsse auf das Ziel ab – zwei in den Rumpf, einen in den Kopf. Wir haben synchronisierte Schusszeitmesser in jedes Ziel eingebaut, sodass wir, für den Fall, dass beide Schützen ins Ziel treffen, messen können, wer am schnellsten war und somit der Gewinner ist.«

»Okay«, sagte Gideon.

Einen Moment lang standen sie schweigend da, mit dem Rücken zum Ziel. Der Wind wehte über die weite Grasfläche. Gideon erwartete ein Piepen oder ein Summen als Startsignal.

Aber ganz plötzlich schrie der Range Officer: »Feuer frei!«

Darauf war Gideon nicht gefasst. Einen kurzen Moment lang zögerte er. Dann reagierte sein Körper wie im Reflex. Er wirbelte herum, zog die Pistole in einer einzigen fließenden Handbewegung aus dem Holster und umfasste den Griff Daumen über Daumen, wie es Scharfschützen heutzutage machten. Dieses Mal kniff er kein Auge zu, sondern nahm das Ziel mit beiden Augen ins Visier und drückte ab. Nebenbei registrierte er noch, dass Dahlgrens Pistole schon geschossen hatte, als er die erste Kugel losschickte. Seine eigenen Schüsse auf den Rumpf kamen allerdings so knapp hintereinander, dass man den Eindruck hatte, es sei nur einer gewesen. Dann hob er den Lauf, zielte auf den Kopf und schoss erneut. Kurz danach kippte die Zielscheibe zur Seite und verschwand in einem Spalt im Boden.

Um sie herum war es völlig still.

»Heilige Scheiße«, sagte schließlich jemand.

»Entladen und Waffe präsentieren«, befahl der Beamte.

Gideon entlud die Pistole und schob sie ins Holster.

»Zeit?«, rief der Range Officer.

Ein zweiter Beamter, der vor einem Computerbildschirm am Rand des Schießstands Posten bezogen hatte, las mit lauter Stimme vor: »Direktor Dahlgren 1,03 Sekunden.«

Die Auszubildenden gaben Pfiffe und Bravorufe von sich.

»Und Mr Davis, äh …« Der Mann am Computerbildschirm zögerte. »Ich weiß nicht, ob das so stimmt …«

»Lesen Sie einfach vor«, sagte Dahlgren.

»Mr Davis … 0,991 Sekunden.«

Einigen der Zuschauer fiel die Kinnlade herunter.

»Zeigen Sie die Zielscheiben«, knurrte Dahlgren.

Der Range Officer drückte auf einen Knopf, und Dahlgrens Zielscheibe erhob sich erneut und drehte sich, sodass sie wieder vollkommen sichtbar war.

Drei Einschüsse waren zu sehen, zwei im Kreis in der Mitte und einer genau zwischen den Augen.

»Zehn, zehn und zehn«, gab der Beamte bekannt. »Insgesamt dreißig von dreißig möglichen Punkten.«

Er drückte wieder auf einen Knopf, und Gideons Zielscheibe stellte sich auf. Ein Raunen ertönte. »Zehn, zehn, null.« Der Beamte kritzelte das Ergebnis auf einen Zettel und rief dann: »Wenn Mr Davis dreimal getroffen hätte, dann wäre dies der perfekteste Doppeltreffer in der Geschichte des FBI. Leider ging sein zweiter Schuss total daneben. Damit hat unser stellvertretender Direktor, Mr Dahlgren, den Wettkampf mit einem Ergebnis von dreißig zu zwanzig für sich entschieden.«

Donnernder Applaus ertönte, bis Dahlgren die Menge mit einer Handbewegung beschwichtigte. »Nun, Mr Davis hat uns zweifellos eine erstaunliche Leistung gezeigt. Er ist ein besserer Schütze, als er uns zunächst weismachen wollte. Ich möchte nicht unbedingt eine Pokerpartie mit ihm riskieren. Das hätten wir also verstanden. Nun gut, Ihr Training als FBI-Agenten wird Ihnen beibringen, wie Sie überleben und die Oberhand behalten.« Er zwinkerte Gideon zu. »Tut mir leid, Mr Davis. Aber das war nicht schlecht.«

Dann gab er den Auszubildenden ein paar Ratschläge aus seiner Zeit als Mitglied des Sondereinsatzkommandos.

Während er seinen Vortrag hielt, gab Gideon dem Range Officer ein Zeichen. »Lassen Sie mich doch mal die Zielscheibe sehen«, sagte er.

Der Beamte zuckte mit den Schultern und drückte auf einen Knopf, um die Zielscheibe heranzuholen. Gideon untersuchte sie und deutete dann auf den kleinen Kreis in der Mitte. Der Beamte kniff die Augen zusammen und sah ihn sich genau an. »Das gibt's doch gar nicht!«, rief er aus.

Er wartete, bis Dahlgren seinen Vortrag beendet und die Azubis entlassen hatte, dann ging er zu ihm.

Dahlgren schaute ihn irritiert an. »Was?«

»Äh, Sir?«, sagte der Beamte zurückhaltend und legte den Zeigefinger auf die fragliche Stelle auf der Zielscheibe. »Hier sind zwei Schmauchringe.«

Dahlgren trat näher und schaute sich das Loch an. »Blödsinn.«

»Ich sage nur, was ich sehe, Sir. Zwei Schüsse in das gleiche Loch. Mr Davis hat auch dreimal getroffen. Das sind dreißig Punkte. Perfekt getroffen. Also hat Mr Davis gewonnen.«

»Sind Sie sich da ganz sicher?«, fragte Dahlgren mit drohendem Unterton. »Wirklich absolut sicher?«

Der Beamte schaute sich die Zielscheibe noch einmal genau an. Es war eindeutig zu sehen. Er schluckte, warf Dahlgren einen knappen Blick zu und sagte: »Nein, Sir, ich hab mich wohl vertan.«

»Na bestens«, sagte Dahlgren zufrieden. »Freut mich, dass Sie das genauso sehen wie ich. Ein Treffer, einer daneben. Richtig?«

Der Beamte warf Gideon einen entschuldigenden Blick zu und hob zustimmend die Schultern.

Gideon schüttelte angewidert den Kopf.

»Lassen Sie uns mal eine Minute allein, Agent Stimson«, sagte Dahlgren. Der Range Officer verschwand eilig. Dahlgren legte seinem Gast die schwere Hand in den Nacken.

Gideon musste sich sehr beherrschen. Am liebsten hätte er dem FBI-Direktor das Handgelenk mit einer knappen und präzisen Handbewegung gebrochen, aber er riss sich zusammen.

Dahlgren redete weiter: »Die Abteilung für Terrorismusbekämpfung des FBI bekommt jedes Jahr zwölftausend Hinweise von solchen verrückten Typen, wie Ihr Informant einer ist. Wenn wir jedem davon nachgehen würden, wäre das nichts weiter als Energieverschwendung. Wenn Agent Clement mir handfeste Beweise geliefert hätte, dann würde ich die Angelegenheit natürlich untersuchen lassen. Aber im Moment haben wir nur die vage Aussage eines Drogensüchtigen und die Ahnung eines Professors, der mal eine wichtige Rolle in diesem Land gespielt hat.« Er lächelte eiskalt. »Wir können nicht hinter jeder Ratte herrennen, die unseren Weg kreuzt, Mr Davis. Um es deutlicher zu sagen: Ich habe keine Lust, FBI-Ressourcen zu verschwenden, nur damit Sie mal wieder ins Rampenlicht rücken können.«

Nancy Clement trat näher. »Sir, einige Zeugen vor Ort haben deutliche Hinweise gegeben, dass der Informant entführt wurde. Warum sollte so jemand entführt werden, wenn er nicht ...«

»Deutliche Hinweise?«, unterbrach Dahlgren sie grob. »Was soll das überhaupt heißen?«

Nancy, die normalerweise kein Blatt vor den Mund nahm, verstummte. Also ergriff Gideon das Wort. »Ich bin an diesem Fall nicht wirklich beteiligt, aber ich bin mir sicher, dass Sie einen Fehler begehen. Ich habe mit dem Mann gesprochen und seine Aufnahme gehört. Ich halte es für sehr wahrscheinlich, dass er die Wahrheit gesagt hat.«

Dahlgren trat einen Schritt zurück und hob die Stimme, während er gleichzeitig die Hand ausstreckte. »Nun gut. Ich danke Ihnen für Ihre Mithilfe. Es ist mir immer wieder eine Freude, Bürger zu treffen, die sich um das Wohl der Allgemeinheit sorgen. Passen Sie gut auf sich auf, Mr Davis. Meine Assistentin wird Sie zum Ausgang begleiten.«

SIEBTES KAPITEL

ALEXANDRIA, VIRGINIA

»Was hast du denn?«, fragte Kate.

Sie waren jetzt seit einer Stunde damit beschäftigt, Sachen auszupacken, und Gideon hatte kaum etwas gesagt.

»Ich muss immerzu an diese Sache denken«, antwortete

er, während er einen Stapel Bücher aus einer Kiste hob und in ein Regal stellte.

»Du meinst die Sache mit Mixon.«

Gideon nickte. Er hatte Kate seine Begegnung mit Mixon und den frustrierenden Besuch beim FBI in allen Einzelheiten geschildert. Dass er bei dieser Gelegenheit seine alte Flamme Nancy Clement wieder getroffen hatte, nahm sie überraschend locker auf. »Wenn dieser Typ keinen Unsinn erzählt hat, dann wird es demnächst einen schlimmen Terroranschlag geben. Er hat wörtlich von ›ziemlich vielen Opfern‹ gesprochen. Das klingt in meinen Ohren nach einem zweiten 11. September.«

»Was hält Nancy davon?«

Gideon hatte sich länger mit ihr darüber unterhalten, nachdem sie das Trainingszentrum im Quantico verlassen hatten. Er konnte sie nicht davon überzeugen, Dahlgren zu bearbeiten, damit er eine Fahndung nach Mixon ausrief. »Letzten Endes ist sie eine loyale Beamtin. Ihr Boss hat ihr befohlen, die Sache auf sich beruhen zu lassen. Wenn also keine weiteren Hinweise auftauchen, wird sie diesem Befehl folgen.«

Kate nickte und schaute zu, wie Gideon ein weiteres Buch ins Regal einordnete.

»Aber ich habe mich online noch ein bisschen umgetan«, fuhr er fort. »Diese Miliz, von der Mixon gesprochen hat, existiert in einer ziemlich abgelegenen Gegend von West Virginia. Dort gibt es jede Menge schräge Typen, die ausgestiegen sind – manche haben rechte Milizen gegründet, manche sich in die Natur zurückgezogen, es gibt da Endzeitfanatiker, Motorradgangs und Leute, die einfach nur weit weg von allem sein wollen.

»Lebt dein Bruder nicht auch da oben in West Virginia?«

Gideon zögerte. Seit gestern war ihm ein ganz bestimmter Gedanke immer wieder gekommen, ein Gedanke, der sich bereits tief in sein Gehirn eingegraben hatte. »Komisch, dass du das jetzt erwähnst …«, sagte er schließlich.

Kate schaute ihn eindringlich an. »Im Ernst? Lebt Tillman wirklich in der gleichen Gegend wie diese Leute?«

»Jedenfalls befindet sich ihr Gelände nicht weit entfernt von ihm.« Er hielt inne. »Ich vermute, dass sie Mixon dort gefangen halten. Falls er noch lebt, werden sie ihm ziemlich hart zusetzen, bis er ihnen erzählt, was er dem FBI mitgeteilt hat.«

Er brach ab. Ihm war klar, was er tun wollte. *Was er tun musste*. Er musste nach West Virginia fahren, sich mit seinem Bruder Tillman zusammentun und auf Teufel komm raus in Erfahrung bringen, was mit Ervin Mixon passiert war.

Aber es waren nur noch wenige Wochen bis zu seiner Hochzeit mit Kate. In allen Büchern, in denen Tipps für sensible, rücksichtsvolle Männer des 21. Jahrhunderts gegeben wurden, hatte er gelesen, dass er in diesem Zeitraum zu Hause bleiben und mit seiner Zukünftigen das Porzellan aussuchen sollte.

»Möchtest du, dass ich dir die Erlaubnis erteile, dich in der Sache zu engagieren?«, fragte Kate.

Gideon schwieg. Er wollte nicht um Erlaubnis bitten. Jedenfalls nicht direkt. Er wusste, welche Folgen es haben konnte, wenn er sich auf das einließ, was ihm vorschwebte – nicht die Gefahr, in die er sich begab, sondern die rechtlichen Konsequenzen, die es haben würde. Doch er wollte sich auch nicht ohne Kates Zustimmung in so ein Abenteuer stürzen.

»Wie sah sie denn aus?«

»Wer?«

»Guck mich nicht so scheinheilig an. Du weißt, wen ich meine. Nancy.«

Gideon zuckte mit den Schultern. »Ganz gut, schätze ich.«

»Durftest du ihre Pistole anfassen?«

»Hör auf. Du bist doch nicht etwa eifersüchtig?«

»Sollte ich denn?«

»Nein«, sagte Gideon. »Aber ehrlich gesagt bin ich der Überzeugung, dass dieser Informant keinen Unsinn erzählt hat.«

»Und du meinst, du kannst da von Nutzen sein?«

Anstatt zu antworten, griff Gideon in eine geöffnete Kiste und holte ein Buch heraus. »Geschichte Jugoslawiens«, las er vor.

»Du lenkst vom Thema ab.«

»Warte mal kurz.« Gideon blätterte das Buch durch. Dann drehte er es um und zeigte ihr ein altes Schwarzweißfoto, auf dem ein unbeholfen wirkender junger Mann mit einem dünnen Schnurrbart und einem traurigen Gesichtsausdruck zu sehen war.

»Erkennst du ihn?«

»Sieht mir ziemlich eindeutig nach Gavrilo Princip aus«, sagte Kate.

»Du hast die Bildunterschrift gelesen.«

Kate lächelte. »Ertappt.«

»Gavrilo Princip war ein serbischer Nationalist, der einen Anschlag auf den Erzherzog Franz Ferdinand, den Thronfolger von Österreich-Ungarn, verübte und ihn in den Hals schoss. Ein wütender junger Mann und zwei Kugeln, mehr waren nicht nötig, um den Ersten Weltkrieg auszulösen. Vier Jahre später waren zehn Millionen Menschen umgekommen.«

»Ich schätze, du willst auf etwas ganz Bestimmtes hinaus«, sagte Kate.

Gideon schaute sie ernst an. »Was wäre, wenn du die Person wärst, die gesagt hat: *Ach was, wir hören jeden Tag von irgendwelchen Attentatsplänen gegen den Erzherzog. Wir sollten diesen Hinweis nicht allzu ernst nehmen.*« Er stellte das Buch ins Regal. »Tatsächlich kann eine einzige Tat den Lauf der Welt verändern.«

»Du willst damit sagen, dass du der Sache nachgehen willst. Du willst herausfinden, ob was dran ist.«

»Es kann ja sein, dass nichts dran ist. Sehr wahrscheinlich sogar. Aber was ist, wenn sich später herausstellt, dass doch etwas dran war, und ich es hätte verhindern können?«

»Darum geht es dir also.« Kates Haare waren noch feucht von der morgendlichen Dusche. Sie klebten an ihrem wohlgeformten Nacken.

»Natürlich. Wie meinst du das denn? Worum sollte es mir sonst gehen?«

»Ach komm schon, Gideon. Denkst du etwa, mir ist nicht aufgefallen, wie unruhig du bist, seit wir zusammengezogen sind? Vielleicht …« Sie brach ab und schüttelte den Kopf.

»Vielleicht was?«

Sie überlegte kurz und schaute ihn an: »Vielleicht ist das hier ja gar nicht das Richtige für dich.« Sie deutete auf die herumstehenden Kisten. »Das Haus. Die Arbeit als Dozent. Ich.«

»Kate …«

»Ach komm, ich bin alt genug. Ich halte das aus.«

»Mit dir hat es doch gar nichts zu tun. Aber wenn ich mich nicht um diese Sache kümmere, weiß ich nicht, ob ich nachts noch ruhig schlafen kann.« Er erzählte ihr nicht, dass während seines Obelisk-Abenteuers etwas in ihm erwacht war. Und nun, wo es wach war, wollte es sich nicht wieder einlullen lassen. »Es dauert ja nur ein paar Tage«, sagte er. »Wenn ich Tillman dabeihabe, ist die Sache schnell erledigt.«

Sie schaute ihn prüfend an, und er fragte sich, ob sie seine Unsicherheit spürte. Dann sagte sie: »Ich packe dir eine Tasche mit dem Nötigsten.« Damit ging sie zur Treppe.

Gideon schaute ihr hinterher. Sein Herz pochte wild. Er spürte ganz deutlich – jedenfalls wenn er jetzt wirklich ehrlich zu sich war – dass er sie furchtbar gernhatte. Nein, es war mehr als das: dass er sie liebte. Als Kate verschwunden war, griff er nach seinem Handy und wählte die Nummer von Nancy Clement. »Hallo«, sagte er. »Ich bin's. Ich glaube, ich könnte dir bei der Suche nach Mixon helfen.«

»Gideon«, sagte Nancy. »Ich wurde von diesem Fall abgezogen.«

»Ich weiß. Deshalb will ich dir ja helfen. Wenn wir es richtig anpacken, kannst du jederzeit leugnen, etwas damit zu tun zu haben. Wenn ich etwas Brauchbares herausfinde, kannst du die Informationen nutzen. Wenn nicht, gibt es keine Verbindung zwischen uns. Aber du musst mir ein paar Sachen beschaffen.«

Kate beugte sich über das Treppengeländer: »Liebling, möchtest du die Glock oder die SIG mitnehmen?«

Gideon legte kurz die Hand über den Hörer. »Die SIG, bitte«, rief er ihr zu.

ACHTES KAPITEL

ANDERSON, WEST VIRGINIA

Der große Eber war unruhig. Der Rest der Rotte war fleißig damit beschäftigt, mit den Rüsseln den Erdboden zu durchpflügen. Aber der Eber blieb wachsam und beobachtete die Gegend. Seine Ohren zuckten, und die Borsten auf seinem

Rücken hatten sich aufgerichtet. Tillman Davis hockte hinter einem mit Berglorbeer getarnten Schießstand etwa dreißig Meter vom nächsten Tier entfernt, den Bogen gespannt und bereit zum Abschuss. Sein Herz schlug schnell. Aber er durfte sich nicht bewegen, sonst würde der Eber ihn bemerken.

Tillman war der Rotte schon seit einigen Wochen auf den Fersen. Sie bestand aus elf Tieren, die schlau, schnell und angriffslustig waren. Mit ihren scharfen Augen und den großen Hauern mussten sie sich vor keinem Feind auf vier Beinen fürchten. Wie die meisten Wildschweine in dieser Gegend waren sie russischen Ursprungs und hatten das typische dichte dunkle Fell, die kleinen Ohren und das aggressive Temperament, von den Hauern gar nicht zu reden.

Der größte Eber wog schätzungsweise knapp fünfhundert Pfund. Wildschweine wurden allgemein als Schädlinge angesehen, nicht als attraktive Jagdziele. Es gab keine Schonzeit für sie. Niemand interessierte sich sonderlich für ihr Schicksal. Eine Rotte hatte kürzlich im Bledsoe County ein Kind angegriffen und ihm den Bauch aufgerissen. Sie hätten das Kind beinahe bei lebendigem Leib aufgefressen, wenn die Großmutter nicht das Gewehr hätte holen und auf sie schießen können. Der kleine Junge überlebte, aber er würde den Schrecken nie überwinden.

Hätte Tillman ein Gewehr dabeigehabt, wäre es nicht besonders schwierig gewesen, ein paar von ihnen zu erlegen. Er hätte ihre Fressgewohnheiten ausgekundschaftet, um herauszufinden, wie er sie am leichtesten stellen konnte, und kurzerhand abgeschossen. Aber er hatte den Ehrgeiz, den großen Eber mit Pfeil und Bogen zu erlegen. Und um das zu erreichen, musste er alle elf Tiere im wahrsten Sinne des Wortes an der Nase herumführen. Und zweiundzwanzig scharf blickende Augen austricksen. Und wenn er den Eber erlegt hatte, musste er sich schleunigst aus dem Staub machen, um nicht so zu enden wie der kleine Junge im Bledsoe County.

Das Ziel war jetzt ungefähr dreißig Meter entfernt. Eine verdammt große Entfernung. Er benutzte keinen Hightechbogen wie die meisten Jäger, sondern einen, den er selbst aus Eibenholz gefertigt hatte. Aus dem gleichen Holz, aus dem die Bögen der englischen Schützen gemacht waren, die die Schlachten von Crécy und Agincourt gewonnen hatten. Der Bogen war stark, aber schwer zu bedienen. Es gab kein Peep Sight, keine Konterstabilisatoren, keine Carbonpfeile – nur einen Stock, eine Sehne und einen selbst geschnitzten Pfeil.

Tillman spürte seinen Herzschlag. Das Pochen kam ihm so laut vor; er war sich beinahe sicher, dass die Wildschweine es hören konnten.

Er atmete langsam ein und aus und konzentrierte sich darauf, völlig unsichtbar zu werden. Nicht dass er glaubte, er könnte wirklich unsichtbar werden. Aber er war sich sicher, dass es möglich war, das eigene Bewusstsein so sehr zu schärfen, dass man absolut kein Zeichen der eigenen Anwesenheit mehr aussandte – nicht die geringste Bewegung, nicht das leiseste Geräusch, nichts, was die Aufmerksamkeit auf ihn lenken konnte. Es kam darauf an, völlig in der Vegetation aufzugehen. Er hatte das im Dschungel im indischen Mohan so gemacht, als die feindlichen Guerillakämpfer drei oder fünf Meter an der Stelle vorbeigeschlichen waren, wo er gut sichtbar gestanden hatte – nun ja, fast sichtbar – ohne ihn zu bemerken.

Sein Jagdinstinkt, sein Wille, die Beute zu erlegen, fügte sich ins große Ganze ein. Seine Sinne breiteten sich aus wie Wellen auf einem Teich und nahmen alles wahr, was um ihn herum existierte – den scharfen Geruch des Hickorybaums und den sanfteren Duft der Eichen, den warmen Flecken auf seinem Gesicht, den ein Sonnenstrahl verursachte, das Gewirr der dunklen Baumstämme, die sich schwarz vom blassblauen Himmel abhoben, das kaum hörbare Rascheln der wenigen trockenen Blätter, die noch an den Ästen über ihm hingen. Und dann war da auch noch der Eber: Jede seiner Borsten war überdeutlich zu sehen, und er nahm jedes Zucken des Ohrs, jede Bewegung des Rüssels und jeden Atemzug wahr.

Tillman war niemand, der auf große Gefühle aus war. Aber dieser Moment hier kam dem Empfinden von echter Freude näher als alles, was er bislang erlebt hatte.

Er hatte nicht gerade ein angenehmes Leben hinter sich. Als er sechzehn war, hatte sein Vater seine Mutter getötet und dann sich selbst erschossen. Die Schulden, die er ihnen hinterließ, raubten ihnen praktisch das gesamte Eigentum. Tillman war anschließend zur Armee gegangen, hatte zusehen müssen, wie seine Kameraden irgendwo in der Fremde umkamen, und die bittere Erkenntnis gewonnen, dass ihr Schicksal den Menschen, die sie dorthin geschickt hatten, total egal war. Danach hatte er im südostasiatischen Dschungel in einem kleinen, schmutzigen CIA-Krieg gekämpft. Als die Angelegenheit schlecht ausging, wurde er als Sündenbock für zwei Jahre ins Gefängnis gesteckt, um für Fehler zu büßen, die andere gemacht hatten. Er war nie verheiratet gewesen, hatte keine Kinder und keine freundschaftlichen Kontakte, die von Bedeutung waren. Die stets angespannte und sehr distanzierte Beziehung zu seinem jüngeren Bruder war die einzige Ausnahme.

Komm her zu mir. Tillman schloss die Augen und konzentrierte sich ganz auf den Eber. *Komm her zu mir, Bursche*. Der Eber war schon alt, auf seiner schwieligen Brust waren viele Narben zu sehen. Die Borsten an seinem Rüssel waren schon weiß, an seinem linken Hauer fehlte eine Ecke. Er hatte vielleicht noch ein paar Jahre vor sich, hatte aber seine Nachkommenschaft längst gezeugt und sein Revier hier im Wald vor langer Zeit abgesteckt. Doch nun war seine Zeit vorbei. Jäger und Gejagter, Pfeil und Fleisch – diese Elemente gehörten zusammen als Teil eines nie endenden Kreislaufs.

Manchmal wünschte Tillman, er könnte das Gleiche von sich selbst behaupten. Dass ihn auf dieser Ölplattform eine Kugel erwischt und seine zweifelhafte Karriere beendet hätte. Aber das war ihm erspart worden – falls *erspart* in diesem Zusammenhang überhaupt das richtige Wort war. Genau in dem Moment, als er vor dem totalen Scheitern gestanden hatte, war Gideon gekommen, hatte ihm das Leben gerettet und so verhindert, dass seine Zeit schon vorbei war.

Tag für Tag lastete die Scham über die schändliche Sinnlosigkeit seines Lebens auf Tillman wie eine kaum erträgliche Last. Zwar kochte er sein Essen und bestellte sein Land, baute seinen Mais und seine Bohnen, seine Rüben und seine Karotten an, fing Kaninchen und jagte Rotwild, las Bücher und bemühte sich mehr schlecht als recht, sich das Banjospielen beizubringen. Aber die meisten seiner Tage empfand er nur als lächerliche Zeitverschwendung.

Doch es gab ja immer noch das hier. Es gab immer noch die Jagd.

Einen Moment lang schaute der Eber zu Boden. Tillman spannte die Sehne mit einer einzigen sicheren Handbewegung. Sein Gefühl sagte ihm, dass dies genau der richtige Augenblick war. Wenn er jetzt schoss, würde sein Pfeil den Weg ins Ziel finden.

Aber als seine Fingerkuppen die Sehne losließen, hörte er ein lautes Geräusch hinter sich. Ein Motor heulte auf und ein Wagen näherte sich auf dem Feldweg, der zu seinem Haus führte. Durch das dichte Gestrüpp konnte Tillman das Fahrzeug zwar nicht sehen, aber sehr gut hören.

Der Eber erstarrte, als er das Geräusch vernahm, und hockte sich aufs Hinterteil, als wollte er sich für einen Angriff vorbereiten. Die Folge war, dass der perfekt gezielte Pfeil ihn zu hoch erwischte und über Lunge und Herz direkt links von der Wirbelsäule eindrang. Auch dieser Treffer war tödlich, aber es würde wesentlich länger dauern.

Das Fahrzeug rumpelte über den Feldweg und wurde wieder leiser.

Gottverdammt, fluchte Tillman innerlich, *was für ein Arschloch sitzt denn in diesem Auto?*

Aber er hatte keine Zeit, weiter über diese Frage nachzudenken. Der Eber brüllte vor Schmerz und Wut laut auf und rannte direkt auf Tillman zu. Für einen zweiten Schuss war jetzt keine Zeit mehr, er konnte unmöglich einen zweiten Pfeil einspannen, zielen und schießen.

Der Eber rannte wie im wilden Wahn. Der Pfeil ragte nur wenige Zentimeter vor seinem Schwanz aus dem Körper. Der breite Rückenmuskel, der entlang dem Rückgrat verlief, war bestimmt zerschnitten. Aber dennoch hatte der Eber noch genug Kraft und Willen für einen Angriff.

Tillman hatte keine Zeit mehr, auf einen Baum zu klettern. Das riesige Wildschwein würde ihn in wenigen Sekunden erreichen. Also warf er den Bogen beiseite und zog sein Messer. Es war das gleiche Messer, das er schon seit vielen Jahren bei sich trug, im Dschungel von Südostasien genauso wie in den Bergen von Afghanistan. Er schliff es immer so scharf, dass er sich damit rasieren konnte. Er benutzte es schon so lange, dass es praktisch ein Teil seines Körpers geworden war.

In den kleinen, rotgeränderten Augen des Ebers lag ein

Ausdruck vollendeter Bosheit und Tücke. In diesem Moment waren alle großartigen Ideen über die edlen Absichten des vollkommenen Kriegers absolut fehl am Platze. Diese Bestie wollte ihn töten, sein Fleisch mit seinen spitzen Hauern zerreißen. Ein dünnes Rinnsal Speichel rann über den einen Hauer.

Tillman wurde die Ironie der Situation bewusst: Nachdem er auf drei Kontinenten in schwere Kämpfe verwickelt worden war, sollte er nun das Opfer eines rasenden Ebers werden. Ein Schwein würde ihn auf dem Gewissen haben.

Er grinste vor sich hin. »Na gut, du verdammter alter Bastard«, sagte er. »Wenn es darauf hinausläuft ...«

Der Eber hielt direkt auf Tillman zu. Wegen seiner Wunde konnte er nicht in gerader Linie laufen. Er scherte ein wenig nach links aus, gerade genug, dass Tillman in der Lage war, zur Seite zu treten und mit dem Messer zuzustoßen. Die Klinge drang tief in den Brustkorb des Wildschweins ein.

Erst nachdem das Messer einen tiefen Schnitt in der Brust des Angreifers verursacht hatte, wurde Tillman klar, dass er einen Fehler gemacht hatte. Wilde Eber haben eine mehrere Zentimeter dicke Hornhaut über der Brust, die dazu dient, ihn vor den Hauern rivalisierender Eber zu schützen. Die Klinge schnitt also nur ein kleines Stück weit in die Brustplatte ein, und das Tier schien die Verletzung kaum zu bemerken.

Der Eber wirbelte mit erstaunlicher Schnelligkeit herum. Mit einem Ruck seines Schädels warf er Tillman in die Luft. Er flog drei Meter weit und landete in einem Lorbeerbusch. Der Eber rannte auf den Busch zu, aber er hatte Tillman so hoch geschleudert, dass er einen Meter über dem Boden im Gestrüpp gelandet war. Nur sein rechter Stiefel hing herab.

Der Eber hackte spielerisch mit dem Hauer nach Tillmans

Fuß. Tillman trat ihm in die Schnauze. Das Tier quiekte und rannte ein Stück zurück, um erneut Anlauf zu nehmen. Tillman lockte ihn mit dem herabhängenden Fuß an und nahm ihn rechtzeitig weg wie ein Torero, der einen Stier anlockt. Und genau wie ein Torero ließ er das Tier für seine Kühnheit büßen und stach ihm mit der Klinge ganz tief in den Rücken.

Der Eber brüllte wütend und rannte mit der Klinge im Leib zehn Meter weit weg, machte kehrt und starrte Tillman aus seinen kleinen Augen böse an. Seine Flanken hoben und senkten sich, während er laut schnaufte. Aus allen drei Wunden strömte Blut. Aber er hatte offenbar nicht die Absicht, sich geschlagen zu geben.

Er griff erneut an.

Tillman ließ den Fuß wieder baumeln, in der Hoffnung, er könnte den Trick noch einmal wiederholen. Aber der Eber war zu schlau. Statt den Fuß ins Visier zu nehmen, rannte er mit voller Wucht gegen den Hauptstamm des Lorbeerbuschs. Die Erschütterung durch den Aufprall war so stark, dass der ganze Strauch erzitterte. Tillman merkte, wie er den Halt verlor und verspürte gleichzeitig ein Gefühl der Angst sowie Achtung für seinen Gegner.

Rums! Der Eber rannte erneut gegen den Stamm.

Tillman entschied, dass es besser war, selbst die Initiative zu ergreifen, als darauf zu warten, dass er auf dem eigenen Hintern landete. Also sprang er vom Busch herunter. Das eine Bein knickte ein. Er bemerkte, dass Blut über seine Wade rann. Offenbar hatte der Eber ihn aufgeschlitzt, als er ihn durch die Luft schleuderte, obwohl er nichts davon gespürt hatte.

Er zwang sich aufzustehen. Der Schmerz war immens, aber er wusste, dass er ihn bezwingen und weiterkämpfen musste, sonst war es aus.

Die ganze Wildschweinrotte hatte sich inzwischen um ihn herum versammelt. Die Tiere beäugten ihn und den Eber wie Schaulustige, die bei einem Faustkampf in einer Kneipe zuschauen. Sie griffen ihn nicht an, sondern glotzten nur und warteten auf ein Zeichen ihres Anführers.

Aber der alte Eber interessierte sich nicht mehr für sie. Er hatte nur noch Augen für Tillman.

Und der hatte jetzt keine Waffe mehr, um sich zu verteidigen. Der Eber brüllte, die Augen fest auf seinen Gegner geheftet. Ihm schwanden die Kräfte, das war deutlich zu sehen. Er stampfte mit den Klauen auf den Boden, senkte den Kopf und bereitete sich auf den Angriff vor. Blut und Speichel troffen aus seinem Maul, seine Unterlippe bebte vor Wut und Schmerz.

Der Bogen.

Tillman sah ihn auf dem Boden liegen. Drei Pfeile waren noch im Köcher. Er bewegte sich langsam in seine Richtung.

Der Eber schüttelte den Kopf und grunzte.

Tillman wusste, dass er nur eine Chance hatte. Er bückte sich nach dem Bogen.

Der Eber griff an. Alles schien sich nun wie in Zeitlupe zu bewegen. Tillman spürte das schmerzhafte Pochen in seiner blutenden Wade, hörte das dumpfe Trampeln der Klauen des Angreifers. Für Angst war nun keine Zeit mehr. Jetzt ging es nur noch ums nackte Überleben. Nur der Stärkere konnte gewinnen.

Er umfasste den Ledergriff des Bogens und holte mit der anderen Hand einen Pfeil aus dem am Boden liegenden Köcher. Dann prallte der massige Körper des Ebers erneut gegen ihn. Es war, als hätte er Körperkontakt mit dem größten und schwersten Footballspieler, gegen den er je gespielt hatte. Nur viel schlimmer. Und ohne Schutzkleidung.

Tillman wurde zu Boden geworfen und blieb liegen. Einen Moment lang bekam er keine Luft mehr. Der Bogen war weg, er hielt nur noch den Pfeil umklammert. Der Eber drehte sich wieder herum und grunzte drohend.

Die anderen Wildschweine kamen näher. Sie stanken nach Urin und Schweinekot. Der Eber senkte erneut den Kopf, bereit zum Angriff.

Instinktiv hob Tillman die letzte Waffe hoch, die ihm geblieben war, den Pfeil mit der rasiermesserscharfen dreiflügeligen Spitze, die sich nun zwischen ihm und dem Eber befand. Die Pfeilspitze war das Einzige seiner Ausrüstung, das er nicht selbst angefertigt hatte. Es war eine gekaufte Spitze aus gehärtetem Stahl, gespickt mit drei scharfen Klingen, superpräzise geschliffen, mit einer Genauigkeit, die man sonst nur bei chirurgischen Instrumenten anwandte. Aber er hatte keine Möglichkeit mehr, ihn abzuschießen. Also musste er ihn wie einen kleinen Speer benutzen. Er ballte die Faust um die Federn und drückte den Nocken gegen den Knopf am Latz seines Tarnfarben-Overalls. Dann klemmte er den Schaft des Pfeils zwischen die Sohlen seiner Stiefel.

Einen Moment lang hörte er nichts weiter als das Quieken der Schweine, die ihn umringt hatten.

Dann kam der letzte Angriff des Ebers. Der Aufprall war massiv und brutal. Der Eber rammte Tillmans Schuhsohlen und katapultierte ihn kopfüber nach hinten, wo er mit dem Gesicht nach unten im Staub landete.

Und dann stand der alte Eber direkt vor ihm und starrte ihn an. Die anderen Wildschweine verstummten.

Tillman roch den stinkenden Atem des Tiers, das nun den Kopf senkte, zur Seite drehte, und ihn nur noch mit einem Auge anglotzte.

»Also gut«, sagte Tillman. »Dann bring es aber schnell hinter dich, okay?«

Der Eber zwinkerte ihm zu. Jedenfalls sah es so aus.

Dann sank das Tier zu Boden, als ob es sich hinlegen und ausruhen wollte. Wieder kniff der Eber das eine, sichtbare Auge zu. Und mit dieser letzten, kleinen Bewegung starb er.

Das gefiederte Ende des Pfeils ragte kaum mehr als vier Zentimeter aus seinem Brustkorb. Die Spitze war direkt ins Herz eingedrungen.

Einen Moment lang war kein Geräusch zu hören. Tillman gelang es mühsam, sich auf den Knien aufzurichten. Die führerlose Wildschweinrotte umringte ihn und starrte ihn an. Dann drehten sich die Schweine um und verschwanden eilig.

Tillman versuchte aufzustehen. Aber er war mit einem Mal so müde, dass er nicht aufrecht stehen konnte. Ein Teil seines Gehirns begriff, dass dies auf das Absinken des Adrenalinspiegels zurückzuführen war, die normale Reaktion nach einem beendeten Kampf. Sein Körper zwang sich zur Ruhe, damit er wieder ins Gleichgewicht kam. Er wusste, dass es keinen Zweck hatte, dagegen anzukämpfen.

Also ließ er sich zur Seite fallen und lehnte sich gegen die warme, blutige Flanke des alten Ebers. Er spürte die piksenden Borsten auf der Haut, als er den riesigen Kopf des toten Tiers tätschelte.

Er hätte gern etwas Angemessenes gesagt, etwas das dem langen Leben und dem ehrwürdigen Tod dieses alten Ebers gerecht wurde. Aber er war leider nie ein Mann großer Worte gewesen. Die Fähigkeit, salbungsvolle Reden zu schwingen, war nur seinem Bruder vererbt worden.

»Du siehst richtig scheiße aus«, sagte eine Stimme und unterbrach seine unnützen, müßigen Gedanken.

Er schaute auf und sah etwa zwanzig Meter entfernt einen Mann stehen.

»Arschloch«, sagte Tillman und schloss die Augen. »Pass

auf, was du sagst. Das arme Schwein hier hat sich praktisch zu Tode erschrocken.«

»Na hör mal«, sagte Gideon, »begrüßt man so etwa seinen Bruder?«

NEUNTES KAPITEL

ANDERSON, WEST VIRGINIA

Gideon holte einen Erste-Hilfe-Koffer der US Army aus Tillmans Badezimmer und begann, die Beinverletzung seines Bruders zu versorgen. Es war eine klaffende Wunde, die man besser mit einigen Stichen genäht hätte. Die Blutspur – halb geronnen und vom Staub verunreinigt – zog sich nach unten bis in Tillmans Stiefel. Gideon tupfte die Wunde mit Alkohol ab, während Tillman regungslos und mit geschlossenen Augen dalag und nicht das kleinste Geräusch von sich gab. Anschließend verteilte er ein wenig antibakterielle Creme darauf, verband das Ganze notdürftig, legte einige Pflasterstreifen kreuzweise übereinander und deckte alles mit einer Mullbinde ab.

Als er fertig war, schaute Gideon sich in dem kahlen kleinen Zimmer um. Es wurde von zwei Öllampen erhellt. Die Wände waren unverputzt, das einzige Möbelstück war ein Waffenregal mit vier Gewehren und einer Schrotflinte. Die Küche bestand aus einem Campingkocher und einem Ofen, der aus dem oberen Drittel eines Ölfasses gefertigt war. Persönliche Gegenstände waren kaum vorhanden. Es war traurig zu sehen, auf welch niedrigem Niveau Tillman sein Dasein fristete. Dies hier war schon weniger als Armut, man konnte es nicht einmal mehr spartanisch nennen. Das Zimmer sah aus wie eine Gefängniszelle.

Tillman selbst machte auch keinen besseren Eindruck.

Er war kleiner und muskulöser als Gideon, sah aber sehr schmutzig, vertrocknet und regelrecht erschöpft aus. Gideon bekam Schuldgefühle. Er fühlte sich schuldig und … traurig. Vor zwei Jahren musste sein Bruder den Sündenbock spielen für verschiedene Dinge, die aus dem Ruder gelaufen waren, was aber nicht seine Schuld gewesen war. Gideon hatte versprochen, ihm das alles zu ersparen, dieses Versprechen aber nicht halten können. Wie viel persönlichen und politischen Einfluss Gideon danach aufwenden musste, um ihn aus dem Knast zu holen, war Tillman verborgen geblieben. Es gab eine Menge Leute in Washington, die ihn gern für den Rest seines Lebens im Gefängnis gesehen hätten, und ohne Gideons Einsatz wäre es zweifellos so gekommen. Trotzdem fühlte Gideon sich verantwortlich für das traurige Dasein, das sein Bruder hier fristete.

Einen Moment lang erwog er, ob er nicht gleich wieder nach Washington zurückfahren sollte. Die Mixon-Angelegenheit war nun wirklich nicht Tillmans Problem.

Aber noch bevor er sich zu einer Entscheidung durchringen konnte, öffneten sich Tillmans Augen, und er sagte: »Komm schon, Gideon, du bist doch nicht den weiten Weg hierhergekommen, um mir beim Ausnehmen eines Ebers zu helfen. Sag schon, was du von mir willst.«

Gideon schaute seinen Bruder prüfend an. »Vor einiger Zeit hast du mir mal von so ein paar Nazitypen erzählt, die sich hier in der Gegend organisiert haben. Du hast auch erwähnt, dass du mit ihnen Geschäfte machst.«

»Das sind keine Nazis, sondern Milizionäre«, blaffte Tillman ihn an.

»Okay. Du hast erzählt, dass diese Typen dich mehrmals angesprochen hätten. Sie behaupteten, sie wüssten, wer du bist, und wollten dich für ihre Gruppe anwerben. Du meintest, sie würden dich für jemanden halten, der ähnlich denkt wie sie.«

Gideon erklärte ihm, was vorgefallen war.

Nachdem er ihm alles über Mixon, Nancy Clement und den angeblich geplanten Terroranschlag erzählt und den Verdacht geäußert hatte, dass Verhoven daran beteiligt sei, seufzte Tillman und richtete sich träge auf.

»Blödsinn«, stieß er hervor.

»Was meinst du damit?«

Tillman fuhr sich mit der Hand durchs Haar und beugte sich nach vorn. »Wenn du mich anschließend schlafen lässt, kann ich dir ja mal kurz erklären, was bei Verhoven tatsächlich gespielt wird, und dass er bestimmt nicht vorhat, einen Haufen Unschuldiger in die Luft zu sprengen.«

»Geht in Ordnung.«

»Na schön, dann sollst du ein bisschen an meinem Gefängniswissen über die Auswüchse rechtsradikaler Umtriebe in Amerika teilhaben.« Er streckte den rechten Arm aus und zählte die einzelnen Finger ab: »Hier am äußersten Ende haben wir Nazis und Skinheads und christliche Fundamentalisten – alles weiße Rassisten. Außerdem gibt es noch die Aryan Brotherhood, die wirklich eine kriminelle Organisation ist, die aus den Gefängnissen heraus operiert, aber ein ähnliches rassistisches Gedankengut vertritt wie die anderen Rechtsradikalen.

Diese Miliztypen sind ein oder zwei Schritte näher am Mainstream angesiedelt. Manche haben Verbindungen zu den Nazis und den Rassisten und den Fundamentalisten. Aber die meisten eher nicht. Mit manchen von diesen Milizionären kann ich durchaus reden. Sie sind größtenteils bewaffnete Libertäre, Verfassungsfundamentalisten, Waffenfanatiker oder Leute, die auf freien Waffenbesitz großen Wert legen. Alle haben gemeinsam, dass sie sich nicht länger von der Bundesregierung verarschen lassen wollen. Alle paar Wochen gehen sie in voller Montur raus in die Natur, bemalen sich die Gesichter mit Tarnfarbe und fuchteln mit ihren Waffen herum. Die meisten sind im Grunde genommen harmlos.«

»Na gut, und was ist mit Verhoven?«

Tillman lächelte dünn. »Soweit ich weiß, schwadroniert er gerne darüber, dass Amerika von verfassungstreuen Protestanten aufgebaut wurde und dass deren Tugenden vergessen worden seien. Deshalb sollten sich alle, die so denken wie er, bewaffnen und sich auf eine große Konfrontation mit der Regierung vorbereiten, weil die irgendwann Sturmtruppen schicken wird, um ihnen die Waffen wegzunehmen. Aber soweit ich das beurteilen kann, ist das alles nur Gerede. Mit Politik hat er überhaupt nichts am Hut. Darum geht es ihm gar nicht.«

»Worum denn sonst?«

»Um bestimmte pharmazeutische Produkte. Vor allem um Crystal Meth.«

»Bist du dir sicher?«

»Jeder hier in der Gegend weiß das. Er ist einer der ganz großen Produzenten. Er vertreibt das Zeug im großen Stil, vor allem mit Hilfe von Motorradgangs und Skinheadgruppen.«

»Wie kann es denn sein, dass alle davon wissen, er aber nicht verhaftet wird?«

»Soweit ich weiß, war Verhovens Großvater ein ganz großer Schwarzbrenner – und nebenbei auch noch Sheriff von Hertford County. So was hat hier Tradition. Solange man nicht andere Leute damit belästigt, wird man nicht an die Bundespolizei verraten.«

Gideon gefiel das überhaupt nicht. Hatte er etwa auf das falsche Pferd gesetzt? Was war, wenn sich herausstellte, dass dieser Mixon genauso ein Windei war, wie Ray Dahlgren behauptet hatte? »Du meinst also …«

»Um das noch einmal klarzustellen: Ich spreche hier nur von dem, was die Leute sich so erzählen. Vielleicht betreibt er diese Miliz ja als Non-Profit-Organisation. Damit könnte er sich gewisse Steuererleichterungen sichern. Seine Ideologie nützt ihm, wenn er versucht, Leute mit Gefängnisstrafen anzuwerben. Der Vorteil ist, dass er eine bewaffnete Schutzmacht um sich versammelt hat, die ihn unantastbar macht. Glaubt er an den ganzen ideologischen Senf, den er ständig von sich gibt? Vielleicht. Aber warum sollte er auf dem Times Square eine Bombe zünden? Das wäre doch schlecht fürs Geschäft.«

Gideon beugte sich zu seinem Bruder. »Na gut, vielleicht bin ich ja auf dem falschen Dampfer. Aber ich meine trotzdem, dass mehr dahintersteckt.« Er erzählte von seiner Begegnung mit Mixon und dessen Behauptung, dass auf Verhovens Anwesen der Plan für einen Anschlag auf die Regierung ausgeheckt worden sei.

Als er damit fertig war, schaute Tillman ihn müde an und zuckte mit den Schultern. »Und?«

»Du hast mir doch erzählt, dass einige von diesen Milizionären deine Geschichte kennen und dich aufgefordert haben, sich ihnen anzuschließen. Vielleicht könntest du ja darauf eingehen und dich auf ihrem Grundstück ein wenig umschauen. Gut möglich, dass Mixon dort gefangen gehalten wird. Sollte dies der Fall sein, teilst du es mir mit, und ich gebe dem FBI Bescheid.«

Tillman schaute ihn angewidert an. »Warum sollte ich den Bundesbehörden Hilfestellung leisten? Damit sie mich wieder in den Knast bringen?« Er stand auf, zog das Hemd aus und legte es ans Fußende seines Bettes. »Jetzt mach mal Platz und lass mich schlafen, ich bin müde.«

Gideon erhob sich. Tillman legte sich aufs Bett.

»Wirst du es tun, Tillman?«

»Das klingt alles vollkommen schwachsinnig.«

»Aber wenn doch was dran ist, könnten viele Unschuldige in Mitleidenschaft gezogen werden.«

Tillman schloss die Augen und zog die raue Armeewolldecke über sich. »Ich hab meinen Teil für dieses Land geleistet, und du weißt ja, wie sie es mir gedankt haben. Nein danke, kein Interesse.«

»Ich weiß, dass du der Regierung nichts schuldig bist. Aber ich habe noch was bei dir gut.« Gideon ließ diesen Satz seine Wirkung entfalten, bevor er fortfuhr: »Du weißt, was ich für dich getan habe. Ohne mich wärst du jetzt tot. Oder für immer im Gefängnis.«

Tillman war gut zehn Kilo schwerer als sein Bruder, aber als er jetzt auf dem Bett lag, wirkte er kleiner und irgendwie geschrumpft. Er schaute Gideon mit nur einem geöffneten Auge an.

»Was hält Kate denn von dieser Sache?«

»Mit ihr hat das alles nichts zu tun.« Gideons Stimme klang ein klein wenig zu resolut.

»Weiß sie, dass du hier bist?«

»Natürlich weiß sie das. Ich soll dich von ihr grüßen.«

»Wenn ich du wäre, Bruderherz, dann würde ich schnell in mein hübsches Häuschen zurückfahren und es mir zusammen mit meiner wunderbaren Frau gemütlich machen.«

»Mach ich auch. Wenn wir diese Angelegenheit überprüft haben.«

»Na gut, wie du meinst. Morgen früh geh ich los und schnüffle ein bisschen herum. Aber dann sind wir quitt.« Er drehte sich zur Wand. »Kann ich jetzt endlich schlafen?«

Gideon ging zu seinem Wagen und kam mit einem Seesack zurück, in dem sich eine Funkausrüstung aus Armeebeständen befand, die er Nancy Clement abgeschwatzt hatte.

Als alles ausgepackt war, schnarchte Tillman längst vor sich hin.

ZEHNTES KAPITEL

POCATELLO, IDAHO

»Wie weit sind wir?«, fragte Wilmot.

Collier stand mit ihm auf dem Balkon und schaute über das achttausend Hektar große Anwesen. In der Ferne erhoben sich die Bitterroot Mountains aus der weiten schneeweißen Waldfläche. Das schmale blaue Band eines Flusses wand sich durch das dazwischenliegende Tal. Etwas weiter stieg weißer Dampf auf, als einziger Hinweis auf die Existenz einer Maniok verarbeitenden Fabrik.

»Ziemlich weit«, sagte Collier.

Sie schwiegen eine Weile. Unter ihnen erstreckten sich die inzwischen nicht mehr genutzten Koppeln, auf denen einst zahlreiche schöne Pferde grasten, bis zu den Stallgebäuden. Collier war bewusst, dass dies für Wilmot ein sehr emotionaler Augenblick war.

»Ich habe hart gearbeitet, um diese Farm aufzubauen«, sagte Wilmot. »Es fällt mir nicht leicht, sie zu verlassen.«

»Sie werden etwas hinterlassen, das viel größer ist als all das hier«, sagte Collier.

Bevor Wilmot darauf antworten konnte, hörten sie ein Geräusch, das von der Baumreihe gegenüber kam. Etwa hundert Meter von ihnen entfernt brach eine Gestalt durch das Unterholz und rannte panisch auf das Haus zu. Es war eine der kongolesischen Frauen. Amalie, die Unruhestifterin, die ihn schon mehrfach wegen des Schicksals von Christiane belästigt hatte.

»*S'il vous plaît!*«, schrie die Frau, während sie durch den Schnee auf das Haus zulief. »*S'il vous plaît!*«

Collier spürte Wilmots eisernen Griff an seinem Arm, es schmerzte.

»Geh nach unten und kümmere dich darum, John«, sagte Wilmot. »Es ist an der Zeit.«

»Jawohl, Sir!« Collier lief eilig ins Haus und kam dabei an Evan vorbei, der in seinem Rollstuhl gerade in die entgegengesetzte Richtung unterwegs war. Als er außerhalb von dessen Sichtweite war, rannte er los. Kaum war er im Erdgeschoss angekommen, hörte er schon das laute Klopfen an der Haustür. Er durchquerte die Küche, hielt kurz am Kühlschrank an, holte eine kleine rote Kartonpackung aus dem Butterfach und steckte sie in die Tasche seines Parkas.

Dann riss er schwungvoll die Tür auf. Amalie stand vor ihm auf der Veranda. Sie riss die Augen auf, als sie ihn sah. Offenbar hatte sie jemand anderen erwartet.

»*Bonjour, ça va?*«, fragte er lächelnd. »Was, um Himmels willen, ist denn nur los?«

Evan fuhr mit seinem motorisierten Rollstuhl so nah wie möglich an die Brüstung heran. Jetzt, nachdem er die Tabletten abgesetzt hatte, fühlte er sich ziemlich mies. Der Schmerz fühlte sich scharf und spitz an, genau wie die Luft um ihn herum. Aber aus irgendeinem Grund war ihm das gar nicht so unangenehm.

»Was geht denn hier eigentlich vor, Dad?«, fragte er. »Was ist das für eine Frau?«

Unten sah man, wie John Collier mit einer hübschen, schlanken schwarzen Frau auf die Ställe zuging.

Wilmot musterte seinen Sohn. »Du siehst heute anders aus als sonst«, stellte er fest. »Wie kommt's?«

Evan hatte seinem Vater nicht erzählt, dass er die Schmerzmittel nicht mehr nahm. Er wollte erst einmal wieder klar denken können, ohne diesen Schleier, der sich über seine Wahrnehmung gelegt hatte, seit er die Pillen genommen hatte. Falls sein Vater an irgendwelchen dubiosen Geschäften beteiligt war, wollte er es herausfinden, ohne dass jemand misstrauisch wurde.

»Jetzt sag doch mal«, bohrte er nach. »Wer ist das? Was machst du zusammen mit John da draußen in den Wäldern?«

»John ist ein außergewöhnlicher junger Mann«, sagte Wilmot. »Geradezu brillant. Er hat eine neue Möglichkeit der Energiegewinnung entdeckt – die Herstellung von Äthanol aus Holz. Du weißt ja, wie viel überschüssiges Holz wir hier haben. Ich habe mich entschlossen, ihn hierherzuholen und sein Projekt zu finanzieren. Mal sehen, wie weit wir damit kommen.«

»Dann hat er also so eine Art Fabrik mitten im Wald?«

Wilmot nickte. »Es gibt ziemlich wenige Arbeitskräfte hier in der Gegend. Als letztes Jahr eine Gruppe von Frauen aus dem Kongo in Coeur d'Alene aufgetaucht ist, die vor dem Völkermord im Osten ihres Landes geflohen sind, habe ich sie angeheuert, damit sie John zur Hand gehen.«

»Ich habe mich schon gewundert«, sagte Evan. »Wegen John, meine ich ... also, ich fand es ziemlich übertrieben, dass du ihn engagiert hast, nur um mir Gesellschaft zu leisten.«

»Er ist doch dein Freund, oder?«, fragte Wilmot scharf. »Du kennst ihn doch schon, seit er so groß war.« Er streckte die Hand aus und deutete eine Höhe von ungefähr sechzig Zentimetern an.

Evan erwiderte nichts. John war sehr nett zu ihm und ging seinen Verpflichtungen immer sehr genau nach. Aber Evan konnte Menschen ganz gut einschätzen und war sich ziemlich sicher, dass John Collier ihn noch genauso sehr verabscheute wie früher.

Wilmot legte den Arm um seinen Sohn. Es fühlte sich gut an. Er wusste, dass sein Vater ihn liebte, aber er war in Gefühlsdingen nicht gerade überschwänglich. »Du wirst dich hier draußen noch erkälten, mein Junge.«

»Es geht schon. Eigentlich ist es ganz angenehm.«

Wilmot drückte seine Schulter. Er wirkte ungewöhnlich nachdenklich. Normalerweise war er sehr ausgeglichen, immer mit etwas beschäftigt, ständig dabei, jemanden herumzukommandieren, damit die Dinge vorangetrieben wurden.

»Lass uns mal lieber reingehen, bevor du dich noch erkältest«, sagte er, trat hinter den Rollstuhl und schob ihn zurück ins Haus, ohne auf Evans Zustimmung zu warten.

Monatelang hatte Evan die geflüsterten Gespräche zwischen seinem Vater und Collier registriert und bemerkt, wie sie sich ganz plötzlich einem anderen Thema zuwandten, wenn er ins Zimmer rollte. Irgendwo ganz hinten in seinem von den Medikamenten betäubten Gehirn war ihm bewusst geworden, dass sie sich recht eigenartig benahmen. Jetzt, mit klarem Verstand, kam es ihm vor, als würden sie es ihm regelrecht auf die Nase binden. Als sein Vater ihn in die Wärme zurückschob, war Evan sich absolut sicher, dass etwas nicht stimmte. Warum sollte sein Vater einen Haufen afrikanischer Frauen engagieren, die ja noch nicht einmal Englisch sprachen, um sie mitten in den Wäldern von Idaho in einer Versuchsfabrik zur Produktion von Äthanol arbeiten zu lassen? Es gab doch unter den Ortsansässigen jede Menge Arbeitslose, die glücklich gewesen wären, wenn sie eine harte Arbeit zu einem minimalen Lohn bekommen hätten.

Auch wenn es ihn zum Krüppel gemacht hatte, war Evan noch immer stolz darauf, dass er seinem Land gedient hatte. Aber seine schlimme Verletzung hatte so manches in seinem Vater verändert. Er war von einem bekennenden Isolationisten zu einem wütenden Regierungsgegner geworden, dessen Zorn Evan nicht mehr nachvollziehen konnte. Evan nahm sich vor herauszufinden, was hinter den Heimlichkeiten zwischen ihm und John Collier wirklich steckte.

Ohne sich seinen Entschluss anmerken zu lassen, griff Evan nach dem Steuerhebel seines Rollstuhls und lenkte ihn von seinem Vater fort. »Bis später dann, Dad.«

»Wo ist Christiane?«, fragte Amalie. »Sie haben gesagt, es sei alles in Ordnung, aber warum darf ich sie dann nicht sehen?«

»Schon gut, schon gut«, sagte Collier. »Ich bring dich zu ihr. Aber zuerst einmal musst du dich beruhigen, ja?« Er führte sie über die halbkreisförmige Auffahrt vor dem riesigen Landhaus der Wilmots. Ursprünglich hatte er mit ihr im Stall fertigwerden wollen, hatte aber noch rechtzeitig gemerkt, dass es so nicht gehen würde. Sie war viel zu aufgebracht.

»Los, komm, steig in den Wagen«, sagte er und fasste sie am Arm.

Sie riss sich los und starrte ihn finster an.

»Willst du nun mitkommen oder nicht?«

Sie überlegte kurz, nickte dann und ging auf Colliers Ford zu.

Collier seufzte laut und schaute zurück zum Haus. Er wollte sichergehen, dass er nichts tat, was Mr Wilmot missfiel.

Evan und Wilmot standen noch immer oben auf dem Balkon und schauten herab.

Als er sah, wie Wilmot seinen Arm um Evans Schultern gelegt hatte, spürte er einen heftigen Stich in der Brust. Collier war keiner von denen, die viel über die Vergangenheit nachgrübelten. Aber gerade jetzt musste er an den Moment denken, als er dieses Haus verlassen musste.

Es war eine hässliche Sache gewesen. Und nur Wilmot kannte die ganze Geschichte.

John Collier war auf dem Anwesen geboren worden. Seine Mutter hatte hier als Evans Babysitter und Haushälterin gearbeitet.

Es war nie bekannt geworden, wer Colliers Vater war. Seine Mutter wollte es ihm nicht sagen und starb, noch bevor es ihm gelungen war, ihr die Wahrheit abzuringen. Als Kind hatte Collier sich ausgemalt, dass Wilmot sein Vater war. Aber je älter er wurde, umso weniger plausibel kam es ihm vor. Dale Wilmot war sehr groß und kräftig, grobknochig und hatte breite Gesichtszüge. Collier hingegen war klein, feingliedrig und dünn und hatte ein beinahe zart anmutendes Gesicht und rote Haare. Da seine Mutter keine dieser Merkmale gehabt hatte, musste er sie wohl von seinem Vater geerbt haben.

Als er auf dem Anwesen aufwuchs, konnte er trotzdem nicht anders, als Wilmot als eine Art Vaterfigur anzusehen. Eine andere Person kam dafür ohnehin nicht in Frage, es sei denn, man bezog Arne Szellenborg, den Familienbutler und Gärtner mit ein, der allerdings eindeutig schwul war und ein kaum verborgenes Alkoholproblem hatte.

Wilmot hatte sofort Colliers Begabungen erkannt und ihn mit einer Armbanduhr oder einem Luftgewehr belohnt, wenn er einen Wettbewerb in Rechtschreibung oder in Naturwissenschaften gewann. Aber Wilmots Aufmerksamkeit für Collier war immer eher eine Nebensächlichkeit gewesen, wie ein Knochen, den man einem Bediensteten hinwarf.

Und so war John Collier im Schatten von Evan Wilmot aufgewachsen.

Evan, der Goldjunge. Evan, der perfekte Sohn. Evan, auf den Dale Wilmot seine ganze Zukunftshoffnung setzte.

Und Evan, dieser Mistkerl, war es auch noch wert, dass man so hohe Erwartungen in ihn setzte. Obwohl Wilmot auf eine eher grobschlächtige Art gut aussah, musste man Evan eindeutig als hübsch bezeichnen. Seine Gesichtszüge waren fein geschnitten, sein Körperbau makellos. Sein Vater wurde Footballchampion, indem er unaufhörlich trainierte und bemüht war, sich in jedem Wettkampf hervorzutun (gelegentlich auch mit unfairen Mitteln). Evan hingegen gewann eine Trophäe nach der anderen, elegant und scheinbar ohne sich anzustrengen. Er konnte große Laufstrecken bewältigen, ohne sich total abzuhetzen, hatte einen siebten Sinn, der es ihm ermöglichte, Löcher in der gegnerischen Abwehr zu finden und sich auf geradezu schlafwandlerische Art hindurchzuschlängeln, um Tore zu schießen. Sein Vater betrachtete andere Männer als Werkzeuge, die er nach Lust und Laune benutzte und manipulierte, während Evan ein echtes Interesse an anderen Menschen an den Tag legte. Er wurde zum Anführer, weil die anderen ihn dafür geeignet hielten, nicht weil er sie überredete. Nur in der Schule konnte Collier seinem Rivalen einigermaßen die Stirn bieten. In allen Unterrichtsfächern war Evan Wilmot immer der Erste und Collier der Zweite. Nur in Naturwissenschaften und Mathematik war es anders herum gewesen.

Drei Wochen vor Evans achtzehntem Geburtstag gewann er den ersten Preis im Dressurreiten im Staat Idaho in seiner Altersklasse. Und bekam zu seinem Geburtstag von Wilmot ein Pferd im Wert von fünfundsiebzigtausend Dollar geschenkt.

Collier hatte zwei Tage später Geburtstag und bekam von Wilmot einen Geschenkgutschein im Wert von fünfhundert Dollar, um sich elektronische Geräte bei RadioShack zu kaufen.

Dieses Ungleichgewicht hatte Collier zutiefst verletzt. Jeden Tag, wenn er aufstand, schaute er aus dem Fenster des kleinen Hauses, in dem er mit seiner Mutter lebte. Er hörte seine Mutter vor sich hin schimpfen und husten, während sie sich ihre erste Zigarette anzündete. Draußen war Evan bereits damit beschäftigt, sein Pferd zu trainieren. Und hinter der Koppel erhob sich das großartige Haus der Familie Wilmot. Wie alles, was Wilmot geschaffen hatte, reflektierte auch dieses Gebäude den Charakter seines Besitzers. Auf den ersten Blick sah es aus wie jedes andere pseudorustikale Fachwerkhaus mit reichlich Holzbalken, wie man sie überall im Westen der Vereinigten Staaten fand. Erst bei genauerem Hinsehen, wenn man merkte, dass man nur den vorderen Bereich des Gebäudes überblicken konnte, wurde klar, wie gigantisch es war. Die scheinbare Bescheidenheit übermittelte dem unbedarften Betrachter die Botschaft: »Sieh her, ich bin auch nicht anders als du. Ganz normal, ohne Schnörkel, ganz erdverbunden und alltäglich. Das aber in ganz anderen Dimensionen.«

Collier sah zu, wie Evan das Pferd traben und galoppieren ließ und die diversen Sprünge trainierte. Collier durfte auch gelegentlich eins der Pferde reiten und erkannte sehr deutlich, wie elegant Evan im Sattel saß. Es war noch früh am Tag und überhaupt nicht heiß, aber Evan hatte bereits sein Hemd ausgezogen. Ein dünner Schweißfilm bedeckte seinen makellosen Oberkörper.

Wenig später sah Collier eine Gestalt auf den Balkon des Wilmot-Hauses treten. Es war Dale Wilmot. Nur mit dem Bademantel bekleidet stand er da und schaute seinem Sohn eine ganze Weile zu. Sein Gesicht war nicht zu erkennen, aber das war auch nicht nötig. Schon an seiner Körperhaltung konnte man erkennen, dass er unglaublich stolz auf seinen Sohn war. Und auf alles andere. *Dies alles gehört mir. Das ist mein Land, mein Haus, mein Wald, meine Aussicht und … mein perfekter Sohn.*

Die Wut brodelte in Collier wie Lava in einem Vulkan. Es war ganz egal, was er tat und erreichte oder wohin er ging, er würde nie einen Vater haben, der ihn so anschaute wie Wilmot seinen Sohn Evan. Niemals.

Collier hatte sich in der Garage ein Chemielabor eingerichtet. Er hatte schon in seiner Grundschulzeit damit begonnen und sich über die Jahre hinweg eine große Sammlung von Messbechern, Reagenzgläsern, Pipetten, Behältern mit chemischen Substanzen, eine kleine Zentrifuge, einen Bunsenbrenner, einen Dampfdrucktopf und andere Utensilien angeschafft. Wenn er mit seinen Schulaufgaben fertig war, befasste er sich mit chemischen Experimenten. Unglücklich wie er war, fand er in seinem Labor so etwas wie Freude und Erfüllung. Und lernte das Gefühl von Macht kennen, wenn es ihm gelang, chemische Substanzen zum Reagieren zu bringen. Die nötige Präzision, Sorgfalt und Exaktheit widersprach auf angenehme Art seinem sonstigen miserablen Alltag. Die kichernden Mädchen in der Schule, die Grausamkeiten der Sportlehrer, die Blödheit der Lehrer und die schwachköpfigen Jungen – alle bemühten sich, nach Regeln zu funktionieren, die ihm unverständlich waren. Seine Kindheit bestand nur aus einer Abfolge von traurigen Misserfolgen.

Aber mit Chemikalien und ihren Gesetzen kannte er sich

aus. Man könnte sogar sagen, dass er diese Substanzen liebte. Das Tröpfeln der Titrationslösung, die feinen Zusammenhänge von Temperatur und Druck, der Tanz der Katalysatoren, die Geheimnisse der Reaktionsmittel und Reagenzstoffe, die Schönheit der Pfeile auf den Anzeigen, die zu ihm sprachen und ihn aufforderten, hier etwas hinzuzufügen, dort etwas fortzunehmen.

Nachdem er eine Stunde lang zugesehen hatte, wie Evan auf dem Pferd ritt, ging Collier in die Garage und werkelte sechs Stunden lang herum. Um das herzustellen, was er herstellen wollte – ohne eine Explosion zu verursachen, sich durch die entstehenden Abgase zu vergiften, die Substanz zu gefährden oder nur einen Messbecher mit einer harmlosen, schlammigen Masse zu produzieren – war absolute Konzentration erforderlich.

Am Schluss passte alles ganz wunderbar zusammen. Beim kleinsten Fehler allerdings wäre das Ergebnis sofort zerfallen.

Er brauchte ein Gift, das er in den Futtersack des Pferdes schmuggeln wollte. Er hatte die Substanz über die Jahre hinweg schon bei anderen Tieren erprobt. Diese Mischung allerdings war so konzipiert, dass sie dem Pferd ein Höchstmaß an Schmerzen zufügte. Die Dosis war exakt kalkuliert. Sie reichte aus, um das Pferd umzubringen, aber es würde lange dauern, bis der Tod eintrat.

Er tränkte den Hafer mit dem Gift und hängte ihn in die Box zurück. Das Pferd schnüffelte daran, und einen Moment lang dachte Collier schon, es würde nicht davon fressen, weil es die geruchslose Substanz doch irgendwie bemerkt hatte.

Aber dann fing das Tier an zu fressen und vertilgte den gesamten Hafer im Sack. Wenige Minuten später fiel es um und begann zu zucken und Schreie von sich zu geben.

Als er sah, wie das Pferd sich in Schmerzen auf dem Boden wand, spürte er, wie ein Gefühl der Macht ihn durchflutete und sich bis in seine Lenden ausbreitete. Er stand da und war wie hypnotisiert von dem Erfolg seines Experiments und begeistert von der Macht, die er sich auf diese Weise angeeignet hatte. Das Pferd schlug aus, während Collier voller Stolz vor sich hin lächelte.

Dann hörte er ein Geräusch. Er drehte sich um und sah Wilmot mit einem Ausdruck des Grauens im Gesicht in der Tür stehen. Collier warf einen hastigen Blick auf das Becherglas mit der farblosen Flüssigkeit, das auf einem Torpfosten stand, dann auf das Pferd, dann zu Wilmot und wieder auf das Becherglas.

Collier erstarrte, erwartete, dass Wilmot sich auf ihn stürzen und ihn verprügeln würde. Aber stattdessen sprach er ihn mit ruhiger, beherrschter Stimme an, die seine Wut allerdings kaum kaschieren konnte.

»Hol deine Sachen«, sagte er. »Und sieh zu, dass du hier verschwindest.«

So schnell es nur ging, rannte Collier durch das weit geöffnete Tor des Stalls.

Seine Mutter flickte gerade ein zerrissenes Kleidungsstück, als er voller Panik ins Haus stürzte. »Wo warst du denn, was hast du angestellt?«

Statt zu antworten, lief er in die Garage, schloss sich ein, zerschlug alle Becher, Pipetten und Reagenzgläser, während seine Mutter durch die Tür schrie: »Was ist denn bloß los mit dir, du missratener Bengel?«

Kurz darauf drängte er sich an ihr vorbei und packte seine wenigen Habseligkeiten in einen Rucksack, den er im letzten Sommer in einem Army-Laden in Coeur d'Alene gekauft hatte. Dank seines regelmäßigen Jobs im Supermarkt hatte er zweitausendsiebenhundert Dollar gespart. Damit, so rechnete er sich aus, würde er in Boise, der Hauptstadt von Idaho, eine Weile zurechtkommen.

Das war nun sechs Jahre her. In der Zwischenzeit war er in West Virginia gewesen, hatte dort Verhoven kennengelernt und seine chemischen Kenntnisse dazu benutzt, Crystal Meth für ihn herzustellen. Wilmot und seinen Sohn Evan hatte er nicht mehr gesehen, bis Wilmot eines Tages unangekündigt in Verhovens Lager aufgetaucht war, wo Collier tagsüber im Büro arbeitete und die Bestellungen und die Buchhaltung erledigte. Evan sei schwer verletzt worden, erklärte er Collier, und deshalb müsse er zurückkommen. Colliers Mutter war inzwischen gestorben, sein Leben im Grunde inhaltsleer geworden. Als Wilmot ihm nun eine zweite Chance anbot, war dies die Gelegenheit, eine Verbindung zu dessen Familie herzustellen, nach der er sich schon immer gesehnt hatte.

Das Pferd zu töten war wirklich eine unglaubliche Dummheit gewesen. Wie war er nur auf so eine dumme Idee gekommen?

Er hätte Evan vergiften sollen.

Amalie saß im Jeep und hörte das laute Surren des Heizungsventilators. Sie hatte das Gefühl, dass Mr Collier sie gekniffen hatte. Aber jetzt, als sie noch einmal genauer darüber nachdachte, fiel ihr auf, dass er etwas in der Hand gehalten hatte, als er die Wagentür für sie öffnete. Etwas, das sie irgendwo an ihrer Hüfte gestochen hatte. Sie war verwirrt und durcheinander. Also setzte sie sich ins Auto und wartete geduldig, während Mr Collier die Tür zuwarf, um den Jeep herumging und auf dem Fahrersitz Platz nahm.

Er startete den Motor und fuhr los.

Während draußen die Bäume vorbeizogen, wurde es im Inneren des Wagens immer wärmer. Sie entspannte sich. *Ich bin immer so angestrengt*, dachte sie. *Seit ich hier angekommen bin, bin ich immer so furchtbar angestrengt.*

Sie hatte sich schrecklich viele Sorgen gemacht, aber tatsächlich war doch gar nichts Schlimmes passiert. Na gut, Christiane war krank geworden. Aber zu Hause in Afrika kam es auch hin und wieder zu Fällen von Konzo. Das war ganz normal, wenn man dieser Arbeit nachging. Nun wurde sie ja von einem amerikanischen Arzt behandelt. Zu Hause in Kama gab es überhaupt keine Ärzte. Wenn man einen aufsuchen wollte, musste man mit dem Boot vierzig Kilometer weit reisen.

Mit einem Mal empfand Amalie eine tiefe Ruhe, eine tröstliche Zufriedenheit, die sie bisher nur ganz selten in ihrem Leben gespürt hatte. Sie merkte, dass sie schrecklich müde wurde. Das lag bestimmt daran, dass sie viel zu hart gearbeitet hatte. Sie war unendlich erschöpft.

Sie spürte, wie der Schlaf sich von ganz weit her näherte, so wie ein Regenschauer sich am Horizont ankündigt, der erste ersehnte Regen nach der langen Trockenheit. Sie stellte sich vor, wie dunkle Wolken sich zusammenballten und grelle Blitze aussandten, wie der Wind sich erhob und die Bäume schüttelte.

Dann rauschte der Sturm über sie hinweg. Und mit ihm kam der Frieden.

ELFTES KAPITEL

ANDERSON, WEST VIRGINIA

»Ich arbeite lieber im Sitzen«, sagte Lorene Verhoven. »Vielleicht bin ich ja ein bisschen faul, aber mir tun die Füße weh, wenn ich zu lange herumstehen muss.«

Ervin Mixon saß ebenfalls auf einem Stuhl. Im Gegensatz

zu ihr war er an den Handgelenken, an den Füßen, am Hals und um den Brustkorb herum mit einem schwarzen Klebeband festgebunden. Auch sein Mund war mit dem Band verklebt, sodass er nicht sprechen konnte. Der Stuhl befand sich in einem dunklen Bunker aus Beton. Er kannte diesen Raum gut. Dies war der Ort, an dem Jim Verhovens Leute Crystal Meth brauten – ein trister Raum, der aber mit großer Sorgfalt von John Collier entworfen worden war und sich zwölf Meter unter der Erde befand. Hier konnte man schreien bis die Kehle wund war, aber niemand würde einen hören.

Er befand sich schon einige Stunden hier und war die ganze Zeit allein gewesen. Bis Lorene gekommen war.

»Jim hat mir diesen Stuhl geschenkt. Ein Steelcase-Bürostuhl. Damit kann man hin und her rollen.« Lorene demonstrierte ihm, was sie meinte, schubste sich mit den Füßen voran und rollte flink über den glatten Betonboden. »Ist das nicht lustig?«

»Fick dich«, wollte Ervin sagen. Aber da sein Mund mit dem gleichen Band zugeklebt war, das ihn auch an den Stuhl fesselte, kam nur ein »Mmmi-mwiih« heraus.

»Oh, Ervin«, sagte sie. »Muss das denn sein? Du weißt doch, dass ich in einer Welt aufgewachsen bin, in der ständig geflucht wurde. Jim hat mich dort weggeholt. Seit acht Jahren habe ich nicht mehr geflucht. Kein einziges Mal. Jim hat mir beigebracht, dass man sich viel besser fühlt, wenn man aufhört, Schimpfworte zu benutzen. Das solltest du auch mal versuchen.«

Sie rollte wieder zu ihm hin, Schritt für Schritt, bis sie direkt vor ihm saß, so nah, dass ihre Knie sich beinahe berührten. Wie üblich trug sie eine blendend weiße Baumwollbluse, die bis zum Hals zugeknöpft war, und einen engen schwarzen Rock, den Ervin unter anderen Umständen womöglich sexy gefunden hätte. Über der Bluse trug sie eine völlig unpassende braune Weste, offenbar selbstgeschneidert, die übersät war mit zahlreichen kleinen Taschen in den merkwürdigsten Formen.

»Ich war schon immer gut in Werken«, sagte sie. »Seit ich mit Jim zusammen bin, habe ich mein Talent für Tierpräparate entdeckt. Mein Lieblingsobjekt sind Eichhörnchen. Weil sie so klein sind. Deshalb muss man sich bei der Arbeit sehr konzentrieren. Es kommt darauf an, ganz präzise zu sein. Vor allem beim Kopf. Bei den Augen. Dem kleinen Mäulchen, den feinen Lippen. Ihre Haut ist so dünn wie Papier.«

Ervin war schlecht, er hatte Angst. Er fürchtete, er könnte sich übergeben und wegen seiner Knebelung am Erbrochenen ersticken. Er brauchte dringend seine Droge. Aber es war viel schlimmer. Mehr noch als vor Jim Verhoven hatte Ervin Angst vor dessen Frau. Auch wenn er nie miterlebt hatte, wie sie etwas Schlimmes tat, blitzte in ihren Augen doch eine besondere Brutalität auf. Die Verschiedenfarbigkeit ihrer Augen verstärkte noch den Eindruck, dass man es mit einer schizoiden Psychopatin zu tun hatte. Ihre Augen leuchteten einfach zu sehr, vor allem jetzt, als sie näher kam.

»Diese Weste habe ich selbst gemacht«, fuhr sie fort. »Die Taschen sind für die Geräte, die ich beim Präparieren brauche. Jedes einzelne Teil hat seine eigene Tasche. Man spart viel Zeit, wenn man weiß, wo jedes Handwerkszeug untergebracht ist.« Sie fing an, die diversen Geräte herauszunehmen. »Feile. Nadel. Faden. Verschiedene Schleifgeräte für meine Dremel-Maschine. Das Gerbermesser. Das kleine Gerbermesser. Und ein noch kleineres.« Sie zog ein winziges Messer mit gebogener Klinge hervor. »Dieses Modell hier habe ich von einem Messermacher in Arkansas anfertigen lassen. Damit kann man Augenlider bearbeiten. Das ist nämlich der schwierigste Teil bei den Eichhörnchen. Ich liebe Eichhörnchen. Die haben so hübsche kleine Zähnchen.« Sie zog die Oberlippe hoch und tat so, als sei sie ein Eichhörnchen, das an einer Nuss nagt.

Dann rollte sie mit dem Stuhl neben ihn und hielt das kleine Messer dicht vor sein Gesicht. Er konnte sie riechen, sie roch sauber, nach Seife. Ervins Herz begann panisch zu pochen.

»Nicht bewegen«, sagte sie sanft und legte einen Finger gegen seinen Wangenknochen. »Ich möchte dich doch nicht versehentlich aufritzen.« Dann hörte er ein Geräusch, das so klang, als würde man einen Reißverschluss öffnen, und sie schnitt entlang des Klebebands direkt über seinen Mund hinweg. Der Schnitt war so perfekt, dass er das Messer nicht einmal spürte. Er schnappte erleichtert nach Luft.

»Siehst du«, sagte sie. »Kein Tropfen Blut wurde vergossen.«

»Fick dich, du beschissene Fotze«, sagte Ervin Mixon.

Eine zweite Gestalt schälte sich aus dem Dunkeln, und Mixon erkannte Jim Verhoven. Wie lang hatte er schon dort gestanden? Mixon hatte nicht bemerkt, wie er eingetreten war.

»Ich möchte dich dringend bitten, nicht in diesem Ton mit meiner Frau zu sprechen«, sagte Verhoven.

Ervin Mixon schaute ihn gar nicht an. Er konnte den Blick nicht von Lorenes Gesicht abwenden. Sie starrte ihn jetzt mit der Andeutung eines Lächelns an. Ihre Augen waren weit aufgerissen und fixierten eine bestimmte Stelle.

Verhoven legte eine Hand auf die Schulter seiner Frau.

»Wem hast du von unserem kleinen Vorhaben erzählt?«, fragte Verhoven.

»Ich weiß überhaupt nicht, wovon Sie da reden, verdammt.« Ervin Mixon hörte seine eigene Stimme. Sie klang schrill und zittrig. Er versuchte, seine Angst zu bändigen. Aber das war unmöglich.

Verhoven hielt den Rekorder mit der Aufnahme hoch, die Mixon von seinem Telefonat gemacht hatte. Jetzt wusste Mixon, dass er endgültig erledigt war.

»Augenlider«, sagte Verhoven mit sanfter Stimme. »Ich denke, wir heben uns seine Augen für später auf.« Seine Frau streckte die Hand aus.

»Halt!«, rief Mixon und versuchte, sich zur Seite zu drehen. Aber das Klebeband war so fest geschnürt, dass er sich nicht bewegen konnte. »Ich erzähle Ihnen ja, was Sie wissen wollen ...«

Aber bevor er weitersprechen konnte, machte Lorene eine knappe Bewegung mit der Klinge und ritzte sein linkes Augenlid auf. Und noch bevor der bohrende Schmerz sich ausbreitete, schoss ihm das Blut ins Auge und verdeckte die eine Hälfte seines Blickfeldes.

Ervin Mixon begann laut zu schreien.

ZWÖLFTES KAPITEL

ANDERSON, WEST VIRGINIA

Tillman lenkte seinen fünfzehn Jahre alten Dodge-Pick-up zur hinteren Seite des Gebäudes der Circle Seven Packing Company. Mit dem Wildschwein auf der Ladefläche parkte er rückwärts vor der Rampe und ließ den Motor im Leerlauf. Er hupte ein Mal, und die Metalltür hinter ihm wurde hochgeschoben.

Auf der Laderampe erschien der Besitzer des Geschäfts. Es war Jim Verhoven. Wie üblich trug er Kampfmontur und

Springerstiefel. Circle Seven war die kaum getarnte Scheinfirma, die Verhovens wirkliche Geschäfte kaschierte. Dank dieser Firma konnte er ein Minimum an Steuern entrichten, um zu vermeiden, dass die Bundesbehörden bei ihm herumschnüffelten. Jeder wusste, dass seine Mitarbeiter mit Crystal Meth handelten, während Verhoven so tat, als würde er sich vornehmlich um sein Schlachthaus und die Fleischverarbeitung kümmern.

»Ach du meine Güte«, sagte Verhoven, als Tillman aus dem Führerhaus stieg. »Das ist ja ein Monstereber.«

Er bemühte sich, formell zu sprechen, wie Tillman bemerkte, und redete wie ein Ausländer, der Englisch aus dem Buch gelernt hat. Tillman warf einen Blick auf die Ladefläche und nickte. »Genau.«

»Wie haben Sie ihn erlegt?«

»Sie werden es mir nicht glauben, schätze ich.«

Verhoven schaute ihn fragend an.

»Ich hab ihn mit Pfeil und Bogen ins Visier genommen. Er hat sich erschreckt, ich hab den Schuss verrissen, und das Ganze endete damit, dass wir uns sozusagen Mann gegen Mann gegenüberstanden. Ich hab mein Messer im Eifer des Gefechts verloren und musste ihn dann mit einem Pfeil erstechen.«

Über der Rampe ragte ein Stahlgerüst auf, daran hing eine Kette mit einem Haken. Verhoven zog die Kette herunter und hakte den Eber mit den Hinterbeinen daran fest. »Sehen Sie sich nur diese Hauer an!«, sagte er, als er den Kadaver nach oben zog. »Da hatten Sie aber Glück, dass er Sie nicht wie einen Fisch aufgespießt hat.«

Tillman lachte. »Nicht, dass er es nicht versucht hätte.« Er zog das eine Hosenbein hoch und zeigte auf den dicken Verband an seinem Unterschenkel.

»Meine Güte«, sagte Verhoven. Dann drehte er sich um,

schwenkte das Eisengerüst und transportierte den Eber ins Innere des Schlachthauses. Kurz darauf kam er wieder nach draußen und sagte: »Normalerweise dauert so was bis mittags am nächsten Tag.« Er warf Tillman einen prüfenden Blick zu. »Aber ich kann mich auch gleich dranmachen, wenn Sie so lange warten wollen. Sie könnten mir dabei Gesellschaft leisten.«

Tillman schaute auf seine Armbanduhr. Er wusste, dass Verhoven an ihm interessiert war – und zwar schon seit einer ganzen Weile. Leute mit Tillmans Hintergrund traf man nicht alle Tage. In der Vergangenheit hatten Angehörige von Verhovens Miliz immer mal wieder mit ihm gesprochen, ihn zu Einsatzbesprechungen eingeladen oder zu Übungen oder Trainingseinheiten. Aber Tillman hatte sie immer abgewiesen – und das nicht unbedingt auf die höfliche Art.

Dieses Mal wollte er auf eine Art eingeladen werden, die er akzeptieren konnte. Aber er wollte nichts erzwingen oder übereifrig wirken. Er musste Verhoven dazu bringen, auf ihn zuzugehen.

»Ja, klar«, sagte er. »Ich denke, ich hab noch ein bisschen Zeit.«

Er folgte Verhoven ins Gebäude und schaute schweigend zu, während der »Colonel« ein langes Zerlegemesser am Wetzstein schärfte. Im Raum herrschte eine bedrücken-de Atmosphäre. Alles war blitzsauber, und die Leuchtröhren unter der Decke erfüllten den gesamten Raum mit einem gleichmäßigen weißen Licht, es gab keine Schatten. Ketten, Fleischerhaken und Messersets hingen vor den mit Stahl verkleideten Wänden. Alles glänzte und schimmerte mit scharfen Umrissen und wies allzu deutlich auf seinen Zweck hin.

Mit einem Schnitt öffnete Verhoven den Leib des Ebers

vom Becken bis zum Brustbein. Die Eingeweide fielen heraus und landeten in einem bläulich schimmernden Haufen auf dem Boden.

»Tut mir leid, dass ich ihn nicht ausgenommen habe«, sagte Tillman. »Aber ich war ziemlich fertig, als ich mit dem Scheißkerl gestern Abend nach Hause gekommen bin.«

»Ehrlich gesagt, mache ich das sowieso lieber selbst.« Mit zwei geübten Handbewegungen schnitt Verhoven den Anus aus dem Wildschweinleib und löste die Eingeweide aus dem Körper. »Was glauben Sie wohl, wie oft ich schon eine ganze Menge gutes Fleisch verloren habe, weil irgendein Trottel die Gedärme zerschnitten und alles mit Fäkalien verunreinigt hat.«

Eine Weile arbeitete Verhoven schweigend weiter, bis er erneut das Wort ergriff: »Ich weiß, wer Sie sind.«

Tillman warf ihm einen durchdringenden Blick zu. »Ich bin in diese Gegend gezogen, weil ich meine Ruhe haben will.«

»Das kann ich nur zu gut verstehen«, sagte Verhoven. »Würde mir genauso gehen, wenn ich von meinem Land derart schlecht behandelt worden wäre.«

Tillman ließ das kommentarlos so stehen.

»Ich weiß nicht, ob Sie davon wissen«, fuhr Verhoven fort. »Aber für Leute wie mich, die an das wahre Amerika glauben, an das echte und unverdorbene Amerika, das unseren Gründervätern vorschwebte, für solche Leute ist der Name Tillman Davis der Inbegriff von wirklichem Heldentum.«

»Danke für das Kompliment«, sagte Tillman. »Aber meine Einsätze für die Vereinigten Staaten sind vorbei, das liegt alles in der Vergangenheit. Jetzt versuche ich einfach, mit meinem eigenen Leben klarzukommen.«

Das war nicht gespielt. Tillman wusste, dass er während seiner Verhandlung vor Gericht zu einer Art Rorschach-Testfigur geworden war. Die Angehörigen des linken politischen Spektrums sahen ihn als einen unberechenbaren militaristischen Abenteurer an, während die Angehörigen der Rechten ihn zu einer Art Volkshelden stilisiert hatten, der als Sündenbock für eine verfehlte Außenpolitik den Kopf hatte hinhalten müssen. Nachdem er aus dem Gefängnis entlassen worden war, war er eine Weile von Leuten belagert worden, die mit ihm reden, ihn interviewen oder ins Fernsehen bringen wollten. Manche wollten ihn auch ganz eigennützig als Prügelknaben benutzen oder ihn als das Opfer eines tyrannischen Regierungsapparats vorführen. Weder an der einen noch an der anderen Rolle hatte er Interesse gehabt. Also hatte er eines Tages sein Handy in den Müll geworfen und war hierhergekommen, um unbehelligt leben zu können.

»Möchten Sie dieses grandiose Exemplar als Trophäe mitnehmen?«, fragte Verhoven und deutete auf den riesigen Schädel des Ebers.

»Für so was hab ich keine Verwendung.«

»Wäre schade drum. So einen Eber wirft man doch nicht auf den Müll. Ich hätte nicht übel Lust, den Schädel hier an die Wand zu nageln. Dann haben die Kunden etwas, worüber sie reden können.«

»Sie können ihn gern haben.«

»Ich bin Ihnen sehr verbunden. Im Gegenzug biete ich Ihnen meine Dienste kostenfrei an.«

Tillman nickte. Er spürte, dass Verhoven etwas von ihm wollte. Aber er war sich nicht sicher, was das sein könnte. Vielleicht wollte er ihn nur einladen, damit er mit seiner Miliztruppe herumalberte. Aber Tillman hatte den Eindruck, dass da noch mehr im Busch war.

Verhoven verfiel in Schweigen und bearbeitete den Eber mit langsamen und genau eingeübten Bewegungen, um die Haut vom Schädelknochen zu lösen. Ab und zu hielt er inne, um eines seiner kleinen Messer zu schärfen, und prüfte die Schärfe der Klinge, indem er ein paar Haare von seinem Unterarm abrasierte.

»Vor allem um die Augen herum muss man vorsichtig sein«, sagte Verhoven. »Ein Ausrutscher, und alles ist ruiniert. Ich bin nicht schlecht in diesem Handwerk, aber im Vergleich zu meiner Frau bin ich bloß ein Schlachter. Sie müssen sie mal kennenlernen. Sie ist wirklich eine außergewöhnliche Frau.«

Tillman verschränkte die Arme und lehnte sich gegen die Wand.

»Wäre es sehr vermessen, wenn ich Sie frage, womit Sie Ihren Lebensunterhalt verdienen?«, fragte Verhoven. »Es interessiert mich nur deshalb, weil ich weiß, dass man Ihnen Ihre Pension als verdienter Veteran verwehrt hat.«

Eine Weile sagte Tillman gar nichts. »Ich lebe sehr schlicht«, sagte er dann. »Ich jage, fische und baue etwas Mais an, ein paar Tomaten, ein paar Bohnen.«

Verhoven fuhr fort, die Haut um die Augen herum zu lösen.

»Ab und zu«, erklärte Tillman vorsichtig, »nehme ich einen Auftrag von jemandem an, dem ich vertraue. Oder ich bringe eine Person, der ich vertraue, mit einer anderen Person, der ich vertraue, zusammen.«

Verhoven schaute nicht auf. Er war ganz auf seine Arbeit konzentriert. »Ich habe nur gefragt, weil ich kurzfristig einige ungewöhnliche Dinge besorgen muss. Dinge, die man nicht unbedingt bei eBay ersteigern kann.«

»Und Sie meinen … ich bin jemand, der Ihnen in dieser Hinsicht von Nutzen sein könnte?«

Verhoven zog die gesamte Haut vom Körper des Ebers, bedeckte die Innenseite mit einer dicken Salzschicht und legte das Ganze vorsichtig in eine Plastikwanne. Dann fuhr er mit dem Zerlegen fort.

»Es gibt eine enorme Gewinnspanne beim Handel mit Geräten, die die Bundesregierung nicht für den Handel freigeben will«, sagte Verhoven. »Ich erwähne das nur im Zusammenhang mit der unfairen Behandlung, die Ihnen zuteilgeworden ist.«

»Ich komme schon irgendwie zurecht«, sagte Tillman mit bitterem Unterton. »Kürzlich hat man mir auch noch das Recht abgesprochen, mich in einem Veteranenkrankenhaus behandeln zu lassen. Es kam einfach per Brief mit der Post. Fünfzehn Jahre Dienst in der Army, dann noch zehn weitere bei einer Agentur, deren Namen nicht genannt werden darf, und dann glaubt die Bundesbehörde, sie kann einfach so …« Er rieb sich die Hände, als wollte er sie waschen.

Verhoven verzog empört das Gesicht. »Diese gottverdammten Verräter«, stieß er hervor. Dann entspannte er sich wieder. »Entschuldigung, tut mir leid, aber so was regt mich einfach auf.«

Tillman hatte kurz das Gefühl, als hätte etwas sehr Kaltes tief in ihm drin zu schmelzen begonnen. Ihm wurde klar, wie einsam es um ihn herum gewesen war. Es war schwer, jedem neuen Tag ins Auge zu sehen, nachdem man beschuldigt worden war, man hätte das Land verraten, für das man sein Leben riskiert hatte. Einen Moment lang war er Verhoven für seine Bemerkung tatsächlich dankbar.

Doch dieser Moment verging wieder. Er war aus einem ganz bestimmten Grund hergekommen, und darauf musste er sich jetzt konzentrieren. Das hatte er Gideon versprochen.

»Irgendwann erreicht man dann einen Punkt, wo es einem schwerfällt, überhaupt jemandem zu vertrauen«, sagte er. »Ich möchte wieder auf die Menschen zugehen, wirklich. Aber diesen Luxus kann ich mir nicht mehr leisten.«

Verhoven schüttelte traurig den Kopf. »Das haben Sie sehr treffend ausgedrückt, Sir«, sagte er. »Mir geht es ja genauso.« Er legte einen Teil der Rückenmuskulatur frei und tat das Stück beiseite. »Mir kommt es vor, als wäre dies die ganz große Tragödie unserer Nation. Wir müssen wieder anfangen, uns zu vertrauen. Wir müssen uns als eine Gemeinschaft verstehen. Danach sehnen wir uns doch alle. Und doch sind wir sogar mitten in unserem eigenen Land von Feinden umzingelt.« Er griff nach einem Beil und löste die Rippenknochen aus. Als er damit fertig war, fügte er hinzu: »Ich spüre da eine Verbindung zwischen uns, Sir. Deshalb will ich mal den ersten Schritt machen und Ihnen zeigen, dass ich Ihnen vertraue. Diese Geräte, von denen ich gesprochen habe … die brauche ich schon ziemlich bald. Ein Gentleman hat sie mir versprochen und dann sein Wort gebrochen. Das hat mich in eine sehr unangenehme Lage gebracht.«

Tillman erwiderte nichts.

Verhoven nahm die übrig gebliebenen Knochen vom Haken und warf sie in den Müllcontainer, dann spritzte er den Betonboden ab. »Wenn ich Ihnen eine Liste gebe, auf denen die Geräte verzeichnet sind, die ich benötige, könnten Sie sie mir beschaffen? Würden Sie mir so viel Vertrauen entgegenbringen?«

Tillman sah zu, wie das blutige Wasser im Abfluss verschwand. »Sie haben eine Liste?«

Verhoven zog ein Stück Schlachterpapier von einer Rolle und kritzelte etwas darauf. Dann reichte er es Tillman.

Tillman las, was darauf stand.

Sprengschnur
Munition .50 Kaliber BMG mit panzerbrechender Wirkung
Sprengkapseln
C4-Plastiksprengstoff

»Klingt, als wollten Sie eine ziemlich große Party veranstalten«, sagte Tillman trocken.

»Ich kann dazu nur sagen, dass ein Ereignis von historischer Tragweite bevorsteht. Falls Sie mir damit helfen können, wären Sie an einer ziemlich bedeutenden Sache beteiligt.«

»Aber warum sollte ich das tun, nach allem, was ich bisher erlebt habe?«

»Wir müssen uns entscheiden, auf welcher Seite wir stehen, oder? Diese Frage kann ich allerdings nicht für Sie beantworten.«

Tillman setzte ein nachdenkliches Gesicht auf und überlegte. Er hatte ihn am Haken. Perfekt. Und jetzt war der Zeitpunkt gekommen, ihn ganz langsam heranzuziehen.

»Ich könnte ja mal ein bisschen herumtelefonieren«, sagte er schließlich.

Verhoven hörte auf, den Boden abzuspritzen. »Wie wäre es, wenn Sie heute Abend mal zum Essen bei uns vorbeischauen? Dann könnten wir die Einzelheiten besprechen«, sagte er, während er den Schlauch aufhängte. »Meine Frau wäre sicherlich hocherfreut, Sie kennenzulernen.«

»Das klingt gut«, erwiderte Tillman. »Das klingt sogar sehr gut.«

DREIZEHNTES KAPITEL

POCATELLO, IDAHO

»Es ist vorbei! Wir gehen nach Hause!«

Amalie brauchte eine Weile, um wieder ganz zu sich zu kommen. Sie war völlig erschöpft aufgewacht, ihr war übel, und sie hatte schlimme Kopfschmerzen. Der Lärm der anderen Frauen, die lachten und herumschrien, verursachte ihr stechende Schmerzen im Schädel. Sie setzte sich auf, schaute sich um und konnte sich noch immer nicht richtig orientieren. Sie befand sich in ihrem Bett in dem fensterlosen Schlafsaal, in dem sie mit den anderen Frauen aus dem Kongo hauste.

»Die schlafende Schönheit ist erwacht«, sagte Estelle Olagun, die Älteste, schürzte die Lippen und schaute Amalie auf ihre typisch ablehnende Art an.

Die anderen Frauen lachten. Alle Fabrikarbeiterinnen waren da und schienen überaus gut gelaunt zu sein.

Eines der jüngeren Mädchen hielt eine Hand mit aufgefächerten Geldscheinen hoch. Es waren amerikanische Dollarnoten. »Monsieur Collier hat uns ausgezahlt!«, rief sie fröhlich. »Sieh mal! Er hat jeder von uns einen Bonus von fünfhundert Dollar gegeben. Wir gehen als reiche Frauen nach Hause!«

Die Frauen fingen an zu tanzen. »Wir gehen nach Hause! Wir gehen nach Hause!«

Amalie schüttelte den Kopf – zum einen, um wieder einen klaren Gedanken fassen zu können, zum anderen weil sie anderer Meinung war. Sie erinnerte sich wieder daran, dass Collier sie mit irgendwas gepikst hatte. Danach war sie in einen tiefen Schlaf gefallen – der Zusammenhang war eindeutig. Er hatte sie ruhiggestellt. Und er hatte sie belogen, als er ihr versprach, sie könnte Christiane im Krankenhaus besuchen.

»Nein!«, rief sie. »Er belügt euch!«

Die Frauen hörten auf zu tanzen und schauten sie anklagend an. »Warum musst du alles immer nur schlechtmachen?«, fragte Estelle vorwurfsvoll.

»Er hat mir versprochen, dass ich Christiane besuchen darf!«, stieß Amalie heftig hervor. »Und das Versprechen hat er nicht gehalten. Stattdessen hat er mir ein Gift gegeben, das mich betäubt hat.«

Eine der Frauen deutete auf den kleinen Tisch neben ihrem Bett. Dort lag ein dicker Umschlag, auf dem Amalies Name stand. »Und wahrscheinlich sind die eintausendfünfhundert Dollar, die er dir hingelegt hat, auch vergiftet?«

Amalie griff nach dem Umschlag und drehte ihn um. Ein dickes Geldbündel fiel auf ihre Bettdecke. Sie nahm einen Schein in die Hand und hielt ihn ins Licht. Sogar im Kongo lernte man, wie man amerikanische Geldscheine auf ihre Echtheit überprüfte – anhand der Wasserzeichen, der Markierungsstreifen und der sich verändernden Farben. Die Rebellen aus Burundi und Ruanda hatten viel Falschgeld in Umlauf gebracht, deshalb war es wichtig, dass man sich auskannte. Dies hier war eine eindeutige Sache: Die Scheine waren echt.

Einen Moment lang packte sie der Zweifel.

»Seht euch ihr Gesicht an!«, sagte eine und deutete auf sie. »Sie ist sich immer so sicher, dass etwas Schlimmes vor sich geht, dass sie wütend wird, wenn mal etwas Gutes passiert.«

Die anderen lachten.

Sie lachten noch immer, als es plötzlich in einer hinteren Ecke des Raums laut zu zischen begann. Amalie bemerkte einen eigenartigen Geruch. Leicht säuerlich, nussartig.

Alle drehten sich um. Dieses Geräusch hatten sie hier in diesem großen, aus Metall gefertigten Gebäude noch nie gehört.

»Das muss wohl ein Defekt der Heizung sein«, sagte Estelle unsicher.

Aber Amalie war sofort klar, dass es nichts mit der Heizung zu tun hatte. Sie wusste nicht, was es war, aber sie wusste, dass etwas nicht stimmte. Sie wollte so schnell wie möglich hier raus. Sie rannte zur Tür und drückte auf die Klinke. Die Tür ging nicht auf. Sie rüttelte daran und rief: *»Ouvrez! Ouvrez la porte!«*

Die anderen Frauen begannen zu schreien. Dann fiel eine von ihnen um. Dann noch eine. Zwei fassten sich an den Hals, Schaum stand ihnen vor dem Mund. Eine fing an, ihr Gesicht mit den Fingernägeln zu zerkratzen. So sehr, dass ihr das Blut über die Wangen lief, als sie umkippte.

Nur Amalie war jetzt noch am Leben.

Sie schlug weiter gegen die Tür und schrie: *»Tu bâtard! Monsieur Collier, tu putain bâtard!«*

Ihre Wut schlug in Panik um. Sie fing an zu kreischen – ein grässlicher, unmenschlich klingender Laut entrang sich ihrer Kehle. Es klang wie ein alter Motor, dem das Öl fehlte. Dann brach sie zusammen, lag zuckend auf dem Boden und schlug so heftig mit dem Kopf gegen die Stahltür, dass es laut dröhnte.

Auf der anderen Seite, hinter einer Einwegscheibe, schauten Collier und Wilmot den sterbenden Frauen zu.

»Nach meiner Berechnung sammelt sich eine gewisse Menge Luft direkt vor der Tür«, sagte Collier. »Dort kommt es zu einer Art Whirlpool-Effekt, und deshalb dauert es eine Weile, bis das Gas dort seine Wirkung entfalten kann. Wer sich dort aufhält, stirbt zuletzt.«

Wilmot sah zu, wie Amalie sich im Todeskampf wand.

»Sie hat mich beschimpft«, stellte Collier fest. »Sie ist wirklich sehr respektlos. Ehrlich gesagt bin ich ein wenig verstimmt.«

Wilmot fand das nicht witzig. Colliers Spaß am Vergiften und Töten von Menschen kotzte ihn an. Aber das war nun mal der Preis, wenn man einen Psychopathen als Fachkraft einstellte. Wilmot hatte immerhin noch so viel Menschlichkeit in sich, dass ihn der Tod dieser unschuldigen jungen Frauen mitnahm. Aber Kollateralschäden waren im Krieg nun mal unvermeidlich, sagte er sich, und es gehörte dazu, dass Unschuldige für eine größere Sache geopfert wurden.

»Zyanidgas verflüssigt sich unter einundzwanzig Grad Celsius«, sagte Collier. »In dem Moment, wo der warme Luftstrom über das flüssige Hydrogenzyanid streicht, nimmt es Gasform an.« Er schaute auf die Uhr.

Amalie stand Schaum vor dem Mund. Ihr Körper bäumte sich ein letztes Mal auf und blieb dann regungslos liegen.

»Achtzehn Sekunden«, stellte Collier fest.

Die Ventilatoren surrten weiter, aber das Zyanid hatte sich längst überall ausgebreitet. Hinter der Glasscheibe bewegte sich nichts mehr.

Collier reichte Wilmot ein Atemschutzgerät. Beide setzten die Gasmasken auf. Collier schob den Türriegel zurück, und sie gingen hinein.

Der Schlafraum, in dem die Frauen untergebracht waren, war nicht zufällig so konstruiert worden, sondern seine Maße waren sehr genau berechnet. Er hatte eine Grundfläche von 55 x 64 Metern und eine Höhe von 14 Metern. Die Abgrenzungen der Wände und die Höhe der Decke waren exakt nach den Plänen des Architekten Thomas Walter aus dem Jahr 1851 bemessen, der damals das Capitol erweitert und die berühmte Kuppel hinzugefügt hatte. Das Gesamtvolumen des Innenraums betrug 50 290 Kubikmeter.

Wilmot hatte sich im letzten Jahr den Vertrag zur Wartung der Heizung und des Lüftungssystems im Capitol gesichert. Die Idee stammte von ihm, aber der Plan wurde von Collier entworfen. Das war der Grund gewesen, warum Wilmot ihn in West Virginia aufgesucht und angeworben hatte. Nach der Vergiftung von Evans Pferd hatte Wilmot Collier davongejagt und gehofft, ihn nie mehr wiederzusehen. Aber im Krieg war es wie in der Politik: Man konnte sich seine Verbündeten nicht immer aussuchen, und Wilmot brauchte jemanden, der sich in diesen Dingen auskannte und absolut loyal war. Beides traf auf Collier zu.

Collier deutete auf die zahlreichen Ventilatoren und Düsen, die hinter dem Metallgebäude standen. »Diese Maschinen sind bis ins letzte Detail Kopien der echten Geräte. Sie wurden von der Firma Clauser in Bettendorf, Iowa, hergestellt und letztes Jahr im März eingebaut. Dazu gehören vier Kompressoren, ein Heizkessel mit acht Millionen BTU Leistung und ein dreigliedriges Gebläse, das mehr als dreihunderttausend Kubikmeter Luft pro Minute bewegen kann. Das Verteilungssystem ermöglicht es, in den unterschiedlichen Teilen des Gebäudes verschiedene Temperaturzonen zu erzeugen. Wenn wir dieses System unter unsere Kontrolle bringen, können wir das Verteilungssystem dazu benutzen, alle drei Gebläsebereiche auf eine bestimmte Zone zu richten, um den Druck effektiv zu erhöhen. Das ist nötig, weil das Zyanidgas schwerer als Luft ist. Laut meinen Modellberechnungen ist es allerdings nicht nötig, die Luft zu hundert Prozent zu ersetzen, um die erforderliche …«

Wilmot stieß eine der Leichen mit dem Fuß an. Auf einmal drängte es ihn, den Raum so schnell wie möglich zu verlassen.

»Entschuldigung, ich rede mal wieder zu viel.« Trotz der kalten Luft im Gebäude hatte sich ein dünner Schweißfilm über Colliers Oberlippe ausgebreitet, und seine Hände zitterten leicht. Ganz kurz huschte ein schreckliches leeres Grinsen über sein Gesicht und verschwand wieder.

»Warum beschränkst du dich nicht einfach auf das Nötigste?«

Collier räusperte sich. »Das Nötigste? Wenn wir das Verteilungssystem unter Kontrolle gebracht haben, bleiben uns genau fünfundvierzig Sekunden bis zur Zündung und dann weitere dreißig, bis das Gas zu strömen beginnt. In dem Moment, wo sie merken, was los ist, ist es auch schon zu spät.«

Da Handy- und Funkverbindungen dort nicht funktionierten, würden sie sich persönlich in die Höhle des Löwen begeben müssen, um die Manipulationen eigenhändig durchzuführen. Anschließend gab es auch für sie kein Entkommen mehr, aber sie waren bereit, sich für die große Sache zu opfern.

Als sie die Leichen betrachteten – die Panik war noch an den leblos starrenden Augen und ihren grässlich verrenkten Gliedmaßen abzulesen –, wurde Dale Wilmot klar, dass sie eine Grenze überschritten hatten, von der es kein Zurück mehr gab. Vor diesem Augenblick war ihr Plan etwas Abstraktes gewesen, aber als er diese Frauen umgebracht hatte, war aus der Idee eine unabänderliche Tatsache geworden. Als er ihrem Todeskampf zugesehen hatte, waren alle Zweifel von ihm abgefallen. Vor seinem geistigen Auge sah er wie im Zeitraffer die Gesichter dieser scheinheiligen Bande von Heuchlern – die Politiker und Wirtschaftsbosse –, deren Fotos an seiner Wand hingen.

»Bring das hier in Ordnung«, sagte Wilmot. »Morgen früh machen wir uns dann auf den Weg.«

VIERZEHNTES KAPITEL

FBI-HAUPTQUARTIER, WASHINGTON, D.C.

Ray Dahlgren blieb hinter seinem Schreibtisch sitzen, als Nancy Clement sein Büro betrat. Das Büro war unscheinbar eingerichtet, es gab keine Rangabzeichen, keine Familienfotos, keine gerahmten Auszeichnungen an den Wänden. Es hätte auch eine Mönchszelle sein können. Der Schreibtisch war völlig leer, bis auf ein einziges Stück Papier, das exakt in der Mitte lag.

Dahlgren tippte in seinen Computer und hackte dabei auf die Tastatur ein wie ein Boxer, der seinen Gegner in die Knie zwingen will. Er schaute nicht auf, wandte den Blick nicht vom Bildschirm ab und forderte seine Besucherin auch nicht auf, sich zu setzen.

»Hat es was mit mir zu tun?«, fragte er.

»Entschuldigung?«

»Gibt es irgendwas an mir, das andere dazu auffordert, sich illoyal zu benehmen, hm? Etwas, das den Drang zur Befehlsverweigerung anstachelt?«

Nancy räusperte sich, gab aber keine Antwort. Wenn Dahlgren seine Show aufführte, dann war es eine Einzeldarbietung. Er legte keinen Wert darauf, dass ihm jemand reinpfuschte.

Dahlgren tippte noch ein paar Zeilen. Dann, nach einem letzten Schlag auf die Tastatur, beendete er die Misshandlung seines Computers und drehte sich zu ihr um. Eine Weile schob er das Papier in der Mitte des Schreibtischs hin und her, als wollte er es perfekt ausrichten, und sagte dann: »Ich nehme an, Sie sind mit unserem Computersystem VORTEX vertraut?«

Das war sie. VORTEX war ein Programm, das große Datenmengen über potenzielle terroristische Angriffe sammeln und verarbeiten konnte. Telefongespräche, größere Ankäufe chemischer oder pharmazeutischer Substanzen, Kreditkartendaten, Flugbuchungen, Computersuchbefehle – die Liste der Anwendungsbereiche war sehr lang.

»Ich bin ein schlichter Charakter«, sagte Dahlgren. »Ich will gar nicht so tun, als könnte ich verstehen, wie dieses Programm funktioniert. Obwohl man es mir schon ein Dutzend Mal erklärt hat. Aber wenn ich dieses Gefasel von drittrangigen Korrelationen und stochastischen Rastern höre, dann kommt mir die Galle hoch. Trotzdem verstehe ich, wenn der Computer mir mitteilt, dass bestimmte Personen mit anderen bestimmten Personen in Verbindung stehen. In solchen Fällen werde ich hellhörig.«

Nancy nickte. Sie war bei der Entwicklung von VORTEX beteiligt gewesen und fand die Ergebnisse, die das Programm lieferte, angesichts der über hundert Millionen Dollar, die investiert worden waren, eher enttäuschend. Aber gelegentlich brachte es doch etwas Nützliches hervor.

»So wie ich VORTEX verstehe, geht es darum, Verbindungslinien zu ziehen. Innerhalb dieser Linien entstehen Räume, die Vektoren genannt werden, wenn ich das korrekt interpretiere. Und diesen Vektoren werden bestimmte numerische Werte zugeschrieben, die ausdrücken sollen, inwieweit es eine mögliche Verbindung zwischen dem einen Drecksack und dem anderen Drecksack gibt. Je höher der Wert, umso wahrscheinlicher die Verbindung. Habe ich das so richtig ausgedrückt?«

Nancy nickte erneut. Ihr Herz klopfte heftig. Dahlgren redete normalerweise nicht um den heißen Brei herum. Bei den seltenen Gelegenheiten, wo er nicht direkt auf das eigentliche Thema zu sprechen kam, ging es ihm meist darum, jemanden vorzuführen und zu erniedrigen.

»Der Grund, warum ich das alles hier erzähle«, fuhr Dahlgren fort, »ist folgender: Ich habe mir mal Ihren Freund Gideon Davis vorgeknöpft, weil ich mir nicht vorstellen kann, dass er einfach Ruhe gibt. Und nun finde ich hier eine Notiz, derzufolge Gideon Davis mit einem gewissen Jim Verhoven in Kontakt steht. Ich erspare Ihnen die technischen Einzelheiten über das Gefährlichkeitspotenzial und die Vektorenwerte. Aber sehen Sie mal hier. Ich habe da noch ein bisschen tiefer gebohrt, und raten Sie mal, was ich da gefunden habe? Ihr Kumpel Davis hat vor zweieinhalb Stunden in einem Ort namens Anderson in West Virginia getankt. Und zufälligerweise ist mir bekannt, dass dieser Ervin Mixon sich gelegentlich in dem Milizcamp von Jim Verhoven in Anderson herumtreibt.«

Nancy sagte kein Wort. Was sie jetzt auch von sich gab, wäre in jedem Falle fehl am Platz.

»Sie haben vielleicht bemerkt, dass ich gerade etwas eingetippt habe, als Sie reinkamen«, fuhr Dahlgren fort. »Ich habe angefangen, eine OPR-Datei über Sie anzulegen.« Dahlgren hielt inne und genoss die Wirkung seiner Worte, bevor er fortfuhr: »Wegen Beschlagnahmung von Geräten ohne richterliche Genehmigung, wegen Befehlsverweigerung, verschiedenen Unregelmäßigkeiten bei den Spesenabrechnungen ... Die Beispiele für disziplinarische Verfehlungen habe ich noch nicht eingetragen.«

OPR war die Abkürzung für *Office of Professional Responsibility*. Dieses »Büro für Dienstpflichten« entsprach in etwa den Abteilungen für interne Ermittlungen in den übrigen Polizeibehörden. Das OPR ging allen dienstlichen Verfehlungen nach, angefangen bei Korruption über sexuelles Fehlverhalten bis hin zu Verrat. Eine OPR-Datei konnte eine Karriere ruinieren. Im schlimmsten Fall war es ein Entlassungsgrund und konnte eine Anklage vor Gericht und sogar eine Gefängnisstrafe nach sich ziehen.

Dahlgren fuhr auf seine typische herablassende Art fort: »Unsere Behörde hat zwei Aufgaben, was die potenzielle Gefahr durch inländische terroristische Organisationen betrifft, Nancy. Zum einen müssen Gesetzesverstöße geahndet werden. Das ist eine ziemlich einfache Prozedur. Aber die andere Aufgabe ist wesentlich komplizierter. Hierbei geht es darum, all jene, die unter Umständen planen, gegen Gesetze zu verstoßen, es aber noch nicht getan haben, zu beobachten, zu überwachen und ihre möglichen Handlungen vorherzusehen. Die meisten rechten Milizen, Neonazigruppen, rassistischen Organisationen und arischen Spinner sind nichts weiter als Vollidioten, die fleißig mit dem Säbel rasseln. Von denen geht keine Gefahr für Recht und Ordnung in den Vereinigten Staaten aus. Aber es gibt einige unter ihnen – und Verhovens Gruppe ist so eine –, die sich an einem Scheidepunkt befinden. Bei denen weiß man nicht genau, ob sie sich in die eine oder in die andere Richtung entwickeln.« Er nahm seine Lesebrille ab und legte sie auf den Schreibtisch. »Nancy, es darf niemals passieren, dass das FBI diesen Leuten die Entscheidung abnimmt. Das FBI darf nicht noch mal so einer Sache wie damals in Waco Vorschub leisten. Jedenfalls nicht, solange ich hier die Verantwortung trage.«

»Sir …«

»Seien Sie still!« Dahlgren hob nicht einmal die Stimme, als er ihr das Wort abschnitt. »Ich bin ein vernünftiger Mensch. Ich weiß, dass Sie auf Ihre Art eine sehr wertvolle Mitarbeiterin sind. Ich habe Ihre OPR-Datei eröffnet, hier und da ein paar Kreuzchen gemacht und einiges ausgefüllt und mit Hinweisen auf die entsprechenden Paragraphen versehen. Aber ich habe es noch nicht abgeschickt. Ob ich es abschicke, hängt davon ab, ob es Gideon Davis gelungen ist, Verhoven in eine bestimmte Richtung zu lenken.«

»Ich verstehe nicht, was das mit mir zu tun hat.«

»Haben Sie Gideon Davis nach West Virginia geschickt, damit er dort herumschnüffelt und nach Mixon sucht?«

»Geschickt?«, fragte Nancy verblüfft. »Ich schicke ihn doch nicht irgendwohin.«

Dahlgren schüttelte traurig den Kopf. »Jesus Christus, sind Sie denn wirklich völlig unfähig, mir eine klare Antwort zu geben?«

Nancy schwieg.

»Haben Sie nun bestimmte FBI-Geräte aus der Technikabteilung angefordert, zum Beispiel ein Motorola-Einseitenband-Funkgerät Model 231A, ein Bluewater-GPS zur Positionsbestimmung, ein Bushnell-2.5 x 24-Nachtsicht-Zielfernrohr und zwei digital verschlüsselte Mobiltelefone?«

»Ja«, gab sie zu.

»Und haben Sie darüber hinaus diese Geräte ohne Genehmigung Ihrer Dienststelle an Gideon Davis weitergegeben, einen Zivilisten mit keinerlei formellen Verbindungen zu unserer Institution?«

Sie musste zugeben, dass er sie sehr gut überwacht hatte. Aber ganz offensichtlich nicht gut genug. Es gab nur eine Reaktion auf seine Vorwürfe.

»Nein«, log sie. »Ich habe diese Geräte für eine Trainingseinheit angefordert.«

Dahlgren stöhnte laut auf. »Ich glaube Ihnen kein Wort. Und wenn sich herausstellt, dass Sie mich angelogen haben, dann verspreche ich Ihnen, dass ich hier draufdrücke, um Ihre OPR-Datei schnurstracks an die entsprechende Stelle zu schicken.«

»Aber ...«

»Ich merke schon, dass es hier darum geht, mich zum

Eingreifen zu provozieren. Und das mag ich überhaupt nicht. Ich habe noch nicht entschieden, was ich tun werde, um Ihren Freund Gideon davon abzuhalten, eine Katastrophe auszulösen. Aber ich werde mich auf alle Fälle auf den Weg machen, um Mr Verhoven aufzusuchen und an seine Vernunft zu appellieren, damit er Mr Davis nicht über den Haufen schießt, wenn der auf seinem Grundstück herumstöbert.«

»Aber Sir, was ist, wenn …«

Dahlgrens scharfer Blick brachte sie zum Schweigen.

Nancy Clement ging in ihr Büro zurück, schloss die Tür, setzte sich hin und stützte den Kopf auf. Was sollte sie jetzt tun? Sie musste mit Gideon Verbindung aufnehmen, um ihn zu warnen. Dahlgren würde schon morgen vor Ort sein und ihn garantiert finden und festnehmen. Dann stand alles auf dem Spiel, ihr Job und Gideons Hals. Aber was war, wenn er und sein Bruder doch etwas herausfanden? Sie kam zu einem Entschluss, erhob sich und verließ das Büro.

FÜNFZEHNTES KAPITEL

ANDERSON, WEST VIRGINIA

Es entging Tillman nicht, dass Jim Verhovens Anwesen in vielerlei Hinsicht einer Festung ähnelte. Es lag auf einem hohen Berg und war nur über einen Feldweg zu erreichen, der in Serpentinen nach oben führte und so eng von Kiefern gesäumt wurde, dass nur ein einziges Fahrzeug darauf passte. Das Haus selbst lag inmitten einer weiten Fläche, die man erst einmal bewältigen musste, bevor man den Eingang erreichte. Ein gut bewaffneter Verteidigungstrupp konnte jedem, der diese Brachfläche überqueren wollte, das Leben schwermachen. Hinter dem Haus befanden sich einige Metallgebäude, die offenbar für bestimmte Zwecke dort errichtet worden waren. In einiger Entfernung waren U-förmige Wälle angelegt worden, die ganz offensichtlich als Schießstände dienten.

Als Tillman in seinem Pick-up auf das Haus zufuhr, stand Verhoven im Vorhof und marschierte mit etwa zwanzig jungen Männern in Tarnkleidung auf und ab. Als er den Wagen parkte, brüllte Verhoven: »Wegtreten!« Die jungen Männer liefen auseinander auf eine Reihe ramponierter Fahrzeuge zu, die vor einem scheunenartigen Gebäude hinter dem Haus standen.

Sie gaben sich die Hand, und Verhoven sagte: »Auf dem Papier hat meine Einheit Kompaniestärke, aber diese tapferen jungen Männer sind der harte Kern meiner Miliz.«

Das war Verhovens Art, ihm mitzuteilen, dass das siebte Regiment der Miliz von West Virginia kaum mehr Angehörige hatte als eine unterbesetzte Infanterieeinheit. Tillman nickte trotzdem zustimmend.

»Die Aufgabe dieses Regiments ist die Verteidigung der verfassungsmäßigen und gottgegebenen Freiheiten der Menschen in dieser Region«, fuhr Verhoven fort. »Sie werden mir sicher zustimmen, wenn ich sage, dass unsere bürgerlichen Freiheiten immer weiter eingeschränkt werden. Wenn die internationale Finanzmafia und die jüdischen Spekulanten es so weitertreiben, werden wir bald nur noch willige Sklaven sein, die in Armut leben, während die Fettsäcke in New York City und Washington D.C. in ihren Limousinen herumfahren und sich mit Champagner besaufen.«

Tillman lächelte zurückhaltend und äußerte weder Zustimmung noch Ablehnung, während Verhoven sich in Rage redete.

»Falls sie jemals irgendwelche Sturmtruppen herschicken, um uns auszuheben, dann werden sie sehr schnell feststellen, dass die Leute hier in West Virginia nicht einfach nur zusehen, wenn ihre Rechte mit Füßen getreten werden.« Es klang, als würde Verhoven Sätze aus einem selbstverfassten Pamphlet zitieren, aus einer Schrift, die er und seine Leute womöglich im ganzen Staat auf den Toiletten von Autobahnraststätten verteilten.

Mehrere Autos mit jungen Männern rollten vorbei. Einige von ihnen hatten Aufkleber auf den Stoßstangen, auf denen zu lesen war: KOMM MIR NICHT ZU NAH! Verhoven grüßte jeden der vorbeifahrenden Wagen mit einem kurzen Wink.

»Haben Sie in der Army gedient, Colonel?«, fragte Tillman.

»Dieses Privileg war mir leider nicht gegönnt«, sagte Verhoven. »Aber ich habe zehn Jahre lang meinem Land als Sheriff gedient. Danach wurde ich stellvertretender Leiter der Einsatzkräfte des Sheriffs von Hertford County. Man hat mir das Oberkommando dieser Einheit angetragen, aber zu diesem Zeitpunkt war ich bereits so angewidert von dem verrotteten Staatsbetrieb, dass ich mich gezwungen sah, abzulehnen und ins Privatleben zurückzukehren.«

Tillman hatte hier und da gehört, dass Verhovens Ausscheiden aus dem Staatsdienst mehr damit zu tun hatte, dass er andere Crystal-Meth-Dealer verhaftet hatte, um ihre Kunden und Vorräte zu übernehmen. Aber derartige Haarspaltereien waren im Moment sicherlich nicht angebracht.

»Das ist Lorene, meine Frau«, sagte Verhoven und deutete auf eine ungewöhnlich große Frau mit glatten, unnatürlich blonden Haaren.

Irgendwas an dieser Frau beunruhigte Tillman vom ersten Moment an, als er ihr gegenüberstand. Sie kleidete sich auf eine auffällig schlichte Art, die Tillman mit gewissen Propagandaplakaten der Nazis aus den 1930er-Jahren in Verbindung brachte: schlichter, gerade geschnittener Rock, gestärkte weiße Baumwollbluse, kein Schmuck bis auf den Ehering. Alles an ihr signalisierte Sittsamkeit und Zurückhaltung – nur ihre Augen nicht. Das eine war braun, das andere blau, und sie starrten ihr Gegenüber mit einer Intensität an, die er auf dem Schlachtfeld bei einigen durchgeknallten Typen registriert hatte, die sich freiwillig zum Ausheben eines Maschinengewehrnests meldeten.

»Ich freue mich wirklich sehr, dass ich Sie endlich kennenlernen darf, Mr Davis«, sagte sie und fixierte ihn mit ihren irren Augen. »Wir haben schon sehr viel von Ihnen und Ihren Widrigkeiten gehört.«

Tillman nickte brav. Sie drückte sich ähnlich gewunden aus wie ihr Mann.

»Ich hoffe, ich habe den Eber nach Ihrem Geschmack zubereitet«, sagte sie.

»Ich kann Ihnen gar nicht sagen, wie gut sich das in meinen Ohren anhört«, sagte Tillman.

Eine Viertelstunde später saßen sie an einem schweren Holztisch in einem Raum, der mit Gemälden von Adlern, uralten Gewehren und verblichenen Reproduktionen der amerikanischen Verfassung dekoriert war.

Tillman bemerkte, wie Lorene Verhoven ihn beobachtete, wenn sie annahm, dass er gerade woandershin schaute. Ab und zu drehte er sich abrupt um, um ihr ins Gesicht zu sehen, aber da hatte sie sich schon abgewandt und beschäftigte sich mit ihrem Essen. Das war noch so etwas, das zu seiner Verunsicherung beitrug.

Verhoven hatte inzwischen zu einem längeren Monolog angesetzt. Das war offenbar die Gesprächsform, die ihm am meisten zusagte. Er sprach über die mangelhafte Ernährung von Vegetariern, die Geschichte von Persien, die unterschiedlichen Schreie der verschiedenen hiesigen Federwildarten, gewisse Eigenarten bei der Übersetzung der Bibel aus dem Griechischen, die wahren Hintergründe der europäischen Einigung und warum die Juden keine Chance hatten, das Königreich Gottes zu betreten.

»Ich habe keine Lust mehr auf Geldautomaten, die mich zuallererst fragen, in welcher Sprache ich meine Geschäfte abwickeln will«, sagte Verhoven zwischen zwei Happen mit Kartoffelpüree und Wildschweinbraten. »Ich habe keine Lust mehr mitanzusehen, wie brave amerikanische Arbeiter ihre Jobs an illegale Einwanderer verlieren. Ich habe die Schnauze voll davon, dass irgendwelche Reichen sich die Taschen füllen, indem sie diese Leute beschäftigen. Und auch wenn ich persönlich nichts gegen Mexikaner habe, gefällt es mir doch nicht, dass meine Freunde von Almosen leben müssen, weil niemand mehr einen weißen Dachdecker oder Zimmermann beschäftigen will. Ich habe keine Lust mehr, diese exorbitant hohen Steuern zu bezahlen. Ich habe keine Lust mehr, mir anzuhören, wie diese Liberalen mich als eine blutdürstige Gefahr für die Gesellschaft hinstellen, nur weil ich mich auf den zweiten Zusatzartikel zur Verfassung der Vereinigten Staaten berufe. Ich habe keine Lust mehr darauf, dass jedes Mal, wenn ich den Fernseher einschalte, meine Kinder einem Wust an Gewalt, Schmutz und Verdorbenheit, lasterhaftem Gerede und vulgären Ausdrücken ausgesetzt werden.«

Er hielt inne. Seine Hände zitterten vor Erregung.

Das war die Gelegenheit für Lorene, sich zu entschuldigen. »Ich weiß, dass ihr noch über geschäftliche Dinge sprechen wollt«, sagte sie. »Ich muss noch ein paar Sachen in der Küche erledigen und lasse euch dann allein.«

Verhoven sah ihr nach mit einem Blick, in dem Verlangen und Verehrung gleichermaßen vorhanden waren. Dann wandte er sich an Tillman. »Wollen wir uns die Füße vertreten?« Er wartete nicht auf eine Antwort, sondern stand auf und führte Tillman durch die Hintertür auf eine kleine Terrasse.

Die Sonne war bereits untergegangen, aber der Himmel war noch nicht ganz dunkel. Verhoven machte eine halbkreisförmige Bewegung mit der Hand, deutete auf die Umrisse der Bäume, die weiten Wiesen, die grasenden Pferde, die Scheunen und das Haus – vielleicht schloss er auch das ganze Tal weiter unten mit ein. »Ich bin stolz auf das, was ich hier erreicht habe«, sagte er. Normalerweise tönte seine Stimme barsch und scharf, so als würde er sich ständig an ein größeres Publikum wenden, das nicht so intelligent war wie er. Jetzt jedoch klang sie wesentlich sanfter, versöhnlicher, ruhiger. »Aber mir ist klar geworden, dass solche kleinen Errungenschaften nicht viel ändern. Ja, sicher, ich habe die Möglichkeit, junge Menschen auszubilden, die den Kampf weiterführen werden. Ich arbeite daran, unsere Freiheiten zu verteidigen – und hier auf diesem Stück Land gelingt mir das auch. Aber der eigentliche Kampf wird auf einem weitaus größeren Schlachtfeld ausgetragen.«

Trauer schwang in Verhovens Stimme mit, vielleicht sogar so etwas wie Resignation, als er fortfuhr. »Ich habe mir diese Entscheidung nicht leicht gemacht. Wenn man im Leben etwas erreicht hat, dann richtet man sich darin ein. Macht es sich bequem. Wird selbstzufrieden. Aber es gibt noch andere, die sich diesem Kampf verschrieben haben, Leute, die verwegener denken und handeln als ich, die mehr Tatendrang verspüren …« Er brach ab.

Die Nacht brach rasch herein. Die Luft wurde schneidend kalt. Nach einem Moment des Schweigens sagte Verhoven: »Diese Liste, die ich Ihnen in meinem Laden gezeigt habe. Vielleicht können wir morgen früh noch etwas mehr ins Detail gehen?«

Perfekt, dachte Tillman. Das bot ihm die Gelegenheit zu einem nächtlichen Erkundungsgang. »Gern. Ich habe diesbezüglich schon einige Telefonate gemacht.«

»Großartig.« Verhoven suchte den Horizont ab. »Wir halten im Morgengrauen ein kleines Manöver ab«, sagte er. »Da könnte es nicht schaden, wenn ein Mann mit Ihrer Erfahrung ein bisschen frischen Wind reinbringt. Das dürfte meiner Einheit von Nutzen sein. Wären Sie dabei?«

»Mit dem größten Vergnügen, Sir«, sagte Tillman.

SECHZEHNTES KAPITEL

ANDERSON, WEST VIRGINIA

Gideon breitete sämtliche Geräte, die Nancy ihm gegeben hatte, auf dem Tisch in Tillmans Hütte aus. Er hatte seinem Bruder ein Funkgerät mitgegeben. Aber es war nicht so einfach einzusetzen. Sicherlich würde Verhoven mehr als nur misstrauisch werden, wenn er Tillman dabei ertappte, wie er mit jemandem per Funk Kontakt aufnahm. Also musste Tillman versuchen, außerhalb des Hauses mit Gideon zu sprechen.

Geplant war, dass die beiden Brüder nach dem Abendessen auf dem Anwesen der Verhovens zusammentrafen, um nach Hinweisen auf die Anwesenheit von Mixon zu suchen. Das Verhoven-Haus lag etwa acht Kilometer Luftlinie entfernt von Tillmans Hütte, aber wenn man die Straße nahm, musste man wegen der kurvenreichen Strecke gut zweiundzwanzig Kilometer zurücklegen. Obwohl es draußen schon recht kalt war und von Minute zu Minute kälter wurde, freute Gideon sich darauf, die Nacht in den Wäldern zu verbringen.

Nachdem er seine Ausrüstung mehrmals überprüft hatte, gab es erst einmal nichts mehr zu tun. Tillman besaß weder eine Stereoanlage noch einen Fernseher. An einem Nagel an der Wand hing ein billiges Banjo, aber Gideon war nie besonders musikalisch gewesen. In einer Ecke stand ein kleines Regal mit Büchern. Ein paar Thriller waren darunter, aber die meisten befassten sich mit Militärgeschichte – angefangen bei den Punischen Kriegen bis hin zu Afghanistan.

Ein Kleiderschrank war nicht vorhanden. Tillmans Garderobe passte in zwei Pappkartons. Das einzige ungewöhnliche Objekt in diesem Zimmer war ein Smoking, der an der Wand hing und noch in die Plastikfolie eines Kleiderverleihers eingewickelt war. In ein paar Wochen sollte Tillman der Hochzeit von Gideon und Kate als Trauzeuge beiwohnen.

Die ärmlichen Lebensumstände seines Bruders machten Gideon traurig. Tillman hatte so gut wie nichts, weder materielle Dinge noch jemanden, mit dem er sein Leben teilen konnte. Und doch gab es da einige Aspekte im Leben seines Bruders, um die Gideon ihn beneidete. Die Rauheit, die Unmittelbarkeit, dieses Fieber, das einen auf der Jagd erfasste. Während er auf Tillmans Funksignal wartete, spürte Gideon wieder diese erregende Anspannung, die er zum ersten Mal während seines Obelisk-Abenteuers registriert hatte, und auch in jenem Moment, als er Mixon das erste Mal gegenüberstand. Er hatte sein gesamtes erwachsenes Leben ohne besondere Konflikte verbracht, und nun schien sich ein nicht unwesentlicher Teil seiner Person geradezu danach zu sehnen.

Darüber grübelte er nach, als sein Handy klingelte. Die angezeigte Nummer war ihm unbekannt.

Er meldete sich, und eine weibliche Stimme sagte: »Hast du überhaupt eine Ahnung, wie schwer es ist, heutzutage in Amerika eine Telefonzelle zu finden?«

»Nancy?«, fragte er.

»Hör zu«, sagte sie. »Ray Dahlgren weiß Bescheid. Ich rufe aus einer Telefonzelle an, weil es mich nicht wundern würde, wenn er mein Handy abhören lässt. Er vermutet, dass du in West Virginia bist. Er befürchtet, dass du Verhovens Grund und Boden betreten willst und dort festgenommen, erschossen oder sonst was wirst, und er dann wieder in so einen Schlamassel wie damals in Waco gerät. Ich weiß nicht genau, was er vorhat, aber ich vermute, dass er hinfahren will, um Verhoven vor dir zu warnen.«

»Was ist mit Tillman? Weiß er von ihm?«

»Nein.«

»Wann wird er hier eintreffen?«

»Keine Ahnung. Bis zu Verhovens Anwesen braucht man zwei Stunden. Ich vermute, er wird bis morgen früh warten. Was du auch vorhast, du musst es noch in dieser Nacht erledigen. Morgen ist es garantiert zu spät.«

»Ich warte gerade darauf, dass Tillman sich meldet.«

»Meiner Meinung nach solltet ihr da abhauen, Gideon. Ihr beide.«

Gideon dachte darüber nach. »Aber ich kann ihn jetzt nicht erreichen.«

»Dann hol ihn so schnell wie möglich dort raus. Es lohnt sich nicht.«

»Meinst du wirklich, dass Dahlgren dein Handy abhört?«

»Er hat mir mit einem Disziplinarverfahren gedroht. Er bräuchte ja nicht mal eine Genehmigung, nicht wenn es sich um eine interne Ermittlung handelt. FBI-Beamte willigen ein, dass ihre staatsbürgerlichen Rechte eingeschränkt werden, wenn sie den Aufnahmeantrag unterschreiben.«

»Wie kann ich dich denn erreichen?«

»Ich melde mich …« Nancys Stimme zitterte.

»Aber …«

Die Verbindung brach ab.

Verdammt, dachte Gideon und packte seine Ausrüstung ein. *Wird Zeit, dass ich mich auf den Weg mache.*

SIEBZEHNTES KAPITEL

ANDERSON, WEST VIRGINIA

Lorene war eine Nachteule. Tillman hörte, wie sie im Haus herumlief, bevor sie zu Bett ging. Er wusste, dass es Lorene war, weil Verhoven mehrmals nach ihr rief. Schließlich hörte sie auf herumzutigern und ging ins Schlafzimmer, wofür Tillman ihr wirklich dankbar war. Aber dann begann die Bettgymnastik. Lorene war eine von den Frauen, die gern laut aufheulen, und als Tillman schon dachte, es sei vorbei, fing sie erneut damit an. Es kam ihm vor, als würde es Stunden dauern, bevor es endlich ruhig wurde und Tillman sich auf den Weg machen konnte, um nach Mixon zu suchen.

Er stand auf, schlich aus seinem Zimmer und ging leise nach unten in die Eingangshalle und zur Tür.

Gideon hatte ihm eine Luftaufnahme des Anwesens gegeben. Verhoven besaß einige hundert Morgen Land, das meiste davon war Wald. In der Mitte gab es eine Lichtung von sechs bis acht Hektar, auf der Verhovens Haus stand. Hinter dem Haus lagen ein Pferdestall, eine Werkstatt und einige andere Gebäude. Ungefähr 150 Meter entfernt – Richtung Vorderseite des Anwesens – lag eine längliche, hüttenähnliche Baracke, in der die »Soldaten« biwakierten. Soweit Tillman das beurteilen konnte, befanden sich rund zwanzig junge Männer in diesem Gebäude, die dort auf das Manöver im Morgengrauen warteten.

Die Luft war klar und frisch, und die dünne silberne Mondsichel spendete gerade genug Licht, dass er sich umschauen konnte, ohne eine Taschenlampe zu benötigen.

Er lief über das Gras Richtung Pferdestall. Als er außer Hörweite vom Wohnhaus war, nahm er das Funkgerät von Gideon aus der Tasche und hielt es ans Ohr. Es sah aus wie ein Bluetooth-Headset für ein Handy, war es aber nicht. Gideon hatte ihm erklärt, dass es verschlüsselte Signale über eine Frequenz der Sicherheitsbehörden schickte und innerhalb eines Umkreises von einer Meile funktionierte.

»Ich dachte schon, du wärst eingeschlafen«, ertönte Gideons Stimme im Ohrstück. »Ich frier mir hier draußen den Arsch ab.«

»Ich wurde aufgehalten«, sagte Tillman. »Gib mir mal einen Lagebericht.«

»Die Pläne wurden geändert«, sagte Gideon. »Wir haben nur noch Zeit bis zum Morgengrauen, um Mixon zu finden.«

»Das ist knapp.«

»Ist eine längere Geschichte. Jedenfalls plant Nancys Boss einen Abstecher, um hier nach mir zu suchen.«

»Wo fangen wir also an?«

»Vorne am Tor steht ein Posten auf dem Feldweg, der von der Landstraße heraufführt. Bewaffnet mit einer Maschinenpistole. In der Mannschaftsbaracke ist das Licht schon vor drei Stunden ausgegangen.«

»Hunde?«

»Nee. Schätze, Verhoven ist mehr der Katzentyp.«

»Das erklärt so einiges«, kommentierte Tillman.

Gideon lachte kurz. »Bleib in Verbindung.«

Tillman betrat den Pferdestall. Die Tiere schliefen in ihren Boxen. Sie bewegten sich nicht einmal, als er eintrat. Er suchte den Fußboden nach Falltüren ab. Da überall Stroh herumlag, war es ziemlich mühsam. Außerdem spürte er die Kälte schon in den Knochen.

Die beiden Brüder hatten sich darauf verständigt, dass Tillman die nähere Umgebung des Hauses und die umliegenden Gebäude durchsuchte, während Gideon die äußeren Gebiete und die Wege abging. Das Grundstück der Verhovens war ziemlich groß. Tillman hatte keine Ahnung, wo es aufhörte, aber es war klar, dass es sich um mehr als fünfzig Hektar handelte, vielleicht sogar um mehrere hundert. Als er mit dem Stall fertig war, durchsuchte er die Scheune und den Heuschober. Schließlich war es bereits Viertel nach drei. Die Baracke lag im vorderen Bereich des Anwesens in der Nähe des Tors. Darin schliefen zurzeit ungefähr zwanzig von Verhovens »Soldaten«. Nachdem seine Augen sich an die Dunkelheit gewöhnt hatten, konnte er den jungen Mann erkennen, der vorn am Tor Posten stand, um mögliche Eindringlinge abzuwehren. Was bedeutete, dass er nicht nur sehr leise sein musste, sondern sich auch nur ganz langsam und vorsichtig vorwärtsbewegen konnte, um ihn nicht auf sich aufmerksam zu machen.

Als Nächstes robbte er auf das letzte der Einzelgebäude zu, die hinter dem Wohnhaus lagen. Trotz der Kälte hatte sich über seinen Augenbrauen ein dünner Schweißfilm gebildet, als er die Hütte erreichte. Darin standen ein Traktor, eine Heupresse, ein älterer Pritschenwagen Marke International Harvester und ein weißer Lieferwagen mit auf dem Dachgepäckträger festgeschnallten Leitern. Es gab keine Hinweise auf eine Unterkellerung, kein Blut, keine Handfesseln, überhaupt keinen Anhaltspunkt darauf, dass hier jemand an die Wand oder den Fußboden gekettet worden war.

Er schaute aus verschiedenen Fenstern und versuchte, so viel wie möglich von der Umgebung abzusuchen. Nirgendwo war jemand zu sehen. Plötzlich kam ihm ein Gedanke, er griff nach dem Funkgerät und sagte mit leiser Stimme: »Dein Standort?«

Gideon antwortete prompt: »Bin oben im Wald, ungefähr eine Viertelmeile von dir entfernt.«

»Ist da eine Wache am Tor?«

»Ja, aber es sieht so aus, als würde er schlafen. Hast du was gefunden?«

»Fehlanzeige. Kein Blut, kein Versteck, gar nichts.«

»Vielleicht halten sie ihn in der Baracke fest, wo diese Milizkerle rumhängen.«

»Kann eigentlich nicht sein«, sagte Tillman. »Dann hätte er im Fall einer Anklage zwanzig potenzielle Zeugen gegen sich. So sehr wird er seinen Leuten bestimmt nicht vertrauen.«

»Wohl nicht. Was ist mit dem Wohnhaus? Vielleicht gibt's da ja einen Keller.«

»Nein, es ist ein typisches Farmhaus mit dem üblichen Kriechkeller darunter. Keine richtige Unterkellerung. Aber ich habe da so eine Idee, wo Mixon sein könnte.«

»Ich höre«, sagte Gideon.

»Verhoven produziert Crystal Meth, stimmt's? Wo macht er das? Ich habe keine Hinweise auf chemische Anlagen, kein Labor oder irgendwelche dazugehörigen Utensilien bemerkt, keine Dampfdruckgefäße, nicht einmal Reagenzgläser. Hab auch nichts gerochen. Und soweit ich weiß, entsteht bei der Produktion von Crystal Meth ein ziemlich widerlicher Gestank.«

Gideon antwortete nicht gleich. »Vielleicht gibt es ja noch ein weiteres Gebäude irgendwo. Oder er hat eine Hütte in einer Bodensenke oder so was.«

»Und wenn das Labor sich unter der Erde befindet? In der Nähe des Schießstands ist so eine Art Eingang.«

»Wäre einen Versuch wert«, sagte Gideon. »Aber ich muss hier noch den Rest meines Gebiets absuchen.«

»Ich schau mich dort mal um.« Während ihrer Unterhaltung hatte Tillman sich auf das Eingangstor zubewegt, wo er jetzt auch den Posten bemerkte, von dem Gideon gesprochen hatte. Es stimmte: Der Junge bewegte sich kein bisschen, sondern hing bewegungslos in seinem Sitz. Wahrscheinlich schlief er tief und fest.

Trotzdem durfte er kein Risiko eingehen. Er ging in die Knie und kroch auf allen vieren auf einen künstlichen Wall zu, der ungefähr vierhundert Meter entfernt war. Nach einigen Metern legte er sich flach auf den Boden, spähte eine Minute lang in alle Richtungen und kroch wieder einige Meter weiter. Einen Eber zu jagen war eine Sache, aber dieses quälend langsame Vorankommen erinnerte ihn daran, dass es schon eine ganze Weile her war, seit er als Scharfschütze im Einsatz gewesen war. Vierhundert Meter waren ein verdammt weiter Weg, wenn man ihn auf diese Weise zurücklegen musste. Aber es gab keine andere Möglichkeit. Er seufzte und kroch weiter.

Gideon lief langsam durch den Wald und überprüfte den Rest des Gebiets, das er akribisch in Raster aufgeteilt hatte. Es gefiel ihm nicht, dass Tillman außerhalb seiner Sichtweite allein agierte, aber er hatte keine andere Wahl. Mixon konnte überall sein, und die Zeit war knapp. Der Wald wurde von zahlreichen Pfaden durchzogen, die alle vom Wohnhaus der Verhovens ausgingen. *Wo führen die bloß hin?*, fragte er sich. Falls es hier irgendwo ein Drogenlabor gab, dann müsste einer der Pfade dorthin führen. Aber das Grundstück war viel zu groß, um es in den wenigen Stunden bis zum Sonnenaufgang zu erkunden.

Langsam ging er den Pfad entlang, machte sorgfältig einen Schritt nach dem anderen, hielt inne, schaute sich um, ging weiter. Gideons Vater hatte seinen Söhnen beigebracht, wie man sich auf der Pirsch durch den Wald bewegte. Man kam nur langsam voran, konnte aber relativ sicher sein, dass man nicht über jemanden stolperte, den man übersehen hatte.

Der Wald war dunkel und Furcht einflößend. Jetzt, wo er sich bewegte, wurde ihm wärmer. Aber er fror immer noch. Kurz kam ihm der Gedanke, einfach aus dem Wald zu laufen, ins Auto zu steigen und davonzufahren, nach Hause. Wenn er jetzt auf der Stelle losfuhr, konnte er noch vor dem Morgengrauen neben Kate im warmen Bett liegen.

Aber natürlich würde er das nicht tun. Schon allein wegen Tillman, den er gegen seinen Willen gezwungen hatte, bei dieser Aktion mitzumachen.

Tillman erreichte den Schießstand gegen fünf Uhr dreißig. Auf der einen Seite befand sich ein zweihundert Meter langer Schießplatz für Gewehre, auf der anderen ein kürzerer für Pistolenschützen, beide halbkreisartig umschlossen von einem Wall. Dazwischen lag ein schmaler kleiner Bau aus Metall, der verriegelt und mit einem Schloss gesichert war. Er versuchte vorsichtig, das Schloss zu knacken. Als er noch bei den Special Forces war, hatte er einen Kurs im Knacken von Schlössern belegt. Aber wenn man nicht ständig übte, verlor man das Gefühl dafür, und er hatte das Gelernte seit dem Ende seiner Ausbildung nur ungefähr fünfmal angewendet.

Schließlich gab er es auf und ging um den Bau herum. Er war auf einer Betonplatte errichtet worden, zwischen Aufbau und Untergrund war eine schmale Lücke erkennbar. Wenn es ihm gelang, die Taschenlampe darunterzuschieben, konnte er das Innere des Metallbaus einsehen. Aber er würde dabei vielleicht auch den schlafenden Wachposten am Tor aufwecken.

Andererseits kam diese Gelegenheit bestimmt nicht wieder, und er war inzwischen eine halbe Meile vom Wohnhaus entfernt. Er legte sich auf den Boden und leuchtete mit der Lampe ins Innere des Baus. Er sah einige Zielscheiben aus Metall, dazugehörige Ständer, einige große Eimer – wahrscheinlich wurden darin die Patronenhülsen gesammelt. Aber kein Mixon. Nicht mal ein Hinweis darauf, dass er hier gewesen war.

Es gab in der näheren Umgebung nur noch ein weiteres kleines Gebäude aus Beton, das ungefähr ein Meter zwanzig hoch war. Er fragte sich, was das wohl war, aber als er ankam, stellte er fest, dass die eine Seite des kleinen Baus offen war. Darin befand sich eine Vorrichtung zum Abschuss von Tontauben. Erst jetzt bemerkte er, dass der Bereich hinter dem Bau mit zahllosen Tonsplittern übersät war: tausende und abertausende von Tontauben waren hier bereits abgeschossen worden, aber ihre Überreste waren im Mondlicht kaum auszumachen.

Als er auf die Uhr schaute, wurde ihm klar, dass er sich auf den Rückweg machen sollte. Er musste zurück ins Wohnhaus und sich eine Entschuldigung zurechtlegen, warum er schon so früh am Tag wieder abreisen musste – noch bevor Nancys Boss hier aufkreuzte. Bis zum Schießstand waren es knapp zweihundert Meter, zum Haus weitere vierhundert. Auf dem Boden robbend würde er das kaum schaffen. Er ging hinter dem Wall entlang, damit man ihn vom Wohnhaus aus nicht sehen konnte, vom anderen Ende wollte er so leise wie möglich bis zum Schießstand rennen. Aber als er dort ankam, bemerkte er etwas, das seinen Pulsschlag deutlich beschleunigte.

Lorene kam ziemlich rasch über den Fußweg direkt auf ihn zu. Außerdem hielt sie ein Gewehr in der Hand.

Er hatte kaum genug Zeit, die Ohrhörer abzunehmen, da stand Lorene schon vor ihm und richtete ihre Waffe auf ihn. »Lorene?«, sagte er.

»Wieso schnüffeln Sie hier auf unserem Grundstück herum?« Sie zielte mit ihrem Karabiner direkt auf ihn.

»Ich dachte nur, ich sollte die Gegend ein bisschen erkunden, bevor das Manöver losgeht«, sagte er.

»Sie sollten überhaupt nicht hier draußen sein«, sagte sie.

»Ich sagte doch …«

»Was tun Sie wirklich hier?« Lorene kniff ihre seltsamen verschiedenfarbigen Augen zusammen und trat auf ihn zu. »Und erzählen Sie mir nicht irgendwelchen Blödsinn. Mein Mann ist ein guter Kerl, aber manchmal leider zu gutgläubig.«

Tillman widerstand ihrem bohrenden Blick, aber noch bevor er etwas erwidern konnte, hallte ein scharfer Knall durch die morgendliche Luft. Dank seines geübten Gehörs erkannte Tillman sofort, dass es sich um eine Patrone Kaliber .223 handelte, die bei M-16-Sturmgewehren oder seinen Varianten, dem M-4 oder dem AR-15, verwendet wurde. Sein Puls raste jetzt. Hatte jemand Gideon im Wald entdeckt?

Lorene schrie ihn an: »Das ist ein Hinterhalt. Ich hab Jim ja gleich gesagt, dass er Ihnen nicht trauen soll!«

»Bleiben Sie doch ruhig«, sagte Tillman und hob abwehrend die Hände, während er zusah, wie drüben am Tor jenseits des Wohnhauses feine Lichtblitze aufflammten. Mündungsfeuer. Die dazugehörigen Geräusche erreichten sie mit einer halben Sekunde Verspätung. Peng-peng … peng. Jetzt klang es nach einer schweren Handfeuerwaffe, einer .45er vielleicht.

Sie machte eine auffordernde Bewegung mit ihrer Waffe. »Sie kommen mit mir mit. Wenn Jim irgendetwas zugestoßen ist, dann werde ich Sie eigenhändig umbringen, das schwöre ich Ihnen.«

Ihm war völlig egal, was mit Verhoven passiert war, und Lorenes Drohungen interessierten ihn auch nicht. Aber falls dieser Schusswechsel irgendetwas mit Gideon zu tun hatte …

Mit Lorenes Karabiner im Rücken ging Tillman rasch in die Richtung, aus der die Schüsse kamen.

Als Gideon die Schüsse hörte, hatte er bereits die Hälfte der Pfade im westlichen Teil von Verhovens Besitz abgesucht, dort im Wald aber keine Gebäude oder unterirdische Bunker gefunden. Kaum hatte er den ersten Schuss gehört, versuchte er Tillman über Funk zu erreichen, bekam aber keine Antwort. Er rannte zurück zum Schießstand, da er ja wusste, dass sein Bruder sich eben noch dort umgesehen hatte. Aber er konnte ihn nirgendwo entdecken. Er schaute durch sein Nachtglas und bemerkte zwei Gestalten in der Ferne. Eine davon war eindeutig Tillman. Die andere sah aus wie eine Frau mit einem Gewehr.

In seinem Eifer auf der Suche nach einem verborgenen Schlupfwinkel hatte er es versäumt, seinem Bruder Rückendeckung zu geben. Jetzt waren noch mehr Schüsse zu hören, und die Frau sprach mit vorgehaltener Waffe mit Tillman. Sie waren jetzt vor dem Wohnhaus angelangt. Gideon zog seine Pistole aus dem Holster und rannte durchs Unterholz.

ACHTZEHNTES KAPITEL

ANDERSON, WEST VIRGINIA

Sechzig Sekunden zuvor war Ray Dahlgren über die Zufahrt vor dem Anwesen der Verhovens angekommen. Auf der extrem unebenen Strecke war sein Ford Crown Victoria so sehr ins Vibrieren gekommen, dass er sogar mit herabgelassenen Seitenfenstern nichts von dem hören konnte, was außerhalb des Wagens geschah. Er hatte die Scheinwerfer ausgeschaltet und hoffte, sich möglichst unbemerkt zu nähern. Da sein Wagen aber einen Höllenlärm verursachte, war ihm klar, dass dies ein hoffnungsloses Unterfangen war.

Falls irgendjemand auch nur ein bisschen aufmerksam war, hatten sie ihn längst bemerkt. Er trat heftig auf die Bremse – leider nicht früh genug, um zu verhindern, dass der Wagen gegen das Tor krachte.

Aus dem Augenwinkel bemerkte er, wie sich etwas bewegte. Eine Gestalt sprang von einem Stuhl auf, ein junger Mann im Tarnanzug mit einer AR-15, die er an einem Schulterband umgehängt hatte.

»Scheiße, was soll das!«, rief der junge Mann aus und schaute sich panisch um.

Dahlgren schob die Tür auf und stieg aus.

»He, Sie da! Sie sind hier falsch. Fahren Sie sofort wieder zurück, verdammt noch mal.«

Dahlgren blieb mit erhobenen Händen neben dem Wagen stehen. »Ganz ruhig«, sagte er. »Regen Sie sich nicht auf. Ich bin Raymond Dahlgren, der stellvertretende Direktor des FBI. Ich möchte mit Colonel Verhoven sprechen.«

»Scheiß drauf, wer Sie sind!« Der junge Mann zitterte wie Espenlaub. Dahlgren sah ihm an, dass er eine Höllenangst hatte.

»Junger Mann, reißen Sie sich zusammen«, bellte er ihn an. »Ich will Mr Verhoven sprechen.«

»Blödsinn«, sagte der Posten mit unnatürlich hoher Stimme. Mit zitternden Händen richtet er seine AR-15 auf Dahlgren.

»Hören Sie, ich bin hierhergekommen, um mit Colonel Verhoven über einen Mann namens Gideon Davis zu sprechen.« Dahlgren griff in die Tasche und wollte ein Foto von Gideon herausholen. Er schaffte es nicht. Offenbar dachte der junge Mann, er wollte eine Pistole ziehen. Vielleicht war er auch einfach viel zu nervös und zog den Abzug versehentlich durch.

Wie auch immer, die AR ging los, und es gab einen lauten Knall. Dahlgren spürte einen Schlag an der einen Seite, als wäre er von einem Baseballschläger getroffen worden.

Dahlgren hatte so oft mit seinen Waffen trainiert, dass er sie ganz instinktiv einsetzte, ohne groß nachzudenken.

Er zog und feuerte blitzschnell. Peng, peng, zwei Schüsse in den Rumpf seines Gegners, ein dritter in den Kopf. Erst nach dem dritten Schuss bemerkte er die drei hellgrünen Punkte in seinem Nachtsichtgerät. Aber da war es auch schon egal. Sein dritter Schuss hatte dem Jungen ein drittes Nasenloch zugefügt und am Hinterkopf ein großes Stück blutroter Masse herausgerissen.

Der Junge fiel um wie ein nasser Sack.

»Mist«, murmelte Dahlgren.

Weiter unten an der Straße warteten zwei Wagen mit je vier weiteren Agenten, denen er befohlen hatte, sich im Hintergrund zu halten. Sein Funkgerät quiekte, und einer seiner Männer fragte: »Wir haben Schüsse gehört, Sir. Bitte antworten Sie.«

Dahlgren brauchte einen Augenblick, dann sagte er: »Gefahr neutralisiert. Bleiben Sie unten und warten Sie ab.«

»Verstanden, Sir.«

Dahlgren beugte sich in seinen Wagen und holte ein Megafon heraus. Als er es an den Mund hob, bemerkte er, dass er zitterte. »Colonel Verhoven, hier spricht Ray Dahlgren vom FBI. Ich wurde beschossen und habe das Feuer erwidert. Ich habe nicht die Absicht, ich wiederhole, ich habe nicht die Absicht weiterzufeuern.« Noch während seiner Ansprache wurde ihm klar, dass etwas total schiefgelaufen war. Er war gekommen, um eine mögliche bedrohliche Situation zu entschärfen. Nun stellte er fest, dass er genau das Gegenteil bewirkt hatte. Dunkle Gestalten strömten aus einem ungefähr hundert Meter entfernten Gebäude, das aussah wie ein ehemaliger Hühnerstall. Aber die Männer, die dort herausrannten, waren keine Hühner. Sie waren bewaffnet.

Kurz darauf eröffneten sie das Feuer auf ihn.

Dahlgren warf das Megafon ins Gestrüpp neben dem Tor, leerte sein gesamtes Magazin, indem er auf die anstürmenden Männer feuerte, sprang in den Wagen und legte den Rückwärtsgang ein.

»Ich bin unter Beschuss«, schrie er in sein Mikrofon, während er das Gaspedal durchdrückte und rückwärts den Feldweg hinunterraste. »Vorheriger Befehl aufgehoben. Einheiten eins und zwei, Erlaubnis zum Einsatz von Schusswaffen. Erwarten Sie mich unten an der Landstraße. Sichern Sie das Gelände.«

Noch während er den Weg entlangfuhr und sein Wagen von Kugeln getroffen wurde, malte er sich die Schlagzeilen in der Presse aus. Vor allem die Blogger, diese Idioten, würden sich das Maul zerreißen und von einem neuen Waco-Skandal sprechen.

Dieser gottverdammte Gideon Davis! *Das ist alles nur seine Schuld,* dachte Dahlgren, während er flüchtete. Und es wurde ihm schmerzlich bewusst, dass es nur eine einzige Möglichkeit gab, seine Karriere zu retten: Er musste dem Präsidenten klarmachen, dass allein Gideon Davis für diesen Vorfall verantwortlich war – wie auch für sämtliche Eskalationen, die nun folgen würden.

NEUNZEHNTES KAPITEL

ANDERSON, WEST VIRGINIA

Tillman stapfte auf das Wohnhaus zu. Lorene war nur wenige Schritte hinter ihm, den Lauf ihres Gewehrs hielt sie direkt auf die Mitte seines breiten Rückens. Nach den ersten paar Schüssen hatte es eine kurze Pause gegeben. Aber jetzt war dort vorne offenbar ein richtiges Feuergefecht im Gange.

Vor den Baracken war ein gutes Dutzend Schützen damit beschäftigt, einen schwarzen Ford Crown Victoria zu beschießen, der rückwärts zwischen den Bäumen Schutz suchte. Das war ein Polizeiauto.

Tillman wurde klar, dass es hierfür nur eine einzige Erklärung geben konnte. Gideon hatte ihn vorgewarnt, dass Nancys Boss auf dem Weg hierher war. Offenbar war er am Tor von einem Posten überrascht worden. Tillman musste so schnell wie möglich seinen Bruder finden. Und dann mussten sie zusammen hier verschwinden.

Wenige Minuten später kehrte das FBI mit Verstärkung zurück. Er sah das Aufblitzen von Mündungsfeuer zwischen den Bäumen. Langsames, systematisches Schießen. Als würde jemand Repetierbüchsen verwenden. Und wenn er das richtig hörte, dann waren diese Detonationen deutlich tiefer und lauter als das hohe Knallen von den .223ern, die vor der Baracke abgefeuert wurden. Eher Kaliber .30, wahrscheinlich .308.

Ein Heckenschütze. Irgendwo zwischen den Bäumen saß ein Heckenschütze, was bedeutete, dass sie möglichst schnell in Deckung gehen mussten.

Tillman sah erneut Mündungsfeuer, diesmal auf der näher gelegenen Seite des Waldes, aus der Richtung also, in die er und Lorene sich gerade bewegten, nur wenige hundert Meter vom Wohnhaus entfernt.

»Lorene«, rief er. »Wir müssen in Deckung gehen!« Er deutete auf den Waldrand.

»Sie bleiben genau da, wo ich Sie gut sehen kann!« Ihre Augen glänzten vor Aufregung. Wenn der Scharfschütze ihn verfehlte, würde sie ihn garantiert treffen.

»Nein, da ist ein Scharfschütze im …«

Eine Wolke von rotem Nebel sprühte hinter ihrem Rücken auf. Lorene schrie und ging zu Boden.

Er hob sie hoch und trug sie auf die Baumreihe zu, in der Hoffnung, dass der Scharfschütze sich lohnenderen Zielen zuwandte. Sein Herz pochte heftig vor Anstrengung. Lorene war sehr groß, über eins achtzig, und wog wahrscheinlich gut 75 Kilo.

Tillman stolperte auf den Wald zu. Er konnte jetzt das Versteck des Scharfschützen erkennen, ein paar zusammengeschobene Pflanzenteile, ein dunkler Fleck, der nicht zur übrigen Umgebung passte. Noch zehn Meter, und er konnte in Deckung gehen – vor ihm lag ein Flussarm, der eine Kuhle ausgewaschen hatte. Sie fielen beide wie eine einzige zusammengeschmolzene Gestalt ins Wasser.

»Alles in Ordnung mit Ihnen?«, fragte er.

Sie zuckte zusammen. Ihr Gesicht war grau. Er sah ihr an, dass sie jeden Moment in einen Schockzustand fallen konnte. »Ich weiß nicht. Ich kann kein … Ich glaube … Diese Scheißkerle! Scheiß auf diese gottverdammten, dreckigen Arschlöcher!«

»Lassen Sie mich mal nachsehen.« Er riss ihre Bluse auf. Die eine Wunde sah ziemlich übel aus. Nicht lebensgefährlich, aber schlimm. Die Kugel war seitlich direkt unterhalb der Rippen eingedrungen und war am Rücken etwa zweieinhalb Zentimeter neben der Wirbelsäule ausgetreten, einige Zentimeter unterhalb ihres Büstenhalters. Glücklicherweise hatte die Kugel sich nicht stark deformiert, und die Austrittswunde war sauber. »Bewegen Sie mal die Zehen«, sagte er. »Geht das?«

»Acht Jahre lang habe ich nicht geflucht«, sagte sie. »Acht Jahre.« Sie schüttelte den Kopf. »Fühlt sich richtig gut an.« Sie grinste abfällig. »Diese gottverdammten, Scheiße fressenden Schweinehunde.«

»Bewegen Sie mal die Zehen.«

»Mit meinen Zehen ist alles in Ordnung. Ich habe keine Rückgratverletzung.« Sie zog eine Glock 17 aus dem Hüfthalfter und reichte sie ihm. »Entschuldigung, dass ich Ihnen nicht vertraut habe. Gehen Sie jetzt los. Bringen Sie diese Dreckskerle um, bevor sie uns fertigmachen.«

Er hörte ein Zischen über seinem Kopf. Jemand nahm sie unter Beschuss, wollte sie dazu zwingen, im Flussbett liegen zu bleiben.

Sie hatte recht. Wenn er hier lebend rauskommen wollte, musste er einen Weg finden, die Gegner auszuschalten. Es gab einen Heckenschützen und einen Zielsucher. Sniper und Spotter, das übliche Scharfschützenteam. Der Schütze feuerte wahrscheinlich noch immer auf die Leute vor der Baracke.

Also hatte der Zielsucher sie unter Beschuss genommen, wollte sicherstellen, dass sie in Deckung blieben und ihre Position nicht verließen.

Er musste das Team von der Seite her angehen. Er überprüfte Lorenes Pistole, sie war durchgeladen.

»Bleiben Sie hier«, sagte er.

Dann rannte er geduckt an einer niedrigen Erhebung entlang und sah sich nach einer Möglichkeit um, die Scharfschützen von der Seite her anzugreifen und aus ihrem Versteck zu vertreiben.

Dahlgren hatte zwei Backup-Teams an Verhovens Zufahrt stationiert. Der Scharfschütze war bereits auf seinem Posten. Das zweite Team brauchte eine halbe Minute, um zu ihm aufzuschließen. Als sie da waren, trat Dahlgren auf die Bremse und sprang aus dem Wagen.

»Sir, sind Sie verletzt?«, fragte der Teamführer.

»Machen Sie sich um mich keine Sorgen«, schrie Dahlgren zurück. Er spürte, wie das Blut unter seinem Hemd seitlich herablief. Die Kugel war unterhalb der Schulter durch seine Weste gedrungen. Es tat höllisch weh, aber er spürte, dass es im Moment kein Problem darstellte. Knochen, wichtige Nerven oder Arterien waren nicht in Mitleidenschaft gezogen.

»Aus dem Lager kommt massiver Beschuss«, stellte der Anführer der Anti-Terror-Einheit fest. »Und wir haben nur einen Scharfschützen im Einsatz. Wenn sie ihn ausmachen und wir ihm keine Rückendeckung geben können, dann ist er im Arsch.«

»Also los, unterstützen Sie ihn«, sagte Dahlgren.

»Gut. Die Sache ist nur, wir haben gerade mal acht Leute, von denen die Hälfte nur mit Flinten oder Handfeuerwaffen ausgestattet ist. Die da drin haben mindestens zwanzig Mann mit Armeewaffen. Wenn wir da jetzt hochgehen, riskieren wir hohe Verluste. Wollen Sie das?«

Dahlgren verzog wütend das Gesicht. Wenn bei dieser Aktion FBI-Beamte ums Leben kamen, wäre seine Karriere zweifellos beendet. Es gab nur eine Möglichkeit. Er sprach in das Mikrofon des Funkgeräts: »Scharfschützenteam Rückzug zur Einheit! Wir ziehen uns zurück, um uns neu zu formieren. Ich wiederhole: Zurück zur Einheit. Verstanden?«

»Verstanden.«

Dahlgren wandte sich an FBI-Agent Ferris. »Sichern Sie die Umgebung. Fordern Sie Unterstützung in Charleston an. Wir brauchen jeden Beamten, den sie dort entbehren können.« Er zog eine Landkarte heraus, breitete sie auf der Motorhaube aus und tat so, als würde er nicht merken, dass Blut auf das Papier tropfte. »Hier südlich des Grundstücks sind wir sicher. Aber da ist noch ein Waldweg. Der muss blockiert werden, sonst büxen die hintenrum aus, und wir verbringen die nächsten dreißig Jahre damit, in den Bergen nach diesen Arschlöchern zu suchen.«

»Jawohl, Sir.«

»Und rufen Sie in Washington an. Wir brauchen einen Trupp Anti-Terror-Experten, und zwar bis gestern. Wir brauchen Luftunterstützung. Wir brauchen ... einen Moment.« Er spürte, wie eine unterschwellige Wut von ihm Besitz ergriff. Gleichzeitig wurde ihm bewusst, dass seine Männer auf ihn zählten und hofften, dass er alles im Griff behielt. Also riss er sich zusammen und hörte auf herumzublaffen. Ein normaler Umgangston war jetzt hilfreicher. Er zog sein Handy aus der Jacke und wählte eine Nummer. »Direktor Wilson? Ja, Sir, hier ist Dahlgren. Ich fürchte, die Dinge hier in West Virginia haben sich etwas unvorteilhaft entwickelt. Ja, Sir. Ja, Sir. Wir haben hier eine ziemlich verfahrene Situation. Daran ist dieser Vollidiot Gideon Davis schuld. Er hat diesen ganzen Schlamassel provoziert, fürchte ich.«

Tillman eilte geduckt durch das Flussbett, in der Hoffnung, einen geeigneten Angriffswinkel zu finden. Etwa fünfzig Meter entfernt wurde die Senke, durch die der Fluss floss, flacher, und es gab nur noch eingeschränkte Möglichkeiten für eine Deckung. Er ging in die Knie, und schließlich kroch er auf allen vieren voran und robbte hinter einen Rhododendronbusch.

Es dauerte einen Moment, bis er sie in ihrem getarnten Versteck ausfindig gemacht hatte, aber schließlich konnte er den Scharfschützen und seinen Spotter gut auseinanderhalten. Sie trugen Tarnanzüge, die mit Pflanzenteilen beklebt waren, damit man ihre Umrisse nicht erkennen konnte und sie sich in das Gestrüpp einfügten. Bei dem einen war die Jacke allerdings so weit verrutscht, dass er die großen weißen Buchstaben auf seinem T-Shirt erkennen konnte: FBI.

Auch das noch.

Tillman überlegte. Sie zu erschießen kam nicht in Frage. Natürlich konnte er sich einfach in den Wald verziehen und Lorene ihrem Schicksal überlassen. Diese Möglichkeit gefiel ihm aus mehreren Gründen nicht besonders. Eine Frau im Stich zu lassen, vor allem, wenn sie sterben konnte, war nicht sein Stil, egal wie verrückt oder mordlüstern sie war. Abgesehen davon hatte er gerade eine neue Idee, wie er mit der Situation fertigwerden konnte. Bis er wieder mit Gideon Kontakt aufnehmen konnte, musste er selbst klarkommen. Sein Problem bestand aus zwei gut ausgebildeten und gut bewaffneten Männern ungefähr fünfundzwanzig Meter vor ihm. Männer, denen es vollkommen egal war, ob er bei dieser Operation umkam, die er seinerseits aber auf keinen Fall töten durfte.

Der Spotter hielt sich ein Fernglas vor die Augen und hatte einen M-4-Karabiner in der rechten Hand, mit dem er ab und zu, ohne genauer zu zielen, eine kurze Salve dorthin schickte, wo Lorene noch immer in Deckung lag. Es war offensichtlich, dass er Tillman und Lorene für nicht besonders wichtig hielt. Er konzentrierte sich in erster Linie auf sein Fernglas und flüsterte dem Schützen zu, wohin er zielen sollte. Der wiederum suchte sich seine Ziele in der Nähe des Wohnhauses. Der Schütze lag auf dem Bauch und nahm nichts wahr, was er nicht durch sein Zielfernrohr sah.

Tillman holte die Sturmhaube hervor, die er dabeihatte, und zog sie über den Kopf. Jetzt waren Gesicht und Hals vollkommen bedeckt. Es war sehr wichtig, dass die Männer, die er jetzt überrumpeln wollte, ihn nicht erkannten. Er kroch näher heran. Schließlich hatte der Spotter das Magazin seines M-4 leer geschossen. Als er sich zur Seite drehte, um ein neues Magazin einzusetzen, sprang Tillman aus der Deckung mitten zwischen die beiden.

»Keine Bewegung«, sagte er ganz ruhig und zielte mit der Pistole auf den Kopf des Spotters.

Der Zielsucher war ein großer, grobschlächtiger Kerl, garantiert ein ehemaliger Armeeangehöriger. Tillman merkte sofort, dass er darüber nachdachte, ob er es riskieren sollte, ihn anzugreifen. Der Schütze riss den Kopf herum und erstarrte wie ein Reh im Scheinwerferlicht. Tillman wusste, dass in solchen Teams der Spotter immer der Dienstältere war, der über mehr Erfahrung verfügte. Was auch immer er tat, der Schütze würde ihm folgen. Wenn er ihn im Griff hatte, hatte er das ganze Team im Griff.

Bevor der Mann eine falsche Entscheidung treffen konnte, trat Tillman mit dem Stiefel auf seine Hand und sagte: »Jungs, ich bin nicht gekommen, um euch zu verletzen. Aber ich werde euch töten, wenn ihr nicht pariert.« Er sprach mit leiser Stimme. Der Plan, den er nun verfolgte, würde nur funktionieren, wenn Lorene nicht mitbekam, was er hier veranstaltete. »Spotter, du ziehst deine SIG mit Daumen und Zeigefinger aus dem Holster, ganz langsam und vorsichtig und ohne den Zeigefinger in die Nähe des Abzugs zu bringen. Lass das Magazin herausfallen, zieh den Verschluss zurück und zeig mir, dass keine Kugel im Lauf steckt.«

Der Spotter schien sich merkwürdigerweise zu entspannen, als er Tillmans professionellen Ton bemerkte. Ohne zu zögern, entschärfte er seine Pistole.

»Und jetzt das Gleiche mit dem M-4 …«

Nachdem der Spotter entwaffnet war, ging Tillman die ganze Prozedur noch einmal mit dem Schützen durch, der seine Handfeuerwaffe und seine Remington 700 entschärfen musste. Nachdem beide entwaffnet waren, flüsterte er dem Spotter zu: »Gib mir dein Funkgerät.«

Er tat wie verlangt.

Tillman hielt sich das Funkgerät ans Ohr, gerade rechtzeitig, um mitzuhören, wie jemand das Kommando durchgab: »Scharfschützenteam Rückzug zur Einheit! Wir ziehen uns zurück, um uns neu zu formieren. Ich wiederhole: Zurück zur Einheit. Verstanden?«

»Sag ›verstanden‹«, forderte Tillman den Schützen auf. »Kein Wort mehr, kein Wort weniger.«

Der Schütze zögerte keine Sekunde. Er drückte auf den Sprachknopf und sagte: »Verstanden.«

»Ihr wurdet zu eurer Einheit zurückbeordert«, sagte Tillman dem Spotter. »Ich mach jetzt einen Deal mit euch. Ihr könnt die Waffen mitnehmen und sie auf dem Rückweg wieder laden. Dann kriegt euer Boss überhaupt nicht mit, dass ich euch überrumpelt habe.«

Die beiden schauten sich an und nickten dann.

»Spotter, wie ist dein Name?«

»Crane.«

»Okay, Agent Crane. Ihr könnt eurem Kommandanten sagen, dass euer Funkgerät getroffen wurde. Es ist im Arsch, vielleicht habt ihr es auch bloß verloren. Von mir erzählt ihr besser nichts. Niemand hat was davon, wenn ihr denen unter die Nase reibt, wie ihr euch hier draußen blamiert habt. Hooah?«

»Hooah«, stimmte der Spotter zu und bestätigte mit seinem Ausruf Tillmans Eindruck, dass er vor seiner Zeit beim FBI in der Armee gedient hatte.

»Also gut, Jungs ... Baut die Verschlüsse auseinander und packt die Einzelteile in den Rucksack. Ich schieße gleich fünfmal in die Luft. Wenn ich das tue, rennt ihr los. Kapiert?«

Die beiden schauten sich verwirrt an.

»Ihr müsst nicht wissen, warum ich das mache«, sagte Tillman im Feldwebelton. »Tut einfach, was ich sage, verstanden?«

»Jawohl, Sir.«

Die Beamten packten die Waffenteile in den Sack, in dem das Gewehr verstaut gewesen war, bevor das Team seine Position eingenommen hatte.

»Ich bin überhaupt nicht hier gewesen«, sagte Tillman. »Ihr habt mich nie gesehen.«

Ohne auf eine Antwort zu warten, feuerte er mit der Glock in die Luft, nahe genug, damit ihnen der Dreck in die Gesichter spritzte. Peng-peng. Peng-peng. Peng.

Innerhalb von Sekunden waren die Männer verschwunden.

Tillman wartete, bis nichts mehr von ihnen zu sehen oder zu hören war. Dann rannte er zum Flussbett zurück, wo Lorene auf der Seite lag, blass und schweißbedeckt.

»Was ist passiert?«, krächzte sie. »Ich habe Schüsse gehört.«

»Sie sind tot«, sagte er. »So, und jetzt bringe ich Sie zurück zu Ihrem Mann.«

Überraschenderweise war das Feuergefecht innerhalb weniger Minuten beendet. Tillman war sich nicht sicher, was das FBI zum Rückzug veranlasst hatte. Er vermutete, dass sie nicht genügend Leute mitgebracht hatten, um Verhovens Miliz zu überwältigen.

Was auch immer der Grund war, zu dem Zeitpunkt, als er mit der blassen, blutenden Lorene am Wohnhaus ankam, waren keine Schüsse mehr zu hören.

»Gott sei Dank«, sagte Verhoven, als Tillman sie durch die Hintertür trug. »Was ist passiert?«

»Es hat mich erwischt«, sagte sie und versuchte zu lächeln, was ihr misslang. »Aber ich glaube, es ist nicht so schlimm. Tillman hat mich gerettet.«

»Da rein«, sagte Verhoven und deutete in ein Gästezimmer im Erdgeschoss.

Die Atmosphäre im Haus war angespannt und chaotisch. Trotz aller Manöver und Schießübungen war dies das erste Mal, dass die Anwesenden wirklich in ein Feuergefecht verwickelt worden waren. Manche hatten einen Schock bekommen. Zwei hatten sich übergeben, einer ging die ganze Zeit im Zimmer hin und her und murmelte: »Was sollen wir bloß machen? Was sollen wir bloß machen?«

»Sir«, sagte einer der jungen Männer. »Die anderen sind der Meinung, dass wir uns ergeben sollten.«

»Raus hier!«, schnauzte Verhoven ihn an und knallte ihm die Tür ins Gesicht.

»Das ist trotzdem eine Frage, die erörtert werden sollte, Jim«, sagte Tillman gelassen. »Das FBI wird sich nicht ewig zurückziehen. Haben Sie denn einen Plan für diesen Fall?«

Verhoven schaute sich verstohlen um und sagte: »Wir werden uns schleunigst davonmachen, das ist der Plan.«

»Und was ist mit Ihren Leuten?«, fragte Tillman und versuchte, seine Verachtung nicht zu zeigen.

»Seien Sie leise«, fuhr Verhoven ihn an. »Ich habe Ihnen

doch gestern schon gesagt, dass Lorene und ich eine große Aufgabe vor uns haben. Diese Mission bedeutet mehr als das Leben von ein paar Männern. Sie sollen das FBI so lange wie möglich beschäftigen, damit wir abhauen können. Wir haben da draußen ein paar Geländewagen, die wir nehmen können.«

Tillman schaute ihn fragend an. »Also, ich weiß ja nicht, was Sie im Schilde führen. Aber so wie es aussieht, wird Ihnen Ihre Frau keine große Hilfe sein. Falls Sie also Unterstützung brauchen, stehe ich zur Verfügung.«

Verhoven sah aus dem Fenster und gab keine Antwort.

Lorene richtete sich mühsam im Bett auf und verzog schmerzerfüllt das Gesicht. »Er hat mir das Leben gerettet, Jim. Wir wurden von einem Scharfschützen ins Visier genommen. Er hat ihn und seinen Begleiter getötet und mich zu dir zurückgebracht.«

»Das mag ja sein, aber …«

»Er hätte mich in diesem verdammten Dreckloch liegen lassen können! Ohne ihn wäre ich abgekratzt. Du kannst ihm vertrauen.«

Verhoven warf ihr einen Blick zu. Dann nickte er brüsk. »Helfen Sie mir, Tillman, wir bringen sie zum Wagen.«

Tillman nickte. »Ich kann auch losgehen und die Wagen holen. Sie wollen doch sicher nicht, dass Ihre Männer denken, Sie wollten kneifen, noch bevor Sie ihnen den Befehl zum Rückzug gegeben haben.«

»Sie haben recht.« Verhoven warf ihm einen Schlüsselbund zu.

Tillman ging durch die Hintertür nach draußen und rannte zum Ende der Scheune, wo die Geländewagen geparkt waren. Er stieg in den nächstliegenden, startete den Motor und fuhr ihn rasch zum Haus, wo er ausstieg und den Motor laufen ließ.

»Warten Sie, bis ich den anderen gestartet habe, Jim«, sagte er. »Damit wir im Wald nicht getrennt werden.«

Er rannte zurück zur Scheune. Als er außer Sichtweite war, zog er das Funkgerät heraus, das Gideon ihm gegeben hatte. »Hier ist Tillman«, meldete er sich. »Kannst du mich verstehen?«

»Alles in Ordnung bei dir?«, hörte Tillman die besorgte Stimme seines Bruders.

»Ja. Verhoven lässt seine Leute im Stich. Haut zusammen mit seiner Frau mit zwei Geländewagen ab. Ich fahre mit.«

»Was redest du denn da? Du solltest dich unbedingt von Verhoven fernhalten.«

»Verhoven weiß irgendwas. Aber er ist nicht der Drahtzieher. Behauptet, er weiß noch nicht mal, um welches Ziel es geht. Wenn ich bei ihm bleibe, kann ich rausfinden, wer hinter der Sache steckt.«

»Tillman …«

»Wenn du die Schlange töten willst, musst du ihr den Kopf abhacken, richtig?«

Gideon seufzte. »Ich wollte dich nicht so weit reinziehen.«

»Zu spät.«

»Bist du sicher, dass du das durchziehen willst?«

»Ich hatte ja nicht gerade viel vor. Außerdem mag ich es nicht, wenn ich dir noch einen Gefallen schulde. Aber ich glaube, es würde mir gefallen, wenn du mir einen schuldest.«

Gideon lachte. Obwohl ihre langjährige Entfremdung voneinander ein Ende gefunden hatte, spürte er, dass ihr Verhältnis zueinander durch Tillmans Einsatz noch ein Stück vertraulicher geworden war. Sie waren jetzt nicht mehr nur Brüder, sondern Waffenbrüder. Aber so sehr er auch dankbar dafür war, so sehr fürchtete er, sein Bruder könnte nur ihm zuliebe sein Leben aufs Spiel setzen.

»Gut, dann gehst du mit Verhoven, aber ich muss mit dir in Verbindung bleiben. Vor allem, um euch durch den Belagerungsring des FBI zu lotsen«, sagte Gideon. »Ich überwache ihren Funkverkehr und kann euch einen Fluchtweg durchgeben. Erinnerst du dich noch an dieses Spiel, das wir früher im Wald gespielt haben? Fährtensuchen?«

Vom Wohnhaus her ertönte eine Stimme. »Tillman? Wo bleiben Sie denn?«

»Ich muss los«, sagte Tillman.

»Nehmt den Waldweg hinter dem Grundstück. Von dort aus kann ich euch dirigieren.«

»Verstanden«, sagte Tillman, nahm das Funkgerät herunter und stopfte es tief in die Tasche. Zehn Sekunden später fuhr er den Geländewagen vors Haus. Verhoven und Lorene saßen im zweiten Wagen. Verhovens Kampfanzug war mit ihrem Blut verschmiert.

»Sir?«, rief jemand vom Wohnhaus her. »Wo wollen Sie denn hin? Was sollen wir jetzt machen?«

»Ich bringe Lorene an einen sicheren Ort. Passen Sie gut auf, dass das FBI uns nicht folgen kann.«

»Aber wir brauchen Sie …«

Bevor der Mann den Satz beenden konnte, machte Verhovens Geländewagen einen Satz nach vorn. Dreck spritzte auf. Verhoven trat das Gaspedal ganz durch und raste auf den Feldweg zu, der auf der Rückseite des Anwesens in den Wald führte.

ZWANZIGSTES KAPITEL

ANDERSON, WEST VIRGINIA

Ervin Mixon saß schon sehr lange auf dem Stuhl. Lange genug jedenfalls, dass die offene Schnittwunde an seinem Augenlid aufgehört hatte zu bluten.

Seine äußere Augenhaut war trocken und blutverkrustet, alles, was er im Moment sehen konnte, waren undeutliche, verzerrte Umrisse. Er stellte überrascht fest, dass er an seine Kinder dachte. An seinen Sohn, den er im Stich gelassen hatte, und an seine Tochter, die ihn mal vergöttert hatte, die ihn jetzt aber wahrscheinlich für den letzten Dreck hielt.

Und damit hatte sie recht.

Er fing an zu weinen. Salzige Tränen sammelten sich in seinen Augen und schmerzten wie tausend feine Nadelstiche.

Sie wuschen das verkrustete Blut weg, und ganz allmählich konnte er seine Umgebung wieder besser erkennen.

Er sah die Betonwände, die chemische Ausrüstung, die Bottiche mit dem Äther und die Plastikbeutel mit den chemischen Substanzen.

Die Luft war dick und schwer. Als sie gegangen waren, hatten Verhoven und seine teuflische Frau die Lüftung abgestellt. Der Raum war vollkommen von der Außenwelt abgeschnitten, das wusste er. Hier konnte man nur existieren, wenn die Lüftungsanlage im Wert von einer Viertelmillion Dollar für Frischluft sorgte. Wurde die Anlage ausgeschaltet, verbrauchte man nach und nach den vorhandenen Sauerstoff, und wenn die Konzentration von Kohlendioxid drei oder vier Prozent überschritt, begann man zu ersticken.

Er spürte, dass es bald so weit war.

Was Verhoven auch im Schilde führte, welche verrückte Mission er verfolgte, er würde verschwinden und nie mehr wiederkommen. Es war ein schrecklicher Fehler gewesen zu glauben, er könnte Verhoven erpressen. Und nun musste er für diesen Fehler mit dem Leben bezahlen.

Verhovens psychopathische Ehefrau hatte seinen linken Daumen und seine Ohren abgeschnitten und seine rechte Hand gehäutet, sodass es aussah, als würde er einen schmierigen braunen Handschuh tragen. Als sie fertig war, hatte sie die Haut auf den Boden geworfen. Er konnte sie jetzt sehen, ein schrumpeliges, weiches Etwas, das aussah wie ein altmodischer Kinderhandschuh.

Sie hatte es nicht getan, um Informationen aus ihm herauszuholen. Nein, sie hatte es getan, weil es ihr Spaß machte.

Er war schließlich bewusstlos geworden wegen der schrecklichen Folter, die er erleiden musste. Am schlimmsten war das mit der Hand gewesen. Nicht einmal der Schmerz, sondern die Tatsache, dass es einfach völlig krank war, jemandem ganz langsam die Haut abzuziehen, mit kleinen präzisen Schnitten ihres winzigen Messers.

Zuerst hatte er noch gelogen und ihnen nur gesagt, dass er von ihren Crystal-Meth-Geschäften berichtet hatte. Aber nachdem sie ihm den Daumen abgeschnitten hatte, hatte er aufgehört zu lügen und ihnen gestanden, dass er von der geplanten terroristischen Aktion wusste. Danach wollten sie ganz genau wissen, was er erzählt hatte und wem. Aber er hatte den Namen Gideon Davis nicht genannt. Nicht weil er ihn schützen wollte oder aus sonstigen ehrenhaften Gründen, sondern einfach nur, weil er nicht lange genug bei Bewusstsein geblieben war, um es ihnen mitzuteilen. Aber indem er dieses Geheimnis für sich behalten, diese winzige Information nicht ausgeplaudert hatte, war es ihm gelungen, sich ein kleines bisschen Würde zu bewahren. Das war sein letzter Trost, als sich der Raum vor seinem lidlosen Auge verdunkelte und er für immer einschlief.

EINUNDZWANZIGSTES KAPITEL

ANDERSON, WEST VIRGINIA

Gideon stand hinter dem Schießstand und schaute von dort aus über das Grundstück und suchte nach einem geeigneten Fluchtweg für Verhoven durch den Belagerungsring des FBI. Er hatte bemerkt, dass sie Verstärkung angefordert hatten, und beobachtete nun, wie die beiden Geländewagen mit Tillman, Verhoven und Lorene den Berg hinauffuhren zu der Straße, auf der sich die neuen FBI-Trupps näherten. In der Luft, knapp über den Baumwipfeln, kreiste ein Hubschrauber.

Er erreichte die Straße und sah, wie ein schwarzer Geländewagen über den staubigen Feldweg auf ihn zuraste und beim Anhalten eine große Staubwolke aufwirbelte. Viel Zeit blieb ihm nicht. Er hatte die ganze Zeit den Funkverkehr des FBI abgehört. Ein Trupp war zum Waldweg hinter dem Grundstück abkommandiert worden. Er wusste nicht, wie groß dieser Trupp war. Bestand er nur aus einem Fahrzeug? Oder aus vier? Zehn? Er hatte keine Möglichkeit, das herauszufinden. Aber er hatte einen Funkspruch gehört, in dem die Staatspolizei und der Sheriff des Milner County um Hilfe gebeten wurden. Sie würden die Landstraßen im Osten abriegeln. Was bedeutete, dass er Tillman Richtung Westen dirigieren musste. Die kleineren Waldwege waren auf den Landkarten allerdings nicht verzeichnet.

Er ging wieder zwischen den Bäumen in Deckung und tauchte ein ins Unterholz, dessen dichtes Gestrüpp an seinen Kleidern zerrte. Als er auf der anderen Seite herauskam, suchte er die Umgebung ab, bis er eine Spur fand, die eindeutig von den Rädern eines Geländewagens stammte. Er suchte sich eine große Eiche und schnitt mit seinem Taschenmesser zwei Winkel in die Rinde. Links neben dem Baum legte er drei Steine übereinander. Dann ging er langsam den Berg hinunter auf den Waldweg zu.

Als sie noch Jungs waren, lebten Gideon und Tillman in einer ländlichen Gegend im Norden von Virginia, wo es nur wenige andere Kinder gab. Deshalb hatten sie sich zumeist zu zweit beschäftigt und jede Menge Spiele erfunden, bei denen Bäume, Stöcke, Steine und andere Dinge, die man im Wald fand, eine Rolle spielten. Eins der Spiele war Fährtensuchen. Dazu hatten sie sich von James Fenimore Coopers Lederstrumpf inspirieren lassen, dessen übermenschliches Talent beim Spurenlesen Millionen abenteuerlustiger Jungs zur Verzweiflung gebracht hatte, weil es ihnen nicht gelang, seine großartigen Fähigkeiten zu kopieren.

Als die beiden Brüder gemerkt hatten, dass sie niemals die geradezu magische Begabung von Lederstrumpf beim Interpretieren von Schmutzflecken und zerbrochenen Zweigen erreichen würden, hatten sie sich etwas Eigenes zurechtgelegt. Sie entwickelten eine spezielle Sprache, um sich gegenseitig durch die Wildnis zu dirigieren, indem sie Schlingpflanzen verknoteten, Steine übereinanderstapelten oder Bäume mit Markierungen versahen.

Die zwei Winkel, die Gideon in die Baumrinde geritzt hatte, signalisierten, dass weiter vorne am Weg Gefahr lauerte. Die übereinandergestapelten Steine bedeuteten, dass der Bereich zur Linken sicher war. Gideon hörte den gedämpften Klang eines Achtzylindermotors, der sich über den Waldweg näherte. Solange er genau wusste, wo sich die FBI-Agenten befanden, konnte er Tillman und Verhoven um sie herumdirigieren. Aber um das zu schaffen, musste er näher zur

Straße. Und damit riskierte er, entdeckt zu werden. Doch er hatte keine andere Möglichkeit, wenn er Tillman aus dem Belagerungsring führen wollte, um ihm anschließend zu folgen und herauszufinden, was die Verhovens im Schilde führten.

Auf dem Weg zur Landstraße blieb Gideon gelegentlich stehen und suchte den Wald mit seinem Nachtsichtgerät ab. Damit konnte er jetzt, im beginnenden Morgengrauen, auf jeden Fall besser sehen. Irgendwann kam er so dicht an die Straße heran, dass er eine Gruppe von FBI-Männern und einen schwarzen Chevrolet Suburban sehen konnte. Da nur ein einziges Fahrzeug auszumachen war, ging er davon aus, dass nicht mehr als vier Beamte dort standen.

Eilig zog er sich zurück und stieg wieder den Berg hinauf, stapelte erneut Steine übereinander, um Tillman darauf hinzuweisen, dass er sich weiter Richtung Westen bewegen sollte. Schließlich erreichte er eine Lichtung, wo erst kürzlich die Bäume gerodet worden waren. Ein Stück weit entfernt stand ein heruntergekommener Pick-up, der noch funktionstüchtig aussah. Wenn es Tillman und Verhoven gelang, ihn kurzzuschließen, dann konnten sie damit entkommen. Er zog sich ins Unterholz am Rande der Lichtung zurück und wartete.

Tillman erreichte den kleinen Hügel auf der anderen Seite des Schießstands und lenkte den Geländewagen bergab. Er versuchte, Verhoven zu überholen. Wenn Gideon ihm irgendwelche Zeichen hinterlassen hatte, musste er die Führung übernehmen.

Im gleichen Moment, als er an Verhoven vorbeizog, sah er das bekannte Gefahrenzeichen aus seiner Kindheit. Er trat so heftig auf die Bremse, dass Verhoven beinahe aufgefahren wäre.

»Was zum Kuckuck soll das denn werden?«

Tillman hob eine Hand und bedeutete ihm, den Motor auszuschalten.

Verhoven schüttelte den Kopf. Ganz offensichtlich wollte er den Berg hinunterfahren, um dort den Waldweg zu nehmen.

Tillman schaltete den Motor aus, beugte sich aus seinem Wagen, griff nach Verhovens Zündschlüssel und drehte ihn um.

»Sind Sie völlig verrückt geworden, Mann?«, fragte Verhoven empört.

Tillman legte einen Finger an die Lippen und deutete nach unten zum Waldweg, der noch immer von den Bäumen verdeckt wurde.

»Was denn?«, stieß Verhoven verärgert hervor.

»Ich dachte, ich hätte was gehört. Falls das FBI da unten ist, können sie unsere Motoren hören.«

Verhoven verzog unwillig das Gesicht. »Wir können Lorene doch nicht ohne Auto hier rausbringen.«

»Müssen wir aber.«

Verhoven griff nach dem Zündschlüssel. Aber gerade als er den Motor wieder anlassen wollte, hörte Tillman das gedämpfte Geräusch einer zuschlagenden Autotür.

Verhoven ließ den Schlüssel los.

»Passen Sie auf. Ich bin hunderte von Kilometern mit achtzig Pfund schweren Rucksäcken gelaufen«, sagte Tillman. »Ich nehme sie auf den Rücken. Zwei, drei Kilometer kann ich das schaffen. Wir folgen diesem Bergkamm Richtung Westen. Der führt um die Straße herum; damit können wir eine Konfrontation mit dem FBI vermeiden.«

»Nein«, sagte Verhoven. »Wir müssen nach Osten. Dort kommen wir zur Landstraße.«

»Darum geht es ja«, sagte Tillman. »Wenn sie Posten hier

auf dem Waldweg haben, wurden garantiert auch Leute abgestellt, die die Landstraße im Osten blockieren.«

»Darauf müssen wir es ankommen lassen«, sagte Verhoven.

»Ich kenne mich mit solchen Sachen aus«, sagte Tillman. »Sie müssen tun, was ich sage.«

»Er hat recht«, sagte Lorene.

»Du brauchst dringend einen Arzt«, sagte Verhoven.

»Es geht schon. Mir geht's gut.« Lorene stieg ganz langsam aus dem Wagen, als wollte sie ihre Aussage belegen.

»Ich helfe Ihnen«, sagte Tillman. »Geben Sie mir die Hand.« Er fasste sie an den Handgelenken und legte ihre Arme um seinen Hals, dann hob er sie hoch und nahm sie Huckepack. »Auf geht's«, sagte er.

Lorene Verhoven wog wesentlich mehr als der übliche Achtzig-Pfund-Rucksack der Armee, den er im Einsatz tragen musste. Nach einigen Schritten spürte Tillman deutlich, dass es schon eine ganze Weile her war, seit er einen Gewaltmarsch durch die Wildnis absolviert hatte.

Eilige nahm er den Weg bergab und bemühte sich, ihr Gewicht möglichst gleichmäßig über seinen Rücken zu verteilen. Bei jedem Schritt stöhnte sie leise auf.

»Zwei oder drei Kilometer, mehr nicht«, sagte er. »Das schaffen Sie.«

»Ja, aber Sie auch?«, fragte sie.

»Kein Problem«, stieß er zwischen den Zähnen hervor.

Sie brauchten eine halbe Stunde, um aus dem Wald herauszukommen. Tillmans Rücken tat höllisch weh, und seine Knie zitterten. Verhoven hatte ihn mehrmals abgelöst, aber er war zehn Jahre älter und fünfzehn Kilo leichter als Tillman und konnte seine Frau nicht sehr weit tragen.

Schließlich erreichten sie eine weite Lichtung, an deren Rand ein verrosteter Pick-up stand, der einen Anhänger voller Äste hatte. Tillman ließ Lorene herunter und sagte: »Lassen Sie mich mal was probieren.«

Er rannte zum Pick-up. Er war nicht abgeschlossen. Zu den vielen Fertigkeiten, die man ihm in seiner Zeit bei der CIA beigebracht hatte, gehörte auch das Kurzschließen von Automotoren. Das beherrschte er sogar noch besser als das Knacken von Schlössern. Innerhalb von dreißig Sekunden hatte er den Ford angeworfen, und blaue Rauchwolken quollen aus dem Auspuff. Er gab Gas und lenkte den Wagen zu der Stelle, wo Verhoven und Lorene im Gras hockten.

»Sie steigen am besten beide auf den Anhänger«, rief er ihnen zu. »Das FBI sucht nicht nach mir. So können wir riskieren, angehalten zu werden.«

Er zog einige Äste vom Hänger und baute aus den übrigen eine Art Höhle, in der Lorene und Verhoven sich verstecken konnten. Als sie daruntergekrochen waren, legte er die anderen Zweige darüber und bedeckte alles mit einer Plane.

Kaum war er losgefahren, da bemerkte er eine Gestalt, die aus dem Wald trat. Sein Herz fing an zu rasen, aber dann erkannte er, dass es sein Bruder war.

Gideon machte ihm ein Zeichen mit dem Daumen, dass alles okay war, grinste und hielt sich die eine Hand ans Ohr, um zu signalisieren, dass sie bald miteinander sprechen sollten. Dann verschwand er wieder im Unterholz.

Tillman lächelte vor sich hin und steckte den Hörer seines Funkgeräts wieder ins Ohr. Er lenkte den Pick-up nach Süden und fuhr in Richtung der Grenze von Virginia.

ZWEIUNDZWANZIGSTES KAPITEL

ANDERSON, WEST VIRGINIA

»Sir, ich sehe da eine weiße Flagge im Fenster.«

Ray Dahlgren drehte sich zu dem Scharfschützen um, der mit seinem Zielfernrohr das Haus abgesucht hatte. Sie standen am Fuß des Hügels, der zu Verhovens Anwesen führte. Hier hatten sie den provisorischen Befehlsstand eingerichtet.

»Das kann auch eine Finte sein«, sagte der Chef der Anti-Terror-Einheit. »Vielleicht wollen sie unsere Leute in einen Hinterhalt locken.«

»Kann sein oder auch nicht«, meinte Dahlgren. Er wollte diese unangenehme Situation so schnell wie möglich beenden, um zu verhindern, dass das Ereignis in den Medien als zweiter Waco-Skandal aufgebauscht wurde. Falls ein derartiger Alptraum irgendwie zu verhindern war, würde er es versuchen, selbst wenn er dadurch das Leben seiner Leute in Gefahr brachte. »Scharfschütze, können Sie das Terrain von hier aus gut einsehen?«

»Jawohl, Sir.«

»Also gut, dann schicken wir einen Unterhändler rein, der ihnen klarmachen soll, dass sie einer nach dem anderen rauskommen müssen. Anschließend wird jeder einzeln in Gewahrsam genommen und zum Befehlsstand gebracht. Falls jemand schießt, werden Sie das Feuer mit der geballten Macht der Scharfschützen und der übrigen Beamten beantworten und unterbinden. Dann fangen wir wieder von vorne an. Verstanden?«

»Jawohl, Sir.«

Die Männer einzeln aus dem Haus zu holen war eine ziemlich aufwändige Prozedur. Dahlgren versuchte, sie zu beschleunigen, aber es war schon zu spät. Noch bevor der letzte Kämpfer in Gewahrsam genommen war, kreisten Helikopter über dem Gelände, und Kameras mit Teleobjektiven suchten den Boden ab. Ein Übertragungswagen von CNN parkte auch schon am Straßenrand und hatte seine Teleskopantennen ausgefahren.

Nach zwei Stunden und zehn Minuten war die Aktion dann beendet. Alle Angehörigen der Miliz waren verhaftet und das Wohnhaus und die umliegenden Gebäude durchsucht worden.

Die Milizionäre wurden zusammengeführt und an Hand- und Fußgelenken aneinandergekettet. Sie sahen überhaupt nicht aus wie terroristische Fanatiker, sondern wie verängstigte Jugendliche, die ein paar Tätowierungen zu viel und ein paar Zähne zu wenig hatten.

»Das sind dann alle, Sir«, sagte der Chef der Anti-Terror-Einheit.

Dahlgren warf ihm einen wütenden Blick zu. »Und wo ist Verhoven? Wo ist seine Frau?«

Der Anti-Terror-Spezialist schüttelte den Kopf. »Die sind nicht hier, Sir.«

»Gottverdammt«, sagte Dahlgren. Sein Handy klingelte. Es war der FBI-Direktor.

»Sie bringen es überall«, sagte Direktor Wilson. »Auf CNN, Fox und sonst wo. Ich will nur hoffen, dass Sie diesen verdammten Verhoven gefasst haben.«

Dahlgren schwieg, als wäre er plötzlich stumm geworden. Was als Antwort eindeutig ausreichte.

»Verdammt noch mal, Dahlgren. Das müssen Sie so schnell wie möglich in den Griff kriegen. Solange der Typ frei herumläuft, ist die Story heiß.«

»Wir haben Grund zu der Annahme, dass Gideon Davis hier war. Er könnte möglicherweise wissen, wo sie jetzt sind.« Dahlgren sah den seidenen Faden buchstäblich vor sich, an dem seine gesamte Karriere jetzt hing. Alles, was er sich mühsam erarbeitet hatte, stand nun zur Disposition. Er hielt den Atem an und wartete auf die Antwort seines Vorgesetzten.

Statt einer Antwort kam eine Frage: »Was sagen Sie da?«

Dahlgren berichtete ihm von seiner Begegnung mit Gideon, die ihn dazu gebracht hatte, mit einer kleinen Gruppe von FBI-Beamten Verhovens Anwesen aufzusuchen. Er behauptete, Gideons Theorie von einem bevorstehenden Terrorangriff sei nichts weiter als eine paranoide Wahnvorstellung, und suggerierte damit, dass Gideon die Verantwortung für die anschließenden Vorfälle trug.

»Und Sie haben noch nicht mal Beweise dafür, dass er überhaupt dort war, Ray! Damit haben Sie sich zielsicher ins Hornissennest gesetzt.«

»Bei allem Respekt, Sir. Mein Hornissennest ist auch Ihr Hornissennest. Ich schlage vor, Sie setzen sich mit der Staatsanwaltschaft in Verbindung und suchen sich eine passende Anklage gegen Davis aus, die Sie bei Bedarf aus der Westentasche ziehen können. Wenn nötig, müssen wir diese Karte ausspielen. Außerdem brauchen wir dringend einen verwundeten FBI-Beamten, der im Fernsehen den Helden spielen kann und den Leuten verklickert, dass wir alles in unserer Macht stehende tun, um den Terror im eigenen Land auszumerzen.«

Der FBI-Direktor seufzte resigniert. Dahlgren wusste nun, dass er ein bisschen Zeit herausgeschunden hatte. Auch wenn er nur widerwillig zustimmte, würde Wilson ihn nicht den Hunden zum Fraß vorwerfen. »Sie müssen Verhoven finden, Ray.«

»Das werde ich, Sir.«

»Das hoffe ich sehr für Sie.«

DREIUNDZWANZIGSTES KAPITEL

RAYBURN-HOUSE-BÜROGEBÄUDE, WASHINGTON, D.C.

»Am Ende meiner Präsentation«, sagte Kate Murphy, »möchte ich der Kommission dafür danken, dass sie mir die Möglichkeit gegeben hat, einige Lücken zu schließen. Ich möchte die anderen Kommissionsmitglieder, die aus der Ölindustrie kommen, keinesfalls beschuldigen, dass sie nicht weit genug denken. Aber es bleibt nun mal eine Tatsache, dass Öl eine endliche Ressource ist. Selbst mit exzessiven Bohrungen in aller Welt werden wir unser Energieproblem langfristig nicht lösen. Aber unsere Köpfe in den Sand zu stecken und so zu tun, als könnten wir die Vereinigten Staaten innerhalb der nächsten fünf Jahre auf erneuerbare Energiequellen umstellen, ist genauso unrealistisch. Wir sollten einen gesunden Mittelweg beschreiten, um unsere Abhängigkeit von fossilen Brennstoffen zu beenden und in das Zeitalter der sauberen und sicheren Energiegewinnung einzutreten. Dieser neue Kurs sollte konsequent und pragmatisch und nicht ideologisch verblendet eingeschlagen werden. Es muss jedoch eine langfristige, genau geplante Strategie geben. Vielen Dank.«

In der Pause wurde Kate von Innenminister Tom Fitzgerald angesprochen, der sie lobte: »Das war eine großartige Rede.«

Kate schaute von ihren Unterlagen auf und sah ihn misstrauisch an. Sie war schon lange genug in Washington, um mit großer Vorsicht auf derartige Kommentare zu reagieren.

»Nun, es mag ja sein, dass ich alle hier ziemlich verstört habe, aber die Rollen in dieser Kommission waren festgeschrieben wie in einem Kabuki-Theater. Die Herren aus der

Ölindustrie sind immer wieder aufgestanden und haben ein lächerliches Statement nach dem anderen zum Besten gegeben und nur von ihren Kosten gesprochen, während die Typen aus der Umweltschutzbewegung darüber fantasiert haben, dass Amerika schon im nächsten Jahr mit solargetriebenen Autos versorgt werden kann, wenn wir es nur wollten.« Sie merkte, wie ihr die Röte ins Gesicht stieg und sie die Stimme hob, um sich zu verteidigen. »Entschuldigen Sie. Sie merken schon, dass ich ein bisschen frustriert bin.«

Der Innenminister lächelte. Er war ein gutaussehender Mann mit glatten Gesichtszügen, der ursprünglich aus der Elektroindustrie kam. Ihrer Erfahrung nach waren das Leute, die von den Energieriesen als nicht besonders helle angesehen wurden, aber er hatte im Großen und Ganzen einen guten Eindruck gemacht.

»Ich wollte Ihnen nur zwei Dinge sagen«, erklärte Fitzgerald. »Erstens werde ich mit Senator Bainbridge sprechen, um sicherzustellen, dass Sie die Endfassung des Kommissionsberichts formulieren. Ich denke, das dürfte Ihnen entgegenkommen.«

»Meinen Sie das ernst?«

»Absolut. Ich habe bereits mit Präsident Wade über Ihre Arbeit hier gesprochen, und er hat zugestimmt. Obwohl er darauf hingewiesen hat, dass er mit Ihrem Verlobten in der Vergangenheit gewisse Meinungsverschiedenheiten hatte.«

»Gideons Bruder wurde von einer Gruppe Politiker als Sündenbock missbraucht, nachdem er sich für sein Land aufgeopfert hatte. Als Gideon ihn verteidigte, hat der Präsident ihn im Stich gelassen.« Kate bemühte sich, ruhig zu sprechen. »Er hatte nicht das Rückgrat, sich den Medien zu stellen und Farbe zu bekennen.«

»Ihr Verlobter ist in ein Kreuzfeuer geraten. So etwas passiert hier in Washington ständig. Aber über Präsident Wade können Sie sagen, was Sie wollen: Er ist jedenfalls der festen Überzeugung, dass wir die Frage der zukünftigen Energieerzeugung viel zu lange vernachlässigt haben und dass es Zeit wird, eine praktikable, langfristige neue Politik in diesem Bereich zu verfolgen. Er hatte gehofft, dass es dieser Kommission gelingt, ein Bündnis zu schmieden. Stattdessen kam es zu den üblichen Streitereien. Sie sind offenbar die einzige Person in diesem Raum, die den richtigen Ton im Sinne unseres Präsidenten gefunden hat.«

Kate schaute ihn verwundert an. »Das … hätte ich nicht gedacht.«

»Der Präsident ist der Überzeugung, dass unsere nationale Sicherheit schon viel zu lange von den Energiekonzernen bestimmt wurde. Denn Energie ist ein bedeutender Aspekt der nationalen Sicherheit.«

»Da stimme ich zu.«

Tom Fitzgerald setzte sich neben sie und beugte sich vertraulich zu ihr. »Ich könnte mir vorstellen, dass es bei Ihnen zu Hause beim Thema Erik Wade zu einigen heftigen Wortgefechten gekommen ist. Aber ich denke, Sie beide sind letzten Endes auf unserer Seite. Wäre es vielleicht möglich, den Konflikt Ihres Verlobten mit dem Präsidenten als erledigt zu betrachten, damit Sie sich dem Präsidenten und seiner Regierung anschließen können?«

»In welcher Funktion?«

»Wahrscheinlich irgendwo auf dem Niveau eines Staatssekretärs. Wir haben da einige unbesetzte Stellen, für die wir kompetente Fachkräfte brauchen.«

»Ich fühle mich sehr geschmeichelt.« Nachdem sie zehn Jahre auf Ölplattformen gearbeitet hatte, hatte Kate den Eindruck, dass sie für eine normale Tätigkeit kaum geeignet war. Sie fragte sich, ob ein Bürojob für sie jemals in Frage kam. »Ich würde gern einige Tage darüber nachdenken.«

»Selbstverständlich.« Fitzgerald stand auf. »Aber es waren *zwei* Sachen, die ich Sie fragen wollte. Die zweite ist folgende: Der Präsident möchte, dass dieses Komitee von einer Person repräsentiert wird. Und diese Person sollen Sie sein.«

»Und was bedeutet das?«

»Morgen, bei seiner Rede zur Lage der Nation, wird der Präsident einige neue energiepolitische Maßnahmen vorstellen. Dabei möchte er der Kommission seinen Dank aussprechen. Und er möchte, dass Sie die Kommission persönlich repräsentieren.«

»Das heißt, Sie laden mich zu dem Ereignis ein?«

»Wenn Sie nichts Besseres vorhaben.«

Das Erste, was ihr einfiel, war, dass sie nichts Passendes zum Anziehen hatte. »Kann ich in Jeans und mit einem Stetson kommen?«

Offenbar von ihrem Charme eingenommen lachte Tom Fitzgerald: »Ganz bestimmt nicht.«

Kate verließ den Konferenzsaal wie auf einer Wolke. Es war schön, wenn man gebraucht wurde, auch wenn sie nicht wusste, ob dies der richtige Posten für sie war. Aber ihre Stimmung änderte sich schlagartig, als sie an einer Reihe von TV-Monitoren vorbeikam, auf denen CNN lief. Auf dem Bildschirm war eine Live-Übertragung über eine bewaffnete Auseinandersetzung zwischen dem FBI und einer Miliz in West Virginia zu sehen. Mehrere Personen waren getötet, noch mehr verwundet worden.

Gideon.

Sie schaute auf ihr Smartphone und stellte fest, dass sie einen Anruf nicht entgegengenommen hatte. Es war eine

Nummer, die sie nicht kannte. Als sie die Mailbox anrief, hörte sie Gideons knappe Mitteilung, dass alles in Ordnung sei und sie nichts von dem glauben sollte, was man über ihn in Umlauf brachte. Sie versuchte mehrmals, ihn zurückzurufen, aber er ging nicht ran.

Wo war er? Was war passiert? Es war auch kein Trost für sie zuzugeben, dass er recht gehabt hatte. Was nützte es, recht zu haben, wenn man deswegen in Lebensgefahr geriet?

VIERUNDZWANZIGSTES KAPITEL

POCATELLO, IDAHO

Collier brachte den Caterpillar-D4-Bulldozer zum Halten und schaltete den Motor aus. Er war total aufgekratzt. Noch vor einem halben Tag hatten in dem Gebäude hinter ihm sieben lebendige, atmende Menschen gewohnt, die gearbeitet, geträumt und sich über ihre Angelegenheiten Gedanken gemacht hatten. Jetzt waren sie allesamt einen Meter unter der gefrorenen Erde begraben.

Und er hatte das bewirkt.

Er spürte, wie ein Gefühl von Macht wie eine Flutwelle in ihm aufbrandete.

Einen Moment lang genoss er dieses Gefühl, aber dann zwang er sich dazu, vom Bulldozer zu springen und weiterzumachen. Er wusste ja, dass dies nur ein Vorspiel gewesen war. In einigen Tagen schon wäre er für ein Ereignis verantwortlich, das als der größte Massenmord auf amerikanischem Boden in die Geschichte eingehen würde. Aber es würde sich nicht um den Amoklauf eines Verrückten handeln. Es würde eine saubere und wunderschöne Aktion werden, vergleichbar mit der Flugbahn eines Pfeils, den ein japanischer Bogenschütze abgeschossen hat – rein und unverfälscht in seiner Bedeutung, schlicht und unverdorben in seiner Ausführung.

Die Welt war in einem üblen Zustand, und selbst wenn die Politiker nicht dafür verantwortlich waren, so hatten sie alles jedenfalls noch schlimmer gemacht. Was er und Wilmot zu tun beabsichtigten, würde ein deutliches Signal setzen: Das amerikanische Volk war nicht länger willens, eine Regierung zu dulden, die von den Krebsgeschwüren der Korruption, des Stimmenkaufs, des Wahlbetrugs, der Medienlügen und der Meinungsmanipulation befallen war. Würde es einen spontanen Aufstand geben, der in der Folge ihres Anschlags alles hinwegfegte? Vielleicht. Wahrscheinlich eher nicht. Aber nachdenkliche Menschen würden sich von diesem Beispiel anregen lassen und ihre eigenen Feuer zünden. Sicherlich würde es eine Zeit dauern, bis dieser einsame Akt des Widerstands sich zu einem Flächenbrand ausweitete und eine echte Revolution in Gang kam. Aber er würde derjenige sein, der das Feuer entfacht und die große Veränderung ausgelöst hatte. Gemeinsam mit Dale Wilmot würde er Geschichte schreiben.

Wie schwierig, ja fast schon unmöglich der Anfang gewesen war, konnte kein Außenstehender ahnen. So viele Einzelheiten und winzige Details mussten bedacht und geordnet werden. Sogar eine einfache Sache wie das Begraben mehrerer Leichen im Norden von Idaho, wo die Temperaturen schon seit fünfeinhalb Wochen unter null lagen. Die Erde war gut fünfzehn Zentimeter tief hart gefroren. Sogar mit dem Bulldozer hatte es eine ganze Weile gedauert, bis er eine Grube ausgehoben hatte, die groß genug war. Und dann musste er die Leichen, die schon völlig starr waren, dort hineinzerren und -schieben. Und als er schließlich die Erde über sie kippte, rollten die Leichen herum, als wollten sie nicht in ihrem Grab bleiben.

Als er vom Bulldozer stieg, sah er, dass er es verbockt hatte: Eine dünne Hand ragte noch aus der Erde. Eine Leiche war offenbar bis zum Schluss herumgerutscht und war zu weit an die Oberfläche geraten. Er stieg wieder in den Caterpillar und drehte den Zündschlüssel.

Der Bulldozer startete nicht. Schon seit Wochen hatte er irgendwo einen Wackelkontakt. Manchmal ging der Motor innerhalb weniger Sekunden an, manchmal dauerte es zwanzig Minuten. Aber im Augenblick hatte er keine zwanzig Minuten Zeit.

Sein Handy klingelte.

»Wieso dauert das denn so lange?«, fragte Mr Wilmot. »Das Flugzeug steht bereit. Wir starten in einer Stunde.«

»Ich bin schon unterwegs«, sagte Collier.

Er sprang wieder vom Bulldozer und lief zu der Hand hinüber. Er war sich ziemlich sicher, dass es Amalies Hand war – schmal, mit feinen langgliedrigen Fingern. Er fing an, sie mit Erde zu bedecken, als ihn ein merkwürdiger Drang befiel, den er nicht unterdrücken konnte. Er schaute sich mehrere Male um, um sicherzugehen, dass niemand ihn beobachtete. Dann hockte er sich hin und roch an der Hand. Sie roch nach nichts Besonderem. Er zögerte, dann streckte er die Zunge aus und leckte an einem der Finger. Er schmeckte ein wenig nach Erde, wie ein salziger Pilz. Er mochte den Geschmack und war gleichzeitig peinlich berührt. Auf keinen Fall durfte Mr Wilmot ihn so sehen.

Er stand auf und schob einige dicke gefrorene Erdbrocken um die Hand herum. Es wäre sicher besser gewesen, wenn er eine Schaufel geholt und die Hand ganz bedeckt hätte. Aber die Erde, die er bewegt hatte, war auch schon wieder gefroren. Selbst mit der Schaufel hätte er eine gute halbe Stunde gebraucht, um genügend Erde darüberzuhäufen.

Nein, das war es nicht wert. Niemand würde in den

nächsten Wochen hierherkommen. Und dann war es ohnehin zu spät.

Evan fuhr mit seinem Rollstuhl auf den Hof, als John Collier und sein Vater die Koffer im Cadillac verstauten. Die kalte Luft belebte ihn, und er sah zu, wie die beiden sich mit dem Gepäck abmühten. Abgesehen von den Koffern lud Collier noch eine Art Einkaufswagen ein, in dem sich zwei glänzende Kanister befanden. Die Kanister sahen aus wie Propangasflaschen, waren aber etwas länger. An der Seite des einen Kanisters waren rote Buchstaben zu erkennen: R-410A KÜHLFLÜSSIGKEIT.

Wilmot bemerkte seinen Sohn und ging zu ihm. »So, wir werden gleich losfahren.«

»Das sehe ich«, erwiderte Evan. »Aber du hast mir noch nicht erzählt, wohin ihr fahrt.«

»Washington«, sagte Wilmot. »Wir machen eine Präsentation im Energieministerium. Wir treffen uns mit Senator Elbert und dem Abgeordneten Dade und einigen anderen. Es geht um unser Äthanolprojekt. Wir brauchen wirtschaftliche Unterstützung, um weitermachen zu können, und da sollen die Abgeordneten uns den Weg ebnen.«

Evan nickte, sagte aber nichts dazu.

»Margie wird sich um dich kümmern, solange wir weg sind«, sagte sein Vater.

»Ich komm schon zurecht«, sagte Evan.

»Ich habe ihr genaue Anweisungen erteilt.«

Wilmot stand wie angewurzelt da und schaute auf seinen Sohn. Er, der sonst eher abweisend und vorsichtig wirkte, machte in diesem Moment einen verletzlichen und offenherzigen Eindruck.

Dann lächelte er, beugte sich nach unten und umarmte seinen Sohn. Er drückte ihn heftig und ließ ihn eine ganze Weile nicht los. Als er sich schließlich wieder aufrichtete, bemerkte Evan erschrocken die Tränen in seinen Augen.

»Du bist ein guter Sohn und ein tapferer Mann«, sagte Wilmot. »Ich möchte, dass du weißt, wie sehr ich dich liebe.«

Bestürzt von der ungewöhnlichen Herzlichkeit seines Vaters fragte Evan: »Geht's dir gut, Dad?«

»Mir geht's bestens. Ich habe mich lange nicht so gut gefühlt.« Evan schaute seinen Vater eindringlich an, suchte nach irgendwelchen Hinweisen, die seinen Gefühlsausbruch erklärten oder ihm verrieten, welches merkwürdige Geheimnis er und Collier teilten. Wilmot redete weiter: »Lange Zeit war ich sehr wütend, weil dir so viel genommen worden war. Ich hatte das Gefühl, meine eigenen Beine würden mir fehlen, mein Gesicht …« Er brach ab, als seine Emotionen ihn übermannten. »Aber jetzt habe ich meinen Frieden damit gemacht. Du und ich, wir sind beide, jeder auf seine Weise, Kämpfer für eine bessere Zukunft. Und jeder von uns muss auf seine Art ein Opfer bringen.«

»Erneuerbare Energie«, sagte Evan und deutete auf die Kanister, die Collier mühsam im Cadillac verstaute. »Lass es krachen, Mann.«

Sein Vater schaute ihn verkniffen an. »Ich wollte dir nur sagen, wie sehr ich dich liebe, das ist alles.« Er drehte sich um und ging zu Collier und dem Cadillac.

Er sagte etwas Grobes zu Collier, der die Heckklappe zuwarf. Collier warf Evan einen kurzen Blick zu, mit einem mürrischen, abweisenden Gesichtsausdruck. Dann stiegen die beiden in den Wagen und fuhren davon.

Evan schaute ihnen nach, bis sie außer Sichtweite waren. Auch wenn er nicht wusste warum, spürte er, wie ein Gefühl von Angst und dunkler Vorahnung sich in ihm ausbreitete.

»Alle Spuren beseitigt?«, fragte Wilmot. »Du hast dich um die Frauen gekümmert?«

»Erledigt«, sagte Collier gereizt. Er war es leid, dass Wilmot ihn ständig anbrüllte.

Wilmot schaute ausdruckslos durch die Windschutzscheibe. Er fuhr so schnell, dass Collier spürte, wie der Wagen auf dem verschneiten Weg ins Schlingern geriet.

»Passen Sie bloß auf, dass wir nicht gegen einen Baum knallen«, sagte er.

Wilmot erwiderte nichts. Er schaltete das Radio ein und suchte einen lokalen Nachrichtensender.

»Die wichtigsten Nachrichten in Kürze«, sagte der Sprecher. »Die Belagerung in West Virginia ist offenbar beendet. Drei FBI-Beamte sind tot und neun Mitglieder der sogenannten Siebten Wahren Miliz von West Virginia ebenfalls. Nach Angaben des stellvertretenden FBI-Direktors Raymond Dahlgren wird weiterhin nach zwei Verdächtigen gesucht, dem Anführer der Miliz, einem selbst ernannten Colonel James G. Verhoven und seiner Frau Lorene Taylor Verhoven.«

»Um Himmels willen«, rief Collier aus und spürte, wie sich sein Atem beschleunigte. »Um Himmels willen, was machen wir denn jetzt?«

»Kein Grund zur Panik«, sagte Wilmot ruhig. »Ruf die Nummer für den Notfall an und guck mal, ob du ihn erreichst.«

Collier atmete tief durch. Der Klang von Wilmots Stimme beruhigte ihn wieder.

»Ja, gut. Entschuldigung. Ich ruf ihn über ein sicheres Handy an.«

Er griff in seine Aktentasche und holte eines der Mobiltelefone heraus, die extra dafür gedacht waren, mit Verhoven Verbindung aufzunehmen. Er tippte die Nummer ein.

»Meldet sich nicht«, sagte er mit hoher, nervöser Stimme. »Was machen wir, wenn Verhoven nicht mitziehen kann?«

»Beruhige dich«, sagte Wilmot mit tiefer, ruhiger Stimme, als würde er bloß übers Wetter reden. »Wenn das FBI irgendwas von ihnen erfahren hätte, dann wäre schon längst ein Haufen Helikopter über uns. Alles ist bestens.«

»Jawohl, Sir.« Collier holte erneut tief Luft, schloss die Augen und versuchte, sich auf die zahllosen Details zu konzentrieren, die er beachten musste – Berechnung der Luftbewegung, Schachtmaße und so weiter – bis sein Puls sich allmählich wieder normalisierte.

FÜNFUNDZWANZIGSTES KAPITEL

SÜDLICHES WEST VIRGINIA

Tillman Davis fuhr dreißig Kilometer weit durch die Berge, immer Richtung Süden auf dem Weg nach Virginia. Er wusste nicht genau, wohin Verhoven eigentlich wollte, aber es war klar, dass sie erst einmal eine gewisse Entfernung zwischen sich und das Anwesen bringen mussten, bevor sie aus ihrem Versteck kamen.

Irgendwann steuerte er eine alte Tankstelle an und parkte den Wagen ein Stück weiter hinten in der Nähe der Luftpumpe, nicht vorne bei den Tanksäulen. Dazwischen lag ein ziemlich heruntergekommener Laden.

Tillman ging zum Anhänger und fragte: »Wie geht es ihr?«

Verhoven schaute ihn verkniffen an und schüttelte den Kopf.

»Ich hab eine Ausbildung als Sanitäter«, sagte Tillman. »Wir müssen sie an einen sicheren Ort bringen. Ein Motel wäre ganz gut. Dort kann ich sie behandeln und ihren Zustand stabilisieren.«

Verhoven wischte sich mit der Hand über die Stirn. »Ich muss dringend telefonieren«, sagte er. »Kümmern Sie sich solange um sie, ja?«

Tillman half Lorene aus dem Anhänger. Sie war blass und zitterte stark. Da sie zu schwach zum Gehen war, hob er sie hoch und setzte sie in die Kabine des Pick-up.

Während er sich um sie kümmerte, versuchte er mitzuhören, was Verhoven am Telefon sagte. Aber der war ein ganzes Stück weit zur Seite gegangen und verbarg sich hinter einem Müllcontainer.

Verhoven wählte die Nummer, die er sich eingeprägt hatte, auf einem der Prepaid-Handys, die er bei sich trug. Gleich nach dem ersten Klingeln ging Wilmot ran. Obwohl er sich bemühte, mit ruhiger Stimme zu sprechen, war deutlich zu hören, dass er sehr angespannt war.

»Wo sind Sie?«

»Dreißig Kilometer von meinem Haus entfernt«, sagte Verhoven.

»Die bringen es in allen Nachrichtensendungen. Hat das irgendwas mit diesem verdammten Mixon zu tun?«

»Wahrscheinlich. Aber wie ich schon zu John sagte, er hatte keine Ahnung von den Details. Und das bisschen, das er wusste, konnte er dem FBI nicht mehr mitteilen.«

»Dann ist ja alles in Ordnung.«

»Nicht ganz. Lorene wurde angeschossen.«

»Wie schlimm ist es?«

»Schlimm genug, dass sie an der Operation nicht teilnehmen kann.«

Es gab eine längere Pause. »Dann müssen Sie das alleine durchziehen.«

»Es gibt vielleicht noch eine andere Möglichkeit.«

»Und die wäre?«

Verhoven schaute über die Schulter. Lorene war zu Anfang sehr zurückhaltend gewesen, was Tillman betraf. Sie fand es verdächtig, dass jemand, der die ganze Zeit über so reserviert gewesen war, nun auf einmal unbedingt bei ihnen einsteigen wollte. Aber ein FBI-Spitzel hätte bestimmt nicht getan, was er getan hatte. Lorene hatte erzählt, er hätte zwei FBI-Beamte getötet. Und ihr das Leben gerettet.

»Ich habe einen Mann bei mir«, sagte Verhoven. »Einen ganz besonderen Mann.«

»Auf keinen Fall!«, rief Wilmot aus.

»Er kann mir die Waffen und den Sprengstoff besorgen, die ich für die Aktion brauche. Außerdem ist er gut ausgebildet in solchen Sachen.« Verhoven warf einen Blick zurück zum Pick-up. Tillman Davis beobachtete ihn, also schaute er schnell woandershin. Er wollte nicht, dass er aus seinem Gesichtsausdruck auf irgendetwas schließen konnte.

»Ich sagte nein«, erklärte Wilmot.

»Mr Wilmot ...«

»Jetzt hören Sie mir mal gut zu, Jim. Diese Operation wurde bis ins letzte Detail durchgeplant. Es gibt kein Zurück. Alle beteiligten Personen wurden auf Herz und Nieren geprüft. Wir können nicht riskieren, dass eine Zufallsbekanntschaft uns reinpfuscht.«

»Mr Wilmot, bei allem Respekt, es handelt sich nicht um eine Zufallsbekanntschaft ...«

»Töten Sie ihn, Jim.«

»Mr Wilmot.«

»Ich sagte, töten Sie ihn. Und zwar sofort.«

Jim Verhoven hatte sehr großen Respekt vor Wilmot. Nur ein Mann mit einer besonderen Vision und sehr großem Mut war in der Lage, eine derartig komplexe Operation durchzuführen. Aber Verhoven war jemand, der es gewohnt war, Befehle zu geben, nicht sie zu befolgen.

»Tun Sie es jetzt, Jim.«

Die Verbindung brach ab.

In dem Moment, als Tillman Verhovens Gesicht sah, wusste er genau, was man ihm gesagt hatte. Er fasste nach der Pistole, bevor Verhoven seine ziehen konnte.

Verhoven tat überrascht. »Was tun Sie denn da?«, fragte er, als Tillman seine Glock auf ihn richtete.

»Ich hab Ihren Gesichtsausdruck bemerkt. Derjenige, mit dem Sie gesprochen haben, hat Ihnen befohlen, mich zu töten.«

»Ich weiß überhaupt nicht, wovon Sie reden.«

Tillman sah sich Verhoven genau an. Der Mann log eindeutig, aber wenn er ihn jetzt seinerseits umbrachte oder festnahm und der Polizei übergab, würden sie nie herausfinden, worauf er eigentlich hinauswollte. Vielleicht gab es ja noch eine weitere Möglichkeit, die Situation durchzuspielen. Es war ein riskantes Manöver – wenn er falschlag, würde er das mit dem Leben bezahlen. Aber wenn er verhindern wollte, dass Verhoven ihn erledigte, war dies die einzige Option. Tillman entschied sich, das Risiko einzugehen.

Er reichte Verhoven seine Pistole.

»Wenn Sie es tun wollen, dann tun Sie es jetzt. Aber bitte kurz und schmerzlos.«

Verhovens Gesichtszüge spannten sich an, aber er sagte nichts.

Tillman bemerkte, wie eine eigenartige Ruhe von ihm Besitz ergriff. Er wollte nicht sterben, aber wenn es denn sein musste, dann war es auch in Ordnung. Er hätte sein Leben für eine größere Sache geopfert und würde in dem Bewusstsein, etwas Besonderes geleistet zu haben, dahingehen. Vielleicht wollte er ja auch nur, dass alles ein Ende hatte – dieses unerbittliche Gefühl von Schande und Langeweile, das ihn wie eine zentnerschwere Last ständig nach unten zog. Wie auch immer es zustande gekommen war – mit einem Mal hatte er das Gefühl, dass dieses Fegefeuer, in dem er seit Langem existierte, diese quälende Situation der Ungewissheit darüber, wo er hingehörte, vorbei war. Nachdem er sich so lange damit herumgeplagt hatte.

»Na los doch, verdammt«, forderte Tillman ihn auf. Sein Puls dröhnte in den Ohren und breitete sich wie ein hämmerndes Echo in seinem Kopf aus. »Die Sache, die Sie zu erledigen haben, ist größer als mein und Ihr Leben zusammengenommen. Ich bin bereit zu sterben, wenn es hilft, diesen elenden Sumpf auszutrocknen.« Tillman war überrascht, wie überzeugend er klang.

Verhoven lächelte ihn erfreut an und hielt ihm die Waffe wieder hin. »Der Grund, warum es diesen elenden Sumpf überhaupt gibt, ist, dass es nicht genug tapfere Männer wie Sie gibt.« Als sein Gegenüber keinerlei Anstalten machte, die Pistole entgegenzunehmen, steckte Verhoven sie in das Holster zurück, das Tillman am Gürtel trug. »Ich hatte nie die Absicht, Sie umzubringen, Tillman. Wir brauchen Sie. Wir brauchen Sie mehr, als Sie jemals in Ihrem Leben gebraucht wurden.«

Ihre Blicke trafen sich. Verhoven schien von großen Gefühlen überwältigt zu sein.

»Also gut«, sagte Tillman. »Dann suchen wir uns erst einmal einen geeigneten Ort, damit ich Ihre Frau verarzten kann.«

Sie stiegen in den Pick-up. Lorene schlief. Ganz offensichtlich hatte sie von dem Drama, das sich zwischen den beiden Männern abgespielt hatte, nichts mitbekommen.

Sie fuhren eine Stunde lang, bevor sie einen Ort namens

Weston erreichten, der nahe der Grenze zu Virginia lag. Tillman hob an einem Bankautomaten vierhundert Dollar ab. Dann fuhren sie weiter nach Buckhannon, wo sie sich im Friendly Tyme Motel an der Bundesstraße 33 unter dem Namen Doug Rogers einmieteten und für eine Nacht im Voraus bar bezahlten. Nachdem er Verhoven und seine Frau untergebracht hatte, fuhr Tillman ins St. Joseph's Hospital, wo er drei Blutkonserven, die nötigen Geräte für eine intravenöse Injektion, ein Antibiotikum, eine Flasche medizinischen Alkohol, eine Packung Verbandsmaterial und einen Honda Accord Baujahr 1993 mitgehen ließ.

Gegen Mittag waren Lorenes Wunden gesäubert und verbunden, und sie hatte zwei Bluttransfusionen bekommen. Sie hatte wieder etwas Farbe im Gesicht und aufgehört zu zittern.

»So«, sagte Tillman, nachdem er die blutigen Mulltupfer in den Papierkorb geworfen hatte. »Und jetzt ist es an der Zeit, das Katz- und Mausspiel zu beenden. Jetzt möchte ich endlich wissen, worum es eigentlich geht.«

Verhoven druckste herum. »Die genauen Details des Hauptangriffs kenne ich nicht. Daran sind wir nicht beteiligt. Wir führen nur eine unterstützende Maßnahme durch.«

»Okay, welches Ziel ist angepeilt? Wenn ich Ihnen helfen soll und dabei womöglich mein Leben verliere, dann darf ich doch wohl wissen, wofür ich mich einsetze, meinen Sie nicht?«

Verhoven schaute Tillman an, sagte aber nichts.

»Um Gottes willen, Jim«, sagte Lorene mit schwacher Stimme. »Er hat mir das Leben gerettet. Dir übrigens auch. Entweder wir vertrauen ihm oder nicht.«

Verhoven nickte, zögerte aber noch einen Moment. »Es geht um die Rede des Präsidenten zur Lage der Nation«, sagte er schließlich. »Wir werden die komplette obere Führungsebene der US-Administration auslöschen. Wir werden sie allesamt umbringen.«

SECHSUNDZWANZIGSTES KAPITEL

INTERSTATE 79, NAHE DER GRENZE ZU VIRGINIA

Gideons verschlüsseltes Handy klingelte, als er gerade auf der Interstate 79 Richtung Norden fuhr, den Temporegler knapp über die zulässige Höchstgeschwindigkeit eingestellt.

»Hast du in etwa eine Ahnung, wie tief du schon in der Scheiße steckst?«, fragte Nancy am anderen Ende. »Du wirst als Zeuge und möglicherweise verdächtige Person in Zusammenhang mit der Schießerei auf dem Grundstück von Verhoven gesucht.«

»Möglicherweise verdächtige Person? Was soll das denn bedeuten?«

»Das bedeutet, dass Dahlgren bereits daran arbeitet, dir die ganze Verantwortung zuzuschieben. Ich vermute, dass er irgendwas zusammenlügt, um dich hinter Gitter bringen zu können.«

»Aber er ist doch derjenige, der die Situation eskalieren ließ.«

»Bist du dabei gewesen?«

»Ich bin mir nicht sicher, ob ich diese Frage beantworten sollte, nach allem, was du mir gesagt hast.«

»Du bist nicht der Einzige, der in Schwierigkeiten steckt. Er hat mitgekriegt, dass ich dir bestimmte Ausrüstungsgegenstände gegeben habe. Damit kann er mich wahrscheinlich wegen unautorisierter Weitergabe von bundesstaatlichem Eigentum oder so was drankriegen, wenn er will. Danach ist es nur eine Frage der Zeit, bis er weitere Dinge ausgräbt, die er dir oder uns anhängen kann.«

»Tut mir leid, dass ich dich da mit reingezogen habe.«

Gideon interpretierte Nancys Schweigen so, dass es ihr auch leidtat. Das Handy klingelte erneut. Tillmans Nummer erschien auf dem Display.

»Kannst du kurz warten, Nancy?«

»Ist das Tillman?«

»Ja.«

»Sag ihm, er soll sein Handy wegschmeißen. Das solltet ihr beide tun, wenn wir dieses Gespräch beendet haben. Die Geräte sind verschlüsselt, sodass niemand hören kann, was wir sagen, aber sie können trotzdem die Funksignale erkennen und euch orten.«

»Okay. Bleib dran.« Gideon drückte sie in die Warteschleife und nahm den anderen Anruf entgegen. »Tillman?«

»Wir müssen einen Zeitpunkt abmachen für die Sachen, über die wir gesprochen haben«, sagte sein Bruder. Das war ihre Tarnung. Gideon spielte Tillmans Waffenhändler.

So wie Tillman sprach, war Gideon sofort klar, dass Verhoven sich bei ihm im gleichen Zimmer befand und vermutlich zuhörte. »Wo und wann?«, fragte Gideon.

»Es gibt da einen Park an der Sully Road in Centreville. Sei in zwei Stunden dort.«

»Ich brauche mindestens vier, um alles zusammenzukriegen.«

»Gut. Dann also vier Stunden.«

»Aber es gibt da noch ein paar Details, die du auf deiner Einkaufsliste ändern musst.«

Tillman begriff sofort, dass Gideon ihn aufforderte, ihm alles mitzuteilen, was er kürzlich erfahren hatte.

»Die letzte Lieferung, die du mir verkauft hast, war totaler Schrott. Ich brauche richtig gute Sachen. Vergiss die Charlies und die Oscars, genauso die beiden Teile aus Litauen und das Zeug aus Irland. Ich bevorzuge Ware aus England, aber Richards ist auch okay.«

»Also kein Charlie und Oscar, Litauen doppelt oder Irland, auf jeden Fall England und Richards.«

»Schreib's dir auf, Mann. Ich kann keine neuen Probleme gebrauchen.«

Charlie, Oscar – das war Buchstabiercode. Er war sich ziemlich sicher, worauf Tillman hinauswollte. Er schrieb die Buchstaben auf. C-O-L-L-I-E-R.

Tillman sprach weiter: »Und wo ich dich schon mal dran habe: Nimm nicht den Zulieferer, von dem du mir erzählt hast.« Er hoffte, Gideon würde verstehen, dass er Mixon meinte. »Der ist endgültig abserviert.«

Kurze Pause. »Verstanden.«

»Vier Stunden.«

»Eine Sache noch. Ich habe Insider-Infos, dass das FBI sein Suchspiel erweitert hat. Du solltest dieses Handy lieber wegschmeißen und ein neues nehmen.«

»Verstanden. Vielen Dank für die Warnung.« Tillman legte auf. Er hätte Gideon gern noch mitgeteilt, dass er herausgefunden hatte, was das Ziel des Anschlags war. Aber damit musste er nun warten, bis sie sich in vier Stunden persönlich gegenüberstanden.

Gideon stellte wieder die Verbindung zu Nancy her. »Das war Tillman. Verhoven hat zugehört, deshalb konnte er nichts direkt mitteilen. Aber er ließ durchblicken, dass Mixon tot ist. Und den Namen des Mannes, der mit Verhoven telefoniert hat, als Mixon die Aufnahme machte. Er heißt Collier. Kannst du den identifizieren?«

Nancy seufzte. »Dahlgren hat mir vor einer halben Stunde die Hölle heißgemacht. Er will von mir wissen, wo du bist. Ich habe ihm versichert, dass ich es nicht weiß. Daraufhin hat er mich vom Dienst suspendiert. Er bemüht sich um Schadensbegrenzung. Er wird auf niemanden hören, und schon gar nicht auch mich oder dich. Wenn er dich in die Finger kriegt, wird er versuchen, dir die ganze Katastrophe, die er verursacht hat, in die Schuhe zu schieben.«

Gideon spürte, wie er unglaublich wütend auf Dahlgren wurde. Nancy hatte nur ihren Job gemacht und wurde dafür nun von einem Bürokraten gemaßregelt, der nur darauf aus war, seinen eigenen Arsch zu retten, anstatt sich für die öffentliche Sicherheit einzusetzen. Leider war Nancy seine einzige Verbündete beim FBI. Und er brauchte dringend einen Zugang zu deren Informationssystem.

»Hast du eine Möglichkeit, etwas über diesen Collier rauszufinden? Wenn wir solide Beweise vorlegen, hat Dahlgren keine andere Wahl, als zuzuhören.«

Er hörte, wie Nancy am anderen Ende der Leitung atmete. Er wusste, dass er sehr viel von ihr verlangte, aber ohne ihre Hilfe tappten sie völlig im Dunkeln. Schließlich, nach einer Weile, die sich endlos angefühlt hatte, sagte sie ganz ruhig: »Ich will sehen, was ich da machen kann.«

Dann brach die Verbindung ab.

Gideon erreichte eine Raststätte, die so etwas wie die Willkommensstation des Bundesstaats Virginia war. Er lenkte seinen Wagen auf den Parkplatz und schob sein Handy in einen Mülleimer, der bis oben hin mit Broschüren und Flyern über die großartigen Touristenattraktionen dieses Staats gefüllt war. Die Tasse Kaffee, nach der er sich verzweifelt sehnte, ließ er ausfallen, um sich möglichst schnell von dem Handy zu entfernen, das wahrscheinlich geortet werden konnte.

Nancy legte den Hörer beiseite und stützte das Kinn auf die Hände. Sie saß an ihrem Schreibtisch und starrte aus dem Fenster. Gideon hatte recht. Dahlgren war vernünftigen Argumenten nicht zugänglich, und ohne zusätzliche Informationen würde sie ihn niemals überzeugen können. Aber was konnte sie schon tun? Sie war vom Dienst suspendiert. Jede Minute konnte der Kollege von der Dienstaufsicht kommen, um ihre Waffen und ihre Ausweise einzusammeln.

Sie seufzte und blickte auf ihre Armbanduhr.

Dahlgren hatte ihre Suspendierung sicherlich schon angeordnet, aber das bedeutete nicht, dass die Kollegen in der IT-Abteilung schon davon wussten. Sie loggte sich ein und begann wie wild zu tippen.

Der Computer brauchte nur ganz kurz, um eine Verbindung zwischen den Namen Collier und Verhoven herzustellen.

Collier, John C., Sozialvers.-Nr. 000-41-3797, geb. 16.04.1985 in Pocatello, Idaho.

Sie holte sich den Bericht über seine Kreditwürdigkeit und stellte fest, dass als sein vorheriger Wohnsitz Anderson, West Virginia, angegeben war. Vor sechs Monaten war er allerdings nach Idaho gezogen.

Sie rief seine aktuelle Adresse auf und stellte fest, dass sie zu einer Firma namens Wilco & Partner gehörte, einer Kommanditgesellschaft. Nach einigen weiteren Minuten des Herumhackens wusste sie, dass Wilco & Partner nur aus einem Partner bestand, einem Mann namens Dale Wilmot. Sie gab den Namen bei Google ein und fand heraus, dass Dale Wilmot auf der Liste der reichsten Personen Amerikas vom *Forbes*-Magazin auf Platz 957 stand und vor allem mit Holz handelte, aber auch mit Heizungen, Klimaanlagen und Transportwesen zu tun hatte.

Er war ein großer, gut aussehender Mann Ende fünfzig, der aussah wie der typische ältere Bruder des Stars in einem Western.

Einem Artikel in *Forbes* zufolge war sein Sohn beim Einsatz im Irakkrieg vor zwei Jahren schwer verletzt worden. Seither überließ Wilmot das Tagesgeschäft seinen Managern und hatte sich, wie es in dem Artikel hieß, »auf sein majestätisches Anwesen in Idaho zurückgezogen, wo er sich größtenteils philanthropischen Neigungen und der Pflege seines Sohnes widmet«.

Die genaue Adresse von Wilmots Anwesen war nicht registriert, aber Nancy gelang es, sie über die Datenbank der Steuerbehörde ausfindig zu machen. Gerade als die Adresse auf ihrem Bildschirm erschien, traten zwei Männer in dunklen Anzügen in ihr Büro. »Special Agent Clement«, sagte der eine, »ich muss Sie auffordern, Ihre Dienstwaffe und Ihre Dienstausweise zu übergeben und mich anschließend zu begleiten …«

»Ersparen Sie mir die Formalitäten. Meine Waffe und meine Dienstmarke liegen schon auf dem Tisch. Ich will nur noch meine Jacke anziehen, okay?« Als die beiden Männer sich zu ihrem Schreibtisch umdrehten, schloss sie hastig die Fenster auf ihrem Computerbildschirm und zog die Jacke an.

»Also los, gehen wir.«

Das FBI-Team, das Raymond Dahlgren losgeschickt hatte, um Gideon Davis zu fassen, umzingelte die Raststätte an der Staatsgrenze zu Virginia mit über dreißig Mann. Das Signal des Mobiltelefons, das Nancy Clement ihm gegeben hatte, kam seit fünfundzwanzig Minuten vom gleichen Ort.

Eine Gruppe der Beamten durchsuchte die Waschräume für Männer, die Waschräume für Frauen, die Raststätte mit der Touristeninformation und den Süßigkeitenladen. Eine weitere Gruppe ging zusammen mit einem Suchhund die Parkplätze ab. Dem Hund hatten sie vorher ein Hemd vor die Schnauze gehalten, das Gideon Davis mal getragen hatte, und nun hofften sie, dass das Tier Witterung aufnahm.

Der Hund schlug vor einem Lieferwagen an, noch bevor das gesamte Team in Position gegangen war. Und so mussten die Hundeführer sich ganz allein darum kümmern.

Nachdem elf Personen aus El Salvador den Wagen verlassen hatten, riss sich der aufgeregte Hund los und sprang in den Laderaum, wo er ein halbes Kilo minderwertiges mexikanisches Heroin fand, das zwischen Stapeln von brasilianischen Pornomagazinen versteckt war.

Nun fingen Frauen an zu schreien, Kinder rannten aufgeregt herum, und kleine Hunde rissen sich von ihren Herrchen und Frauchen los. Kurz gesagt, es begann ein unglaubliches Durcheinander, weil harmlose Touristen in Panik gerieten, als sie sahen, wie mehrere Gruppen von FBI-Agenten die Raststätte stürmten.

Es dauerte dreißig Minuten, bis die Beamten alles unter Kontrolle hatten, allerdings mit dem fatalen Nebeneffekt, dass dabei sehr viele vollkommen unschuldige Reisende, darunter ein Mitarbeiter des japanischen Konsulats, auf die Knie gezwungen und mit Waffen bedroht wurden. Der Konsularbeamte, der früher japanischer Judo-Champion gewesen war und dem die zurückhaltende Art seiner Landsleute völlig abging, brüllte den Leiter der Anti-Terror-Einheit geschlagene zehn Minuten lang in ausgezeichnetem Englisch an und drohte mit einer formellen Beschwerde im State Department.

Erst dann wurde das Handy von Gideon Davis unter einem Stapel Tourismusbroschüren im Papierkorb gefunden.

SIEBENUNDZWANZIGSTES KAPITEL

WASHINGTON, D.C.

Special Agent Shanelle Greenfield Klotz erklärte gern, dass sie Zirkusdarbietungen mit Hunden und Pferden hasste wie die Pest. Tatsächlich aber war sie gerade bei so was sehr talentiert, vor allem weil es ihr Spaß machte, die Tiere nach ihrer Pfeife tanzen zu lassen. Sie war eine kleine, schmale Frau – genau genommen sogar die kleinste und leichteste Beamtin im ganzen Secret Service.

Darüber hinaus war sie – auch das war in ihren Akten vermerkt – die intelligenteste Beamtin. Jedenfalls, wenn man den Intelligenzquotienten als Maßstab heranzog, der bei jedem angehenden Secret-Service-Beamten gemessen wurde. Außerdem war sie die einzige Jüdin mit einem schwarzen Elternteil in ihrer Behörde und wurde von ihren Kollegen als Expertin in Sachen Betriebsanlagensicherung angesehen. Sie war in jeder Hinsicht ein seltener Vogel. Abgesehen davon gab es niemanden, der ihr bei Schimpfwörtern das Wasser reichen konnte. Alle Kollegen liebten sie.

Eines Tages, sie war elf Jahre alt gewesen, kam Shanelle weinend aus der Schule nach Hause. Ihr Großvater Joe Greenfield fragte sie, was denn passiert sei, und sie sagte: »Opa, in der Schule sind alle gegen mich!«

»Herzchen«, sagte Opa Joe, »dein Problem ist, dass du eine Schlaumeierin bist. Solche Leute sind nicht sehr beliebt. Ich verrate dir mal ein Geheimnis: Wenn du willst, dass die Leute dich mögen, dann sei ein *Mensch*.« Er benutzte das deutsche Wort, das Shanelle zuvor noch nie gehört hatte.

»Was ist denn ein *Mensch*, Opa?«

»Kurz zusammengefasst? Das ist ein einfacher Kerl, der sich nicht um die Meinung anderer Leute schert. Er zieht sich nicht zu auffällig an. Er nimmt Rücksicht auf die Gefühle anderer. Er lässt sie nicht dumm dastehen. Er putzt sie nicht herunter. Er fragt sie, wie es ihnen geht. Wenn sie mit ihm sprechen, hört er zu. Wenn du das alles beherzigst, kommst du sogar mit einem *Mord* durch.« Opa Joe sprach es wie *Moid* aus. Er zwinkerte ihr zu und tat so, als würde er einen Silberdollar hinter ihrem Ohr hervorzaubern. »Siehst du? Ich kenne mich aus.«

Shanelle sollte diese kleine Lektion nie vergessen.

Soweit die Welt das beurteilen konnte, wurde sie im Alter von elf Jahren ein *Mensch*. Aber innerlich blieb sie weiterhin eine Schlaumeierin. Und deshalb hatte sie, auch wenn sie es nie zugeben würde, ein Faible für Zirkusdarbietungen. Denn wenn sie in der Manege stand, durfte sie eine Schlaumeierin sein, und die Leute beklatschten sie dafür.

Ihr Besucher war ein spindeldürrer Mann, Captain Fred Steele, ihr Verbindungsmann beim Police Department von Washington. Er war während der Rede des Präsidenten für die Sicherheit zuständig und leitete die Überwachung eines Bereichs von acht Quadratkilometern rund um das Capitol. Auch wenn es zwischen seiner Behörde und dem Secret Service nur wenige Berührungspunkte gab, hatte Shanelle ihn eingeladen, um sich einen Überblick über den Ablauf zu verschaffen. Sie führte den Besucher durch einen Körperscanner, an zwei Secret-Service-Beamten vorbei und dann durch zwei schwere Eichentüren in den Saal des Repräsentantenhauses.

»Die Sicherheitsmaßnahmen für den Präsidenten werden vom Secret Service durchgeführt«, erklärte sie. »Das ist die größte, aufs Sorgfältigste geplante, teuerste und am besten trainierte Sicherheitsmaßnahme der Welt. Abgesehen von der Amtseinführung des Präsidenten gibt es kein einziges Ereignis, das dem Secret Service so viel Aufmerksamkeit und

Ressourcen abverlangt wie die Rede zur Lage der Nation. Nicht nur der Präsident muss geschützt werden, sondern die gesamte politische Führungsriege des Landes. Abgesehen von dem sogenannten ›designierten Nachfolger‹ – einem Angehörigen des Kabinetts, der sich an einem geheimen sicheren Ort außerhalb von Washington befindet –, werden alle hochrangigen Amtsträger des Landes der Rede beiwohnen, alle Mitglieder des Repräsentantenhauses, des Senats, des Obersten Gerichts und der Regierung eingeschlossen.« Sie ging durch den Mittelgang auf das Podium zu, wo der Präsident in weniger als vierundzwanzig Stunden seine Rede halten würde. »Die Rede des Präsidenten findet üblicherweise, wie es auch die Verfassung vorsieht, hier im Capitol statt, und zwar jedes Jahr, außer im Jahr seiner Amtseinführung.«

Captain Steele schaute sich in dem großen Saal um. Sie bemerkte, dass er sich vorzustellen versuchte, wie ein Terrorist diesen halbkreisartigen Raum nutzen konnte, um den Präsidenten zu töten.

»Um Ihnen einen Eindruck zu verschaffen, was wir alles zum Schutz des Präsidenten unternehmen, möchte ich Ihnen die verschiedenen Sicherheitszirkel beschreiben. Als Erstes wird das Staatsoberhaupt von einem Team in die Mitte genommen, dessen Aufgabe es ist, seine Person und den Raum um ihn herum zu schützen. Dieser innere Zirkel wird ausschließlich von Beamten des Secret Service gebildet. Als Nächstes wird ein zweiter Zirkel angelegt, der die umgebende Menschenmenge kontrolliert und beobachtet und ständig nach potenziellen Gefahrenquellen absucht. Auch dies wird vom Secret Service erledigt – allerdings gibt es hierbei einige Hilfestellung durch die Polizeikräfte des Capitols. Schließlich legen wir noch einen dritten Sicherheitsring an, der das Gelände, die umgebenden Gebäude, herumstehende Fahrzeuge sowie Ein- und Ausgänge überwacht. Der Durchmesser dieses Rings beträgt normalerweise ungefähr eine halbe Meile. Bei der Rede zur Lage der Nation ist er noch größer. Deshalb sind wir auf die Unterstützung Ihrer Abteilung, des FBI und der Polizei des Capitols angewiesen – von der Air Force und der Flugsicherungsbehörde ganz zu schweigen, die den Luftraum über dem Regierungsviertel kontrolliert. Darüber hinaus gibt es noch taktische Streitkräfte, die aus Spezialeinheiten der Navy oder der Army oder der Anti-Terror-Abteilung des FBI bestehen, aber darüber darf ich nicht im Detail sprechen.

Mein kleiner, bescheidener Aufgabenbereich ist die Betriebsanlagensicherung. Wenn es nach mir ginge, müsste man das hier alles abreißen und neu bauen. Dann hätten wir bombensichere Wände, Luftschleusen, Filtersysteme, Überwachungskameras, Sicherheitsschleusen. Doch das sind nur meine persönlichen Fantasien. Ich würde die Leute am liebsten in einen Bunker stecken. Aber leider muss ich mich mit der Wirklichkeit, wie sie nun mal ist, abfinden. Meine Aufgabe wird zusätzlich dadurch erschwert, dass dieses Gebäude im späten achtzehnten Jahrhundert entworfen wurde, als sich noch niemand mit irgendwelchen Sicherheitsbedenken herumgeschlagen hat. Es wurde seither fünfmal neu entworfen und umgebaut. Es ist nicht allgemein bekannt, aber es gibt Geheimgänge und unterirdische Räume, die vor über einem Jahrhundert angelegt wurden, außerdem Hohlräume hinter Wänden und ungenutzte Lüftungsschächte. Aus der Perspektive eines Sicherheitsbeamten ist das hier ein absoluter Alptraum. Wir müssen uns alles irgendwie zurechtbiegen. Wir arbeiten uns durch alle Räumlichkeiten des Gebäudes, Bausubstanz, mechanische Teile, elektrische Anlagen, Rohrleitungen und Heizungssystem. Jeder Teil muss geprüft und wieder geprüft, wenn möglich direkt in Augenschein genommen werden. Ist das nicht möglich, dann müssen wir uns mit technischen Geräten behelfen.«

»Was ist mit der Suche nach Bomben?«, fragte der Polizist. »Welche Eingangskontrollen gibt es?«

»Dieses Gebäude wird von sehr vielen Menschen besucht, also gibt es Grenzen. Das setzt uns unter Druck, weshalb wir vierundzwanzig Stunden vor der Rede die Durchsuchungen und Scans intensivieren. Das geschieht jetzt bereits.« Sie deutete auf einen Mann, der eine Art Zauberstab in der Hand hielt und damit die Wand abging. »Wir benutzen die üblichen technischen Hilfsmittel: nichtlineare Detektoren, Geigerzähler, akustische Sensoren bis hin zur Entnahme chemischer Proben. Wir setzen Detektoren ein, um nach Funksignalen, Abhörwanzen und Ähnlichem zu suchen. Wir unterbinden auch jede Möglichkeit, ein Mobiltelefon zu benutzen. Während der Rede und bei Ankunft und Abfahrt des Präsidenten und der anderen Regierungsmitglieder. Um Bomben und andere explosive Materialien zu identifizieren, setzen wir Spürhunde ein, die noch immer die besten Ergebnisse liefern.«

»Und wie werden die Gäste überprüft?«

»Alle Personen, die durch irgendeine Tür oder einen Kontrollpunkt hereinkommen, müssen vorher namentlich bekannt und auf einer Liste notiert sein. Außerdem müssen sie allesamt durch einen Ganzkörperscanner gehen.«

»Auch die Würdenträger?«

»Alle.«

»Was passiert, wenn technische Geräte ausfallen, Probleme mit der Elektrik auftreten oder so etwas?«

»Es gibt eine Liste mit Technikern, die für die Bundesbehörden arbeiten und alle einer Sicherheitsüberprüfung unterzogen wurden. Sie können eventuelle Fehler in der technischen Infrastruktur beheben. Darüber hinaus haben wir Verträge mit Spezialisten für alle Systeme und Untersysteme abgeschlossen, die wir sofort heranziehen können, falls es Probleme gibt. Es ist für alle Eventualitäten gesorgt, egal ob es Elektrizität, Wasser, Heizung und Luft, Rohrleitungen, Aufzüge, Mauerwerk, Möblierung oder das Dach oder sogar die unterirdischen Gänge betrifft, die vom Russell-Senatsgebäude hierherführen. Das Gleiche gilt für die Feuerwehr und Rettungskräfte.«

»Wie viele Beamte sind insgesamt im Einsatz?«

»Ich fürchte, die genaue Zahl kann ich Ihnen nicht nennen. Aber es dürften deutlich über fünfhundert sein, wenn man alle einbezieht, also auch die Experten für Kommunikation, Spionageabwehr, Sondierung, Transport, Absperrung, taktische Bereitschaft, Logistik, die zivilen Angestellten, die Scharfschützen, Hundeführer und so weiter. Wenn man noch die Polizei des Capitols, die städtische Polizei, das FBI und das Militär hinzuzählt …«

»… dann weiß man, woher das Haushaltsdefizit kommt«, ergänzte Captain Steele.

Agent Klotz lächelte. »Unsere Kollegen in anderen Ländern meinen, dass wir total übertreiben. Aber trotz dieser ganzen Vorkehrungen werde ich in der kommenden Nacht bestimmt keine zwölf Sekunden schlafen.«

Ihr Handy klingelte, und sie entschuldigte sich. Ihr Mann war gerade dabei, eine der sechs Mahlzeiten aufzutauen, die Shanelle Sonntagabend für ihn und ihre Töchter gekocht hatte, aber er wusste nicht, wie lange er es kochen musste.

»Männer«, sagte sie, nachdem sie aufgelegt hatte. Aber man sah ihr an, dass es ihr Freude machte, gebraucht zu werden. »Wenn es Ihnen recht ist, können wir uns über die weiteren Details in meinem Büro unterhalten.«

ACHTUNDZWANZIGSTES KAPITEL

PRIEST RIVER, IDAHO

Evan rollte ziellos im Haus umher. Er verspürte einen regelrechten Energieschub, seit er die Tabletten abgesetzt hatte. In seinem Kopf drehten sich die Gedankensplitter wie in einem Kaleidoskop: Was war das für eine eigenartige Äthanol-Geschichte, in der sein Vater und John Collier unterwegs waren? Warum war sein Vater so gerührt gewesen? Und was hatte es mit dieser Afrikanerin auf sich, die aus dem Wald gerannt war? Keine der Erklärungen, die er sich zurechtlegte, war wirklich plausibel. Vielleicht würde er Antworten finden, wenn er in den Wald ging. Vor ein paar Tagen noch hatte er eine Rauchwolke gesehen, die ungefähr eine halbe Meile entfernt über den Baumwipfeln aufgestiegen war.

Der Himmel war jetzt düster, ein Sturm kündigte sich an.

»Ich gehe mal kurz nach draußen, Margie«, sagte er.

Margie stellte sich ihm mit verschränkten Armen in den Weg. »Es ist viel zu kalt.«

»Nur ein paar Minuten.«

»Nein.« Sie schüttelte den Kopf.

»Was soll das denn heißen?«

»Das heißt, dass Mr Wilmot es nicht erlauben würde.«

»Aber *ich* bin doch Mr Wilmot«, stieß er so heftig hervor, dass sie zusammenzuckte. Er fühlte sich komisch, als er das sagte. Das klang wirklich total dämlich. Aber es stimmte trotzdem. Er war doch kein Kind, dem man in seinem eigenen Haus Vorschriften machen konnte.

Abgesehen von einem kurzen Flackern in ihren Augen war in ihrem breiten Gesicht keine Regung zu erkennen. »Ihr Vater würde es nicht erlauben«, wiederholte sie.

Evan rollte auf sie zu und hielt erst an, als er fast schon

gegen ihr Schienbein gefahren war. »Ich habe meinem Land im Irak und in Afghanistan gedient, und ich lasse mir von Ihnen nicht verbieten, mein eigenes Haus zu verlassen.«

»Mr Wilmot würde es nicht erlauben.«

Evan schob den Steuerungshebel des Rollstuhls nach vorne, aber Margie packte den Rollstuhl an beiden Seiten und hielt ihn eisern fest wie ein Abwehrspieler beim Football. Der Elektromotor jaulte laut auf, und nach einer Weile roch es nach verbranntem Gummi. Evan ließ den Steuerhebel los. Es brachte nichts, wenn der Motor sich überhitzte und die Kabel verschmorten.

»Na gut, dann eben nicht«, sagte er. Er legte den Rückwärtsgang ein und rollte zum Lift, der ihn nach oben in sein Zimmer brachte.

Während er hochfuhr, rief er: »Wenn Sie schon so ein Miststück sein müssen, dann können Sie mir wenigstens ein Sandwich machen, ja? Schinken und Käse auf Roggenbrot, verstanden? Mit saurer Gurke.«

Er wusste, dass in der Küche kein Roggenbrot mehr war. Das einzige Roggenbrot im Haus befand sich unten im Keller im Kühlschrank. Er wartete, bis er hörte, wie Margie in den Keller stieg. Dann fuhr er mit dem Rollstuhl auf den Seitenbalkon. Das Haus war auf einem Hügel errichtet worden, und sein Vater hatte eine Rollstuhlrampe anbauen lassen. Die hatte er noch nie genutzt, weil der Berghang zu steil für einen Rollstuhl war.

Heute aber konnte es vielleicht klappen, denn auf dem Boden lag noch Schnee. Der würde die Räder seines Rollstuhls abbremsen und damit verhindern, dass er den Hügel zu schnell hinabraste und umkippte.

Damit lag er leider falsch. Im gleichen Moment, als er von der Rampe rollte, merkte er, dass sein Schwerpunkt zu hoch lag. Er schob den Steuerhebel auf Vollgas, in der Hoffnung, dass er nun den Hang hinunterrasen würde, ohne das Gleichgewicht zu verlieren. Doch die Räder blockierten, der Rollstuhl überschlug sich und rutschte den Hügel hinab.

Als er wieder zu sich kam, sah er, dass er knapp drei Meter von seinem umgekippten Rollstuhl entfernt im Schnee lag.

»Verdammter Mist«, stieß er hervor. Zum Glück war er nicht verletzt. Er rang nach Atem, aber das war auch schon alles. Der Aufprall war nicht schlimmer gewesen als ein gegnerischer Schlag auf dem Footballfeld. Er grinste vor sich hin und starrte nach oben in den grauen Himmel. Irgendwie fühlte er sich gut. »Schmerz ist nur das Gefühl von Schwäche, die den Körper verlässt«, sagte er laut. Es war einer der vielen Sprüche, mit denen Hauptfeldwebel Flint seine Männer während des Trainings bei den Rangers angetrieben hatte.

Er kroch über den eisigen Untergrund zu seinem Rollstuhl. Sich wieder hineinzusetzen dauerte gut fünf Minuten und war entsetzlich anstrengend. Aber seltsamerweise fühlte er sich nicht entmutigt oder wütend oder deprimiert, so wie bei der Therapie im Veteranenkrankenhaus. Im Gegenteil, auf einmal bemerkte er wieder diesen eisernen Durchhaltewillen, von dem er dachte, er sei bei der schlimmen Explosion verloren gegangen.

Schließlich saß er wieder im Rollstuhl und lenkte ihn den Abhang hinunter. Die genoppten Räder arbeiteten sich mit erstaunlicher Effektivität durch den Schnee.

Aber es ist höllisch kalt hier.

Er hatte sich eine Jacke übergezogen, bevor er das Haus verlassen hatte, aber jetzt waren sein Oberkörper und seine Haare vom Schnee durchnässt. Und er hätte mal lieber eine Mütze aufsetzen sollen.

Egal, jetzt musste er weitermachen.

Er fuhr an den Ställen vorbei und bog in den Weg, der in

den Wald führte. Er war ungefähr fünf Minuten den Pfad entlanggefahren, da fing es an zu schneien. Nach weiteren zehn Minuten fiel der Schnee so dicht, dass er sich immer wieder die Flocken aus den Augen wischen musste, um etwas zu erkennen. Er konnte kaum weiter als zehn oder zwölf Meter sehen. Dennoch war er kein bisschen nervös. Der Rollstuhl fuhr auf dem frisch gefallenen Schnee viel besser. Aber ziemlich bald schon zitterte er vor Kälte.

Trotzdem weiter! Er hatte sich eine Aufgabe gestellt. Er hatte keine Handschuhe an und schob die kaputte Hand zurück in den Jackenärmel.

Der Schnee war wunderbar anzusehen. Er fiel in dicken grauweißen Klumpen vom Himmel herunter. Alles was er um sich bemerkte, kam ihm unmittelbar, scharf und klar vor. Sogar die Kälte und die Beule am Kopf, die er sich bei seinem Sturz zugezogen hatte, störten ihn nicht. Im Gegenteil, all das trug dazu bei, seine Stimmung zu heben. Zum ersten Mal seit langer Zeit fühlte er sich wieder wie ein ganzer Mensch.

Warum hatte er nur die ganze Zeit im Zimmer herumgehockt und sich selbst leidgetan? Ja, es war schlimm, keine Beine mehr zu haben. Ja, es nervte, wenn man von einer Pflegerin wie Margie abhängig war. Ja, es war beschissen, mit einem Gesicht wie Freddy Krueger herumzulaufen. Aber es hatte eine Menge Jungs gegeben, die es überhaupt nicht mehr zurückgeschafft hatten. Sie würden nie mehr spüren, wie es war, wenn man an einem eiskalten Tag bei Schneefall durch den Wald streifte.

Er summte vor sich hin, während er den Pfad entlangrumpelte. So langsam dämmerte ihm, dass der Ort, den er ansteuerte, viel weiter entfernt war, als er gedacht hatte. Glücklicherweise war die Batterie ganz aufgeladen, sodass er es locker bis dorthin und wieder zurück schaffen konnte. Aber jetzt, als er immer weiter in den Wald hineinfuhr, merkte er auch, dass dies nicht die schlaueste Aktion seines Lebens war.

Schließlich kam er um eine Biegung, und da stand es: das große Metallgebäude, das ihm ungewöhnlich hoch erschien. Daneben befand sich ein weiterer Bau, der niedriger, aber länger war. Zwischen ihnen lag eine Art riesige Klimaanlage, die durch dicke Rohrleitungen mit dem Gebäude verbunden war. Aber hier schien überhaupt nichts los zu sein. Weder afrikanische Frauen noch Fahrzeuge noch aufsteigender Rauch waren zu sehen, auch keine Beleuchtung. Die Anlage war völlig verlassen.

Er rollte auf das größere Gebäude zu und stellte fest, dass die Tür verschlossen war. Es gab ein kleines Fenster, aber er konnte nicht hindurchschauen. Er rollte zum zweiten Gebäude. Hier war die Tür offen. Er schaute hinein. In einer Ecke bemerkte er einen großen Haufen aus runden Dingern, die wie Süßkartoffeln aussahen. Der Rest des Gebäudes war mit verschiedenen Industriemaschinen vollgestellt. So wie er die Anordnung interpretierte, ging es darum, diese Kartoffeln zu zerquetschen. Dann wurde ein Teil der entstandenen Masse in große stählerne Tanks gefüllt und von dort wieder in kleinere Bottiche oder Kochtöpfe. Jedenfalls gab es eine Menge Stahlrohre und Leitungen.

Hatte er mit seinem Verdacht etwa falschgelegen? Aus Süßkartoffeln, das wusste er, konnte man wesentlich mehr Äthanol gewinnen als aus Mais. War das alles, was hier draußen vor sich ging? Wie dumm er gewesen war. Auf einmal schämte er sich für seinen unhaltbaren Verdacht und dafür, dass er an eine Verschwörung zwischen seinem Vater und Collier geglaubt hatte. Am liebsten hätte er seinen Vater jetzt angerufen und sich für seine unbegründete Angst entschuldigt.

Evan drehte den Rollstuhl um und fuhr wieder hinaus. Der Wind war jetzt stärker geworden. Er fasste in sein Haar und stellte fest, dass es gefroren war. Außerdem zitterte er sehr stark. Das war nicht so gut. Er musste so schnell wie möglich zum Haus zurück. Er rollte auf der windabgewandten Seite der Gebäude entlang. Am Ende des zweiten Hauses entdeckte er den Bulldozer seines Vaters, der dort im Schnee stand. Dale Wilmot hatte als Baggerführer angefangen und war zum Geschäftsmann aufgestiegen. Er liebte es immer noch, mit dem Caterpillar über das Grundstück zu fahren und Gruben auszuheben oder das Gelände zu begradigen. Wie bei allem, war sein Vater, auch was den Bulldozer betraf, ein Perfektionist. Egal ob er einen Erdhügel abtrug oder einen Graben aushob, er ging immer überaus sorgfältig vor.

Aber die Arbeit hier war nicht ordentlich zu Ende gebracht worden. Überall lagen Hügel, Haufen und Erdklumpen herum, es war ein einziges Durcheinander, das noch nicht gänzlich vom Schnee bedeckt war. Da dies nicht das Werk seines Vaters sein konnte, nahm er an, dass Collier es verbrochen hatte. Aber was hatte er hier gemacht? Es sah aus, als ob er etwas vergraben hätte. Vielleicht irgendwelche Produktionsabfälle, die sein Vater nicht in den Fluss kippen wollte, in dem er gelegentlich angelte.

Evan rollte über den buckeligen Untergrund und wollte wieder zurück zum Pfad, der ihn nach Hause führte. Er drehte den Rollstuhl seitlich und dann in die entgegengesetzte Richtung und gab Gas. Zum ersten Mal, seit er losgefahren war, blieb er stecken.

Er fuhr ein Stück zurück, dann wieder nach vorn, dann wieder zurück. Er fluchte. Der Boden des Rollstuhls hing an irgendetwas fest. Er fuhr vor und zurück und spürte, wie er Angst bekam.

Wenn er hier draußen nicht mehr wegkam, dann war er erledigt. Er beugte sich über den Rand und schaute unter den Rollstuhl. Dabei durfte er es nicht übertreiben, sonst lief er Gefahr herauszufallen, und dann würde er noch viel tiefer im Schlamassel stecken. Jetzt, wo er innehielt, merkte er, dass sein ganzer Körper aufgrund der Kälte heftig zitterte. Die Kälte, die ihn umgab, war beißend, drang bis auf die Knochen und schien geradezu zu brennen.

Er versuchte, den Rollstuhl um die eigene Achse zu drehen, aber die Räder griffen nicht. Der Schnee fiel jetzt so dicht, dass er den Bulldozer, der nur fünf Meter entfernt von ihm stand, kaum noch sehen konnte.

Endlich kam der Rollstuhl frei. Er hielt an und schaute nach hinten, um nachzusehen, was ihn festgehalten hatte. Es war eine Wurzel, die aus der Erde ragte.

Erstaunt riss er die Augen auf. Das war keine Wurzel. Das war eine feingliedrige schwarze Hand. Die Hand einer Frau, gefroren und mit Reif bedeckt.

Er fuhr näher heran und sah, dass die Finger gekrümmt waren, als ob die Frau versucht hätte, sich aus ihrem gefrorenen Grab herauszuarbeiten. Das war zweifellos eine der Afrikanerinnen, mit denen Collier gearbeitet hatte. Jetzt war sie tot – und alle anderen womöglich auch. Jedenfalls ließen die Ausmaße dieses Grabs darauf schließen. Was er hier entdeckt hatte, war noch viel grauenhafter, als er sich in seinen schlimmsten Befürchtungen ausgemalt hatte. Aber er konnte sich noch immer nicht vorstellen, was genau hier passiert war oder was Collier und sein Vater im Schilde führten.

Er gab Gas und fuhr zurück zu den Metallgebäuden – oder was er für die Metallgebäude hielt. Aber als er bei den nur vage erkennbaren Umrissen angekommen war, stellte er fest, dass es die Bäume am Waldrand waren.

Er schaute sich um und merkte, dass er die Orientierung verloren hatte. Überall sah er nur Bäume und Schnee. Er fuhr die Baumreihe entlang, der Schnee dämpfte alle Geräusche um ihn herum. Beinahe war es so, als würde er an einem teuflischen Desorientierungsexperiment teilnehmen. Die Räder des Rollstuhls drehten durch und fanden auf dem rutschigen Boden kaum noch Halt. Er stoppte kurz und fuhr weiter.

Wenig später drehten die Räder wieder durch. Er schob den Steuerhebel in alle Richtungen, in der Hoffnung, dass er weiterkam, aber die Räder wollten nicht greifen. Er blickte nach unten und stellte fest, dass er sich in eine Furche eingegraben hatte. Schlimmer noch: Die Wärme der durchdrehenden Reifen hatte den Schnee zum Schmelzen gebracht. Gleich darauf war er zu einer festen Eisschicht gefroren.

Sein Herz pochte stark. Er ruckte und zerrte und wiegte sich hin und her, versuchte die Räder mit den Händen zu bewegen, aber nichts half. Voller Panik schob er den Steuerhebel auf Vollgas. Die Reifen drehten sich und machten ein schabendes Geräusch, als sie über das Eis rutschten. Der Rollstuhl bewegte sich nicht. Nach einer Weile hörte er, dass das Jaulen des Motors jetzt eine tiefere Frequenz hatte. Die Batterien waren bald leer.

»Hilfe!«, rief er. »Margie! Können Sie mich hören?«

Aber die einzige Antwort war das Schweigen des Waldes.

Ganz plötzlich fasste er einen Entschluss, der seine Angst dämpfte. Ihm war klar geworden, dass es nur eine einzige Möglichkeit gab. Er riss die Klettverschlüsse der Haltegurte an den Beinen auf und rutschte aus dem Rollstuhl.

Der eisige Untergrund brannte an seinen Beinstümpfen. Seit er zu Hause war, hatte er sich geweigert, eine Therapie zu beginnen, die seine Beine auf die Prothesen vorbereiten sollte. Deshalb besaß die dünne Haut kaum eine Hornschicht und schmerzte beim kleinsten Druck.

Er begann vorwärtszukriechen.

Früher war er mal Footballchampion, Soldat und ein begabter Reiter gewesen und stolz auf seinen Körper und was er damit anfangen konnte. Auch Schmerzen hatte er gern ertragen, ohne zu jammern. Aber jetzt? Er war nicht nur verstümmelt worden. Schlimmer noch: Er hatte es zugelassen, in Selbstmitleid zu ertrinken, und deshalb war sein Körper schwach geworden.

Doch seine Willenskraft war noch da. Wie sehr er sich auch von seinem Vater unterschied, eines hatte Dale Wilmot ihm vererbt: einen eisernen Willen.

Ich werde hier draußen nicht sterben.

Er kroch weiter und weiter, trieb sich an, ertrug den brennenden Schmerz, der durch seine übrig gebliebenen Muskeln schoss, bis sie schließlich völlig taub waren.

Ich werde hier draußen nicht sterben.

Nachdem er einige hundert Meter auf dem Pfad zurückgelegt hatte, hielt er an, um sich kurz auszuruhen. Auch wenn überall noch Schneeflocken wirbelten, fielen sie doch nicht mehr ganz so dicht. Sie senkten sich sanft auf sein Gesicht, seine Augen und seine ausgestreckte Zunge. Alles war friedlich, und die Kälte breitete sich wie eine schützende Decke über ihm aus. Er schloss die Augen und wollte schlafen.

NEUNUNDZWANZIGSTES KAPITEL

WASHINGTON / IDAHO

Eine dünne Schneeschicht bedeckte den Boden, als das Flugzeug auf dem Spokane International Airport im Bundesstaat Washington dicht an der Grenze zu Idaho landete. Der Flughafen war gerade mal groß genug für vier Gates, und Nancy Clement hatte den Verdacht, dass die Bezeichnung »international« im Namen einfach bloß Angeberei war. Sie hatte am Dulles Airport einen Last-Minute-Flug ergattert, mit ihrer persönlichen Kreditkarte bezahlt, und konnte nun, weil der Flughafen so klein war, direkt zum Schalter des Autoverleihs gehen. Der Mann hinter dem Tresen war ein griesgrämig aussehender Indianer, dem sämtliche oberen Zähne fehlten, weshalb er stark lispelte.

»Könnte eine hefflige Fache werden«, sagte er und nickte auf eine fatalistische Art, die andeutete, dass er immer mit dem Schlimmsten rechnete.

»Heftig?«

»Hefflig.« Er merkte, dass sie kein Wort verstand. »Der Fturm. Viel Fnee. Man kann die Hand nicht vor Augen erkennen. Fahren Fie vorfichtig.«

»Vielen Dank, ich pass auf.«

Er lächelte breit, aber freudlos, und entblößte seinen zahnlosen Kiefer. »Viel Vergnügen.«

Mit diesen guten Wünschen bedacht machte sie sich auf den Weg Richtung Norden, dorthin, wo sie Dale Wilmots Anwesen vermutete. Das Navi behauptete, bis dorthin seien es über fünfzig Kilometer, und sie hoffte nun, dass sie durchkam, bevor die Straßen unpassierbar geworden waren.

Der erste Teil der Strecke über die US 90 war gar nicht

so schlecht. Es schneite stark, aber durch den Verkehr war die Fahrbahn einigermaßen frei. Der Wagen fuhr ruhig und machte auch bei hoher Geschwindigkeit einen guten Eindruck. Aber dann musste sie auf eine Landstraße abbiegen, die sich durch höher gelegenes Gebiet Richtung Priest Lake schlängelte, und hier wurde es deutlich schwieriger. Wenige Minuten nachdem sie den Highway verlassen hatte, wurde sie unruhig und nervös. Bald schon fuhr sie durch zehn bis zwölf Zentimeter hohen Neuschnee, der völlig unberührt vor ihr lag. Keine Fahrrinnen, keine Spuren. Sie hatte einen Toyota Land Cruiser mit Vierradantrieb ausgeliehen, aber selbst dieser Wagen kam gelegentlich ins Rutschen, wenn sie eine Kurve fuhr. Einmal geriet sie so dicht an den Rand der Fahrbahn, dass sie Angst hatte, sie könnte einen Abhang hinunterrutschen.

Ab da fuhr sie vorsichtiger.

Dass die Karte, die sie mitgenommen hatte, nicht besonders detailliert war, erschwerte die Sache zusätzlich. Und das Navi schien die Straße, die sie gerade benutzte, überhaupt nicht zu kennen. Sie hatte es schließlich ausgeschaltet, nachdem die weibliche Stimme mit dem herablassenden englischen Akzent zum hundertsten Mal gewarnt hatte: »Drehen Sie sofort um!«

Die Scheibenwischer glitten hektisch über die Windschutzscheibe, die Heizung arbeitete auf Hochtouren, aber trotzdem nahm der verdammte Schnee ihr die Sicht. In den knappen Sekunden, wenn es den Scheibenwischern gelang, die Scheibe freizumachen, konnte sie kaum weiter als ein paar Meter sehen. Sie fuhr jetzt mit weniger als zehn Stundenkilometern mehr oder weniger blind über eine Bergstraße. Der Drang, die Straße zu verlassen, um sich eine Weile ins Warme zu setzen, wurde immer stärker. Der Gedanke an eine Rast machte sie hungrig. Als sie in Las Vegas umgestiegen war, hatte sie ein ekliges Schinken-Käse-Sandwich gegessen, vor sechseinhalb Stunden.

Mittlerweile hatte sich die Welt da draußen in eine undurchsichtige graue Masse verwandelt. Schließlich gab sie auf, hielt an, stieg aus und blieb im Schnee stehen. So etwas hatte sie ihr ganzes Leben noch nicht erlebt. Sie war in Tennessee aufgewachsen und hatte zum ersten Mal eine Schneeflocke zu Gesicht bekommen, als sie beim FBI anheuerte.

Wenn nicht so ein Sturm gewesen wäre, überlegte sie, wäre der Schnee wahrscheinlich ganz nett gewesen, schön weiß und weich. Aber hier schlug ihr ein unangenehmer, körniger Matsch ins Gesicht, es war wirklich ekelhaft.

Die Straße war kaum noch zu erkennen. Um sie herum erhoben sich halb vom Schnee verdeckte Bäume. Sie schaute auf die Uhr. Es war kurz nach vier Uhr nachmittags. Bald würde die Dämmerung hereinbrechen, und es würde noch schwieriger werden. Womöglich musste sie die Nacht hier draußen verbringen.

Zum ersten Mal spürte sie so etwas wie Panik, aber dann ließ der Schnee ganz unvermittelt nach, und sie sah zwei oder drei Kilometer vor sich auf einer Anhöhe ein modernes Landhaus, das beinahe schon die Ausmaße eines Hotels hatte.

Das war es. Das musste es sein.

Fünf Minuten später hielt sie vor dem Gebäude. Sie stieg aus und klopfte an die Tür. Niemand meldete sich. Nancy schaute sich um, versuchte ins Haus zu spähen, konnte aber kein Lebenszeichen entdecken. Dann bemerkte sie im dämmrigen Zwielicht eine schattenhafte Gestalt, die sich über einen Pfad näherte. Es war eine Frau, sie trug einen langen Mantel und war gut zehn Zentimeter größer als Nancy und mindestens fünfzig Kilo schwerer. Unter ihrem weiten Parka trug sie die grüne Uniform einer Krankenpflegerin.

Auf ihrem Kopf saß eine Fellmütze, und in ihrem Gesicht lag der Ausdruck höchster Besorgnis. Nancy folgte ihr ins Haus und erklärte, wer sie war.

»Woher wussten Sie das denn?«

»Was?«

»Dass Evan verschwunden ist.«

»Wer ist Evan?«

»Der Sohn von Mr Wilmot. Ich wollte gerade die Polizei rufen.«

»Ich bin nicht wegen Evan hier. Ich will mit John Collier sprechen.«

»Der ist nicht da. Er ist mit Mr Wilmot zusammen. Sie sind heute mit dem Flugzeug weg. Aber ich muss dringend Evan finden. Er sitzt im Rollstuhl, er kann also nicht weit gekommen sein. O Gott, Mr Wilmot wird mich umbringen.«

»Bleiben Sie ruhig und sagen Sie mir erst einmal, was passiert ist, dann kann ich Ihnen helfen.«, sagte Nancy, bemüht, die völlig aufgelöste Frau zu besänftigen.

Die Pflegerin erklärte, dass man ihr aufgetragen hatte, Evan nicht aus dem Haus zu lassen. Es ging ihm nicht gut, und er würde vielleicht dagegen aufbegehren, aber er sollte nicht hinaus in die Kälte, aus Sicherheitsgründen und um seine Gesundheit zu schonen. Nun hatte sie Angst, dass er sich draußen den Tod geholt hatte. Sie war kurz vor einem Nervenzusammenbruch. Sie hatte schon mehrmals das Telefon genommen, um Mr Wilmot anzurufen, den Hörer aber immer wieder unverrichteter Dinge aufgelegt.

»Ich hab ihm gesagt, dass er nicht rausgehen soll, aber er hat es trotzdem getan. Sie müssen mir helfen, ihn zu finden.« Die Pflegerin packte Nancy am Kragen und zerrte sie zur Haustür. Sie war unglaublich kräftig.

Nancy überlegte kurz. Auch wenn Wilmot und Collier

weg waren, könnte immerhin der Sohn etwas wissen. Abgesehen davon hatte sie ohnehin keine Lust, durch den Schneesturm zurückzufahren.

»Haben Sie vielleicht einen warmen Mantel für mich?«, fragte sie. »Meine Jacke ist viel zu dünn.«

Die Krankenschwester hatte eine Stunde lang gesucht, war dann zurückgekommen und hatte Nancy vor dem Haus angetroffen. Sie hatte sich unglücklicherweise an genau den falschen Orten nach dem Verschwundenen umgeschaut. Sie hatte angenommen, dass Evan die Zufahrt hinunter zur Landstraße fahren würde, aber tatsächlich hatte er ja den Weg in den Wald eingeschlagen.

Nancy schlug nun vor, den Pfad, der in den Wald führte, abzugehen, und dort fanden sie ihn auch bald. Er hatte sich unter seinem Mantel zusammengerollt und versucht, Kopf und Gesicht vor dem Frost zu schützen. Er war bewusstlos. Die Pflegerin hob ihn auf und trug ihn wie ein Baby auf den Armen durch den Schnee zurück zum Haus.

Zehn Minuten später lag er im warmen Wasser in der Badewanne, die groß genug war, um einer ganzen Familie Platz zu bieten. Nancy musste sich erst einmal an den Anblick des verstümmelten Körpers des jungen Mannes gewöhnen – die amputierten Beine, der fehlende Arm, das Narbenmuster in seinem Gesicht.

Nach einigen Minuten fing Evan so heftig an zu zittern, dass die beiden Frauen ihn festhalten mussten.

»Das ist ein gutes Zeichen«, sagte die Krankenschwester. »Das bedeutet, dass sein Körper sich erwärmt.«

Bald schon hörte er auf zu zittern, und einige Minuten später schlug er die Augen auf. Er schaute sich benommen um, und schließlich blieb sein Blick an Nancy hängen.

»Wer sind Sie?«, fragte er.

»Ich bin Nancy Clement vom FBI.«

Die Krankenschwester sagte: »Sie ist hergekommen, um mir bei der Suche nach dir zu helfen.«

Evan sah sie ungläubig an. »Nein, das stimmt nicht.«

»Aber sie hat mir doch geholfen«, sagte die Krankenschwester. Nancy hatte ihr geraten, nicht die Polizei zu rufen, weshalb Margie sich ihr jetzt zu Dank verpflichtet fühlte. Nicht nur, weil sie geholfen hatte, Evan zu finden, sondern auch, weil sie selbst nun ihren Job als Pflegerin behalten konnte.

»Margie, darf ich bitte mal ganz kurz allein mit der FBI-Beamtin sprechen?«

»Wieso?«

»Bitte«, sagte Evan. »Tun Sie doch einfach ein einziges Mal, worum ich Sie bitte.«

Margies breites Gesicht lief rot an. Aber dann stand sie auf und stolzierte aus dem Badezimmer.

Nancy war ein wenig verunsichert, als sie nun ganz allein mit dem nackten, verstümmelten Mann war. Aber Evan Wilmot schien das nicht weiter zu stören. Sie vermutete, dass man sich als Behinderter, wenn man ständig betreut, gewaschen und gebadet wurde, daran gewöhnte, dass andere einen nackt sahen.

»Nein«, sagte der junge Mann dann aber, als könnte er ihre Gedanken lesen. »Man gewöhnt sich nicht daran. Es ist immer grässlich. Aber ich muss jetzt hier im warmen Wasser bleiben, damit ich nicht krank werde.«

Nancy räusperte sich.

»Also«, sagte Evan mit trauriger Stimme, »anscheinend hat mein Vater etwas ganz Schlimmes getan, stimmt's?«

Nancy schaute ihn fragend an. »Hat er das?«

Evan lächelte traurig und schaute ins Leere. »Ja«, sagte er. »Ja, das hat er.«

DREISSIGSTES KAPITEL

MANASSAS, VIRGINIA

Bekanntlich war Gideon Davis ein begnadeter Diplomat – engagiert, zuvorkommend und direkt. Da viele der Qualitäten, die einen Diplomaten auszeichnen, den Tugenden eines Soldaten völlig widersprechen, kommen beide Charakterzüge selten in einer Person vor. Gideon war oft in Gegenden geschickt worden, in die sich sonst nur Soldaten wagten, und konnte im Einsatz die Vorurteile, die sie gegen ihn hegten, zumeist überwinden. Im Laufe der Jahre hatte er sich mit einer ganzen Reihe von Soldaten, CIA-Agenten und Söldnern angefreundet – und einige von ihnen waren ziemlich zwielichtige Gestalten.

Als er jetzt Kampfmittel brauchte, wusste er sofort, wen er anrufen musste.

»Hallo, Paulus«, sprach er in den Hörer einer Telefonzelle vor einem Supermarkt in Manassas. »Hier ist Gideon Davis. Ruf mich bitte über eine sichere Verbindung an.«

Drei Minuten später klingelte das Telefon. »Hallo, Gideon«, sagte Paulus Lennart, »ist ja ganz schön lange her.«

»Ich muss es kurz machen«, sagte Gideon. »Ich brauche Sprengstoff. Am liebsten bandförmige Sprengladungen und dazu Zündschnur und einen Auslöser. Außerdem ein Barrett-Gewehr mit zehn Schuss panzerbrechender Munition.«

»Das soll wohl ein Witz sein«, sagte Lennart.

»Nein. Außer du erinnerst dich nicht mehr daran, dass du mir wegen der Sache in Kamerun noch einen Gefallen schuldest.« Gideon machte eine längere Pause. »Ich garantiere dir, dass du deswegen nicht in Schwierigkeiten kommst.«

»Wie schnell brauchst du das Zeug?«

»Zwei Stunden.«

»Eine Barrett kann ich nicht so schnell besorgen«, sagte er. »Aber ich hab hier eine Accuracy International Kaliber .50 BMG mit einem Leupold-Zielfernrohr und allem Drum und Dran.«

»Prima.«

»Und was bekomme ich dafür?«

»Abgesehen von meinem ewigen Dank? Zwanzigtausend.«

»Ich nehme die Zwanzigtausend und verzichte auf den Dank.« Damit war das Gespräch beendet.

Zwei Stunden und zehn Minuten später stand Gideon auf dem Parkplatz eines großen Discountmarktes in Centreville, als ein ramponierter blauer Lieferwagen an ihm vorbeifuhr. Gideon hörte, wie die Seitentür aufging. Aber da war es schon zu spät.

Ein Sack wurde über seinen Kopf geworfen, und jemand, der sehr schnell und sehr stark war, hob ihn hoch. Die Tür des Lieferwagens wurde zugeworfen, und schon fuhren sie davon.

Gideon suchte nach seiner Pistole, aber eine kräftige Hand legte sich um seine Faust, und der Sack wurde ihm wieder vom Kopf gezerrt. Hinter ihm hockte ein massiger Kerl, der seine muskulösen Arme um seinen Brustkorb schlang und ihn mit eisernem Griff festhielt. Paulus Lennart drückte die Mündung einer Pistole gegen Gideons Schläfe.

»Tu mir so was nie wieder an.«

»Was denn?«, fragte Gideon.

Lennart war ein drahtiger Südafrikaner mit kurz geschnittenem Bart und langen, graumelierten Haaren. Er hatte als Söldner für das US-Außenministerium gearbeitet und war verantwortlich für einige Auftragsmorde in Kamerun. Beinahe wäre er dafür von einem amerikafeindlichen lokalen

Machthaber geköpft worden. Dank Gideons diplomatischem Geschick war Lennart am Leben geblieben.

»Wieso hast du nicht erwähnt, dass du vom FBI gesucht wirst?«

»Ich werde nur als Zeuge gesucht«, sagte Gideon. »Das ist ein großer Unterschied.«

»Findest du das etwa witzig?«

Gideon schob die Pistole von seinem Kopf weg. »Wir haben Informationen, dass ein Terrorangriff auf amerikanischem Boden geplant ist. Wenn ich die Waffen, um die ich dich gebeten habe, nicht bekomme, dann werden unschuldige Menschen sterben. Wirst du mir nun helfen oder nicht?«

Paulus Lennart beugte sich vor und schaute Gideon direkt in die Augen. Er kaute so intensiv auf einem Stück Kaugummi herum, als wollte er es zermahlen. Gideon roch die Sorte: Juicy Fruit.

Schließlich lehnte Lennart sich zurück und sagte. »Ich versteh dich nicht, Mann. Du bist doch Diplomat. Aber anstatt eine ruhige Kugel zu schieben, veranstaltest du ständig solchen blödsinnigen, drittklassigen Ninjascheiß. Wo ist eigentlich der wahre Gideon, hm?«

»Wenn du ihn gefunden hast, dann sag mir Bescheid«, sagte Gideon. »Bis es so weit ist, könntest du mir mal erzählen, ob du den Sprengstoff dabeihast.«

Lennart bewegte sich keinen Millimeter. »Wird mir das eines Tages leidtun?«

»Ich hab ja viele Begabungen«, sagte Gideon. »Aber die Zukunft vorherzusagen gehört nicht dazu.«

»Wieso bist du überhaupt jemals Diplomat geworden?«, fragte Lennart. »Du wirkst kein bisschen überzeugend.«

»Hast du das Zeug nun oder nicht? Ich hab's nämlich ziemlich eilig.«

»Hast du Geld dabei?«

»Nein, aber du weißt, dass du mir trauen kannst.«

»Du machst mich echt fertig, Mann.« Paulus Lennart nickte dem riesigen Kerl zu, der Gideon noch immer eisern festhielt. »Lass ihn los, gib ihm seinen Krempel, und dann machen wir uns schleunigst aus dem Staub.«

EINUNDDREISSIGSTES KAPITEL

CENTREVILLE, VIRGINIA

»Den Mann hab ich schon mal gesehen«, sagte Verhoven, als er mit Tillman den Parkplatz am Rand eines ausgedehnten Parks in Centreville überquerte und auf Gideon zuging. In einiger Entfernung rannten Jogger vorbei und schauten auf ihre Armbanduhren.

»Er ist nicht ganz unbekannt. Das wäre also durchaus möglich«, sagte Tillman gelassen.

Vor einigen Jahren war Gideon recht oft in den Nachrichtensendungen aufgetaucht. Jetzt trug er eine breite Sonnenbrille, die er in einer Drogerie hier am Ort gekauft hatte, und einen Hut mit der Aufschrift »Glock Shooting Sports Foundation«. Er hatte sich seit zwei Tagen nicht rasiert und hoffte, dass Verhoven ihn dank der Brille, des Hutes und des Bartes nicht erkannte.

»Du bist spät dran«, sagte Tillman.

»Du hast mich auf den letzten Drücker angerufen und ziemlich spezielle Sachen verlangt. Das nächste Mal solltest du deine Show langfristiger planen«, sagte Gideon und bemühte sich, die Rolle des ehemaligen Soldaten überzeugend zu spielen. »Wo ist das Geld?«

Tillman deutete auf Verhoven, der eine kleine Sporttasche auf den Boden fallen ließ. Während Gideon den Inhalt kontrollierte, fuhr Verhoven fort, sein Gesicht genauer zu mustern. Sein Misstrauen blieb den anderen beiden nicht verborgen, auch wenn sie so taten, als würden sie ihn nicht weiter beachten.

»Ein Barrett-Gewehr hab ich nicht aufgetrieben«, sagte Gideon, als er das Geld in seinen Wagen warf. »Ihr müsst euch mit einer Accuracy International begnügen.«

»Aber wir haben Munition Kaliber .50 BMG, oder?«

»Ja.«

Tillman warf Verhoven einen Blick zu. Der zuckte nur mit den Schultern.

»Accuracy machen richtig gute Gewehre«, sagte Gideon. »Die Typen beim SAS benutzen sie.«

»Zielfernrohr?«

»Leupold Mark 4 mit zehnfacher Vergrößerung. Das ist was für richtige Profis.«

»Geht in Ordnung«, sagte Tillman.

»Liegt alles im Kofferraum«, sagte Gideon.

Während sie zum Wagen gingen, um die Geräte herauszuholen, warf Verhoven Gideon weiterhin verstohlene Blicke zu. Der entschied, dass es Zeit war, darauf einzugehen.

»Gibt's ein Problem? Sie starren mich die ganze Zeit an. Und ich mag das nicht besonders, außer bei 'ner Frau.«

»Ich kenne Sie von irgendwoher«, sagte Verhoven.

»Das glaube ich nicht.«

Verhoven nickte, aber er war eindeutig unzufrieden mit Gideons Antwort. Ein lautes Stöhnen von Verhovens Wagen her unterbrach sie. Es war Lorene.

»Sehen Sie mal nach, wie's ihr geht«, sagte Tillman. Er blieb bei Gideon, während Verhoven sich über den Rücksitz beugte, auf dem Lorene lag.

»Sie planen einen Anschlag aufs Capitol während der

Rede zur Lage der Nation«, flüsterte Tillman, als er sicher war, dass Verhoven außer Hörweite war.

Gideon zuckte zusammen. Er hatte die ganze Zeit darüber spekuliert, welches Ziel in der Gegend von Washington sie sich ausgesucht hatten. Aber dies war noch viel schlimmer als alles, was er sich ausgemalt hatte. Ein Anschlag auf das Capitol während der Rede des Präsidenten war so schwierig durchzuführen, dass er es kaum in Betracht gezogen hätte.

»Bist du sicher?«

»Ziemlich. Allerdings soll es parallel dazu noch eine zweite Aktion in Virginia geben. Was genau, weiß ich aber nicht.«

Gideon spürte den Druck der Verantwortung, der auf seinen Schultern lastete wie zentnerschwere Sandsäcke. »Wir können das dem FBI erst mitteilen, wenn wir wirklich konkrete Beweise haben.«

»Ist mir klar«, sagte Tillman. »Bleib an uns dran. Sobald wir solide Beweise haben, lassen wir die Bombe platzen.

Gideon nickte. Verhoven kam wieder zu ihnen zurück. »Alles in Ordnung mit ihr«, sagte er zu Tillman.

»Haben Sie ein Problem?«, fragte Gideon.

»Kein Problem. Meine Frau fühlt sich nicht wohl, sonst nichts.«

»Na, dann kümmern Sie sich besser mal drum.«

»Das dürfte Sie kaum etwas angehen.«

Gideon nickte und gab Tillman einen Klaps auf die Schulter. »Ich seh dich dann später.«

»Es sei denn, ich seh dich vorher.«

»Darauf solltest du dich nicht verlassen.«

Tillman lachte. »Arschloch«, sagte er. Dann stiegen die beiden Männer in den Honda und fuhren los.

Während Tillman Gas gab, sagte Verhoven: »Dieser Mann kam mir bekannt vor.«

»Ich kenne ihn schon ziemlich lange. Wir haben zusammen die Ausbildung bei den Rangers durchlaufen. Ein guter Mann.«

»Ich fand ihn respektlos.«

»Weil er Sie nicht kennt. In so einer Situation sind Leute wie er immer besonders vorsichtig.«

»Trotzdem habe ich ihn schon mal irgendwo gesehen.« Verhoven sog geräuschvoll die Luft ein. »Es wird mir schon noch einfallen.«

»Wo geht's jetzt hin?«

»Wir suchen uns ein ruhiges Hotel. Eines, in dem es keine Lobby gibt, damit man uns nicht sieht, wenn wir rein- und rausgehen. Dort können wir Lorene absetzen und dann das Ziel auskundschaften. Damit fangen wir gleich morgen früh an.«

Tillman wusste, dass Gideon ihnen zuhörte, da er das Funkgerät in seiner Jackentasche eingeschaltet hatte. »Weiter vorn in der Nähe von Lee-Jackson gibt es eine Econo Lodge. Wir wär's damit?«

Verhoven erwiderte nichts. Er schien in seine eigenen Gedanken versunken.

»Ansonsten gibt es auch noch das Hampton Inn. Da ist das Frühstücksbuffet ziemlich gut.«

»Können Sie mich mal mit Ihren Touristentipps in Ruhe lassen?«

»He, Sie sind der Boss«, sagte Tillman. »Dann nehmen wir also die Econo Lodge.«

ZWEIUNDDREISSIGSTES KAPITEL

POCATELLO, IDAHO

Der Motor des Jeeps jaulte laut auf. Evan hatte Nancy die Schlüssel vom Wagen seines Vaters gegeben. Draußen war es dunkel, und die Temperatur war auf minus zwölf Grad Celsius gesunken. Noch immer viel Schnee, aber der Sturm hatte sich gelegt. Sie musste sehr vorsichtig fahren, um die Lichtung zu erreichen, auf der die Gebäude errichtet worden waren. Solange sie nicht zu viel Gas gab, drehten die breiten Reifen des Jeeps auch nicht durch.

Evan hatte ihr vom verdächtigen Benehmen seines Vaters und seines Mitarbeiters John Collier erzählt und dass seine Nachforschungen schließlich mit dem Fund einer Frauenhand geendet hatten. Die Aktivitäten seines Vaters im Wald hatten ganz offensichtlich nichts mit der Produktion von Äthanol zu tun, und darüber hinaus war mindestens eine Frau dabei zu Tode gekommen. Evan hatte erklärt, dass ihm sein Vater immer fremder geworden war. Seit er verletzt aus dem Krieg zurückgekommen war, sei sein Vater immer unnahbarer und verschlossener geworden. Aber er hatte keine Erklärung dafür, welche schreckliche Geschichte hinter seinem Fund steckte.

Er erklärte Nancy den Weg. Sie musste den Waldweg benutzen, auf dem sie ihn gefunden hatten. Er war leider zu schwach, um sie zu begleiten, und selbst wenn er genug Kraft gehabt hätte, wäre es unerträglich für ihn gewesen. Sie nahm die Schlüssel des Jeeps entgegen und verließ Evan, der bereits die Augen geschlossen hatte. Seine vernarbte Hand hatte unter der Bettdecke hervorgeragt wie bei einem Ertrinkenden, der die Wasseroberfläche sucht.

Nancy stoppte den Jeep, griff nach ihrer Taschenlampe

und stieg aus. Die Scheinwerfer ließ sie eingeschaltet. Sogar mit Fausthandschuhen, Hut und dem geliehenen Wintermantel war es hier draußen noch bitterkalt. Hinter dem ersten Gebäude stieß sie auf den Bulldozer und das Gelände mit der aufgeschütteten Erde. Sie stapfte durch den Schnee, der die Stelle mit der lockeren Erde bedeckte, und suchte alles mit der Taschenlampe ab, bis sie am Rand der Fläche eine kleine Erhöhung von etwa dreißig Zentimetern entdeckte. Sie ging hin und schob den Schnee vorsichtig beiseite. Erschrocken schnappte sie nach Luft und verursachte beim Ausatmen eine kleine Wolke aus Wasserdampf.

Vor ihr ragte eine schmale Hand aus dem gefrorenen Boden. Da sie mit den Fäustlingen nicht besonders weit kam, zog sie sie aus und grub mit bloßen Händen. Nach und nach kam der ganze Arm zum Vorschein und schließlich ein Teil eines weiblichen Oberkörpers.

Nancy zog das Prepaid-Handy aus der Tasche, das sie am Flughafen in Las Vegas gekauft hatte, und stellte fest, dass es hier kein Signal gab. Sie steckte das Gerät wieder ein. Selbst wenn es ihr möglich gewesen wäre, Gideon zu erreichen, was hätte sie ihm schon anderes sagen können, als dass hier jemand, womöglich sogar mehrere Menschen, getötet worden war? Um mit Dahlgren zu reden: Das genügte nicht. Leichen, die verscharrt worden waren, fielen zunächst einmal in das Ressort des zuständigen Sheriffs. Und es gab keine Beweise dafür, dass ihr Fund etwas mit einer Verschwörung gegen die Regierung der Vereinigten Staaten zu tun hatte.

Sie stand auf und ging auf das nächstliegende Gebäude zu. Die Tür war abgeschlossen. Also lief sie weiter zum nächsten. Darin stieß sie auf ein Gewirr aus Stahlrohren, die an verschiedene Bottiche und Dampfdruckgefäße angeschlossen waren. Es ähnelte den großen pharmazeutischen Laboren, auf die sie während ihrer Zeit bei der Drogenfahndung ab und zu gestoßen waren. Aber diese Rohre und Gefäße waren dicker und größer. Vor allem aber roch es hier nicht wie in einem Labor zur Herstellung von Crystal Meth. Solche Anlagen sonderten einen Gestank ab, den man schon auf eine Meile Entfernung bemerkte. Der Geruch hier war nicht so ekelerregend. Nur ein leicht bitteres Aroma, das sie an Mandeln erinnerte, hing in der Luft.

Sie durchsuchte das Innere des Gebäudes mit der Taschenlampe. Weiter hinten stieß sie auf einen Haufen Knollen eines ihr unbekannten Gemüses. Sie ähnelten Yamswurzeln oder Kartoffeln.

Sie nahm eine in die Hand und merkte, dass die Wurzel steinhart gefroren war. Sie warf sie zurück auf den Haufen und suchte weiter das Innere des Gebäudes ab.

Anhand der Anordnung der Rohre konnte man nachvollziehen, dass die Knollen zermahlen und die flüssige Masse in einen großen Bottich gepumpt wurde. Von dort wurde die Flüssigkeit in kleinere Behälter verteilt. Dann wurde daraus offenbar etwas destilliert und möglicherweise chemisch verändert. Sie ging im Kopf alle Drogenarten durch, die sie kannte: Kokain, Heroin, Kath, THC, Psilocybin. Nichts davon wurde aus Wurzelknollen gewonnen.

Am Ende des Raums befand sich der kleinste Behälter. Darin war die gewonnene Substanz ganz offensichtlich gekühlt worden – auch wenn das an einem Tag wie heute eher überflüssig erschien. Am Boden des Gefäßes war ein kleiner Hahn zum Ablassen des Inhalts. Sie drehte ihn auf. Ein einziger Tropfen einer klaren Flüssigkeit tropfte heraus und fiel auf den Betonboden, wo er rasch gefror. Sie wollte schon danach fassen, entschied dann aber, dass das zu riskant war.

War es möglich, eine Art Sprengstoff, so etwas wie Nitroglyzerin, aus einer Pflanze zu gewinnen? Wenn ja, dann sollte sie besser nicht damit herumspielen. Sie verließ das Gebäude und ging zum nächsten. Die Tür dort war mit dicken Stahlplatten gesichert. Sie zog ihre Pistole und schoss auf das Schloss. Zwar hatte Dahlgren ihr die Dienstpistole abnehmen lassen, aber sie hatte noch eine Glock als Ersatz. Sie musste das halbe Magazin leerschießen, bis das Loch groß genug war und die Tür aufschwang.

Der Raum war sehr breit und hoch und kam ihr vor wie eine Art Schlafsaal. Vor den Wänden standen Feldbetten, neben denen einige persönliche Gegenstände lagen – Fotos, die Bibel, verschiedene zerfledderte französische Zeitschriften, auf denen Bilder mit Menschen zu sehen waren, anscheinend Afrikaner. Ganz offensichtlich wohnte hier niemand mehr. Es war hier mittlerweile fast genauso kalt wie draußen. Am hinteren Ende gab es eine Art Küche. Sie ging hin und sah, dass einige Töpfe auf dem Herd standen, in denen sich verbranntes Essen befand. Anscheinend hatten die Leute, die hier gewohnt hatten, den Raum sehr eilig verlassen und keine Zeit mehr gehabt, das Essen vom Feuer zu nehmen.

Sehr wahrscheinlich lagen die Menschen, die hier gelebt hatten, jetzt unter der gefrorenen Erde.

Seltsamerweise war der übrige Raum leer. Die Ausmaße des Gebäudes schienen viel zu groß zu sein für den Zweck, den es erfüllt hatte. Sie suchte weiter und fand einen Blutfleck auf dem ansonsten sehr sauberen Betonfußboden. Und nun, nachdem sie darauf gestoßen war, fand sie weitere Spuren von getrocknetem Blut – es wirkte wie die Arbeit eines verrückten, einsamen Künstlers. Auf einem dickeren Blutfleck klebte ein Büschel Haare. Dann merkte sie, wie ihre Augen zu tränen begannen.

Und ihr wurde bewusst, dass es hier nach Mandeln roch.

Innerhalb einer Minute fing es in ihrer Kehle an zu jucken, ihre Nase brannte, und ihr wurde übel. Sie ging nach draußen und atmete tief durch. Die frische kalte Luft verminderte das Brennen in ihren Atemwegen, und das Jucken hörte auf.

Sie ging um das Gebäude herum und entdeckte eine sehr große Klimaanlage, die aussah, als sei sie eigentlich für ein viel größeres Haus gedacht. Sie fühlte sich noch immer benommen und ging zum Jeep zurück, um sich hineinzusetzen. Den Motor hatte sie angelassen, sodass es angenehm warm darin war.

Sie überlegte, ob sie zurückfahren sollte, entschied sich dann aber, den Schlafsaal noch einmal zu inspizieren. Der Wind schlug ihr bitterkalt ins Gesicht, und auch wenn sie wusste, dass sie keine andere Wahl hatte, bereute sie es, aus dem Jeep gestiegen zu sein. Als sie wieder in dem riesigen Raum mit den vielen Betten war, schien der Mandelgeruch noch intensiver geworden zu sein – vielleicht war sie ja jetzt sensibler dafür als vorher. Plötzlich verkrampfte sich ihr Magen. Sie rannte nach draußen und übergab sich in den Schnee.

Und jetzt verstand sie auf einmal, was hier passiert war. Alle Teile des Puzzles fügten sich zusammen und ergaben ein vollständiges Bild.

Zyanid. Wilmot und Collier stellten hier Zyanid her.

Sie rannte zum Jeep zurück, stieg ein und fuhr eilig über den Waldweg zurück. *Schnell ein Telefon!*

Der Jeep ruckte und schleuderte hin und her, als sie in dem schon in die Jahre gekommenen Wagen mit Vierradantrieb den verschneiten Weg entlangraste. Vor ihr tauchte das Haus auf, als sie Evans Rollstuhl bemerkte, der noch auf dem Waldweg lag. Vorhin war sie dem im Schnee liegenden Rollstuhl vorsichtig ausgewichen. Jetzt hatte sie in ihrer

Aufregung nicht mehr daran gedacht. Der schneebedeckte Hügel erhob sich unvermittelt mitten auf der Fahrbahn. Sie riss das Steuer nach rechts.

Der Jeep fuhr mit den beiden linken Rädern über den Hügel, hing dann kurz in der Luft, kippte zur Seite und überschlug sich.

Einmal, zweimal, dreimal.

Nancy hatte versäumt, den Sicherheitsgurt anzulegen. Sie wurde auf den Boden geschleudert. Jedenfalls dachte sie zunächst, es sei der Boden, bis sie bemerkte, dass es das Dach des Wagens war.

Der Jeep stürzte leise um, der Aufprall wurde durch die dicke Schneeschicht abgedämpft. Nancy lag verkehrt herum im Innern und sah das hell erleuchtete Wohnhaus, das nur wenige hundert Meter weit entfernt lag. Der Schnee reflektierte den warmen Lichtschein, der aus den Fenstern drang.

Sie kroch aus dem Jeep und spürte, dass mit ihrem linken Bein etwas nicht stimmte. Es schmerzte stark. Obwohl sie es kaum belasten konnte, begann sie in Richtung Haus zu humpeln. Auf einmal schien es furchtbar weit entfernt zu sein.

DREIUNDDREISSIGSTES KAPITEL

WASHINGTON, D.C.

Dale Wilmot und John Collier landeten am Reagan National Airport und liehen sich dort einen grauen Buick Enclave, einen SUV, mit dem man hier kaum Aufsehen erregte. Sie fuhren zum Hangar zurück, um ihr Gepäck einzuladen, und machten sich dann auf den Weg in die Innenstadt von Washington, wo sie sich eine Suite im Hay-Adam Hotel mieteten. Sie verzichteten auf einen Pagen und luden ihr Gepäck selbst aus. Collier war es gelungen, ihre Ausrüstung auf verschiedene Koffer zu verteilen, die alle zusammen gerade so auf den Gepäckwagen passten.

Als sie in ihrer Suite angekommen waren, klappte Collier seinen Laptop auf und sah sich seine Notizen in einem extra verschlüsselten Ordner an. Wilmot hingegen konnte sich nicht konzentrieren und trat auf den Balkon, von dem aus er die National Mall überblicken konnte. Es war bereits dunkel, aber das George-Washington-Denkmal und das Capitol wurden hell angestrahlt.

Abgesehen von der katastrophalen Regierung war dies wirklich ein großartiges Land. Sogar jetzt spürte er vor allem Stolz, wenn er zur großen geschwungenen Kuppel des Capitols hinüberschaute.

Er fragte sich, was Evan wohl dachte, wenn er von seiner Tat erfuhr. In seiner Brusttasche trug er den Brief an seinen Sohn, in dem er ihm alles zu erklären versuchte. Vielleicht würde er nicht gleich alles verstehen, aber Wilmot hoffte, dass er eines Tages seine Motive nachvollziehen konnte.

Wilmot erinnerte sich an den Augenblick, als er seinen verbrannten und verstümmelten Sohn zum ersten Mal im Militärkrankenhaus gesehen hatte, das Gesicht mit einer dicken Schicht antibiotischer Salbe bedeckt. Und er fragte sich: Wenn Gott seinen Sohn wieder ganz heilte, würde er dann als Gegenleistung seine lange geplante Mission abbrechen?

Jetzt, als er den majestätischen Anblick genoss, der vor ihm lag, entschied er, dass er das nicht tun würde.

Das Schicksal hatte ihm diese Aufgabe überantwortet, weil er der Einzige war, der in der Lage war, diese grausame, aber notwendige Strafaktion durchzuführen, die alle treffen sollte, die am schlechten Zustand der Nation schuld waren.

»Alles klar«, sagte Collier, als er zu Wilmot auf den Balkon trat. »Herrje, es ist aber ganz schön kalt hier draußen.«

»Ist mir gar nicht aufgefallen.«

»Haben Sie Hunger?«

»Allerdings«, sagte Wilmot und schaute den jungen Mann vor sich an. Wenn Evan doch hier sein könnte. Tatsächlich war aller Zorn, den er einmal gegen seinen Sohn verspürt hatte, schon seit Langem verflogen. Evan hatte eine Entscheidung getroffen, eine mutige Entscheidung, die nicht viele Menschen aus freien Stücken gefällt hätten.

»Soll ich den Zimmerservice rufen?«, fragte Collier.

Wilmot stellte fest, dass er überhaupt keine Lust hatte, seine letzte Mahlzeit mit jemandem wie Collier zu teilen.

»Wenn es dir nichts ausmacht, John, würde ich gern allein zu Abend essen.«

»Ja, klar, okay.« In Colliers Stimme schwang Enttäuschung mit, aber Wilmot interessierte nicht im Geringsten, wie John Collier sich fühlte. Er hatte sich kein bisschen verändert; er war immer noch der gleiche schwächliche, getriebene Mensch, durchsetzt von Wut und Niedertracht.

Wilmot ging nach unten ins Restaurant Lafayette. Dort saßen jede Menge Leute, die er aus dem Fernsehen kannte, einige kannte er sogar persönlich. Aber niemand sprach ihn an, niemand fragte ihn, wie es ihm ging. Was ihm sehr entgegenkam. Im Moment blieb er viel lieber allein.

Normalerweise trank er Bier, aber heute Abend war er in feierlicher Stimmung. Deshalb ließ er den Sommelier kommen.

»Nehmen Sie mal an, dies sei Ihre allerletzte Mahlzeit«, sagte er. »Was würden Sie dazu trinken?«, fragte er.

Der Sommelier zuckte nicht mit der Wimper und schlug eine Flasche Château d'Yquem aus dem Jahr 1961 vor.

»Nein, ich möchte gern einen amerikanischen Wein.«

»Ah, ich verstehe.« Der Sommelier lächelte verschwörerisch. »Wegen der Ansprache des Präsidenten morgen. Da habe ich genau das Richtige für Sie.«

Er brachte eine Flasche 1983er Cabernet Sauvignon von einem Weingut aus dem Napa Valley, von dem Wilmot noch nie gehört hatte. Er hätte sie beinahe zurückgehen lassen, als er hörte, dass sie fast sechshundert Dollar kosten sollte. Aber dann fragte er sich, was für einen Sinn es hatte, reich zu sein, wenn einem am wichtigsten Tag seines Lebens eine Flasche Wein zu teuer war.

Er aß ein Bone-in-filet, sehr blutig, mit einer Ofenkartoffel, Sour Cream und Butter und ließ den Salat zurückgehen. Nur ein Kaninchen aß Gemüse an seinem letzten Abend. Er lächelte vor sich hin. Noch nie in seinem Leben hatte er so viel Freude an einer Mahlzeit empfunden.

Der Sommelier füllte sein Glas immer wieder, bis die Flasche leer war. Er fühlte sich nicht betrunken, aber er merkte, dass er Schwierigkeiten hatte, seine Gabel ruhig zu halten. Zum Nachtisch aß er ein Stück Apfelkuchen mit Vanilleeis, aber der magische Moment war vorbei. Also bat er den Kellner um eine Opus-X-Zigarre, zahlte die Rechnung, gab großzügig Trinkgeld und ging hinaus auf die Pennsylvania Avenue, um ein wenig herumzuspazieren.

Niedrige, ausgefranste Wolken hingen vor dem Mond. Als er am Weißen Haus vorüberging, zündete er sich die Opus X an. Normalerweise war dies seine Lieblingszigarre, aber heute schmeckte sie scharf und sauer. Er schaute Richtung Capitol und spürte, wie er ungeduldig wurde, weil er die Sache über die Bühne bringen wollte. Als er die Zigarre auf die Straße warf, rollte sie über den Asphalt und gab einen Funkenregen von sich. Ein schmalbrüstiger Schwächling in einem Honda Prius, der vor einer roten Ampel anhielt, rief ihm Schimpfworte zu.

Er merkte, dass er wütend wurde. Als er noch jung war, hätte er so einem erbärmlichen Wicht eine Tracht Prügel verpasst. Wilmot grinste, und es musste wohl irgendwie gefährlich ausgesehen haben, jedenfalls gab der Fahrer hastig Gas und rauschte davon, als die Ampel auf Grün schaltete.

Wilmot ging zurück zum Hotel. Er war jetzt bereit. Es war an der Zeit, den Menschen in diesem Land eine Lektion zu erteilen. Es war an der Zeit, das Land zu verändern. Es war an der Zeit, Geschichte zu schreiben.

Als er die Eingangshalle betrat, zog er den Brief, den er an Evan geschrieben hatte, aus der Tasche und las den letzten Absatz.

So schrecklich die Ereignisse dieses Tages auch gewesen sind, sie waren doch nötig. Die korrupte und zynische Bande von Dieben und Psychopathen, die sich selbst Regierung nennt, wuchert wie ein Krebsgeschwür, das seinen Wirt tötet, wenn man es nicht herausschneidet. Jetzt haben wir, das Volk der Vereinigten Staaten von Amerika, endlich die Chance, dieses Krebsgeschwür zu besiegen und uns unser großartiges Land wieder anzueignen. Ich hoffe, dass Du irgendwann einmal verstehst, was ich getan habe und warum ich es getan habe. Dann wirst Du genauso stolz auf mich sein, wie ich immer auf Dich war.

In Liebe
Dein Vater

Er steckte den Brief zurück in den Umschlag und schrieb Evans Adresse darauf. Dann reichte er ihn dem Mann an der Rezeption.

»Können Sie den für mich morgen früh abschicken?«, fragte er.

»Sehr gerne, Sir.«

»Und ich möchte bitte um fünf Uhr früh geweckt werden.«

»Selbstverständlich, Sir.«

Dann ging Dale Wilmot nach oben, um zu schlafen.

VIERUNDDREISSIGSTES KAPITEL

TYSONS CORNER, VIRGINIA

Dr. Nathan Klotz schlief tief und fest. Neben ihm im breiten Ehebett lagen seine beiden Töchter. Da ihre Mutter wegen der bevorstehenden Präsidentenrede eine Doppelschicht schieben musste, hatten die Mädchen darauf bestanden, bei ihm zu schlafen. Er hatte nicht dagegen protestiert, weil es ihm lieber war, sie lagen hier neben ihm, als dass er alle zwei Stunden aufstehen musste, wenn sie nach ihrer Mutter riefen. Auch er vermisste seine Frau, aber der Stolz über ihre wichtige Aufgabe half ihm, damit klarzukommen.

Im Erdgeschoss standen die Reste des Abendessens, das er aufgetaut und gekocht hatte, noch immer auf dem Tisch. Nachdem er die Kinder gebadet und ihnen vorgelesen hatte, war Dr. Klotz sehr müde gewesen. Also hatte er die Sachen auf dem Tisch stehen gelassen und wollte sich am Morgen darum kümmern. Es war sowieso nicht viel übrig geblieben, seine Frau war nun mal eine hervorragende Köchin. Sogar die Mädchen hatten alles aufgegessen.

Wäre er noch wach gewesen und hätte den Monitor der Überwachungsanlage eingeschaltet, wäre ihm vielleicht der alte Honda aufgefallen, der dreimal vor seinem Haus hin- und herfuhr, bevor er schließlich anhielt.

FÜNFUNDDREISSIGSTES KAPITEL

TYSONS CORNER, VIRGINIA

Tillman wusste, dass er eine Entscheidung treffen musste, und zwar schnell.

Bis jetzt hatte er Verhovens verrückten politischen Ausführungen lächelnd und nickend zugehört und seine Befehle, ohne nachzufragen, befolgt. Aber wenn er sich noch weiter beteiligte, würde er Straftaten begehen, die ihn für den Rest seines Lebens hinter Gitter bringen konnten.

Verhoven steuerte den alten Honda ganz langsam an dem Haus vorbei. Es sah aus wie viele andere Häuser an ähnlichen Straßen in Tysons Corner: Garage für zwei Autos, zwei Stockwerke, Dacherkerfenster, Holzvertäfelung – angestrichen in einem der drei verschiedenen Beige-Farbtöne, die die Nachbarschaftsgemeinschaft billigte. Sie aber hatten die Absicht, in dieses Haus einzudringen und die Bewohner als Geiseln zu nehmen. Tillmans Herz pochte nervös, während er darüber nachdachte, ob er die Aktion mitmachen oder sich mit der Waffe gegen Verhoven und seine Frau stellen sollte.

Das Problem war, dass er noch immer nicht genug darüber wusste, wie der Hauptangriff vonstattengehen sollte. Wurde er abgesagt, wenn Verhoven seinen Teil nicht beitragen konnte? Oder musste der Plan dann nur geringfügig abgeändert werden? Konnte Tillman verhindern, dass hunderte Menschen getötet wurden, wenn er verhinderte, was jetzt gleich im Haus von Dr. Nathan Klotz geschehen sollte?

»Noch einmal vorbeifahren«, sagte Tillman, als Verhoven den Honda abbremste. Er spielte auf Zeit.

»Warum?«

»Das hier ist eine ganz normale Wohngegend, aber das

Haus hat vier Überwachungskameras unter dem Dach. Ich vermute, dass die auch einen Bewegungsmelder installiert haben. Da drin wohnen jedenfalls keine Durchschnittsbürger.«

»Das spielt doch überhaupt keine Rolle.«

»Verdammt noch mal«, sagte Tillman. »Sie sind ein Drogenhändler, der mit einer Horde junger Leute im Wald herumrennt und Krieg spielt. Ich bin Profi. Und so arbeite ich auch. Wenn ich mir dieses Haus so ansehe, dann ist mir klar, dass wir absolut erledigt sind, wenn wir auch nur eine winzige Kleinigkeit übersehen.«

»Dies ist eine absolut wichtige Operation ...«

»Nur dass Sie mir nicht sagen wollen, worum es überhaupt geht. Aber jetzt sind wir an dem Punkt angelangt, wo Sie mich in Ihr Projekt einweihen müssen. Ich sehe doch, dass Sie bis über beide Ohren in einer Riesensache drinstecken.«

»Ach, glauben Sie?« Verhoven warf ihm einen eisigen Blick zu.

Tillman erwiderte seinen Blick, und nach einer Weile wandte Verhoven sich ab.

»Ich fahre noch einmal vorbei«, sagte Tillman. »Und dabei erzählen Sie mir in allen Einzelheiten, um was es geht, beziehungsweise, was Sie wissen. Andernfalls steige ich aus dem Wagen und bin weg.«

Im Wagen wurde es sehr still.

Lorene lag ausgestreckt auf dem Rücksitz und richtete sich jetzt auf. »Wir brauchen ihn«, sagte sie ruhig.

Verhoven verzog das Gesicht und lenkte den Wagen um die nächste Ecke. »Also, ich weiß nichts Genaueres über die Person, der dieses Haus gehört. Ich weiß nur, dass es ein ausgeklügeltes Sicherheitssystem gibt, hochklassige Überwachungskameras und kugelsichere Fenster und Türen.

Außerdem befindet sich im oberen Stockwerk ein Panikraum.«

»Und wir sollen die Leute töten, die dort wohnen?«

»Nein. Unsere Aufgabe ist es, die Bewohner als Geiseln zu nehmen. Es sind drei Personen im Haus: ein Erwachsener und zwei Kinder, die vier und sechs Jahre alt sind. Wir sollen sie in unsere Gewalt bringen, an Ort und Stelle bleiben und weitere Anweisungen abwarten.«

»Von wem?«

»Ich habe Ihnen alles gesagt, was Sie wissen müssen. Und das ist eigentlich schon zu viel gewesen.«

»Gibt es keine Ehefrau oder eine Lebensgefährtin?«

»Eine Ehefrau, aber die ist nicht zu Hause.«

»Und wofür ist das Spezialgewehr mit der panzerbrechenden Munition?«

»Für den Fall, dass sie es in den Panikraum schaffen.«

»Tut mir leid, aber das ist das Dümmste, was ich je gehört habe«, sagte Tillman. »Auf diese Weise werden Sie das Haus abbrennen und alle, die drin sind. Außerdem gehen die .50er Patronen durch die Hauswände wie durch Papier und werden die nächsten drei Nachbarhäuser in Brand setzen.«

»Ich bin nicht davon ausgegangen, dass sie es bis in den Panikraum schaffen«, sagte Verhoven, hielt den Wagen an und starrte nach vorn durch die Windschutzscheibe. Tillman bemerkte einen irritierten Unterton in seiner Stimme.

»Und dann die Sicherheitsvorkehrungen. Wenn die so gut vorbereitet sind, haben sie auch eine sichere Leitung nach draußen, unterirdisch verlegt und womöglich sogar ein Funkgerät.«

»Darum haben wir uns schon gekümmert.« Verhoven deutete zur einen Seite des Hauses. »Die Anschlussbox dort ist eine Attrappe. Wir haben bereits ein Gerät eingebaut, um das Telefonsignal zu unterbrechen.«

Er griff in eine Nylontasche, die zwischen den Vordersitzen lag, und holte ein kleines schwarzes Ding heraus, das einen Knopf an der Seite hatte. Er drückte darauf und sagte: »So, das war's schon.«

»Was ist mit den Mobiltelefonen?«

»Auch längst erledigt. Es gibt einen Mobiltelefon-Störsender. Sie können also aufhören, sich Sorgen zu machen, und mitkommen.« Verhoven öffnete die Tür und stieg aus. Tillman hatte keine Wahl, er musste ihm folgen.

Er nahm sich vor, die Aktion sofort abzubrechen, wenn es darauf hinauslief, unschuldige Zivilisten zu töten, selbst dann, wenn er dadurch verhinderte, dass er mehr über die geplante Aktion herausfand. Auch wenn er bereit war, den nächsten Schritt der Operation mitzumachen, fragte er sich, ob sein Bruder das auch wollte. Er schaute sich um, in der vagen Hoffnung, Gideon könnte plötzlich aus dem Nichts auftauchen.

Verhoven ging zur Haustür und drückte auf den Klingelknopf einer handelsüblichen Gegensprechanlage mit eingebauten Tasten.

Nach einer Weile meldete sich die ängstlich klingende, verschlafene Stimme eines Mannes: »Ja, bitte?«

Tillman wusste, dass der Mann im Haus sie jetzt auf einem Monitor sehen konnte. Er sah einen bewaffneten Mann in schwarzer Kampfmontur. Er würde sicherlich nicht sofort öffnen.

»Guten Morgen, Sir«, sagte Verhoven und hielt einen gefälschten Ausweis in die Kamera. Er hoffte, dass die Auflösung so grob war, dass der Mann nichts weiter als ein irgendwie offiziell aussehendes Plastikding sah. »Greg Gillis, PW Notfall-Service. Sie haben es sicher schon mitbekommen. Eine Straße weiter ist ein Tanklaster mit einer chemischen Substanz umgekippt. Wir müssen alle Bewohner der Umgebung evakuieren.«

»Oh, äh … ich muss das aber erst noch mit jemandem abklären.«

»Sir, Sie können alle nötigen Fragen mit mir abklären. Vor allem aber müssen Sie augenblicklich das Haus verlassen. Es ist keine Zeit zu verlieren.«

Der Mann schwieg, was darauf hinwies, dass er für solche Fälle genaue Vorgaben erfüllen musste. Sehr wahrscheinlich würde er als Erstes die nächstliegende Polizeistation anrufen, um Verhovens Identität zu prüfen.

»Jetzt sofort, Sir!«

»Einen Moment, bitte.«

Kurz darauf öffnete ein besorgt dreinblickender Mann mit wirren Haaren die Tür wenige Zentimeter. Die Tür war noch immer mit einem Sicherheitshaken gesichert, wie man ihn in Hotelzimmern vorfand. Nur dass dieser hier größer und stärker aussah.

»Darf ich bitte noch mal Ihren Ausweis sehen?«, fragte er.

Verhoven wusste nur zu gut, dass der Ausweis keiner näheren Prüfung standhielt, und hob sein Gewehr. Der Mann riss die Augen auf, aber noch bevor er die Tür zuschlagen oder Verhoven schießen konnte, stellte Tillman seinen Fuß in den Türspalt. Der Mann warf sich mit seinem ganzen Gewicht gegen die Tür, aber als er merkte, dass es zwecklos war, zog er sich zurück. Tillman hörte, wie er die Treppe ins obere Stockwerk hinaufrannte.

Für den Bruchteil einer Sekunde zögerte Tillman. Dies war der entscheidende Moment: mitmachen oder nicht mitmachen. Danach gab es kein Zurück mehr.

Er hob den Fuß und trat direkt unterhalb der Sperre gegen die Tür. Das Holz des Türrahmens splitterte, als der Sicherheitshaken herausbrach.

SECHSUNDDREISSIGSTES KAPITEL

WASHINGTON, D.C.

Der Weckruf der Rezeption für Wilmot kam pünktlich um fünf Uhr. Collier saß bereits an seinem Computer.

Wilmot machte sich Kaffee, setzte sich neben Collier und sah zu, wie er eine Reihe von Befehlen eingab.

»Wie lange dauert es noch, bis die Heizung runtergefahren ist?«, fragte er.

»Das wollte ich gerade in die Wege leiten«, sagte Collier. »Wenn Sie wollen, können Sie es auch selbst tun.«

Wilmot merkte, dass Collier, nachdem er ihn gestern Abend so rüde behandelt hatte, nun seine Sympathie zurückgewinnen wollte. Er beugte sich vor und fragte: »Was muss ich tun?«

Collier deutete auf die Tastatur und sagte: »Einfach Enter drücken.«

Wilmot schaute auf den Bildschirm. Ganz oben war zu lesen: NATIONAL HEAT & AIR REMOTE DIAGNOSTIC SYSTEM. Darunter waren jede Menge unverständliche Codes zu sehen, mit denen er überhaupt nichts anfangen konnte. Collier hatte ihm erklärt, dass es möglich war, sich in das Kontrollsystem der Luftversorgungsanlage einzuhacken, um mit einer gezielten Manipulation die Ventilatoren daran zu hindern, sich einzuschalten. Der Luftstrom käme zum Stillstand, und die Folge wäre, dass der Wärmesensor sich erhitzte und die Anlage abschaltete. Anschließend würde das ganze System heruntergefahren, was bedeutete, dass es im Capitol schnell sehr kalt wurde.

»Also gut«, sagte Wilmot. »Dann wollen wir mal sehen, ob es funktioniert.«

»Es wird funktionieren«, sagte Collier. »Das kann ich Ihnen versprechen.«

Wilmot drückte auf die Taste. Nichts Aufregendes geschah, aber er stellte sich vor, wie irgendwelche Signale jetzt umherschwirrten, um ihre Botschaft dem Kontrollsystem mitzuteilen, woraufhin die Tätigkeit der Anlage unterbrochen wurde. Und damit wurde der Plan in Gang gesetzt, den sie so lange vorbereitet hatten.

»Ich werde erst einmal duschen«, sagte Wilmot und ging ins Badezimmer.

Zwanzig Minuten später kam er zurück und kämmte sich die nassen Haare. Er trug einen weißen Overall mit einem gelben Abzeichen auf der linken Brustseite, auf dem DALE stand. Auf dem Rücken stand in großen Buchstaben: NATIONAL HEAT & AIR. WIR WÄRMEN HERZEN UND HERDE SEIT 1947. Darunter in kleinerer Schrift: EIN UNTERNEHMEN DER WILMOT-GRUPPE.

Er setzte sich auf das Sofa und legte die Füße hoch. Collier trug den gleichen Overall, mit dem Unterschied, dass auf dem gelben Abzeichen der Name JOHN geschrieben stand.

Collier klappte den Computer zu und sagte: »Okay. Jetzt warten wir, bis sie sich bei uns melden.«

Um fünf Uhr dreiunddreißig klingelte das Telefon, das mit Colliers Computer verbunden war.

Collier ließ es ein, zwei Mal klingeln und ging beim dritten Mal dran. »Guten Morgen, National Heat and Air, Sie sprechen mit Ralph. Was kann ich für Sie tun?«

Die Stimme am anderen Ende der Leitung sagte: »Hallo, äh, ja, hier spricht Alfred Teasely, ich bin für die technischen

Anlagen im Capitol zuständig. Wir haben ein Problem mit der Heizung.«

National Heat & Air hatte sich um die Wartung der Anlagen im Capitol beworben und den Zuschlag bekommen. Da die Firma Wilmot gehörte, war es für Collier kein Problem gewesen, das Notrufsystem so zu manipulieren, dass alle Anrufe aus der Washingtoner Gegend automatisch auf seinen Computer umgeleitet wurden.

»Haben Sie eine Vertragsnummer, Sir?«, fragte Collier.

»Ich bin hier im Capitol der Vereinigten Staaten. Wie viele davon gibt es wohl?«

»Ja, Sir, ich verstehe. Aber ich brauche die Vertragsnummer, damit ich Ihren Account aufrufen kann.«

Der Mann stöhnte. »Gut, warten Sie einen Moment.« In der folgenden Pause hörte man, wie jemand am anderen Ende in Ordnern herumsuchte. »Ich hab's. Acht-null-eins-eins-fünf-minus-drei.«

»Einen Moment, bitte.« Collier klimperte kurz nutzlos auf seiner Tastatur herum. »Ich sehe hier, dass die Anlage mit Sicherungsstufe drei eingerichtet ist. Darf ich bitte Ihren Sicherheitscode haben?«

»Neun-sechs-vier-minus-Anton-Cäsar-sieben.«

»Ausgezeichnet. Und jetzt sagen Sie mir bitte, was Sie für ein Problem haben.«

»Na ja, die ganze verdammte Klimaanlage hat sich abgeschaltet. Alle Funktionen sind heruntergefahren, und wir kommen nicht ins Kontrollsystem. Der Bildschirm ist leer.«

»Haben Sie unser letztes Update installiert? Drei-Punkt-eins-Punkt-zwei?« Collier warf Wilmot einen Blick zu und grinste. Er liebte diesen ganzen technischen Mummenschanz.

»Ich habe die Upgrades überprüft, die wir installiert haben«, sagte der Techniker. »Aber ich kann nichts finden.

Und in zwölf Stunden soll der Präsident seine Rede zur Lage der Nation halten.«

»Normalerweise machen wir Updates der Software direkt übers Internet. Aber hier sieht es so aus ... ja, genau ... Hier stimmt irgendwas nicht mit dem Breitbandkabel. Wir müssen also ein Team zu Ihnen schicken, um das Update vor Ort zu installieren und die Anlage dann wieder online zu schalten.«

»Ich will nur, dass dieses verdammte Ding wieder funktioniert.«

»Kein Problem, Sir. Wir haben zwei Techniker in Bereitschaft. Lassen Sie mich mal einen kurzen Blick in den Terminplan werfen ... Okay, das sieht gut aus. Ich habe zwei unserer besten Leute auf Abruf für Sie. Die sind auch bevollmächtigt. Ich kann sie gleich zu Ihnen schicken.«

»Wie lange werden die brauchen?«

»Weniger als eine halbe Stunde.«

»Sagen Sie mir bitte die Namen.«

»Gern. John Collier und Dale Wilmot. Keine Sorge, das kommt alles wieder in Ordnung.«

Drei Minuten später befanden sich Collier und Wilmot auf dem untersten Parkdeck und luden den Servicewagen mit den Gasflaschen, in denen sich der Zyanwasserstoff befand, in den Kofferraum eines ramponierten weißen Lieferwagens, auf dem in roten Buchstaben NATIONAL HEAT & AIR geschrieben stand. Der Wagen stammte aus dem Wagenpark von National Heat & Air, besaß korrekte Nummernschilder, die korrekte Fahrzeug-Identifizierungsnummer und die entsprechende Zulassung. Collier hatte alles sauber vorbereitet.

SIEBENUNDDREISSIGSTES KAPITEL

TYSONS CORNER, VIRGINIA

Gideon hatte sie verloren.

Er hatte kein Überwachungssystem zur Verfügung, nur die Ohrhörer, mit deren Hilfe er das von statischem Rauschen gestörte Signal von Tillmans Funkgerät zu verfolgen versuchte.

Er wusste nicht, welches Haus sie ansteuerten und wer die Zielperson war. Er war Verhoven sehr vorsichtig gefolgt. Inzwischen war es halb sechs Uhr morgens, und die größte Gefahr bestand darin, dass Verhoven mitbekam, dass er ihnen folgte. Auf den Vorstadtstraßen waren bereits einige andere Autos unterwegs. Er schaltete das Licht aus und ließ sich einige Straßenzüge zurückfallen, um nicht bemerkt zu werden. Der Erfolg war, dass er im letzten Moment die Verbindung verlor. Er wusste, dass Verhoven angehalten und die Operation hier irgendwo in der Nähe begonnen hatte. Tillman konnte nur wenige Ecken von ihm entfernt sein.

Aber diese Gegend war ein einziges Wirrwarr aus sich kreuzenden, gewundenen Straßen, die von sehr ähnlich aussehenden Häusern gesäumt wurden. Er fuhr planlos kreuz und quer durch den Vorort, in der Hoffnung, zufällig auf den alten ramponierten Honda zu stoßen. Er wusste, dass er durchaus eine Chance hatte, den Wagen ausfindig zu machen, wenn er systematisch vorging. Aber wenn Tillman vorher in Schwierigkeiten geriet, gab es keine Garantie, dass er ihn rechtzeitig erreichte, um zu helfen.

Nach Sonnenuntergang war die Nacht sehr klar gewesen, aber nun, eine Stunde vor der Morgendämmerung, war der Mond von dichten Wolken verdeckt. Es war sehr kalt, um die zwei Grad Celsius, und es sah nach Regen aus. Abgesehen von den Lichtkegeln der in größerem Abstand stehenden Straßenlaternen lag die Umgebung in einer Dunkelheit, die mal schwärzer, mal weniger schwarz war. Gideons Laune befand sich auf dem Tiefpunkt. Er hatte schon lange nicht mehr geschlafen. Und so wie es aussah, rutschten sie immer tiefer in diese Geschichte, von der sie immer noch nicht wussten, worauf sie hinauslief.

Er hielt an einem Stoppschild und ließ den Motor im Leerlauf. Nach links oder nach rechts? Er schaute in alle Richtungen. Auf beiden Seiten parkten einige Autos am Straßenrand, aber er konnte keines gut genug sehen, um Marke und Modell zu erkennen. Er wartete auf ein Signal von Tillman, hörte aber nichts als ruhige Atemgeräusche. *Verdammt, Tillman, wieso hast du nicht durchgegeben, in welche Straße ihr eingebogen seid?*

Gideon wusste natürlich, warum. Tillman hatte einige Straßennamen erwähnt, während sie dort entlanggefahren waren. Aber er konnte nicht die ganze Zeit Straßennamen herunterbeten, ohne dass Verhoven misstrauisch wurde.

Gideon bog nach links ab und fuhr langsam, weil er die Scheinwerfer ausgeschaltet hatte und nicht riskieren wollte, dass er im Dunkeln einen Unfall verursachte. Er landete in einer Sackgasse, ohne den Honda ausfindig gemacht zu haben. Also wendete er, fuhr zurück zum Stoppschild und bog in die nächste Straße, kam wieder am Ende an, kehrte um zum Stoppschild und blieb dort stehen.

Während er dort stand und sich zu orientieren versuchte, bemerkte er Scheinwerfer, die sich in schnellem Tempo auf der Straße hinter ihm näherten.

Er fuhr ein Stück vor, lenkte den Wagen in eine Parklücke und duckte sich. Sein Herz schlug schneller, er merkte, wie er trotz der Kälte zu schwitzen begann. Gideon legte eine Hand auf den Griff seiner Pistole. Er sah, wie die näher kommenden Scheinwerfer langsamer wurden und bewegte sich nicht.

Plötzlich flammte Blaulicht auf.

Er setzte sich auf und zog seine Jacke glatt, griff nach der Pistole an seinem Gürtel und ließ das Seitenfenster herunter.

Der Streifenwagen raste an ihm vorbei.

Das ist ein schlechtes Zeichen.

Er gab Gas und nahm die Verfolgung auf.

»Tillman, bitte antworte«, schrie er in sein Funkgerät. »Ein Streifenwagen kommt die Straße entlang. Möglicherweise ist er gleich bei dir.«

Aber Gideon bekam keine Antwort, nur statisches Rauschen.

Tillman betrat das Haus und stürmte die Treppe hinauf ins Obergeschoss, wobei er zwei Stufen auf einmal nahm. Verhoven folgte ihm ins Haus. Er trug die Waffen. Lorene humpelte hinterher und bezog Posten an der Tür.

Als Tillman den ersten Stock erreichte, sah er, wie Dr. Klotz am Ende des Flurs zwei kleine Kinder in ein anderes Zimmer trug.

Die Tür war verschlossen. Tillman setzte ganz ruhig die Brechstange an. Die Tür war aus hochwertigem Holz, aber nichts Besonderes. Nach dreimaligem Drücken brach sie aus den Angeln. Er schob sie auf und sprang hinein.

Er befand sich nun im elterlichen Schlafzimmer. Die Betttücher lagen durcheinander. An der gegenüberliegenden Wand wurde eine zweite Tür zugeworfen. Er schaute sie sich genauer an. Sie hatte keinen Griff, und nur ein ganz dünner Spalt, der um sie herumlief, deutete darauf hin, dass hier überhaupt eine Tür war. Sie war im gleichen Farbton gestrichen wie die übrige Wand. Wenn er nicht gesehen hätte, wie sie zufiel, hätte er sie kaum bemerkt.

Das war also der Panikraum.

Tillman schaute auf seine Uhr. Es war fünf Uhr vierunddreißig. Es gab keinen Grund zur Eile. Verhoven hatte die Telefonleitung unterbrochen und die Handyfrequenzen gestört. Niemand konnte von hier aus die Polizei anrufen.

Er hielt das Funkgerät ans Ohr und hörte Gideons verzweifelte Stimme.

»Tillman, kannst du mich hören?«

»Gideon?«

»Wo zum Teufel warst du denn?«

»Gab viel zu tun.«

»Draußen ist ein Bulle. Er geht aufs Haus zu.«

Tillman bat Gideon, ruhig zu sein. Er rannte wieder nach unten ins Erdgeschoss, wo Verhoven seiner Frau half, sich aufs Sofa zu legen. Sie stöhnte vor Schmerzen und hielt sich die Seite.

»Wo sind sie?«, fragte Verhoven.

»Sie sind im Panikraum. Aber wir haben erst einmal ein ganz anderes Problem.«

Verhoven hob den Kopf, als er das Klopfen an der Haustür hörte. Er drehte sich um und ging zur Tür, die AR-15 schussbereit in der Hand. Er zitterte vor Aufregung und sah aus, als wollte er unbedingt jemanden erschießen.

»Halt!«, zischte Tillman. »Warten Sie … einfach. Tun Sie gar nichts.«

Tillman sprang zur Tür, zog sein Universalmesser heraus und stach damit in die Wand. Hinter einer Rigipsplatte fand er die Rückseite der Gegensprechanlage. Darunter befand sich ein Stück Panzerrohr, in dem die Kabel durch die Wand geführt wurden. Er riss die Leitungen aus dem Verbindungsstück der Sprechanlage und schnitt die Kabel mit dem Messer durch. Dann schaute er durchs Fenster nach draußen. Ein sehr junger, kämpferisch wirkender Polizist stand auf der Veranda und blickte argwöhnisch drein.

»Noch zwei Sekunden und der Mann oben im Panikraum hätte mit dem Bullen da draußen gesprochen«, flüsterte Tillman.

»Wer ist es denn?«, fragte Verhoven verhalten. Sein Gewehr war direkt auf die Haustür gerichtet.

Tillman ignorierte seine Frage und flüsterte zurück: »Ziehen Sie Lorene die Kleider aus. Alles bis auf BH und Höschen.«

»Was? Wieso das denn?«

»Tun Sie einfach, was ich sage.«

Verhoven stand regungslos da, als müsste er darüber nachdenken, was er tun sollte. Es missfiel ihm eindeutig, Befehle zu bekommen.

»Ziehen Sie ihr die Kleider aus. Und überlassen Sie mir die Regie, okay?« Tillman bemühte sich, den drängenden Ton in seiner Stimme zu unterdrücken. Er wollte verhindern, dass Verhoven die Tür aufmachte. Er musste ihn stoppen und die Operation, die er mit Gideon in die Wege geleitet hatte, zu einem vernünftigen Ende bringen.

Verhoven starrte ihn kurz an, bevor er einlenkte. Der Mann war nichts weiter als ein Windbeutel, und wahrscheinlich war ihm das auch bewusst. Sie hatten sich in eine ziemlich schwierige Situation manövriert, und Verhoven war klar, dass Tillman sich mit so etwas besser auskannte als er.

Wieder rannte Tillman die Treppe nach oben, eilte ins Schlafzimmer und wühlte in den Schubladen der Kommoden herum, wobei er alles achtlos auf den Boden warf, bis er gefunden hatte, was er suchte: ein Nachthemd aus Baumwolle. Er rannte wieder nach unten, wo die benommen wirkende, halb nackte Lorene jetzt mitten im Zimmer stand.

»Arme hoch«, verlangte er.

Sie hob die Arme in die Luft und stöhnte wegen der Schmerzen in ihrer Seite. Er zog ihr das Nachthemd über den Kopf wie bei einem kleinen Kind. Aus dem Verband an ihrer Seite drang frisches Blut.

Wieder klopfte es an der Tür.

»Perfekt«, sagte er und brachte ihr Haar in Unordnung, sodass es aussah, als käme sie direkt aus dem Bett. »Der Mann an der Tür ist ein Polizist. Machen Sie einfach auf und sagen Sie ihm, dass alles in Ordnung ist. Was Sie auch tun, er darf auf keinen Fall ins Haus kommen.«

Sie nickte und ging auf unsicheren Beinen zur Tür. Tillman bedeutete Verhoven, er solle aus dem Sichtfeld gehen und sich im Esszimmer verstecken. Verhoven zog sich zurück, die Waffe immer auf die Haustür gerichtet.

»Bleiben Sie ganz ruhig«, flüsterte Tillman Lorene zu, die jetzt vor der Tür stand.

Sie zog die Tür auf, schaute hinaus und fragte: »Ja, bitte?«

»Officer Millwood, Polizei Prince-William-County. Entschuldigen Sie bitte, ist bei Ihnen alles in Ordnung?«

»Wie bitte?«

»Ob alles in Ordnung ist? Ein Nachbar hat uns gemeldet, ein Auto würde hier ständig den Häuserblock umkreisen. Jetzt steht es direkt vor Ihrem Haus.«

»Oh, ja.« Lorene kratzte sich am Kopf. »Mein Mann ist kurz raus, um Kaffee zu holen. Ich brauche morgens nach dem Aufstehen unbedingt meinen Kaffee.«

»Sind Sie sicher?«

»Bitte, ich finde es ja gut, dass Sie Ihre Arbeit so gewissenhaft machen. Aber ich muss in einer Stunde an meinem Arbeitsplatz im Krankenhaus sein und möchte vorher gerne noch meinen Kaffee trinken und mich fertig machen.«

Der Polizist machte keine Anstalten zu gehen. »Ich weiß, dass das recht unpassend klingt, Ma'am, aber Sie sehen nicht sehr gut aus.«

»Ich bin ein bisschen angeschlagen. Danke der Nachfrage. Passen Sie gut auf sich auf.« Sie schloss die Tür und sank gegen die Wand. Sie atmete schwer. Der Blutfleck an ihrer Seite hatte jetzt die Größe einer Mandarine und der Stoff verfärbte sich immer weiter.

Verhoven legte sein Gewehr weg und stützte sie. »Du warst großartig, Liebling.«

Er küsste sie auf die Stirn, aber sie wirkte schon wieder sehr benommen.

»Ich muss mich hinlegen«, murmelte sie.

»Natürlich.« Er führte sie durch das Wohnzimmer und half ihr, sich aufs Sofa zu legen. Ihr Gesicht war schweißüberströmt und hatte eine graue Farbe angenommen.

»Sie braucht Flüssigkeit«, stellte Tillman fest.

Verhoven schaute sie an. Er wirkte niedergeschlagen und unkonzentriert. Dann sackte er zusammen wie eine Marionette, der die Fäden abgeschnitten wurden. Tillman hatte so etwas schon oft beobachtet. Ein Soldat im Kampf konnte sich dank des Adrenalins stundenlang auf den Beinen halten – bis er ganz plötzlich mental zusammenbrach.

»Jim«, sagte Tillman. »Können Sie mich hören? Wir haben was ganz Großes vor. Und so etwas passiert nicht von allein. Eine Operation wie diese hat immer ihre schwierigen Momente, bevor es dann richtig losgeht.«

Verhoven schien erst nicht zu reagieren, nickte dann aber.

Was Tillman nicht erwähnte, war, dass manche Operationen ihre schwierigen Momente hatten, bevor dann alles total den Bach runterging. Manchmal brach plötzlich alles zusammen, und es gab sinnlose Opfer. Im Kampfeinsatz wusste man vorher nie, worauf es hinauslief. Und nun lag es an ihm, dafür zu sorgen, dass am Ende dieser Unternehmung nicht die Guten mit dem Gesicht nach unten in der Grube lagen.

Tillman ging in den oberen Stock und trat zur Sprechanlage neben dem Eingang zum Panikraum. Er drückte auf den Sprechknopf und sagte: »Mein Name ist Bob, und ich bin hier, um dafür zu sorgen, dass Sie und Ihre hübschen kleinen Töchter den Raum sicher und unverletzt verlassen können.«

Der Mann meldete sich sofort. »Das hier ist ein befestigter Raum, Mistkerl!«, rief er zornig. »Ich weiß nicht, ob Sie wissen, was das bedeutet. Aber wir haben hier drinnen jede Menge zu essen und zu trinken. Außerdem eine Luftfilteranlage der Klasse drei, Waffen und Munition. Die Wände sind aus gehärtetem Beton und die Tür aus mehreren Zentimetern dickem Stahl. Nehmen Sie sich einfach, was Sie brauchen, und hauen Sie ab. Wir kommen hier bestimmt nicht raus.«

»Sir, ich bitte um Entschuldigung, dass wir Sie belästigen müssen, aber Tatsache ist, dass wir uns Zugang zu diesem Raum verschaffen werden. Und das werden wir in schätzungsweise fünf Minuten tun.«

»Das geht nicht ohne …« Der Mann hielt erschrocken inne.

»Sie wollten sagen: Das geht nicht ohne Plastiksprengstoff.« Tillman hielt die Rolle mit dem Sprengstoff vor das Kameraauge. »Das hier ist C4-Plastiksprengstoff. Sie können sehen, dass das Band hier an der Vorderseite gewellt ist. Das kommt von einer dünnen Einlage aus Kupfer. Die Biegung sorgt dafür, dass die Explosionsenergie auf einen Bereich von nur einem Zentimeter Breite konzentriert wird. Gleichzeitig wird das Kupfer in ultraheißes Plasma verwandelt, das durch Ihre Stahlplatte schneidet wie durch Butter. Um die Kraft der Detonation noch zu verstärken, werde ich ungefähr zwanzig Plastiktüten mit Zip-Verschluss, die ich mit Wasser gefüllt habe, an das Sprengstoffband hängen. Die sorgen für eine gewisse Trägheit, die die Wucht der Explosion um das Zehnfache steigern wird. Außerdem werden sie das Geräusch der Detonation dämpfen, sodass niemand in der Nachbarschaft sich einen Reim darauf wird machen können.«

Er begann, das Sprengstoffband rundum an der Tür anzubringen.

»So«, sagte Tillman dann. »Bevor ich jetzt die Tür aufsprenge, verlangt unsere juristische Abteilung, dass ich Sie über die Auswirkungen unterrichte, die die Detonation haben wird. Da Sie in einem geschlossenen Raum sitzen, kann die Druckwelle nicht nach außen verschwinden, also wird eine ziemlich starke Druckwelle in Ihren Panikraum dringen. Das hat zur Folge, dass Ihre Trommelfelle zerfetzt werden, genau wie die Ihrer Töchter. Deshalb empfehle ich Ihnen, vor der Detonation den Mund zu öffnen und die Finger in die Ohren zu stecken. Dann haben zumindest Ihre Töchter die Chance, das Schlimmste zu vermeiden und für den Rest ihres Lebens taub zu sein. Andererseits kann dies Blutungen in der Lunge zur Folge haben, die bewirken, dass Sie und Ihre Töchter an ihrem eigenen Blut ersticken. Ich habe das schon erlebt, und ich kann Ihnen sagen, dass das eine ziemlich grässliche Todesart ist.« Er steckte den Auslöser ans Ende des Sprengstoffbands. Dann trat er zurück und stand wieder direkt vor der Kamera. »Oder Sie kommen einfach raus, und wir unterhalten uns wie zivilisierte Menschen.«

Es gab eine lange Pause. »Sie wollen uns in Ihre Gewalt bringen, um an meine Frau ranzukommen.«

Tillman wusste nicht, wovon er sprach. Aber es hatte keinen Sinn, sein Nichtwissen in diesem Moment zuzugeben. Immerhin wusste er jetzt, dass die Ehefrau des Mannes eine wichtige Rolle spielte. »Ich bin mir ziemlich sicher, dass Ihre Frau nicht möchte, dass Sie ihre Kinder für sie opfern. Und ich gebe Ihnen mein Wort, dass ich alles in meiner Macht Stehende tun werde, um Ihr Leben und das Ihrer Kinder zu schützen. Aber wenn Sie die Tür nicht öffnen, muss ich sie aufsprengen. Und in diesem Fall …« Tillman schaute in die Kamera und ließ die unausgesprochene Drohung eine Weile wirken. »So oder so stecken Sie mit Ihren Mädchen in der Sache drin. Und Sie haben keine Trümpfe in der Hand.« Er spreizte die Hände. »Das Einzige, was Sie tun können, ist die Tür zu öffnen.«

Tillman wartete einen Moment. Nichts geschah.

»Ach ja, falls Sie die Absicht haben sollten, mit einer Waffe in der Hand herauszukommen und zu schießen, bedenken Sie bitte, dass ich garantiert viel besser schieße als Sie. Und das gilt auch für die Personen unten im Erdgeschoss. Sie können sich den Weg nicht freischießen, das haut nicht hin.«

Nach einer Weile klickte es leise, und die Tür ging auf. Ein weichlich wirkender Mann mit schütterem Haar schaute zögernd heraus und blinzelte ein wenig.

Tillman nickte. »Das war klug von Ihnen«, sagte er. »Und nun holen Sie die Mädchen heraus und setzen sich aufs Bett.«

Der Mann trat aus dem Raum, die zitternden Hände schützend um die Schultern der beiden kleinen Mädchen gelegt.

Die ältere der beiden weinte. Die jüngere sagte: »Du bist

ein böser Mann.« Sie schaute ihn aus kaffeebraunen Augen finster an.

»Das bin ich«, sagte Tillman und zwinkerte ihr zu. »Aber nicht so schlimm, wie du denkst.« Er klatschte in die Hände. »Okay, alle setzen sich jetzt aufs Bett, damit wir ein Spiel spielen können.«

Als die verängstigte Familie seinem Befehl folgte, merkte Tillman, wie seine Knie weich wurden. Er bekam einen Schweißausbruch, als er sich fragte, ob er die Tür wirklich aufgesprengt hätte. Er ging in sich und war sich nicht sicher. Vielleicht hätte er es getan. Und wenn, wer weiß, was dieser ganze Sprengstoff dann mit den kleinen Mädchen gemacht hätte.

Officer Millwood stieg in seinen Streifenwagen und fuhr die Straße zurück. Aber irgendetwas an seiner Begegnung mit der Frau war ihm nicht geheuer. Sie hatte so eigenartig gewirkt – die ungewöhnliche Augenfarbe, ihre auffällige Blässe und wie eilig sie es hatte, ihn wieder loszuwerden. Er hielt am Straßenrand an und rief über Funk die Zentrale. Er hatte sich das Kennzeichen des Hondas notiert und wollte es überprüfen lassen.

Während er auf eine Antwort wartete, spürte er das kalte, metallische Ende eines Pistolenlaufs im Nacken.

»Geben Sie durch, dass es nur ein Test war, und legen Sie das Funkgerät weg«, sagte Gideon, der sich auf dem Rücksitz aufgerichtet hatte. »Wenn nicht, schieße ich.«

Millwood tat, was er verlangte.

»Gut. Und jetzt rutschen Sie zur Seite und legen die Hände so hin, dass ich sie gut sehen kann.«

Der Polizist gehorchte.

»Machen Sie es sich bequem«, sagte Gideon. »Wir beide werden hier wahrscheinlich eine ganze Weile herumsitzen.«

ACHTUNDDREISSIGSTES KAPITEL

WASHINGTON, D.C.

Dale Wilmot fuhr mit dem weißen Lieferwagen zum Serviceeingang des Russell-Senatsgebäudes an der Südseite der National Mall, zeigte dem Polizisten am Tor seinen Ausweis und wartete dann ab, bis ein zweiter Beamter die Unterseite des Fahrzeugs mit einem Spiegel an einem langen Stab gewissenhaft abgesucht hatte.

Als die Kontrolle beendet war, fuhr Wilmot den Wagen auf den riesigen, grau schimmernden Parkplatz und parkte in der Bucht, deren Nummer ihm der Sicherheitsbeamte genannt hatte. Wilmot fand es witzig, dass man ihm auf einem völlig leeren Parkplatz eine ganz bestimmte Bucht zugewiesen hatte, aber dann bemerkte er das aus drei Beamten bestehende Team des Secret Service, das ihn dort erwartete. Das Team umfasste zwei Secret-Service-Agenten und einen dritten Mann in Kampfmontur, der einen Schäferhund an der Leine führte.

Im Lieferwagen befanden sich keine Waffen. Um ihren Plan durchzuführen, das war Wilmot und Collier klar, mussten sie absolut harmlos erscheinen. Und so war es auch. Ihre Ausweise waren direkt von der Personalabteilung bei National Heat & Air in Arlington ausgestellt worden, der Firma, die Wilmot gehörte. Der zuständigen Angestellten war schon vor acht Monaten erklärt worden, dass Mr Wilmot beabsichtige, einigen firmeneigenen Anlagen einen Überraschungsbesuch abzustatten. Deshalb benötigten er und sein Assistent entsprechende Firmenausweise und mussten über die entsprechenden behördlichen Genehmigungen verfügen. Alle Anfragen des Secret Service würde die Firma positiv beantworten.

Wilmot und Collier hatten Führerscheine des Bundesstaats Virginia bei sich. Mit ihnen konnte man überprüfen, über welchen Besitz sie verfügten, ob ihre Namen korrekt angegeben waren und ob sie in den letzten Monaten ihre Steuern und Abgaben wie auch ihre Kreditkartenabrechnungen ordentlich bezahlt hatten. Alle Geräte und Werkzeuge und Materialien, die sich im Lieferwagen befanden, waren zu hundert Prozent in Ordnung, kamen aus dem Fundus der Firma und konnten anhand der Seriennummern und dem Aussehen bis zu ihrem Ursprung zurückverfolgt werden.

Beide Männer hatten vor einem Jahr einen Weiterbildungskurs in Klimatechnik besucht, sodass sie jede Frage über Heizungs- und Lüftungsanlagen beantworten konnten und in der Lage waren, sich wie Fachleute auszudrücken. Sie hatten die Anlage, die sie nun sabotieren wollten, genauestens studiert und wussten bis ins letzte Detail, wie sie funktionierte.

»Sir, bitte steigen Sie aus dem Wagen«, sagte der eine Secret-Service-Mann. Beide Beamte hatten einen peinlich akkuraten Kurzhaarschnitt und sahen aus wie erfolgreiche College-Athleten. Sie trugen blaue Gummihandschuhe. Während der Hundeführer Collier im Auge behielt, wurde Wilmot gründlich durchsucht. Dann kam Collier dran. Es gab keine Entschuldigung wie: »Tut uns leid, wir machen nur unseren Job.« Auch keine netten Bemerkungen oder Scherze oder ein Spruch über das Wetter. Beim Secret Service hielt man nichts von derartigem Blödsinn.

Wilmot gefiel die Art, wie sie ihren Job erledigten. Sie sollten den Präsidenten und die Kongressabgeordneten schützen. Ihre Aufgabe war nicht, für gute Stimmung zu sorgen. Wilmot hatte das Gefühl, seinen Körper zu verlassen, nach oben zu steigen und auf sich selbst herabzusehen. Er bemühte sich gar nicht erst, seine Gefühle zu unterdrücken.

Abgesehen von der Tatsache nämlich, dass er die professionelle Hingabe der Beamten bewunderte, war er doch unangenehm berührt. Er mochte es nun mal nicht, durchsucht zu werden, und auch nicht, wenn jemand ihm Vorschriften machte. Und er sah keinen Grund, warum er das nicht auch zeigen sollte. Wer keinen Verdacht erregen wollte, sollte nicht den Eindruck erwecken, dass er etwas vorspielte.

Nachdem die Leibesvisitation abgeschlossen war, forderte der Hundeführer ihn auf, die Hecktür des Lieferwagens zu öffnen. Wilmot spürte einen angenehmen Druck an den Schläfen. Jetzt würde sich herausstellen, ob Collier wirklich so clever war, wie er immer behauptet hatte. Er hatte Wilmot erklärt, die Tanks mit der angeblichen Kühlflüssigkeit seien so gründlich gereinigt worden, dass kein Spürhund eine Chance hatte, das Zyanid zu riechen.

»Laden Sie alles aus, was da drin ist«, sagte der Hundeführer.

Collier schob den Servicewagen mit den Werkzeugen zur Tür, und dann hoben sie ihn zusammen heraus und stellten ihn auf dem Asphalt ab. Wilmot bemerkte, dass Colliers Hände ein klein wenig zitterten. Da konnte man nichts machen. Collier war nun mal so.

»Und Sie haben vor, das ganze Zeug da mitzunehmen?«, fragte der Beamte.

»Genau.«

Der Hundeführer schaute seinen Vorgesetzten an, der den Kopf schüttelte. »Dann haben wir ein Problem. Gasdruckflaschen sind nicht zugelassen.«

Collier schluckte. Seine Gesichtszüge spannten sich an. Wilmot wusste, dass er jetzt das Wort ergreifen musste, bevor Collier total nervös wurde und eine falsche Bemerkung machte. Die Sicherheitsbeamten warteten ja nur auf ein Zeichen von Angst oder Unsicherheit.

Er musste jetzt absolut souverän erscheinen.

»Wir wurden angefordert, um das Heizungssystem zu reparieren«, sagte er in einem eher beiläufigen Ton und schaute dabei den einen Beamten direkt an. »Sehen Sie die beiden Tanks hier? Da drin befindet sich ein Kühlmittel mit der Bezeichnung R-410A. Die Klimaanlage im Capitol ist eine Kombination aus Heizung und Lüftung. Was passiert nun, wenn die Bürokraten in der Logistikabteilung es nicht geschafft haben, das Update des Wartungsprogramms mit der Seriennummer zwei-Punkt-drei-Punkt-eins korrekt zu installieren? Dann kommt es automatisch zu einem Ablassen der Kühlflüssigkeit, was bedeutet, dass der Druck im Kühlsystem sich absenkt und die gesamte Anlage sich abschaltet. Sie kann erst wieder eingeschaltet werden, wenn der notwendige Druck wiederhergestellt ist.« Er lächelte den Beamten freundlich an. »Und wie tun wir das? Wir pumpen frisches Kühlmittel in die Leitung. Wenn Sie es nicht darauf ankommen lassen wollen, dass der Präsident seine Rede heute Abend mit Pudelmütze und Fäustlingen hält, dann müssen Sie jetzt ans Telefon gehen und jemanden anrufen, der zuständig ist und eine Entscheidung treffen kann, damit wir dieses Zeug hier ins Capitol schaffen und den Schaden beheben können. Mir persönlich kann es ja egal sein. Mein Enkel hat heute Abend ein Ringkampf-Turnier in seiner Schule, und ehrlich gesagt habe ich mehr Spaß, wenn ich ein paar Jungs dabei zusehe, wie sie sich auf der Matte wälzen, als eine Klimaanlage aufzupeppen. Vielleicht gibt Ihnen das einen Eindruck von meiner Begeisterung für diesen Job hier, den ich mir nämlich nicht ausgesucht habe, Sir.«

Der Beamte wurde rot im Gesicht und biss die Zähne zusammen. Wilmot kannte solche Typen. Die musste man in die Enge treiben, bis sie keinen Ausweg mehr wussten, dann wurden sie gefügig. Der Beamte warf dem Hundeführer einen fragenden Blick zu und sprach leise ins Mikrofon, das an seinem Ärmel steckte.

Als er mit dem Flüstern fertig war, drehte er sich zu dem Hundeführer um und sagte: »Der Hund soll sich jedes Detail in diesem Gefährt da vornehmen. Danach werde ich die beiden Herren persönlich zur Röntgenuntersuchung am Checkpoint Bravo begleiten.«

Wilmot war versucht, eine besserwisserische Bemerkung zu machen, nach dem Motto: Hab ich doch gleich gesagt. Aber er wusste, dass dies nicht der richtige Moment war. Es war riskant, so jemanden zu manipulieren. Wenn man es übertrieb, machte er einem das Leben schwer. Wenn man ihn andererseits nicht zur Eile antrieb, verbrachte er den ganzen Tag damit, in sein Mikro zu quatschen, um irgendwelche Genehmigungen anzufordern.

Wilmot verschränkte die Arme vor der Brust und blickte möglichst teilnahmslos drein, während der Hund jedes einzelne Objekt in ihrem Servicewägelchen beschnüffelte.

Schließlich war es vorbei.

»Dann kommen Sie jetzt bitte mit«, sagte der Beamte.

»Nimm den Wagen, John«, sagte Wilmot. Collier brauchte eindeutig etwas zu tun. Er sah aus, als könnte er sich jeden Moment übergeben oder etwas Unbedachtes tun. »Komm schon, John, hopp-hopp.«

Collier mühte sich ab, den Wagen in Bewegung zu setzen, und schob ihn mühsam zur anderen Seite des Parkplatzes, wo sich eine Tür befand, auf die der Beamte gedeutet hatte.

»Ich bringe Sie jetzt zum Checkpoint«, sagte der Beamte. »Danach betreten Sie einen besonders gesicherten Bereich. Sie bekommen spezielle Abzeichen, die Sie die ganze Zeit sichtbar an der Kleidung tragen müssen. Jeder Raum im Capitol ist einer besonderen Zone zugeordnet. Ihre Zugangsgenehmigung beschränkt sich auf eine bestimmte Zone und ist zeitlich begrenzt. Wenn Sie länger bleiben als erlaubt oder eine Zone betreten, zu der Sie keine Zugangsgenehmigung haben, werden Sie sofort arretiert und abgeführt. Verstanden?«

»Ganz genau«, sagte Wilmot.

Sie durchquerten einen Eingang und traten in einen Korridor aus Beton. Eins der Vorderräder des Servicewagens war nicht richtig justiert, und das ganze Gefährt vibrierte laut. Wilmot hatte so weit wie möglich versucht, die Aufmerksamkeit des Beamten auf sich zu lenken, weg von Collier. Der sah inzwischen ziemlich übel aus, war totenblass und nass geschwitzt. Anstatt es zu ignorieren, entschied Wilmot, den Umstand offensiv anzugehen.

»Du siehst ja echt beschissen aus, Junge«, wandte er sich an Collier. »Hast du was Schlechtes gegessen oder so?«

Collier verzog das Gesicht und versuchte zu lächeln. »Ich weiß auch nicht … Ja, könnte sein. Ich fühl mich überhaupt nicht gut.«

»Hör zu, Junge, wir haben hier einen wichtigen Job zu erledigen. Also reiß dich zusammen, hol dein Schminkzeug raus und mach dich ein bisschen zurecht.«

»Ja, Sir.«

Wilmot hatte schon sehr früh in seinem Leben erkannt, dass man immer eine Rolle spielte. Aber wenn man Erfolg haben wollte, musste man eine Rolle spielen, die dem eigenen Charakter möglichst nahe kam. Jetzt im Augenblick spielte er eine Rolle, die er sehr gut kannte. Er tat so, als wäre er sein eigener Vater. Der war im Zweiten Weltkrieg Fallschirmspringer gewesen, und wenn er nicht gerade betrunken war, war er ein eiskalter und knallharter Bursche gewesen. In dieser Rolle, das wusste Wilmot, gelang es ihm meistens, alle Aufmerksamkeit der Menschen in einem Raum auf sich zu konzentrieren. Im Augenblick konnte er es sich wirklich nicht leisten, die Aufmerksamkeit des Secret Service auch nur für den Bruchteil einer Sekunde auf Collier zu lenken. Der Junge war ein Genie, aber er konnte den ganzen Plan ruinieren.

Wilmot schlug dem Beamten mit der Hand auf die Schulter. »Ich wollte Sie nicht so hart angehen. Ich bin ja auch bloß hier, um meinen Job zu machen. Genau wie Sie. Mich schicken sie immer los, wenn es heikel wird und alles schnell erledigt werden muss. Dann heißt es immer: Lasst Wilmot ran, dann klappt es auch.«

Der Beamte führte sie durch eine weitere Tür in einen großen Raum. »Das hier ist die Sicherheitsschleuse.«

Wilmot schaute sich um. Alles sah genauso aus wie gedacht, also waren ihre Informationen korrekt. Ein Röntgenapparat und ein Metalldetektor – beide ähnelten den Geräten, die man von Flughäfen kannte – standen zwischen zwei Straßenabsperrungen aus Metall. Auf jeder Seite der Barriere stand ein Beamter in Kampfmontur, der eine FN-P90-Maschinenpistole an einem Gurt um die Schulter trug. Zwischen beiden stand ein Polizeibeamter des Capitols, der den Röntgenapparat bediente.

Der Secret-Service-Agent wandte sich an die Polizistin hinter dem Röntgengerät und sagte: »Ich weiß, dass es gegen die Vorschriften ist, gefüllte Druckbehälter hereinzubringen, nachdem das Terrain freigegeben wurde, aber ich habe mit meiner Vorgesetzten gesprochen. Sie müssen das mit ihr abklären.«

Die Beamtin, eine große schwarze Frau, schüttelte den Kopf. »Ich lasse keine Gasflaschen durch meine Kontrolle. Das können Sie vergessen.«

Der Agent sagte: »He, ich bringe sie bloß hierher. Sie tun

dann das, was Sie tun müssen. Ich gehe zurück auf meinen Posten.«

Damit drehte er sich um und ging davon.

Wilmot verschränkte die Arme, schaute die Polizistin hinter dem Röntgenapparat an und fragte: »Mädchen, wollen Sie dann später dem Präsidenten erklären, warum es im Kongress vier Grad unter Null ist, wenn er seine Rede hält, hm? Haben Sie so viel Mumm?«

»Sie waren mir gegenüber nicht gerade respektlos, oder?«, sagte die Beamtin. »Da hab ich mich wohl verhört?«

Wilmot begegnete ihrem wütenden Blick und sagte: »Wissen Sie, es interessiert mich nicht die Bohne, ob Sie jetzt beleidigt sind oder nicht. Entweder wir reparieren die Heizung oder eben nicht. Das müssen Sie entscheiden.«

Die beiden Beamten in Kampfmontur standen schweigend da und warteten ab, wie sich die Dinge entwickelten, bevor sie einschritten.

Die Beamtin starrte ihn immer noch wütend an. Schließlich griff sie nach ihrem Funkgerät und sagte: »Sergeant Grandison bittet um Unterstützung am Checkpoint Bravo.«

»Keine Bewegung, Sir«, sagte einer der Männer in Kampfmontur.

»Ich werde bestimmt nicht weggehen«, sagte Wilmot streitlustig. Aber er bemühte sich sehr, keine falsche Bewegung anzudeuten.

Im Raum herrschte große Spannung. Die Zeit verstrich. Es waren wahrscheinlich nur zwei Minuten, aber allen kam es vor wie eine Ewigkeit. Und in diesem Moment stellte Wilmot überrascht fest, dass er die Situation genoss. Noch nie in seinem Leben hatte er so intensiv empfunden, nie hatte er sich lebendiger gefühlt. Und er hatte durchaus ein erfülltes Leben gehabt. Irgendwie verstand er nun, warum Evan beim Militär geblieben war. Sich auf der Grenzlinie zwischen Leben und Tod zu bewegen war ein unvergleichlicher Adrenalinrausch. Je näher man dem Tod kam, umso lebendiger fühlte man sich.

Schließlich ging eine Tür auf, und eine kleine, drahtige Frau mit kaffeebraunem Teint kam herein und ging zielstrebig auf die Beamtin hinter dem Röntgenapparat zu. Sie hätte eine Afroamerikanerin, eine Latina oder eine Frau aus dem Nahen Osten sein können. Wilmot aber wusste, dass sie halb afrikanisch, halb jüdisch war. Tatsächlich wusste er sehr viel über Special Agent Shanelle Klotz. Fast ein Jahr lang hatte er ihre Akten studiert. So sehr er sie als Person auf dem Papier gemocht hatte, jetzt stellte er fest, dass sie ihm als realer Mensch noch viel lieber war. Er lächelte einnehmend. Das hier war jemand, mit dem man wie mit einem Erwachsenen sprechen konnte, eine vernünftige Person, auf die man sich verlassen konnte, und die die richtigen Entscheidungen traf.

Die Frau überblickte die Szene und fixierte sofort die beiden Gasflaschen im Servicewagen.

»Meine Herren«, sagte sie. »Bitte erklären Sie mir in einfachen Worten, welche Substanz sich in diesen Behältern befindet und wozu sie benötigt wird.«

»Es gibt nichts, was ich lieber täte«, sagte Dale Wilmot.

NEUNUNDDREISSIGSTES KAPITEL

PRIEST RIVER, IDAHO

Nancy Clement humpelte durch den Schnee und verursachte eine Schleifspur mit ihrem lahmen Bein, während sie sich dem hell erleuchteten Haus näherte. Sie war sich noch nicht sicher, ob die Verletzung ernst war. Aber sie merkte, dass ihr Bein jedes Mal nachgab, wenn sie ihr Gewicht darauf verlagerte.

Der Schnee wurde immer höher, und ein Durchkommen wäre auch schon mit zwei gesunden Beinen anstrengend genug gewesen. Aber so blieb ihr nichts anderes übrig, als sich in Zeitlupe fortzubewegen.

Schließlich erreichte sie das Haus. Die Tür war geschlossen. Sie schlug mit der flachen Hand dagegen. Sie hatte Margie mit Handschellen ans Bett gefesselt, damit sie nicht irgendwelches Unheil stiftete, während sie ihre Nachforschungen anstellte. Jetzt machte sie sich Sorgen, dass Evan vielleicht eingeschlafen war und sie hier draußen auf der Veranda erfrieren musste. Doch selbst wenn er noch wach war, wusste sie nicht, ob er genug Kraft hatte, ihr zu helfen.

Sie schlug wieder gegen die Tür und hörte, wie innen der Schlüssel gedreht wurde. Evan zog die Tür auf.

Nancy stolperte herein und ließ sich auf das nächstliegende Sofa fallen.

»Was ist passiert?«, fragte er.

»Das Auto hat sich überschlagen«, sagte Nancy. »Ich glaube, ich habe mir das Bein gebrochen.« Sie schob das Hosenbein hoch und untersuchte die Prellung, die bereits anschwoll. Als sie draufdrückte, durchfuhr sie der Schmerz wie ein elektrischer Schlag.

»Haben Sie die Leiche gefunden?«, fragte Evan. Er sah übel aus. Seine Lippen waren aufgesprungen, seine Haut war fleckig, als hätte jemand sie mit Sandpapier bearbeitet, aber seine Augen waren hell und voller Mitgefühl.

Nancy nickte. »Sie hatten recht. Sie haben da draußen Zyanid hergestellt.«

»Zyanid? Aber warum denn?«

»Das weiß ich noch nicht.« Natürlich hatte sie bereits darüber nachgedacht, aber sie wollte Evan nicht noch mehr beunruhigen.

»Was sie auch vorhaben, Sie werden sie stoppen, oder?«

»Erst einmal muss ich mit meiner Dienststelle Kontakt aufnehmen.«

»Das Telefon funktioniert nicht und die anderen Anschlüsse ebenfalls nicht.«

»Gibt es eine andere Möglichkeit, mit der Außenwelt Kontakt aufzunehmen?«

»Coeur d'Alene ist fünfundvierzig Kilometer entfernt. Und die Straßen sind unpassierbar, solange kein Schneepflug durchgekommen ist.«

Nancy stand auf. »Ich muss es trotzdem riskieren.«

»Sie können doch kaum laufen.«

Es war drei Uhr nachts an der Ostküste. Die Rede sollte um neun Uhr gehalten werden. Damit hatte sie kaum mehr als drei Stunden Zeit, um an ein Telefon zu kommen.

Evan dachte kurz nach. »Mein Vater hat einen Bulldozer«, sagte er.

»Kann ich den mit einem gebrochenen Bein fahren?«

»Es wird nicht einfach, aber ich denke, das könnte gehen.«

In der Küche schiente sie ihr Bein mit einem Stück Holz. Evan erklärte ihr währenddessen, wie sie den Bulldozer in Gang brachte.

»Viel Glück«, wünschte er ihr.

»Danke.« Sie gab ihm die Schlüssel für die Handschellen. »Sie sollten Margie nicht vor neun Uhr befreien. Danach ist es egal.«

Er nickte. »Ein Teil von mir hofft immer noch, dass wir falschliegen, aber ein anderer Teil sagt mir, dass es leider nicht so ist. Das Verrückte ist, dass ich weiß, dass er das für mich tut, wegen mir. Aber es hat nichts mit Patriotismus zu tun, sondern ist einfach nur verrückt. Sagen Sie ihm das, wenn Sie ihn finden. Falls Sie ihn finden.«

Sie nahm kurz seine Hand und war überrascht, wie fest sie sich anfühlte. Sein Griff war kein bisschen zögerlich. Aber sein Gesicht war ein einziger Ausdruck des Leids. Sie wandte sich ab, als ihm die Tränen über die Wangen rollten.

Nachdem Nancy den Bulldozer gestartet hatte, war der Rest auch nicht mehr besonders schwierig.

Statt eines Gaspedals hatte der Caterpillar ein Pedal zum Drosseln der Motorleistung, das man nur betätigen musste, wenn man halten wollte. Alles Übrige konnte sie mit den Händen erledigen. Gelenkt wurde mit Hilfe von zwei Hebeln vor ihr, mit der sie die Geschwindigkeit der einzelnen Ketten kontrollierte. Ein weiterer Hebel war für die Schaufel da. Nachdem sie sich noch einmal eingehend umgeschaut hatte, war sie überzeugt, dass sie das schwerfällige, langsame Gefährt beherrschen konnte.

Und schon war sie unterwegs, mit einem gut gefüllten Dieseltank. Der Sturm hatte nachgelassen, aber der Wind trieb immer noch ein dichtes Gewirr von Schneeflocken durch die Luft. Draußen war es noch kälter geworden, aber in der Fahrerkabine war es warm. Außerdem hatte sie sich zusätzliche Kleider angezogen. Es wäre direkt gemütlich gewesen, wenn ihr Bein nicht so wehgetan hätte und die Umstände nicht so unangenehm gewesen wären.

Der Bulldozer hatte eine Schaufel, mit der der Schnee aus dem Weg geräumt werden konnte. Es war nicht nötig, die Straße vollständig freizuräumen, es genügte, die obere Schicht beiseitezuschieben, damit der Schnee sich nicht vor ihr auftürmte und den Bulldozer zum Halten brachte. Das war nicht besonders schwierig. Nachdem sie die richtige Höhe für die Schaufel eingestellt hatte, musste sie nur dasitzen und zusehen, wie der trockene Pulverschnee gleichmäßig hoch auf die rechte Seite gehäuft wurde.

Dass die Planierraupe doch nicht die perfekte Lösung ihres Problems war, wurde ihr klar, als sie bemerkte, dass es keine Geschwindigkeitsanzeige gab. Ein Fahrzeug, das kaum schneller vorankommt als ein Fußgänger, brauchte so was nicht.

Bei einer konstanten Geschwindigkeit von acht Stundenkilometern würde sie fast sechs Stunden bis Coeur d'Alene brauchen. Sie musste aber in spätestens drei Stunden Kontakt mit jemandem in Washington aufgenommen haben. Alles hing davon ab, ob es irgendwo zwischen ihrem momentanen Standort und Coeur d'Alene einen funktionierenden Mobilfunkmast gab. Oder davon, ob sie jemanden fand, der ein funktionierendes Telefon oder eine Internetverbindung hatte. Im Augenblick jedoch sah sie nichts als Schnee vor sich.

Ein Vorteil ihres absurd langsamen Vorankommens war, dass sie Zeit hatte, darüber nachzudenken, wen sie anrufen und was sie ihm erzählen sollte. Wenn sie Ray Dahlgren anrief, lief sie Gefahr, dass er sie kurzerhand abblitzen ließ. Er war ohnehin schon der Ansicht, dass sie unberechenbar war, sich nicht an die Vorschriften hielt und nur darauf aus war, seine Karriere zu ruinieren. Eine abenteuerliche Verschwörungsgeschichte ohne konkrete Beweise würde er ihr niemals abkaufen.

Im Augenblick hatte sie nichts vorzuweisen als ihre persönliche Glaubwürdigkeit. Sie hatte eine Frauenhand entdeckt, die aus dem gefrorenen Erdboden herausragte. Sie hatte ein Labor gefunden, in dem ihr schlecht geworden war und in dem es nach Bittermandeln roch. Aber das war auch schon alles.

Dahlgren kam also nicht in Frage.

Blieben nur noch der Secret Service und Gideon Davis übrig.

Wenn sie den Secret Service anrief, würden die sich sofort mit Dahlgren in Verbindung setzen. Der würde erklären, dass er sie aufgrund von Dienstvergehen suspendiert hatte, dass sie haarsträubende Theorien in die Welt setzte und darüber hinaus einen persönlichen Groll gegen ihn hegte. Er würde den Secret Service bitten, nach ihr zu suchen. Auch wenn das ziemlich schräg klang, musste sie so etwas in Betracht ziehen.

Blieb nur noch Gideon.

Aber konnten Gideon und Tillman den Anschlag aus eigener Kraft verhindern? Es war ihre einzige Hoffnung.

In der Zwischenzeit blieben ihr eine schier endlose Schneefläche und das monotone Dröhnen des Dieselmotors des Bulldozers.

VIERZIGSTES KAPITEL

WASHINGTON, D.C.

Das Russell-Gebäude des US-Senats ist durch einen unterirdischen Gang mit dem Capitol verbunden. Der Tunnel war nicht nur dazu da, damit die Senatoren von ihren Büros ins Capitol gehen konnten, ohne sich unter den Pöbel mischen zu müssen; er ermöglichte es auch, Sachen anzuliefern, ohne dass hässliche, laute und Abgase ausstoßende Lastwagen den Hügel zum Capitol hinauffuhren. Durch diesen Tunnel mussten Wilmot und Collier gehen, um ihr Ziel zu erreichen. Aber vorher mussten sie an Special Agent Shanelle Klotz vorbei, der Sicherheitsexpertin für die technischen Anlagen, die auch die Aufsicht über die Klimaanlage hatte.

Wilmot erklärte ihr geduldig und bis ins letzte Detail, welches Problem im Heizungssystem des Capitols aufgetreten war. Schließlich unterbrach ihn die Beamtin: »Okay, das sind mehr Einzelheiten, als ich nachvollziehen kann. Officer Grandison wird die beiden Druckflaschen durch den Röntgenapparat schicken, und wir werden sie uns ganz genau ansehen.«

»Ist klar«, sagte Wilmot.

Collier hatte ihm versichert, dass die Behälter eine derartige Untersuchung locker überstehen würden. Aber trotzdem war er besorgt.

»Soll ich sie dort drauflegen …«

Klotz schüttelte den Kopf. »Sie bleiben genau da, wo Sie jetzt sind, meine Herren.« Sie befahl einem der Beamten in Kampfmontur, die Stahlflaschen auf das Transportband des Röntgenapparats zu legen.

Wilmot schaute regungslos zu, die Hände hinter dem Rücken verschränkt.

Als das Band sich in Bewegung setzte, war ein leises Jaulen zu hören. Die Behälter wurden in die Röntgenkammer transportiert. Das Jaulen hörte auf.

Special Agent Klotz trat hinzu und schaute über die Schultern von Officer Grandison. Beide Frauen blickten konzentriert auf den Bildschirm.

Nach einer Weile schüttelte die Polizistin den Kopf. »Das gefällt mir nicht«, sagte sie.

»Was sehen Sie denn?«, fragte die Agentin des Secret Service.

»Die Wände sehen nicht gut aus.« Grandison tippte auf den Bildschirm. »Sehen Sie? Zu dick.«

»Darf ich kurz …«, meldete Collier sich zu Wort.

Wilmot unterbrach ihn sofort. »Halt den Mund, John«, sagte er und lächelte breit. »Lass die Experten ihre Arbeit machen.«

»Zoomen Sie das mal ran«, verlangte Klotz. Sie starrte eine ganze Weile darauf. »Das gefällt mir auch nicht«, sagte sie schließlich. Sie wandte sich an Collier. »Sie wollten gerade etwas sagen?«

Collier schaute Wilmot fragend an. Der nickte andeutungsweise. Er hatte nichts dagegen, dass Collier etwas sagte. Er wollte nur sichergehen, dass Shanelle Klotz das Gefühl hatte, sie hätte alles im Griff.

»Darf ich kurz …« Collier räusperte sich. »Wenn Sie sich eine Propangasflasche oder eine Druckflasche für Sauerstoff, Helium, Argon oder Schweißgas ansehen, dann werden Sie feststellen, dass Sie immer einwandige Behälter haben. Stahlflaschen für Kühlflüssigkeiten waren lange Zeit auch so gebaut. Seit einigen Jahren aber, seit wir kein Freon mehr verwenden, sondern stattdessen R-410A, haben sich die thermalen Eigenschaften der komprimierten Gase verändert … Also, ich will Sie nicht mit den Einzelheiten langweilen. Der Punkt ist einfach, dass wir jetzt doppelwandige Behälter benutzen. Dadurch bleibt die Temperatur der Kühlflüssigkeit konstanter. Aber natürlich sieht das für jemanden, der noch die alten einwandigen Flaschen kennt, ein bisschen ungewöhnlich aus.«

Klotz hob einen Finger, um Collier zum Schweigen zu bringen, griff nach dem Telefon auf dem Pult von Grandison und sagte: »Kann ich bitte Ron sprechen?« Sie schenkte Wilmot ein höfliches Lächeln und sagte dann: »Ron, hallo, Shanelle hier. Kühlmittel R-410A. Wird das in doppelwandigen Behältern aufbewahrt? Manchmal? Okay, danke.«

Collier lächelte andeutungsweise. »Ich würde Sie doch nicht anlügen.«

Wilmot bemühte sich, Collier zu signalisieren, dass er bitte den Mund halten sollte. Glücklicherweise ergriff Klotz wieder das Wort, bevor Collier etwas Unüberlegtes von sich geben konnte. »Passen Sie auf, ich sage Ihnen, was wir tun«, sagte sie. »Ich werde Sie mit Ihrem Kühlmittel da reinlassen. Aber ich werde Sie persönlich bis zu Ihrem Einsatzort begleiten. Wenn Sie an Ihrem Arbeitsplatz angekommen sind, werde ich zwei Sicherheitsbeamte abkommandieren, die Sie beaufsichtigen. Wenn es so weit ist, dass Sie das Kühlmittel einfüllen wollen, müssen Sie erst noch auf meine Genehmigung warten. Verstanden?«

»Geht klar«, sagte Wilmot.

»Aber vorher machen wir noch einen kleinen Test.«

Wilmot spürte, wie sein Puls sich beschleunigte.

»Das Kühlmittel ist doch nicht giftig, richtig? In geringer Dosis, meine ich.«

Wilmot schluckte. »Das ist richtig, Ma'am.«

»Dann beweisen Sie uns das. Lassen Sie ein bisschen Gas raus und atmen Sie es ein.«

Wilmot zögerte und schaute Collier an, der nach einem der beiden Behälter fasste.

»Nicht den«, sagte Klotz. »Den anderen.«

Wilmot überlegte, was er jetzt tun sollte. Tatsächlich konnte er nichts tun. Er musste einfach abwarten, was passierte. Er holte tief Luft, weil er wusste, dass er eine ganze Weile nicht mehr atmen durfte.

EINUNDVIERZIGSTES KAPITEL

TYSONS CORNER, VIRGINIA

Verhoven lief im Wohnzimmer auf und ab. Tillman hatte Lorene noch eine Packung Kochsalzlösung verabreicht. Er tastete ihren Bauch ab und spürte nichts Festes. Auch ihr Atem ging gleichmäßig.

Was auch immer mit ihr los war, sie schien nicht zu verbluten. Aber es ging ihr dennoch nicht gut.

Tillman hatte den Mann und die beiden Kinder nach unten gebracht. Die Mädchen schauten sich einen Zeichentrickfilm im Fernsehen an, ihr Vater saß auf dem Sofa, rieb sich nervös die Hände und wiegte sich vor und zurück. Das ältere Mädchen hatte aufgehört zu weinen, aber auf ihrem Gesicht waren noch immer Tränenspuren zu sehen. Außerdem sah sie aus, als könnte sie sich jeden Moment übergeben.

Der Mann hörte kurz auf, sich die Hände zu reiben. »Ich bin Notarzt. Diese Frau muss dringend in ein Krankenhaus.«

»Seien Sie still«, sagte Verhoven.

»Vielleicht sollte er sie mal untersuchen«, schlug Tillman vor.

Verhoven seufzte und nickte dann zustimmend. Der Arzt holte seine Tasche mit den medizinischen Utensilien und wurde dabei von Tillman argwöhnisch beaufsichtigt. Dann untersuchte er Lorenes Wunde eingehend.

»Wie lange ist es her, seit sie angeschossen wurde?«, fragte er.

»Ein paar Stunden«, sagte Verhoven.

Der Arzt schüttelte den Kopf. »Sie hat innere Blutungen. Es ist nicht sehr schlimm, sonst wäre sie schon tot. Aber sie muss dringend operiert werden.«

»Ihr Bauch ist nicht hart«, sagte Tillman und schob eine Erklärung hinterher: »Ich bin mal Sanitäter in einer Kampfeinheit gewesen.«

Der Arzt deutete auf Lorenes Unterleib und fragte sie: »Müssen Sie sehr oft zur Toilette gehen?«

Sie nickte schwach. Ihre Augen waren glanzlos.

»Blut im Urin?«

»Ja.«

Der Arzt wandte sich an Tillman und sagte: »Ein Geschosssplitter hat möglicherweise die Blase oder eine der Nieren durchbohrt. Vielleicht hat er auch die Vaginalarterie oder den Nebennierenbereich verletzt. Das Blut läuft in die Blase. Das ist nicht gut. Wenn die Blutung nicht gestoppt wird, und zwar so schnell wie möglich, wird sie sterben.«

Verhoven stöhnte laut auf, als hätte ihm jemand einen Tiefschlag versetzt. Mit zitterndem Zeigefinger deutete er auf den Arzt: »Sie müssen sie retten! Retten Sie sie, Sie verdammter Quacksalber!«

Der Arzt schaute Tillman an, als würde er sich von ihm Unterstützung erhoffen. Er hatte bereits mitbekommen, dass Tillman der Einzige war, der Ruhe bewahrte. Er war die einzige Stimme der Vernunft im Raum.

»Wir sollten uns alle erst einmal beruhigen«, sagte er.

Verhoven setzte sich neben seine Frau und strich ihr übers Haar. »Es ist alles gut, Lorene. Du wirst wieder gesund. Der Doktor wird sich was überlegen.«

Verhoven schien von Minute zu Minute labiler zu werden. Das Gespräch über Lorenes Zustand half gar nichts. Sie warteten auf einen Anruf, offenbar um weitere Instruktionen zu bekommen. Verhoven hatte sich nicht konkret dazu geäußert, und Tillman wollte ihn nicht unter Druck setzen. Stattdessen richtete er seine Fragen jetzt an den Arzt.

»Warum braucht denn ein ganz normaler Bürger in einem Vorort so viele Sicherheitsvorkehrungen?«, fragte er.

»Dafür bin ich nicht verantwortlich.« Der Mann sah auf einmal so aus, als bereute er seine Aussage.

»Oh?«, bohrte Tillman weiter. »Dann ist Ihre Frau die Sicherheitsfanatikerin?«

Der Arzt schaute ihn argwöhnisch an. »Wollen Sie sich über mich lustig machen?«

Tillman warf ihm einen prüfenden Blick zu. »Wie meinen Sie das?«

»Tun Sie doch nicht so, als wüssten Sie nicht, was meine Frau für einen Beruf hat«, sagte der Arzt. »Morgen hält der Präsident seine Rede zur Lage der Nation.«

Tillman ging zum Kamin und nahm nacheinander verschiedene Familienfotos in die Hand. Auf mehreren war der Mann mit den zwei Mädchen und einer Frau zu sehen, die ganz offensichtlich seine Ehefrau war. Eine kleine Person, sehr attraktiv. Dann entdeckte er eine Urkunde mit einem Bild der Frau, auf dem sie vor einem blauen Hintergrund stand, neben einer Tafel mit einem offiziellen Wappen.

Tillman schaute sich die Urkunde genauer an. Die Frau trug eine Pistole und hatte ein Abzeichen am Gürtel. Ganz allmählich fügten sich die Einzelteile zu einem Gesamtbild. »Das ist also Ihre Frau, hm?«

Der Arzt sagte nichts, aber sein Schweigen beantwortete Tillmans Frage.

Ganz unten auf der Urkunde war ein Schriftzug, den Tillman jetzt laut vorlas, in der Hoffnung, dass Gideon nahe genug war, um es über Funk mitzubekommen.

»United States Secret Service«, sagte Tillman. »Ihre Frau ist Special Agent Shanelle Klotz.«

Der Polizist war nicht sehr gesprächig, aber Gideon versuchte, ihn zum Reden zu bringen. Zuerst hatte er dem Beamten die Wahrheit erzählt: Dass sie hinter einheimischen Terroristen her wären, die eine Familie als Geiseln genommen hätten. Aber als der Polizist so tat, als würde er ihm glauben und vorschlug, sie sollten doch zu seiner Dienststelle fahren und eine Anzeige aufnehmen, gab Gideon auf. Er konnte sich durchaus vorstellen, wie der Polizist die Angelegenheit wahrnahm: Ein schmutziger, verlottert wirkender, zotteliger Typ mit einer Pistole in der Hand behauptete, er würde hier in der Vorstadt mit seinem Bruder, einem ehemaligen Sträfling, Terroristen verfolgen. Und verlangte dabei auch noch die Unterstützung der Polizei. Na ja, anstelle des Beamten wäre er auch ziemlich skeptisch. Also hörte er auf, über Verhoven zu reden und schnitt irgendwelche belanglosen Themen an, einfach um sich die Zeit zu vertreiben. Aber der Polizist hatte keine Lust dazu und reagierte patzig.

Gideon hörte nur Bruchstücke von dem, was im Haus vor sich ging, aber er hatte inzwischen herausgefunden, dass die Frau, die in dem Haus wohnte, beim Secret Service arbeitete und zu der Abteilung gehörte, die bei der Rede des Präsidenten für Sicherheit sorgte. Und ihre Familie war gekidnappt worden, um Druck auszuüben. Aber ihm war immer noch nicht klar, worum genau es ging.

Konnte es sich um eine so einfache Sache handeln wie: *Entweder Sie töten den Präsidenten, oder wir töten Ihre Familie?* Das wohl eher nicht. Selbst wenn sie eine Secret-Service-Beamtin dazu bringen könnten, ihre Waffe auf den Präsidenten zu richten, dann wäre die Sache in wenigen Sekunden vorbei. Aber Mixon hatte einen anderen Eindruck vermittelt: Es ging nicht bloß um einen simplen Mordanschlag, sondern um einen Terroranschlag mit zahlreichen Opfern. Die Rede des Präsidenten im Capitol war natürlich die perfekte Gelegenheit. Aber solange er nicht wusste, welche Rolle die Frau vom Secret Service dabei spielte, und er noch keine Nachricht von Nancy hatte, verfügte er nicht über genügend Informationen, um mit Dahlgren darüber zu sprechen. Jedenfalls nicht, wenn er ihn überzeugen wollte und zugleich verhindern, dass er selbst verhaftet wurde.

Auch wenn es ihm nicht passte, er musste hier sitzen bleiben und abwarten.

ZWEIUNDVIERZIGSTES KAPITEL

WASHINGTON, D.C.

Wilmot hielt die Luft an, während das Gas aus dem Behälter zischte.

Ein rosafarbener Strahl schoss aus der Flasche und verdampfte sofort, als er mit der Luft in Kontakt kam. Collier drehte den Verschluss wieder zu, beugte sich nach unten und atmete die Luft in der Nähe der Gasflasche ein. Wilmot erwartete, dass er sich jeden Moment an den Hals fasste und umkippte, ihm Schaum vorm Mund stand und er laut aufschrie.

Aber nichts geschah.

Stattdessen richtete Collier sich auf und sagte: »Sehen Sie. Alles ganz harmlos.« Er grinste. »Es riecht nicht besonders gut … aber es ist total harmlos, solange man nicht riesige Mengen davon einatmet.«

Wilmots Puls verlangsamte sich wieder. Er bemühte sich, nicht erstaunt dreinzublicken. Was zum Teufel war da gerade passiert?

Der Sicherheitsbeamte, der in der Nähe von Collier stand, nickte Special Agent Klotz zu: »Ja, das ist ein Kühlmittel. Das erkenne ich am Geruch. Mein Schwager hat letztes Jahr versucht, unsere Heizung zu reparieren. Er hat versehentlich die Leitung gekappt, und das Zeug ist in den Keller geströmt.« Er rümpfte die Nase. »Den Gestank mussten wir ertragen, wenn ich mit meinen Kumpels runterging, um Karten zu spielen, erst nach zwei Monaten war er verflogen.«

»Also gut, meine Herren«, sagte Klotz. »Ich denke, das genügt. Gehen wir.«

Wilmot lief hinter Collier her, Klotz folgte wenige Schritte hinter ihnen, die Hand an der Waffe. Wilmot war beeindruckt. Diese Leute vom Secret Service waren wirklich gründlich.

Ein langer Betonkorridor führte zu einer kleinen U-Bahn-Station. Dort stand ein Waggon mit geöffneten Türen. Collier schob den Servicewagen zielstrebig auf den Waggon zu. Sofort traten ihm zwei Männer in den Weg.

»Wir gehen zu Fuß«, sagte Klotz. »Die U-Bahn wurde in den Sechzigerjahren auf breiteren Gleisen neu gebaut. Der alte Tunnel ist da drüben. Er dient jetzt als Liefereingang für das Capitol.«

Collier ging durch den Eingang in den zweiten Tunnel, und das Vorderrad des Servicewagens quietschte laut. Wilmot folgte ihm.

Der Weg zum Capitol kam ihm unendlich lang vor. Die ganze Zeit über fragte er sich, warum Collier nicht beim Einatmen des Gases umgekommen war. Offenbar hatte sein Komplize ihm einige problematische Details nicht mitgeteilt. War nur in einem der Behälter Gas? Hatte Collier einfach die Luft angehalten und sich darauf verlassen, dass das Zyanid ein bisschen schwerer war als Luft? Falls das der Fall war, würde das Gas sich ausbreiten, und die Personen, die im Raum geblieben waren, würden es riechen und womöglich umkippen. In diesem Fall müssten sie sich sehr beeilen. Aber Collier schien nicht in Eile zu sein.

Schließlich erreichten sie das Ende des Tunnels und betraten einen kleinen gekachelten Raum mit einem Aufzug und einer alten Eisentreppe, die nach oben führte.

Alles war genau so, wie er es erwartet hatte. So hatten sie es auf den Plänen gesehen, die der National Heat & Air übergeben worden waren, als sie den Zuschlag für den Bau der Klimaanlage bekommen hatten.

Die Beamtin vom Secret Service sagte: »Gehen Sie bitte

weiter, meine Herren. Wir nehmen den Aufzug.« Sie sprach leise in das Mikrofon an ihrem Ärmel: »Bitte den Aufzug vom Südflügel auf Ebene L.«

Collier schluckte und schob den Servicewagen auf den Aufzug zu.

Kurz darauf öffneten sich die Türen mit einem schrillen Quietschen, das in den Ohren schmerzte.

DREIUNDVIERZIGSTES KAPITEL

WASHINGTON, D.C.

Wilmot und Collier verbrachten den ganzen Morgen im Kontrollraum der Klimaanlage und quälten sich mit den verschiedenen Kontrollreglern des Heizungssystems herum. Es war, wie geplant, heruntergefahren worden. Gegen Mittag wandte Wilmot sich an Shanelle Klotz: »Also, wenn Sie wollen, dass die Anlage während der gesamten Präsidentenrede durchläuft, dann müssen wir hier unten bleiben und die ganze Zeit aufpassen.«

»Sie dürfen nicht hier unten bleiben.«

»Das müssen Sie entscheiden. Zehn zu eins, dass die Anlage noch vor heute Abend wieder ausfällt.«

Einige Anrufe später erklärte Klotz: »Okay, Sie können hierbleiben. Vor der Tür wird ein Wachposten stehen. Sie machen die Tür nicht auf, sondern Sie klopfen, und der Beamte kommt herein. Wenn Sie irgendwohin gehen wollen, dann muss ich das persönlich genehmigen und Sie begleiten. Verstanden?«

»Ist kein Problem«, sagte Wilmot. Er setzte sich und wartete, bis die Türe sich wieder geschlossen hatte. Sie befanden sich in einem kleinen, dunklen Raum. Von hier aus hatten sie keinen direkten Zugriff auf das Heizungssystem, nur auf die Kontrollarmaturen. An diesem Ort konnten sie nichts weiter unternehmen.

Aber jetzt waren sie zum ersten Mal wieder allein.

»Was war denn das vorhin?«, fragte Wilmot. »Wieso sind wir nicht alle an einer Zyanidvergiftung gestorben?«

Collier schaute ihn auf seine typische misslaunige, hochnäsige Art an. »Ich dachte mir schon, dass jemand eine Probe aus dem Tank haben will, also habe ich beide mit einer doppelten Wand versehen. Das bedeutet, jeder Behälter hat zwei Tanks. Die äußere Schicht enthält das Kühlmittel. Wenn man den Hahn aufdreht, kommt reines R-410A heraus.« Er deutete auf den Behälter. »Sehen Sie die Schraube da? Wenn ich die dreimal drehe, dann bricht die Sperre zwischen der inneren und der äußeren Kammer. Wenn wir dann den Hahn aufdrehen, kommt kein Kühlmittel mehr heraus …«

»… sondern Hydrogenzyanid.«

»Genau.«

»Wäre ganz nett gewesen, wenn du mir das vorher schon mitgeteilt hättest«, sagte Wilmot.

Collier starrte ihn an. »Sie sollten nur wissen, dass Sie mich brauchen. Sie werden mich bis zum Schluss brauchen.«

Wilmot legte dem jungen Mann eine Hand auf die Schulter. »Daran hatte ich nie den leisesten Zweifel, mein Junge«, sagte er. »Nicht für eine Sekunde.«

Colliers Gesicht glühte.

Wilmot lehnte sich zurück und legte die Füße auf den Servicewagen. »Glaubst du, die Anlage wird den ganzen Tag durchlaufen, ohne einen weiteren Defekt?«

Collier grinste breit. »Das will ich doch hoffen.«

VIERUNDVIERZIGSTES KAPITEL

INTERSTATE 66, AUSSERHALB VON WASHINGTON, D.C.

Kate Murphy beendete das Auftragen des Make-ups im Wagen. Wenn doch nur Gideon bei ihr wäre, dachte sie, als sie in der Limousine durch den dichten Verkehr der Hauptstadt kroch. In wenigen Stunden würde sie bei der Rede des Präsidenten zur Lage der Nation dabei sein, aber was sie sich viel mehr wünschte, war, Gideons Stimme zu hören.

Etwas früher am Tag hatte sie Besuch von einem ziemlich unangenehmen Menschen bekommen – Ray Dahlgren, der stellvertretende Direktor des FBI, hatte nach Gideons Aufenthaltsort gefragt und behauptet, er wolle ihm »helfen«. Aber Kate war nicht so leicht an der Nase herumzuführen. Sie erkannte einen Lügner schon von Weitem, und Dahlgren wirkte unglaublich scheinheilig. Ziemlich bald schon ließ Dahlgren seine Maske fallen, und sie gerieten in eine heftige verbale Auseinandersetzung, in deren Verlauf Dahlgren mit Worten wie »Verschwörer« und »Behinderung der Justiz« um sich warf. Kate ließ ihn abblitzen. Trotzdem machte sie sich Sorgen um Gideon. Auf ihrem Anrufbeantworter hatte er ihr mitgeteilt, dass es ihm gut ging. Aber seine Nachforschungen hatten Dahlgren eindeutig in größte Unruhe versetzt. Nun fürchtete sie, dass er sich durch seinen Konflikt mit dem FBI noch mehr in Gefahr brachte.

Sie bemerkte die deutliche Präsenz von Sicherheitskräften rund um das Capitol, die sogar für Washingtoner Verhältnisse sehr auffällig war. Sie wusste ja, dass der Secret Service nichts dem Zufall überließ, fragte sich aber, ob sie wirklich auf alle Eventualitäten vorbereitet waren. Drohungen kamen ständig aus allen Richtungen, und selbst die wachsamsten Sicherheitsbeamten konnten nicht gleichzeitig überall sein. Als die Limousine an einer roten Ampel hielt, fragte sie sich ganz kurz, ob womöglich ein Anschlag während der Rede des Präsidenten im Capitol geplant war und ob sie in diesem Gebäude wirklich in Sicherheit war.

Aber dann fand sie sich doch übertrieben ängstlich. In der Welt nach dem 11. September war absolute Sicherheit nicht mehr gegeben und kein Ort wirklich ungefährlich. Diese Ungewissheit war inzwischen zum Normalzustand geworden. Wichtig war, dass sie Gideon vertraute. Wenn wirklich ein Anschlag geplant war, dann würde er eine Möglichkeit finden, ihn zu unterbinden. Und sie sollte sich besser auf das konzentrieren, was direkt vor ihr lag.

Eine Angehörige der Protokollabteilung des Weißen Hauses, eine sehr junge Frau, die aussah, als hätte sie gerade erst die Mädchenschule abgeschlossen, hatte Kate über den Ablauf des Festaktes aufgeklärt. Laut offiziellem Protokoll waren die Gäste in drei Kategorien eingeteilt. Es gab Teilnehmer, die deshalb eingeladen worden waren, weil sie die Wahlkampagne des Präsidenten mit Spenden finanziert hatten oder weil sie aus demographischen Gründen wichtig waren, zum Beispiel eine hispanische Bürgerin, die eine Ehrenmedaille bekommen hatte, oder eine weiße Polizistin. Auf der nächsten Stufe der Leiter standen Leute wie Kate, die Beamte oder Mitarbeiter der Regierung waren, gewesen waren oder es in Zukunft werden sollten. Darüber standen die Kongressabgeordneten und über denen wiederum die Senatoren, einige bedeutende Regierungsmitglieder, die Generalstabschefs, die Angehörigen des Obersten Gerichtshofs und schließlich der Sprecher des Kongresses, der Vizepräsident und der Präsident selbst.

Je weiter unten man auf der Liste verzeichnet war, umso früher musste man vor Ort sein. Auch Milliardäre, Kriegshelden und Goldmedaillengewinner waren verpflichtet, sich schon vier Stunden vor dem Ereignis am Versammlungsort im Russell-Gebäude einzufinden. Kate, die immerhin eine Stufe höher stand, wurde erst drei Stunden vor Beginn erwartet.

Die Limousine kam im dichten Verkehr kaum voran. Die Kuppel des Capitols lag noch in weiter Ferne. Sollte es womöglich doch das Ziel eines Anschlags werden? Sie spürte, wie ihre Beine nervös zuckten.

Wenn Gideon sich doch nur melden würde.

FÜNFUNDVIERZIGSTES KAPITEL

TYSONS CORNER, VIRGINIA

»Doktor, ich habe da einige Arzneimittel in der Küche gefunden. Könnten Sie sich die mal ansehen?«, fragte Tillman und deutete mit dem Kopf in die entsprechende Richtung.

Der Arzt schaute ihn misstrauisch an. »Was meinen Sie denn?«

»Verbandszeug, das Sie sich mal anschauen sollten.« Er deutete mit dem Lauf seiner Waffe in die Küche. »Kommen Sie doch mal mit.«

»Ich lasse die Mädchen nicht allein.«

»Wir wollen uns doch nicht über solche Lappalien streiten, oder?«, sagte Tillman ruhig. Dann warf er ihm einen deutlich auffordernden Blick zu.

Klotz schien einen Moment lang zu überlegen. Dann nickte er knapp und lief eilig auf die Küchentür zu.

Tillman folgte ihm, konnte ihn aber nicht überholen. Als er eintrat, stand Klotz gegen den Tresen gelehnt, mit ausdruckslosem Gesicht, die Hände hinter dem Rücken.

Tillman blieb neben der Tür stehen. Es war eine hübsche moderne Küche – mit einer Arbeitsplatte aus Granit und einer Sitzgruppe in der Mitte. Alles war sauber und ordentlich, die Pfannen hingen an ihren Haken, und die Messer steckten in ihrem Holzblock. Eine Pfanne an jedem Haken, ein Messer in jedem Schlitz.

Nur eins fehlte.

Tillman blieb auf der anderen Seite der Sitzgruppe stehen und blieb auf Distanz. Er beugte sich vor und sprach so ruhig und sanft, wie er konnte. »Der Mann im Nebenzimmer ist ziemlich aufgebracht. Er ist fest davon überzeugt, dass er einer sehr großen Sache dient. Und diese Sache hat ihn hierhergeführt. Er will sie unbedingt zu einem erfolgreichen Ende bringen. Aber er liebt seine Frau. Er ist jetzt in einem ziemlich erregten Zustand. Wir müssen alle unbedingt ruhig bleiben.«

Klotz starrte ihn an.

Tillman kam um die Sitzgruppe herum und blieb dicht vor Klotz stehen. Nun konnte er so leise sprechen, dass Verhoven ihn nicht hören konnte.

»Wie Sie sich wahrscheinlich schon gedacht haben, ist ein Anschlag während der Rede des Präsidenten zur Lage der Nation geplant. Ich bin hier, um zu verhindern, dass es so weit kommt.«

Klotz schloss kurz die Augen. Ein Ausdruck der Erleichterung huschte über sein Gesicht. »Oh, Gott sei Dank«, flüsterte er. »Dann sind Sie vom FBI?«

»Ich wünschte, es wäre so einfach«, sagte Tillman. »Aber ich gehöre jedenfalls zu den Guten.«

»Sind Sie Polizist?«

»Bleiben wir lieber bei den wichtigen Dingen. Erstens: Sie müssen mitspielen. Egal, was ich Ihnen sage, tun Sie es einfach. Keine schlauen Bemerkungen, keine Messer im Ärmel.« Er streckte die Hand aus und packte Klotz am Arm. Mit der anderen zog er das Ausbeinmesser mit der achtzehn

Zentimeter langen Klinge aus dem Ärmel des Arztes und schob es wieder in den Holzblock.

»Mist«, sagte Klotz. »Tut mir leid.«

»Sie müssen sich nicht dafür entschuldigen, dass Sie Ihre Familie verteidigen wollen«, sagte Tillman. »Zweitens müssen wir die Leute ausfindig machen, die diesen Anschlag durchführen wollen. Wir wissen nicht, wer sie sind oder wo sie sind. Aber sie werden sich irgendwann hier melden. Was immer dann passiert, machen Sie mit.«

Klotz kniff die Augen zusammen. »Können Sie irgendwie beweisen, was Sie da behaupten? Vielleicht erzählen Sie mir ja nur ein Märchen, damit ich nichts gegen Sie unternehme.«

Tillman schaute ihm direkt ins Gesicht und sagte: »Sir, um ganz ehrlich zu sein, haben Sie überhaupt keine andere Wahl. Ich bin Ihre einzige Versicherung, dass Sie aus diesem Schlamassel rauskommen. Und jetzt müssen Sie mir sagen, bei welcher Einheit Ihre Frau arbeitet.«

»Das weiß ich nicht.«

»Sie hat Ihnen das nicht erzählt?«

»Sehen Sie sich doch um. Dann kriegen Sie schnell mit, auf welchem Sicherheitslevel meine Frau sich bewegt. Ihr Tätigkeitsbereich ist geheim. Sie erzählt niemandem davon, schon gar nicht ihrer Familie.«

Tillman schaute sich sein Gegenüber eingehend an und entschied, dass er ihm glauben musste. »Okay. Dann müssen wir eben abwarten. Aber wir können nicht zulassen, dass Lorene stirbt, während wir hier tatenlos herumsitzen. Sie müssen sich was überlegen, um ihr das Leben zu retten.«

»Ich kann hier doch keine Operation durchführen! Selbst wenn ich genau wüsste, wo sich die Splitter befinden. Ich bin kein Nierenspezialist. Und wir sprechen hier von einem sehr heiklen chirurgischen Eingriff, bei dem die Gefäße betroffen sind.«

»Dann müssen Sie sich was anderes überlegen. Je besser es dieser Frau geht, umso sicherer sind Ihre Kinder. Ich habe Geräte für eine Infusion im Auto, aber ich habe bereits zwei Beutel Kochsalzlösung und zwei mit Blutplasma verbraucht. Ich habe nichts mehr für eine Transfusion.«

Klotz dachte kurz nach. »Ich glaube, ich habe noch zwei Flaschen mit steriler Kochsalzlösung oben im Panikraum. Die sind eigentlich für die Befeuchtung von Wunden gedacht, aber …« Er rieb sich mit der Hand übers Gesicht. »Also theoretisch könnten wir ein bisschen Zucker untermischen und damit eine Infusion machen. Das peppt sie ein bisschen auf, und ihr Zustand wird sich stabilisieren. Aber dabei könnten wir die Salzlösung unter Umständen verunreinigen. Wenn das passiert, wird sie eine Infektion bekommen, die möglicherweise tödlich ist.«

»Wir brauchen sie heute lebendig. Morgen wird sich der Rest von selbst erledigen.«

»Ich nehme meinen hippokratischen Eid sehr ernst. Ich darf einem Patienten nicht schaden. Das Risiko …«

Tillman unterbrach ihn und flüsterte mit zusammengebissenen Zähnen: »Diese Schweine wollen eine große Anzahl von Menschen kaltblütig umbringen. Auch Ihre beiden Töchter übrigens. Das Leben der Frau ist mir völlig egal. Wenn es nach mir geht, wird diese Frau sowieso bald tot sein.«

Klotz' Gesichtszüge verhärteten sich. »Also gut«, sagte er schließlich. »Holen Sie die Sachen für die Infusion aus dem Auto. Ich will mal sehen, was ich da zusammenmischen kann.«

Tillman deutete mit der Waffe zur Tür. »Zurück ins Wohnzimmer.«

Verhoven schaute sie erwartungsvoll an, als sie eintraten.

»Das mit den Medikamenten war leider falsch, Colonel«, sagte Tillman. »Aber ich glaube, der Doktor und ich haben eine Lösung gefunden ...«

Gideon fragte den Polizisten, ob er Hunger hätte.

»Ich brauche nichts«, sagte Officer Millwood.

»Ich habe ein paar Müsliriegel in meiner Jackentasche.«

»Ich brauche nichts«, wiederholte der Polizist.

»Hören Sie, ich kann ja verstehen, dass Sie nicht besonders glücklich darüber sind, hier mit mir herumzusitzen. Aber es wäre alles viel einfacher, wenn Sie mir vertrauen und was zu essen annehmen würden.«

»Warum sollte ich Ihnen vertrauen?«

»Sie haben doch mitbekommen, was da im Haus abgelaufen ist. Glauben Sie, ich habe Ihnen das vorgespielt?«

»Ich habe nichts weiter mitbekommen als die Tatsache, dass dort ein paar Leute eine unschuldige Familie als Geiseln genommen haben.«

Gideon seufzte. Er saß jetzt seit fast sechs Stunden mit diesem Beamten hier zusammen, und in diesem Zeitraum war kaum etwas passiert. Um ihn herum belebte sich die Gegend. Eltern brachten ihre Kinder zum Schulbus, und als die Kinder weg waren, kamen die Mütter mit den Hunden heraus, um Gassi zu gehen. Dann rückten die Putzfrauen an. Glücklicherweise hatte Officer Millwood noch zwei Stunden lang Dienst, und abgesehen davon, dass sein Vorgesetzter sich einmal gemeldet hatte, gab es keine Notfälle, die ihn betrafen.

Wenn Tillman ihm doch nur über Funk mehr Informationen übermitteln könnte. Aber es war ja klar, dass er keine Gelegenheit dazu hatte. Stattdessen hörte Gideon gedämpfte Unterhaltungen, die von dem Mikro aufgenommen wurden, das Tillman in der Tasche hatte. Es war nicht ideal, aber zumindest blieb er auf dem Laufenden. Er wusste, dass sie Lorene eine Infusion gegeben hatten, und konnte sich ausrechnen, dass ihnen das noch ein oder zwei Stunden Puffer verschaffte. Aber hatten sie überhaupt so viel Zeit? Die Rede zur Lage der Nation würde in wenigen Stunden stattfinden, und mit jeder Minute, die verstrich, näherten sie sich dem Zeitpunkt des Anschlags. Aber wenn Tillman jetzt herauskam, hatten sie nicht viel mehr als den Namen der Secret-Service-Agentin. Unter normalen Umständen hätte das genügt, aber damit würden sie nicht durch die Sicherheitskontrollen kommen oder Dahlgren überzeugen. Die Zeit verstrich, und doch konnten sie im Moment nur abwarten. Zweifellos würde sich das in absehbarer Zeit ändern.

»Worauf warten wir denn bloß?«, murmelte er vor sich hin.

»Genau das frage ich mich auch«, sagte Officer Millwood.

Gideon drehte sich zu ihm. Das war der erste Kommentar zur Lage, den der Polizist überhaupt gemacht hatte. Vielleicht war das Eis ja jetzt gebrochen.

Aber bevor er antworten konnte, wurde er von einem leisen Geräusch in seinem Ohrhörer zurückgehalten. Im Haus der Familie Klotz klingelte das Telefon. Er hörte, wie Verhoven sagte: »Gehen Sie ran. Das ist Ihre Frau.«

SECHSUNDVIERZIGSTES KAPITEL

WASHINGTON, D.C.

Zehn Minuten zuvor, als die Temperatur im Capitol sechzehn Grad Celsius erreicht hatte, öffnete Collier die Tür und sagte zu dem Wachposten, der draußen stand: »Ich glaube,

Sie müssen Special Agent Klotz noch mal rufen. Wir haben ein Problem mit der Temperaturregelung.«

Der Beamte nickte und rief sie dann über das Mikrofon, das an seinem Ärmel steckte.

Als Shanelle Klotz den Kontrollraum erreichte, erklärte Wilmot ihr, dass das Heizungsproblem doch schlimmer sei als erwartet. Im Capitol würde es in ungefähr einer Stunde wieder so kalt sein wie in einem Kühlschrank.

»Was müssen Sie tun, um das in Ordnung zu bringen?«, fragte sie.

»Ich muss die Kontrollanzeigen in der Eingangshalle prüfen, während John hier die Daten eingibt. Ich nehme mal an, Sie wollen lieber hierbleiben, während ich dahin gehe.«

Shanelle Klotz nickte und steckte den Kopf aus der Tür. »Mr Wilmot kommt jetzt heraus. Ich bleibe hier drinnen.«

»Ja, Ma'am«, sagte der Posten.

Wilmot trat mit dem Spannungsmesser in der Hand nach draußen, schaute den Flur entlang und wartete, bis sich die Tür hinter ihm geschlossen hatte. Bis auf den Wachposten und ihm selbst war niemand zu sehen.

»Wir müssen in diese Richtung«, sagte er und deutete nach links. »Müssen Sie mich begleiten?«

»Ja, Sir, das muss ich.«

Wilmot ging los. Plötzlich sagte er: »Oh, verflixt, das ist ja das falsche Kontrollbord«, und drehte sich abrupt um.

Jetzt stand er in Reichweite des Beamten. Er tat so, als würde er stolpern, und streckte die Hand aus, als wollte er sein Gegenüber davor bewahren, gegen ihn zu stoßen.

Das Gerät in seiner Hand sah aus wie ein Spannungsmesser, war es aber nicht. Tatsächlich handelte es sich um ein Betäubungsgewehr. Ein normales Betäubungsgewehr gibt einen Stromstoß von ungefähr fünfzigtausend Volt bei 0,01 Milliampere ab. Dieses Betäubungsgewehr jedoch besaß einen anderen Kondensator und Transformator als die handelsüblichen Modelle und produzierte ungefähr drei Ampere.

Wilmot stieß die beiden fast unsichtbaren Spitzen am Ende des Spannungsmessers in den Brustkorb des Beamten und drückte auf den Knopf, wodurch er die gesamte im Gerät enthaltene Strommenge in dessen Körper entlud. Die Stärke des Stromstoßes – genug, um einen Toaster anzutreiben – genügte, um das Herz des Mannes augenblicklich zum Stillstand zu bringen.

Der Beamte zuckte so heftig, dass sein Kopf gegen die Wand geschmettert wurde. Es klang, als würde jemand mit einer Machete eine Kokosnuss spalten. Der Beamte war schon tot, als sein Körper auf dem Boden aufkam. Wilmot zog die Maschinenpistole aus seinem Holster, schob die Leiche mit dem Fuß ein paar Meter zur Seite und klopfte dann leise an die Tür.

Als Shanelle Klotz aufmachte, packte er sie an der Kehle und drängte sie zurück in den Raum, während er ihr die Maschinenpistole ins Gesicht hielt.

Laut ihren Personalakten – die Wilmot sehr sorgfältig studiert hatte – hatte Agent Klotz ein sehr intensives Training in Selbstverteidigung bekommen, wie alle anderen Beamten des Secret Service auch. Aber er war gut dreißig Zentimeter größer und knapp 60 Kilo schwerer als sie.

Sie hatte keine Zeit zu schreien oder nach ihrer Waffe zu greifen, da hatte Collier sie schon entwaffnet und ihr ein Klebeband über den Mund gezogen. Sie kämpfte immer noch wild gegen Collier an, während Wilmot den toten Beamten in den Kontrollraum zog, aber es war zu spät. Wilmot schloss die Tür und richtete die Maschinenpistole auf ihr Gesicht.

»Wenn wir die Absicht gehabt hätten, Sie zu töten, dann

wären Sie schon tot. Sie können sich also beruhigen, um herauszufinden, was wir vorhaben.«

Sie setzte sich weiterhin zur Wehr, während Wilmot ihr Plastikfesseln um die Arme und Handgelenke legte. Schließlich sah sie ein, dass Widerstand zwecklos war, und beruhigte sich. Wilmot erkannte aber deutlich, dass sie nicht gewillt war aufzugeben. Sie sparte lieber ihre Kräfte, um ihre Situation einzuschätzen und in einem günstigen Moment das Blatt zu wenden. In ihren Augen flammte immer noch der unterdrückte Zorn auf. Je mehr er mit ihr zu tun hatte, umso mehr mochte er sie.

»Sie rufen jetzt zu Hause an«, sagte er. »Sie wollen doch nicht, dass Ihren Töchtern was passiert.«

Sie riss die Augen auf, und jetzt wusste Wilmot, dass er sie gefügig gemacht hatte. Er hatte sehr viel Zeit mit eigenen Ermittlungen im Vorfeld dieser Aktion verbracht. Er hatte die psychologischen Profile gelesen und sie für geeignet befunden, weil sie Mutter von zwei kleinen Kindern war.

Collier zog das Handy aus dem Gürtel der Beamtin und steckte ein dünnes Kabel ein, das mit dem USB-Anschluss des Kontrollbords der Klimaanlage verbunden war.

»Wir wissen, dass der Secret Service während der Rede des Präsidenten alle Mobilfunkfrequenzen unterdrückt. Aber die Kabelverbindung über den Server der National Heat & Air funktioniert ausgezeichnet. Sie gehört zu den Sicherheitsleitungen, die das Capitol mit dem staatlichen Sicherheitssystem verbindet. Wir können uns eine Leitung nach draußen verschaffen, indem wir die Identifikationsdaten auf der SIM-Karte in Ihrem Mobiltelefon benutzen. Mein Freund John hier könnte Sie stundenlang mit den technischen Details langweilen. Aber das Wichtigste ist, dass derjenige, der diesen Anruf entgegennimmt, Ihren Namen auf dem Display sieht.«

Collier gab ihr Passwort auf dem Handy ein und sagte: »Laut meinen Informationen haben Sie Ihre Nummer zu Hause als Nummer zwei in die Liste eingetragen.«

Er drückte auf die Zweier-Taste. Als es klingelte, schaltete er den Lautsprecher ein und hielt den Apparat vor das Gesicht von Shanelle Klotz.

Nachdem es drei Mal geklingelt hatte, meldete sich eine männliche Stimme, die sehr verängstigt klang. »Liebling, bist du das?«

»Hallo, Dr. Klotz«, sagte Wilmot. »Ihre Frau steht gerade direkt neben mir. Sie hat ein Klebeband über dem Mund, und ihre Arme und Beine sind gefesselt. Aber sie hört sehr aufmerksam zu. Sie sollten ihr jetzt erst einmal eine ehrliche und genaue Beschreibung Ihrer momentanen Situation geben.«

Wilmot hörte, wie Klotz am anderen Ende der Leitung die Luft einsaugte und ausstieß – ein schnelles, fast schon hysterisches Atmen. »Liebling? Bist du dort? Hier sind ... hier sind zwei Männer und eine Frau in unserem Haus. Sie sind schwer bewaffnet. Nicht nur mit Pistolen. Sie haben auch Sprengstoff und solche Sachen bei sich. Sie haben anscheinend die Alarmanlage ausgeschaltet, sodass die Polizei nichts mitbekommen hat. Das sind ... ich weiß auch nicht, jedenfalls sind sie wirklich ... sehr ernst zu nehmen.«

Shanelle Klotz sah ungeheuer wütend aus. Ihre Augen blitzten auf vor Wut und vor Angst.

Wilmot legte einen Finger an die Lippen. »Sprechen Sie mit ihm, Agent Klotz«, forderte er sie auf. »Aber vergessen Sie nicht: Wenn Sie uns Schwierigkeiten machen, werden Ihr Mann und Ihre Töchter getötet.«

Collier riss ihr das Klebeband vom Mund.

»Nathan«, sagte sie, »du weißt doch, dass ich nicht ...« Sie brachte den Satz nicht zu Ende.

»Bitte, Liebling! Tu, was sie sagen!« Die Stimme ihres Mannes war sehr hoch und zittrig. »Sie haben die Mädchen.«

Shanelle Klotz starrte geradeaus auf die kahle Wand. Ihre Miene war unbewegt, aber Tränen strömten ihr übers Gesicht.

»Sie sollen uns nur eine Tür öffnen, mehr verlangen wir nicht von Ihnen«, sagte Wilmot.

Die Agentin schwieg eine Weile, dann sagte sie: »Ich kann nicht, Nathan. Ich habe einen Eid geschworen.«

Wilmot war verblüfft. Er wusste ja, wie sehr er seinem eigenen Sohn zugetan war. Dass eine Mutter derart hartherzig war und das Leben ihrer Kinder aufs Spiel setzte, konnte er nicht fassen. Er hätte nie gedacht, dass eine Frau zu einer solchen Entscheidung fähig war. Und jetzt waren es bis zur Rede des Präsidenten nur noch eine Stunde und vierzig Minuten.

Im Wohnzimmer der Familie Klotz sah Tillman verblüfft zu, wie Lorene Verhoven mit einem Mal vom Sofa aufstand. Obwohl sie halb tot wirkte, war jetzt wieder dieser manische Schimmer in ihren Augen zu sehen.

Sie ging zu ihrem Mann, nahm ihm das Telefon aus der Hand und stellte den Lautsprecher aus. Dann hob sie den Hörer ans Ohr. Sie fasste das jüngere Mädchen bei der Hand und sagte lächelnd: »Hallo, Liebes. Sag mir doch mal deinen Namen.«

»Wendy«, sagte das Mädchen.

»Wendy. Das ist ein hübscher Name.« Lorene sprach in einem fiebrigen Flüsterton. »Das war doch das Mädchen bei Peter Pan, das sich immer um die anderen gekümmert hat. Kümmerst du dich auch immer um deine Puppen?«

Das Mädchen nickte. »Ja.«

»Und kümmert sich deine Mami auch so schön um dich, wie du um deine Puppen?«

»Ja.«

Lorene zog das Mädchen mit sich und sagte: »Komm doch mal kurz mit mir, Herzchen. Wir werden jetzt mal ein Gespräch unter Mädchen mit deiner Mutter führen, okay? Nicht hier, wo diese schrecklichen Männer mit ihren Waffen herumstehen. Bist du einverstanden?«

Das Mädchen schaute zu ihrem Vater. Er sah Tillman fragend an. Der nickte. Klotz nickte dem Mädchen zu. Es lächelte, weil es glaubte, dieses Nicken hätte alles in Ordnung gebracht.

Tillman konnte sich nicht erinnern, jemals so vertrauensvoll gewesen zu sein. Vielleicht war er das ja mal gewesen. Aber er konnte sich nicht mehr daran erinnern.

»Stützt du mich ein bisschen beim Gehen?«, fragte Lorene. »Ich bin im Moment nicht so gut auf den Beinen.«

»Ja.«

»Vielen Dank, Liebes.«

Zusammen gingen sie ganz langsam auf die Treppe zu. Das Mädchen hatte ihren Arm um die Hüfte von Lorene gelegt, der man deutlich ansah, dass sie Schmerzen hatte. Sie stiegen nach oben und verschwanden.

Bitte, betete Tillman, *dem kleinen Mädchen soll nichts passieren.*

Es dauerte eine Weile, bevor sich die Frau am anderen Ende wieder meldete. »Hallo, Special Agent Klotz«, sagte sie. Wilmot kannte ihre Stimme nicht, aber er wusste, dass es Verhovens Frau sein musste.

Shanelle Klotz starrte das Telefon in Colliers Hand an, als wäre es eine Giftschlange. »Hallo«, sagte sie leise.

»Mein Name ist Lorene Verhoven«, sagte die Frau. »Jedenfalls benutze ich diesen Namen jetzt. Meine Mutter hat mich Alice genannt. Die kleine Wendy hier … Sie hat ein liebes, vertrauensseliges Gesicht. Ich bin mir sicher, dass sie an ihre Mutter glaubt.«

Shanelles Hände zitterten, sie ballte die Fäuste. Aber sie sagte nichts.

»Ich habe den Namen, den meine Mutter mir gegeben hat, schon seit Langem abgelegt. Weil ich meiner Mutter nie vertrauen konnte. Meine Mutter war eine Hure. Ich will nicht darüber urteilen, ich stelle es nur fest. Sie hatte ein schweres Leben. Männer kamen zu ihr und sagten schlimme Sachen und taten schlimme Sachen mit ihr. Und sie … hat es einfach zugelassen. Hat nicht ein Mal etwas dagegen gesagt. Wenn die Männer fort waren und die Türen hinter ihnen zugefallen waren, wenn sie den Schlüssel im Schloss wieder umgedreht hatte, wenn sie in Sicherheit war … dann sind der Schmerz und die Wut aus ihr hervorgebrochen. Was sie dann mit mir tat hinter der verschlossenen Tür, wenn wir allein waren – nun, das könnte ich Ihnen jetzt alles erzählen … Aber ich glaube nicht, dass Ihre kleine Tochter das hören sollte.«

Wilmot hörte, wie Lorene Verhoven tief Luft holte.

»Muttersein ist eine heilige Pflicht«, fuhr sie fort. »Und ehrlich gesagt habe ich mich nie getraut, diese Verantwortung zu übernehmen. Ich weiß, zu was ich fähig bin. Ich tue Dinge mit Messern und mit Spießen, mit Zigaretten und mit dem Hammer, mit Nadeln und Glasscherben. Sie wären überrascht, wie viel Schmerzen man verursachen kann mit Dingen, die man in seinem Schlafzimmer findet.«

Lorene seufzte.

»Oh, Wendy, du bist wirklich süß. Und hast so hübsches Haar. Ich mag dein Haar. Es ist ganz weich und wellig.«

»Warum weinen Sie denn?«, war jetzt die dünne Stimme des Mädchens zu hören.

»Es ist schon gut, Liebes«, sagte Lorene Verhoven. »Mach dir keine Sorgen um mich. Mir wird nichts passieren.«

Ein gepresster, animalischer Laut entrang sich der Kehle von Shanelle Klotz. »Nicht!«, stöhnte sie auf. »Tun Sie ihr nicht ...«

»Hören Sie gut zu«, sagte Lorene, und auf einmal klang ihre Stimme scharf wie ein Peitschenschlag. »Ich habe Ihnen meinen Namen genannt. Sie wissen ja, was das bedeutet. Ich habe mit meinem Leben abgeschlossen. Mein Mann ist ein Visionär, er hat mich hierhergebracht, weil ich Teil einer ganz großen Sache bin. Am heutigen Tag habe ich die Chance, an einer historischen Tat teilzunehmen, an etwas Großem, zu dem ich allein nie in der Lage gewesen wäre. Es ist ein Höhepunkt. Es ist der Schlusspunkt meines ansonsten unbedeutenden Lebens. Deshalb interessiert es mich nicht, ob Ihre Tochter mich bei einer Gegenüberstellung wiedererkennt. Es ist mir egal, ob sie meinen Namen weiß. Sie muss nicht zum Schweigen gebracht werden, das ist unnötig. Davon sind wir längst weit entfernt. Ich möchte wirklich gern, dass dieses süße Mädchen, wenn alles vorbei ist, hier aus dem Haus geht, sauber und rein, unversehrt und springlebendig, so wie gestern und alle Tage zuvor. Aber wir müssen alle unsere Rolle spielen. Ihre ist noch nicht festgeschrieben. Mein Schicksal hingegen ist besiegelt. Aber ihres? Das liegt ganz allein in Ihrer Hand.«

»Sie Miststück«, zischte Shanelle. »Wagen Sie es nicht, sich an meiner Tochter zu vergreifen.«

Lorene erwiderte nichts und ließ die peinigende Stille für sich sprechen.

Dann war der scharfe Schmerzensschrei eines Kindes zu hören. »Aua!«, schrie das Mädchen. »Sie tun mir ja weh!«

»Nein, Herzchen«, sagte Lorene ganz ruhig. »Ich hab noch nicht mal damit angefangen.«

Und im Bruchteil einer Sekunde war aller Widerstandsgeist bei Shanelle Klotz verpufft. Sie sackte in sich zusammen.

»Okay«, flüsterte sie. »Ich mache, was Sie sagen. Aber bitte tun Sie meinen Mädchen nichts.«

Tillman hörte den Schrei des Mädchens und rannte zur Treppe. Aber als er auf dem ersten Absatz angekommen war, stiegen Lorene und die Kleine schon die Stufen herunter, Hand in Hand. Die Farbe von Lorenes Eyeliner lief über ihre Wangen.

»Entschuldige bitte«, sagte sie zu Wendy. »Ich wollte dich nicht so hart anfassen. Es war keine Absicht.«

»Das ist schon okay«, sagte die Kleine und strich Lorene die Tränen aus dem Gesicht. »Ich weiß ja, dass Sie es nicht so gemeint haben.«

Lorene gab dem Mädchen einen Kuss auf die Stirn. »Du bist so süß.«

Tillman senkte seine Waffe und stieg rückwärts die Treppe wieder herunter.

Als sie unten angekommen war, hielt Lorene das Telefon in die Höhe und lächelte mit leerem Blick.

»Geschafft«, sagte sie.

SIEBENUNDVIERZIGSTES KAPITEL

WASHINGTON, D.C.

Der Secret Service der Vereinigten Staaten ist eine Organisation, in der Verfolgungswahn als Tugend angesehen wird. Er hat schon die verrücktesten Möglichkeiten eines Anschlags während der Rede des Präsidenten im Capitol durchgespielt, zum Beispiel: ein Selbstmordattentäter in Kleidern mit einem Gewebe aus Plastiksprengstoff; Schusswaffen aus Plastik oder Keramik, die jemand im Anus hereintransportiert; Messer, die vollständig aus Glas oder Obsidian gefertigt sind; mit Sprengstoff gefüllte Herzschrittmacher im Brustkorb, die den Saal mit Strontium 90, Cäsium 137, Kobalt 60 oder sogar mit Plutonium 239 verseuchen. Wenn man einen Herzschrittmacher hat und der Rede zur Lage der Nation beiwohnen möchte, sollte man in der Lage sein, den Sicherheitsbeamten den Namen des Arztes, des Herstellers und des Modells sowie die Seriennummer zu geben, und zwar zwei Wochen vor dem Ereignis. So vorsichtig sind sie.

Natürlich ist es den Fachleuten vom Secret Service auch nicht verborgen geblieben, dass die Klimaanlage des Capitols die Möglichkeit in sich birgt, Reizgase, Giftgase oder radioaktives Material in den Saal zu pumpen, in dem sich rund sechshundert der bedeutendsten Menschen des Landes versammelt haben.

Für jede Gefahr, die ein solches Großereignis bedrohen könnte, hat der Secret Service ein detailliertes Szenario geschrieben. So gibt es zum Beispiel ein dreizehn Seiten umfassendes Dokument in einem Ordner der Zentrale des Sicherheitsdienstes, in dem alle möglichen Schritte zum Einschmuggeln eines explosiven Herzschrittmachers dargelegt werden. Der Secret Service hat hunderte solcher Protokolle verfasst. Um einen Angriff auf das Heizungs- und Lüftungssystem zu verhindern, gibt es ein Dokument, in dem einunddreißig sogenannter »Action Events« aufgelistet sind, siebzehn unter der Überschrift »Vermeidung« und vierzehn unter der Überschrift »Reaktionen«. Die Aktion Nummer elf auf der Vermeidungsliste legt fest, dass jede Person, die den Serviceraum der Umwälzanlage betreten will, von dem Leiter des zuständigen Sicherheitsteams eine Genehmigung einholen muss. Darüber hinaus muss jeder Techniker von zwei bewaffneten Beamten begleitet werden, wenn er den Raum mit direktem Zugriff auf die Klimaanlage betritt. Für den Fall, dass der Anlage irgendwelche komprimierten Gase zugefügt werden müssen, müssen diese Substanzen einer zusätzlichen letzten Kontrolle von einem eigens dafür bestimmten Spezialisten unterzogen werden. Diese Überprüfung muss von einem Vorgesetzten beaufsichtigt werden – und das war in diesem Fall Special Agent Shanelle Klotz.

»Bevor wir nun zum Serviceraum gehen«, sagte Wilmot zu ihr, »schauen wir uns noch mal unseren Detailplan an, damit wir alle genau wissen, wie es abläuft …«

Drei Minuten später standen sie vor der Tür, vor der sie bereits zwei Beamte erwarteten.

Shanelle nickte ihnen knapp zu und sagte: »Einer kommt mit rein, der andere bleibt draußen vor der Tür.«

Der eine Agent folgte ihnen in den Raum. Wilmot wartete, bis die Tür hinter ihm zugegangen war, dann schlug er ihm mit einer Rohrzange über den Schädel. Als der Mann zu Boden gegangen war, klebte Collier ihm ein Band über den Mund und legte ihm Plastikfesseln an.

»Sie sagten doch, Sie würden ihn nicht verletzen«, protestierte Shanelle Klotz.

»Ich habe gelogen«, gab Wilmot zurück.

Collier schaute auf die Uhr. »Noch dreiundfünfzig Minuten.«

»Gehen Sie raus und sagen Sie dem Mann vor der Tür, dass alles in Ordnung ist und er auf seinen Posten zurückgehen kann.«

Sie öffnete die Tür und sagte: »Hier ist alles bestens. Sie können zurückgehen.«

»Jawohl, Ma'am.« Der Sicherheitsbeamte, ein breiter Kerl in einem grauen Anzug, stapfte davon.

Wilmot wandte sich an Shanelle Klotz: »Hören Sie, Sie können davon ausgehen, dass wir ein sehr genaues Bild haben von der Art und Weise, wie Sie Ihren Job hier erledigen. Wir kennen alle Formulierungen bei Warnungen, alle Passwort-Vorschriften, die Durchführung von Authentifizierungen, die Befehlskette – einfach alles. Wir wissen auch, dass der zufällig in einem Gespräch geäußerte Satz ›das dürfte zu erwarten sein‹ einem anderen Sicherheitsbeamten signalisiert, dass ein Anschlag auf den Präsidenten geplant ist. Wenn Sie also vermeiden wollen, dass Wendy von dieser irren Lorene Verhoven Schmerzen zugefügt werden, dann sollten Sie diese Phrase vermeiden.«

Wilmot hatte ziemlich viel über die Verhaltensweisen des Secret Service am heutigen Tag herausgefunden, aber nicht alles. Shanelle Klotz gegenüber gab er die wenigen Details zum Besten, die er kannte, und erweckte auf diese Weise den Eindruck, er hätte über alles einen genauen Überblick. Je mehr sie davon überzeugt war, dass er Bescheid wusste, umso weniger würde sie es wagen, etwas Dummes zu tun.

Shanelle Klotz unterbrach ihn: »Dann wissen Sie ja auch, dass wir noch einen letzten Test machen müssen, um sicherzugehen, dass in diesen Behältern nicht das ist, was drin ist … Nervengas? Rizin? Zyklon B?«

»Damit Sie sich nicht allzu sehr aufregen«, sagte Wilmot, »will ich Ihnen noch sagen, dass wir hier eine Protestaktion durchführen. In diesen Behältern ist CS-Reizgas. Damit kennen Sie sich ja aus.«

»Tränengas.«

»Genau. Jedenfalls wird es Tränengas genannt. Aber es bewirkt vor allem, dass man sich übergeben muss.«

»Sie haben also nicht die Absicht, jemanden umzubringen?«

Wilmot schüttelte den Kopf. »Die Regierung ist außer Kontrolle geraten. Wir sind der Meinung, dass das amerikanische Volk aufgerüttelt werden muss. Die Aktion, die wir hier durchführen, soll zeigen, wie schwach, dumm und verletzlich unsere Administration ist. Wir sind nicht hier, um Menschen zu töten. Sie müssen sich also nicht mit der Frage herumschlagen, ob Sie sich selbst oder Ihre Familie opfern sollen, um die ganzen Fettsäcke oben im Saal zu retten. Dann würden Sie das Leben Ihres Mannes und Ihrer Kinder für nichts und wieder nichts fortwerfen.«

Wilmot war sich nicht sicher, ob die Beamtin ihm das abnahm. Aber es war einen Versuch wert. Wenn man jemandem etwas einredete, und sei es auch noch so fragwürdig, dann konnte dies eine Detail mitunter darüber entscheiden, ob die Person aufbegehrte oder alles passiv über sich ergehen ließ. Wenn seine Lüge bewirkte, dass sie den Bruchteil einer Sekunde länger darüber nachdachte, ob sie sie aufhalten sollte, dann konnte dieser winzige Moment vielleicht darüber entscheiden, ob ihre Aktion ein Erfolg oder ein Misserfolg wurde.

»Ich weiß nicht, ob ich Ihnen das glauben soll«, sagte Shanelle Klotz.

»Es ist mir scheißegal, ob Sie mir glauben oder nicht«, sagte er. »Los, rufen Sie jetzt den Typen mit dem Spürhund. Damit wir das auch hinter uns bringen können.«

Klotz sprach in das Mikro am Ärmel.

»Noch einundfünfzig Minuten«, sagte Collier.

ACHTUNDVIERZIGSTES KAPITEL

TYSONS CORNER, VIRGINIA

Im gleichen Moment, als Lorene »geschafft« sagte, taumelte sie und klammerte sich am Treppengeländer fest. Das Telefon fiel ihr aus der Hand, sie kippte nach hinten und rutschte die Wand herunter. Ein langer blutroter Streifen zog sich hinter ihr über die cremefarbene Wand.

Verhoven lief zu ihr. »Lorene!«, rief er. »Lorene!«

Ihr Kopf ruckte nach vorn.

»Lorene!«

Sie gab ein schnarchendes Geräusch von sich. Tillman kannte diesen Ton. Es war das Geräusch, das ein Verletzter von sich gab, der dem Tod geweiht war, wenn er nicht verdammt schnell Hilfe bekam.

Was der Arzt auch getan hatte, es war nicht genug. Die Infusion hatte ihr nur einen kurzen Energieschub gegeben. Der war aber sehr schnell verbraucht, und jetzt befand sie sich in einem sehr schlechten Zustand.

Verhoven beugte sich über seine Frau und schüttelte sie. Sie reagierte nicht. Sein Gesicht verhärtete sich, und Tillman bemerkte etwas, das ihm sagte, dass die Sache hier ein schlimmes Ende nehmen könnte.

»Was haben Sie getan?«, schrie Verhoven den Arzt an. »Was zum Teufel haben Sie getan?«

»Bleiben Sie doch ruhig«, sagte Tillman und packte Verhoven an der Schulter. »Wir haben doch beide zugesehen. Er hat nichts getan. Zucker und Salzlösung, das war alles. Sie ist einfach geschwächt. Sie gerät in einen Schockzustand. Wir müssen sie hinlegen und ...«

Verhoven hob seine Pistole und zielte auf Klotz.

Tillman sah, wie wütend und verzweifelt Verhoven war,

und wusste, dass er seine Wut an dem Arzt auslassen wollte. Wie jeder machtlose Kriminelle verspürte auch er den Drang, sich auf das schwächste Objekt in seiner Umgebung zu stürzen.

Tillman kannte noch immer nicht den genauen Ort des Anschlags und auch nicht, wie er durchgeführt werden sollte. Aber er wusste, dass eine Agentin des Secret Service namens Shanelle Klotz dazu gezwungen wurde, etwas zu tun, was mit diesem Anschlag in Zusammenhang stand. Wenn er zusammen mit Gideon herausfand, wo sie stationiert war, konnten sie den Anschlag verhindern.

Kurz gesagt, das musste jetzt genügen. Er hatte keine Zeit mehr, sich über weitere Optionen Gedanken zu machen.

Tillman feuerte aus nächster Nähe, lud durch und feuerte noch mal.

Die Kugel aus seinem Gewehr riss große Fleischstücke aus dem Körper von Jim Verhoven. Ein Teil seiner Eingeweide wurde sichtbar. Er wurde nach hinten geschleudert, der Rumpf in die eine, die Beine in die andere Richtung.

Das Geräusch der Schüsse weckte Lorene aus ihrer Bewusstlosigkeit. Sie setzte sich auf und schaute sich verwirrt um. Es dauerte einen Moment, bis ihr klar wurde, was gerade passiert war. Ihr Mann lag auf dem Boden, und aus dem Lauf von Tillmans Gewehr stieg Pulverdampf empor.

Sie griff nach der Pistole, die an ihrem Gürtel im Holster steckte. »Du Scheißkerl! Du verdammter, dreckiger Lügner!«, schrie sie. »Du hast uns verraten!«

»Eigentlich war ich nie auf eurer Seite«, sagte Tillman.

Sie hielt noch immer den Pistolengriff umklammert. Da sie gegen das Treppengeländer gelehnt dalag, konnte sie ihre Waffe nicht einfach aus dem Holster ziehen.

»Tun Sie es nicht«, sagte Tillman und lud sein Gewehr erneut durch. »Tun Sie's nicht.«

Sie starrte ihn aus weit aufgerissenen, irren Augen an und zog die Waffe aus dem Holster. Sie lächelte. Es war ein wildes, barbarisches Grinsen. Sie wusste, was jetzt kam. Sie sehnte sich geradezu danach, dass ihr trauriges Leben mit diesem grauenhaften Höhepunkt zu Ende ging.

»Nicht«, wiederholte Tillman.

Sie richtete sich mühsam auf, stand da, lachte ihn aus und hob die Pistole.

Er feuerte, lud durch und feuerte noch einmal.

Die sterblichen Überreste von Lorene Verhoven stürzten wie in Zeitlupe vornüber. Ihre Bluse blieb am Treppenpfosten hängen und zerriss. Sie selbst blieb dort hängen, mit entblößtem Rücken. Darauf waren viele Narben zu sehen. Schnitte, Verbrennungen, zahllose rosafarbene Furchen, die sich zu einem grässlichen Muster zusammenfügten – die Landkarte einer qualvollen Kindheit.

»Kommen Sie«, sagte Tillman zu Klotz. »Wir müssen Ihre Mädchen hier rausbringen.«

Klotz stand wie angewurzelt da, bis Tillman ihn mit dem Gewehrkolben anstieß. Daraufhin sprang er vorwärts, packte seine Kinder und rannte zur Haustür.

Gideon hörte die Schüsse in seinem Ohrhörer und sprang aus dem Wagen. Er fesselte den Polizisten mit seinen Handschellen ans Lenkrad und rannte über den Rasen des Vorgartens. Als er vor der Haustür ankam, ging sie auf. Tillman, Klotz und die beiden Mädchen kamen heraus.

»Wo ist Verhoven?«, fragte Gideon.

»Tot«, sagte Tillman. »Lorene auch.«

»Ist mit dir alles in Ordnung? Was ist mit Dr. Klotz und den Mädchen?«

»Uns geht's gut, aber wir müssen dringend zum Capitol.«

»Erst müssen wir die Fakten durchgeben. Wir haben einen

Zeugen. Klotz kann alles bestätigen, was wir sagen.« Der Arzt musterte ihn schweigend, die beiden Mädchen klammerten sich ängstlich an seine Hosenbeine.

»Wir können nicht darauf warten, bis diese Bürokraten sich einen Reim darauf gemacht haben. Wenn die damit fertig sind, sind der Präsident, der Vizepräsident und der größte Teil der Regierung tot.«

»Zumindest können wir ihnen alle Informationen geben, die wir haben.«

»Du denkst noch immer wie ein Unterhändler, Gideon. Das dauert doch Stunden. Und was dann? Meinst du, die glauben uns? Denkst du, Dahlgren wird uns glauben? Denkst du, Präsident Wade wird uns glauben?« Er spuckte den Namen des Präsidenten aus, als wäre es ein vergifteter Kirschkern.

Gideon sah ein, dass sein Bruder recht hatte. Selbst wenn sie genügend Zeit hätten, mussten sie gegen Dahlgren, seine Abneigung und seine Vorurteile ankämpfen. Er würde wahrscheinlich gar nicht zuhören und alles in seiner Macht Stehende tun, um ihnen in den Arm zu fallen. Sie kannten ja nicht mal alle Details des Anschlags. Und so gab es nur eine Möglichkeit.

Gideon wandte sich an Klotz. »Sie müssen uns genügend Zeit geben, damit wir dort reinkommen. Sind Sie damit einverstanden?«

Klotz dachte nach und nickte dann.

»Versprechen Sie es mir, Doktor.«

»Ich verspreche es.«

»Die Polizei wird bald hier sein. Sagen Sie ihnen, Sie seien überfallen worden und jemand von einem privaten Sicherheitsdienst hätte die Einbrecher überwältigt. Sagen Sie ihm, er sei in die Stadt gefahren, um Meldung zu machen.«

Klotz stimmte zu. »Und bitte«, sagte er, »wenn Sie meine Frau sehen, sagen Sie ihr, dass es uns gut geht.«

»Mach ich.«

Tillman gab ihm die Hand zum Abschied, und dann gingen sie zu Gideons Wagen. Officer Millwood saß noch immer schweigend auf dem Beifahrersitz.

»Oh, das ist ja interessant«, sagte Tillman.

»Ist eine längere Geschichte«, erwiderte Gideon. Er nahm dem Beamten die Handschellen ab. »Was halten Sie von einer kleinen Spritztour mit der Metro?«

NEUNUNDVIERZIGSTES KAPITEL

PRIEST RIVER, IDAHO

Es war fast Viertel nach fünf, als Nancy Clement das Farmhaus in der Ferne entdeckte. Der Bulldozer hatte sich nun schon zwei Stunden lang in gleichmäßigem Tempo die gewundene Landstraße entlanggeschoben, und die ganze Zeit hatte sie weder ein Haus noch ein Auto gesehen. Ein Funksignal für ihr Handy gab es ebenfalls nicht. Inzwischen war der Tank der Planierraupe fast leer.

Sie hoffte nun, dass die Bewohner der Farm ihr helfen konnten, Kontakt mit Washington, D.C. aufzunehmen. Der Bulldozer fuhr so langsam, dass sie beinahe das Gefühl hatte, er würde sich rückwärtsbewegen.

»Hallo!«, rief sie. »Hallo!«

Aber niemand antwortete. Sie war noch zu weit entfernt.

Sie bog um eine Kurve, und das Haus verschwand irgendwo zwischen den Bäumen. Dann war es wieder zu sehen, verschwand und tauchte erneut auf.

Wieder rief sie laut: »Hallo!«

Endlich bemerkte sie jemanden, einen Mann im Hof, der

mit etwas beschäftigt war. Die Planierraupe kroch näher und näher. Holz hacken. Der Mann hackte Holz.

Er hörte den Motor des Bulldozers, senkte seine Axt und kam ihr lässig entgegen.

Als sie kurz vor ihm angekommen war, drückte sie auf das Pedal und drosselte den Motor, dann schaltete sie ihn aus, damit sie sich verständlich machen konnte.

»Machen Sie eine Spazierfahrt?«, fragte er.

»Haben Sie ein Telefon?«

»Die Leitungen sind defekt.«

»Wie sieht's mit Internet aus?«, fragte sie.

Der Mann schaute sie an, als hätte sie ihn gefragt, ob er ein Außerirdischer sei.

»Internet«, wiederholte sie. »Haben Sie einen Internetanschluss?«

Der Mann starrte sie weiterhin verwundert an. Sie schaute auf die Axt, auf das hübsche Haus mit der abblätternden Farbe und der leicht schrägen Veranda, den ramponierten Pick-up, den windschiefen Hühnerstall und spürte, wie die Verzweiflung sie übermannte. Internet? Wer weiß, ob der Kerl hier überhaupt wusste, was ein Computer war.

»Internet?«, wiederholte sie mit matter Stimme.

»Natürlich habe ich Internet«, sagte der Mann und hieb seine Axt in einen Holzblock, wo sie stecken blieb. »Heutzutage hat doch jeder Internet.«

Es stellte sich heraus, dass er kein Hinterwäldler war, sondern ein Computerexperte aus Boise, der sich die Farm als Ferienhaus gekauft hatte. Nachdem er im letzten Jahr seinen Job verloren hatte, war er ganz hierhergezogen, um seine Lebenshaltungskosten zu senken. Sein Name war Hank Adams. Er war ein Fan von TV-Serien wie »Akte X« oder anderen Sendungen, Filmen oder Büchern, die auf Verschwörungstheorien basierten. Er hatte keinen Kabelanschluss, aber eine große Satellitenschüssel, über die er alle seine Lieblingsprogramme und das Internet empfangen konnte. Als sie ihm erklärte, in welchem Schlamassel sie steckte, war er sofort bereit zu helfen und wurde richtig aufgeregt.

Kurz darauf saß sie vor seinem nagelneuen iMac mit riesigem Bildschirm und loggte sich in seinen Skype-Account ein. Dann tippte sie die Nummer von Gideons Handy ein.

»Gideon?«, fragte sie, als eine Stimme sich meldete.

»Ich hab mich schon gefragt, was aus dir geworden ist. Alles in Ordnung?«

»Sie planen einen Gasangriff«, sagte sie atemlos. »Zyanid, glaube ich. Aber ich habe noch nicht herausgefunden, welches Ziel.«

»Das Capitol während der Rede des Präsidenten zur Lage der Nation«, sagte Gideon. »Wir sind jetzt auf dem Weg dorthin. Tillman ist bei mir.«

Nancy brauchte einen Moment, um das alles zu verarbeiten, dann fuhr sie fort: »Ein Typ namens Dale Wilmot steckt dahinter. Er hat eine Fabrik in Idaho errichtet, um das Gift aus irgendeiner Wurzelknolle zu gewinnen. Es verflüchtigt sich bei einundzwanzig Grad Celsius. Sie können das Zeug in flüssiger Form ins Capitol schmuggeln, um es dann zu versprühen oder auszugießen. Daraufhin vaporisiert es.«

»Vorausgesetzt, die Lufttemperatur liegt über einundzwanzig Grad Celsius.«

»Richtig.«

»In Washington sind es heute minus vier Grad.«

Nancy war mit einem Mal verunsichert. Wie konnte sie ein so wichtiges Detail ignorieren? Es gab noch immer ein Teil in diesem Puzzle, von dem sie nichts wusste.

»Sie müssen irgendeine Möglichkeit gefunden haben, wie

sie die Substanz trotzdem in Gasform bekommen«, sagte sie. »Wir müssen den Secret Service alarmieren. Wir sollten sie im Rayburn House treffen.«

»Nein. Dahlgren hat überall durchgegeben, dass ich unzurechnungsfähig bin. Und du bist als abtrünnige Agentin eingestuft, die sowieso unter Verdacht steht, weil sie über einen inländischen Terroranschlag fantasiert hat. Die werden weder mir noch dir Glauben schenken. Wir sind auf uns allein gestellt. Ich sag dir mal kurz, was wir wissen: Verhoven und seine Frau Lorene haben die Familie einer Secret-Service-Beamtin namens Shanelle Klotz gekidnappt. Sie haben von ihr verlangt, dass sie eine Tür aufmacht, andernfalls würde ihre Familie umgebracht. Sie muss jetzt mit den Attentätern zusammen sein. Wenn wir herausfinden, wo sie während der Rede des Präsidenten stationiert ist, haben wir vielleicht eine Chance, den Anschlag zu verhindern.«

»Lass mir kurz Zeit, dann kriege ich vielleicht was raus.«

»Beeil dich. Wir sind jetzt auf der Interstate 66. In zehn Minuten kommen wir in Washington an. Wenn der Secret Service nichts unternimmt, müssen wir selbst dort rein.«

»Dann braucht ihr meine Unterstützung.«

»Ich ruf dich zurück, okay? Finde jetzt erst einmal heraus, wo Wilmot und Collier sich befinden.«

Die Verbindung brach ab, und Nancy starrte nur noch auf das blau-weiße Skype-Logo.

»Was ist mit den Heizungsrohren?«

Nancy drehte sich um. »Was soll damit sein?«

Hank beugte sich vor und schaute sie erwartungsvoll an. »Ich habe eben zugehört«, sagte er. »Nehmen wir mal an, das Zyanid geht bei 21 Grad in einen gasförmigen Zustand über. Wenn man es dann über den Brenner in die Klimaanlage leitet, wird die Lufttemperatur dort ungefähr 38 Grad betragen. Die Luft bleibt sehr warm, wenn sie durch die Rohre gepumpt wird und verteilt sich über alle Räume im Gebäude. Auf diese Weise kann man jede Menge Gas im Capitol verbreiten.«

Nancy starrte den leeren Computerbildschirm an. »Ja, aber wie schaffen es diese beiden Typen, ins Capitol zu kommen? Und wie verschaffen sie sich Zugang zum Heizungssystem?«

Hank griff über ihre Schulter und tippte etwas auf der Tastatur. Sie merkte, dass er nach Holzkohle und Aftershave roch. Die Kombination war gar nicht so übel.

»Schon mal was von Google gehört?«, fragte Hank mit einem schiefen Grinsen.

Auf dem Bildschirm erschien eine Suchliste, und ganz oben bei den Einträgen war folgende Meldung zu lesen:

> *PRESSEERKLÄRUNG: Die Firma National Heat & Air Conditioning, ein Tochterunternehmen von Wilmot Industries, hat in diesem Jahr den Wettbewerb für die Erneuerung der in die Jahre gekommenen Klimaanlage in Amerikas berühmtestem öffentlichen Gebäude gewonnen, dem Capitol der Vereinigten Staaten. Das Capitol wurde seit seiner Errichtung mehrfach erweitert und umgebaut …*

»Warten Sie mal einen Moment«, sagte Nancy.

Jetzt verstand sie, warum die Gebäude von Wilmots kleiner Industrieanlage ein so aufwändiges Heizungs- und Lüftungssystem hatten … und warum der Raum, in dem gearbeitet worden war, so riesige Ausmaße besaß. Das alles war eingerichtet worden, um einen Probelauf durchzuführen. Wahrscheinlich entsprachen die Maße exakt denen des Repräsentantenhauses und der Klimaanlage, die dort eingebaut war. Deshalb hatte es in diesem Gebäude nach Zyanid gerochen. Sie hatten es an den dort Arbeitenden getestet und ausprobiert, ob man Zyanid in Gasform durch das Lüftungssystem pumpen kann. Dann hatten sie zugesehen, wie die im Gebäude anwesenden Menschen starben.

Ihr wurde übel.

Nancy war suspendiert worden, und ihre Zugangsberechtigung für den FBI-Server war ausgesetzt. Aber ein Sicherheitssystem war immer nur so gut wie die Menschen, die es benutzten. Dahlgren hatte ihr sein Passwort gegeben, als er unterwegs war und es wichtig gewesen war, dass sie bestimmte Vorgänge verfolgte. Sie war sich ziemlich sicher, dass er es seitdem nicht geändert hatte.

Sie verschaffte sich Zugang zur FBI-Website und zum FBI-Intranet. Dann gab sie das Passwort für Außendienstmitarbeiter ein. Als es klappte, tippte sie Dahlgrens Namen und sein Passwort und kam rein. Schließlich loggte sie sich bei VORTEX ein, der großen Datenbank, in der gigantische Datenmengen über Regierungsbehörden und Privatfirmen gesammelt waren.

Wenige Minuten später hatte sie die Daten von Special Agent Shanelle Klotz ausfindig gemacht. Jeder Beamte vom Secret Service hatte ein GPS-Ortungsgerät in seinem Funkgerät. Sie vergrößerte den Grundriss des Capitols und legte ihn über die GPS-Koordinaten. Kleine blaue Punkte signalisierten, wo sich die einzelnen Agenten zurzeit befanden. Sie gab den Namen von Shanelle Klotz ein. Einer der schimmernden Punkte wechselte von Blau zu Rot.

Sie zoomte ihn heran. Klotz befand sich offenbar im Büro des Sprechers des Repräsentantenhauses. Das kam ihr eigenartig vor. Vielleicht hatte sie ja das falsche Stockwerk im Blick. Sie wechselte auf Kellerebene eins. Jetzt sah es so aus, als würde Special Agent Klotz sich in der Herrentoilette aufhalten.

Sie wechselte auf Kellerebene zwei.

Und jetzt passte es: Sie befand sich im Raum mit direktem Zugang zur Klimaanlage.

»Da haben wir's ja«, flüsterte sie.

»Jetzt müssen Sie nur noch die anderen dorthin lotsen«, stellte Hank Adams fest.

Ihre Finger flogen über die Tastatur. Noch zehn Minuten. Sie hatte noch zehn Minuten, um sich einen Plan auszudenken.

FÜNFZIGSTES KAPITEL

WASHINGTON, D.C.

Erik Wade, der Präsident der Vereinigten Staaten, nickte Karl Utrecht, dem Leiter seines Sicherheitstrupps, zu und sagte: »Fertig.«

Utrecht gab seinem Team ein Zeichen: »Los.«

Die Beamten mussten eigentlich nicht instruiert werden. Jedes Teammitglied hatte hunderte von Stunden Training hinter sich, war schon tausende von Stunden in diesem Beruf tätig und verfügte als altgedienter Secret-Service-Agent über mindestens zehn Jahre Erfahrung beim Schutz von hochrangigen Würdenträgern. Der Trupp funktionierte wie eine gut geölte Maschine.

Als der Präsident das Oval Office verließ, umringten sie ihn und verlangten in flüsterndem Ton, dass Aufzüge und Autos bereitgestellt, Türen und Tore geöffnet, Flure freigemacht, Fenster nach potenziellen Gefahren abgesucht und unübersichtliche Ecken überprüft wurden. Das Team operierte so effektiv und reibungslos, dass der Präsident ihre

Anwesenheit kaum bemerkte. Außer im Aufzug, der genau dreiundzwanzig Sekunden brauchte, um das Erdgeschoss zu erreichen, musste er kein einziges Mal seine Schritte verlangsamen oder beschleunigen.

Die Türen gingen wie von Zauberhand auf, Wachposten erschienen und verschwanden, und draußen, am Eingang des Weißen Hauses, gesellte sich seine Frau Grace zu ihm und nahm blitzschnell ihren Platz ein, wie ein Flugzeug bei einer Luftschau.

Sie brauchten eine Minute und einundvierzig Sekunden vom Oval Office bis zur Limousine. Die Tür des gepanzerten Cadillacs öffnete sich, und der Präsident stieg ein. Eine zweite Limousine, die der ersten täuschend ähnlich war, fuhr vor. Die Tür ging auf, und ein Beamter, der die gleiche Statur wie der Präsident hatte, stieg ein. Auch diese Tür schloss sich sofort wieder.

Der Konvoi aus Limousinen und Begleitfahrzeugen setzte sich in Bewegung und fuhr über die Auffahrt zur Pennsylvania Avenue.

Im gleichen Moment, als Präsident Wade seine Fahrt Richtung Capitol antrat, gab der Protokollchef die Ankunft von Christine Harris Minor, Richterin am Obersten Gerichtshof, bekannt. Die frühere Generalstaatsanwältin des Staates Missouri, die auch langjährige Erfahrung als Politikerin hatte, nahm sich die Zeit, jedem Kongressabgeordneten, an dem sie vorbeikam, die Hand zu schütteln.

Der Protokollchef flüsterte seinem Assistenten zu: »Wie sieht's aus?«

»Herrje, wenn wir einen sprechenden Hund dort hingestellt hätten, dann hätte die ihm die Pfote geschüttelt«, sagte der Assistent. »Wir sind schon viereinhalb Minuten zu spät.«

»Gehen Sie raus und machen Sie diesen Windbeuteln ein bisschen Dampf unterm Hintern. Wir wollen doch nicht, dass der Präsident draußen in seinem Wagen warten muss und sich zu Tode langweilt, okay?«

»Sprecherin des Hohen Hauses!«, rief der Zeremonienmeister aus. »Der Vorsitzende des Obersten Gerichtshofs der Vereinigten Staaten, der Ehrenwerte Edison Lockhardt.«

Edison Lockhardt war nicht nur ein hoch angesehener Jurist, sondern war früher auch Gouverneur von New Jersey gewesen, und als solcher lehnte er es ab, hinter der als liberal geltenden Richterin zurückgesetzt zu werden. Deshalb nahm er sich demonstrativ viel Zeit und bemühte sich, noch mehr Abgeordneten die Hand zu schütteln als seine Vorgängerin.

Der Protokollchef verzog das Gesicht. Wenn das so weiterging, würde die Veranstaltung mit fünfzehnminütiger Verspätung beginnen. Er hasste diese Politiker. Manchmal fragte er sich, ob er nicht den falschen Beruf ergriffen hatte.

»Sprecherin des Hohen Hauses!«, rief er aus. »Der Ehrenwerte Francis X. Dugan junior …«

EINUNDFÜNFZIGSTES KAPITEL

WASHINGTON, D.C.

Sie ließen Officer Millwood an der Metrostation Foggy Bottom heraus. Er versprach, sie nicht anzuzeigen, aber selbst wenn er das tat, wären sie schon beim Capitol angelangt, bevor er irgendjemanden erreicht hatte. Dort hineinzukommen war allerdings eine ganz andere Sache.

»Was jetzt?«, fragte Tillman. »Die Mall ist komplett abgeriegelt, und diese Typen vom Secret Service fackeln nicht lange.«

Als wollte es auf diese Frage antworten, fing Gideons neues Prepaid-Handy an zu klingeln. Es war Nancy.

»Was kannst du uns anbieten?«

»Tunnel«, sagte sie.

»Was für Tunnel?«

»Ich hab mich in den Server des Secret Service eingehackt«, sagte sie. »Ihr habt Zugang über das Parkhaus des Russel-Gebäudes. Ihr seid beide zugelassen, aber nur für die dortige Sicherheitszone. Vom Russel-Gebäude führt ein unterirdischer Tunnel zum Capitol. Es gibt aber noch zwei ältere Tunnel. Einer davon wurde in den späten Sechzigerjahren durch einen größeren ersetzt, der andere ist ein Ventilations- und Serviceschacht. Na ja, es ist eher eine Röhre als ein Tunnel. Da müsst ihr durchkriechen.«

»Wenn du uns eine Genehmigung für das Parkhaus verschaffen kannst, wieso dann nicht für das Capitol?«

»Weil das so nicht geht. Alles, was das Capitol betrifft, läuft über einen sicheren, nicht mit dem Netz verbundenen Computer, zu dem ich keinen Zugang habe.«

»Wir müssen uns also überlegen, wie wir die letzte Sicherheitskontrolle überwinden?«

»Ja«, sagte Nancy. »Ich kann euch immerhin mitteilen, dass Shanelle Klotz sich in dem Serviceraum befindet, von dem aus man direkten Zugang zur Klimaanlage hat. Er liegt auf der zweiten Kellerebene des Capitols. Ich vermute, sie wollen das Zyanid in flüssiger Form in das Heizungssystem einführen. Die Flüssigkeit wird verdampfen und sich über das Röhrensystem im ganzen Gebäude verbreiten und alle töten, die sich dort befinden. Ich verstehe nur nicht, wie sie lebend wieder rauskommen wollen.«

»Wollen sie gar nicht«, sagte Gideon. »Sie müssen alles per Hand machen. Fernsteuerung ist nicht möglich, da alle Funksignale gestört werden.«

Das war ein ernüchternder Gedanke. Menschen, die ihren eigenen Tod miteinplanten, waren sehr schwer zu stoppen. Jemand, der beabsichtigte, sein eigenes Leben für eine Sache zu geben, war ein sehr schlechter Verhandlungspartner.

»Wenn ihr erst einmal im Capitol seid, wird der Kontakt zu mir abbrechen«, sagte Nancy. »Ich kann euch ins Russell-Gebäude führen. Aber wenn ihr drin seid, müsst ihr allein klarkommen.«

»Verstanden«, sagte Gideon.

»Eins solltest du noch wissen.« Sie zögerte und schaute auf den Fernsehbildschirm hinter sich, auf dem die Übertragung des großen politischen Ereignisses lief. »Deine Verlobte ist auch da drin.«

»Kate?«, fragte Gideon erstaunt. »Was zum Teufel macht sie denn da?«

»Sie wurde vom Innenminister eingeladen.«

Gideon wusste, dass Kate mit Minister Fitzgerald in der Deepwater-Kommission zusammengearbeitet hatte. Trotzdem war er überrascht, dass sie eine Einladung zur Präsidentenrede im Capitol angenommen hatte. Nun befand sie sich direkt am Ground Zero des Anschlags, und das erfüllte ihn mit großer Sorge.

»Nancy, du musst sie dort rausholen.«

»Ich kann sie doch gar nicht erreichen.«

»Überleg dir was. Du musst doch jemanden kennen, der da drin eingesetzt ist. Gib meine Nummer weiter. Lass ihr ausrichten, sie soll mich anrufen.«

»Da ist vielleicht jemand, dem ich vertrauen kann …«

Am Klang ihrer Stimme konnte Gideon erkennen, dass sie gewillt war, ihm zu helfen. Er wusste nun, dass ihre Beziehung ein neues Fundament hatte. Nancy hatte es geschafft, ihre latente Abneigung zu überwinden und konnte sich nun voll und ganz ihrem gemeinsamen Ziel verschreiben.

»Ich danke dir, Nancy.«

»Viel Glück.«

Gideon unterbrach die Verbindung und erklärte Tillman, was er von Nancy erfahren hatte.

»Alles okay mit dir?«, fragte sein Bruder.

»Ja, schon, aber wenn es uns nicht gelingt, dort reinzukommen und uns durchzumogeln, müssen wir denen klarmachen, dass ein Anschlag auf das Capitol geplant ist – das ist etwas derartig Gigantisches ... Sie wären gezwungen, das Gebäude zu evakuieren ... oder zumindest alle Sicherheitsmaßnahmen vollkommen umzuschmeißen.«

»Du meinst, wir haben es mit einem Selbstmordanschlag zu tun?«

Gideon nickte. »Kate ist da drin. Ich habe überhaupt keine Wahl. Ich muss Wilmot stoppen und sie da rausholen. Aber du musst nicht mitkommen.«

»Soll das ein Witz sein? Natürlich komme ich mit. Ich bin dein Bruder.«

»Na ja, bekanntlich hat diese Regierung dich übel hintergangen. Du schuldest diesen Leuten überhaupt nichts. Und schon gar nicht musst du dein Leben für sie aufs Spiel setzen.«

»Gideon, die Wahrheit ist, dass ich sogar mit dir gehen würde, wenn du nicht mein Bruder wärst. Ich bin vielleicht kein glühender Patriot mehr, aber ich liebe mein Land immer noch, und ich werde nicht zulassen, dass ein paar Irre eine ganze Menge unschuldiger Menschen umbringen. Vor allem aber werde ich nicht zulassen, dass sie dich oder meine zukünftige Schwägerin töten. Nicht wenn ich es verhindern kann.«

Gideon schaute in Tillmans müdes, von zahlreichen Linien durchzogenes Gesicht, das so anders war als sein eigenes und doch so vertraut. »Danke«, sagte er gerührt.

»So, und jetzt lass uns losgehen und den Scheiß hinter uns bringen.«

Gideon steuerte den Wagen um die bombensicheren Barrieren vor dem Parkhaus des Russel-Gebäudes. Sie hielten vor dem Eingang, und ein schweigsamer Beamter kontrollierte ihre Ausweise und hämmerte die Daten ohne weitere Erklärung in den Computer ein, in dem alle Personen verzeichnet waren, die heute dort parken durften.

Gideons Herz klopfte, als der Beamte gähnte und auf den Bildschirm starrte. Soweit er wusste, konnte der Computer mit jeder Datenbank verbunden werden, die der FBI dafür freigeschaltet hatte.

Aber ganz offensichtlich war der Computer nur dafür da, die Parkplätze zu verwalten. Der gelangweilte Beamte winkte sie durch und wandte sich wieder seiner Washington Post zu.

Das Parkhaus war fast voll.

»Stell ihn einfach hier ab«, sagte Tillman, als sie im Untergeschoss angekommen waren, von dem aus der Tunnel zum Russel-Gebäude abging.

Gideon parkte direkt neben den Aufzügen und stieg aus dem Wagen. Er trug noch immer seine Kampfmontur.

Nach Auskunft von Nancy lag der Eingang zum Tunnel neben den Aufzügen. Dort standen zwei schwer bewaffnete Wachposten vor einer Tür.

»Reden oder schießen?«, fragte Tillman.

»Reden«, sagte Gideon. »Wenn wir jetzt schon anfangen rumzuballern, dann haben wir gleich Alarmstufe Rot und alles ist im Arsch.«

»Gut.«

»Lass mich mal machen.«

Als Gideon in Hörweite der Posten kam, fing er an, laut in sein Handy zu sprechen. »Ja, Ma'am, ich verstehe das.

Ist mir klar … Ja, Ma'am. Ich bin in drei Minuten dort, versprochen.« Er ignorierte die beiden Posten und ging direkt auf die Tür zu.

»Hey, hey, hey«, brüllte einer das Wachposten. »Sofort anhalten!«

Gideon winkte dem Posten zerstreut zu, als wäre er völlig von seinem Telefonat in Anspruch genommen. Aber er blieb stehen. »Ja, Ma'am, ich verstehe das ja. Ich bin schon beim Checkpoint im Russel-Gebäude. Wenn Sie bitte einfach … Ja … ja … ja.«

»Wer zum Teufel sind Sie?« Der Posten hob seine P-90 an und zielte auf Gideon. »Bleiben Sie da stehen!«

Gideon schaute genervt zur Decke. »Einen Moment, Ma'am.« Er legte eine Hand über das Handy. »Agent Dillard und Agent Koons«, sagte er dem Posten. »State Department Security, ich spreche gerade mit der Außenministerin.«

»Was?«, sagte der Posten ungläubig.

»Wir haben hier ein Problem. Der Sicherheitsbeamte des Arbeitsministers wurde am Eingang aufgehalten, und ich muss jetzt dorthin und die Situation klären.«

»Einen Moment mal! Einen Moment mal! Wer sind Sie überhaupt?«

»Verdammt noch mal, das habe ich doch gerade gesagt. Sind Sie taub? Agent Dillard und Agent Koons vom State Department.«

»Wo ist Ihre Zugangsgenehmigung? Wo ist Ihr Ausweis?«

»Hören Sie, klären Sie das mit Außenministerin Bonifacio ab, okay?«

Gideon hielt dem Posten sein Handy hin. Der Mann starrte es an, als sei es radioaktiv verseucht. Die Außenministerin war für ihr cholerisches Temperament bekannt, und Gideon sah dem Posten an, dass er innerlich mit sich rang, ob er riskieren sollte, bei ihr in Ungnade zu fallen. Dann sagte er: »Also gut, gehen Sie durch. Aber Sie müssen Ihre Waffen ablegen.«

»Geht klar«, sagte Gideon. »Machen wir. Meine hab ich sowieso im Wagen gelassen.« Er hob seine Jacke an und zeigte sein leeres Holster.

Tillman zog seine Pistole heraus und legte sie auf den Tisch neben der Tür.

Die Posten suchten beide mit einem Metalldetektor ab und winkten sie durch. Gideon und Tillman passierten die Tür, betraten den Betontunnel und gingen Richtung Russel-Gebäude, das ein paar hundert Meter entfernt lag.

»Ich bin beeindruckt«, sagte Tillman. »Du warst sehr überzeugend.«

»Ich hab viel geübt«, erwiderte Gideon.

Sie hatten erst wenige Schritte gemacht, als einer der Posten ihnen hinterherrief: »Entschuldigung, meine Herren, aber ich muss noch Ihre Ausweise prüfen.«

Natürlich hatten sie nur ihre echten Ausweise dabei. Wenn sie die zeigten, wurde garantiert Alarm ausgelöst.

»So viel zum Thema reden«, sagte Tillman.

»Ich nehme den Linken«, flüsterte Gideon.

Sie drehten um und gingen auf die beiden Wachposten zu. Als sie zwei Meter vor ihnen angekommen waren, duckten sie sich, sprangen nach vorn und schleuderten die beiden Männer gegen die Betonwand. Tillman und Gideon waren sehr große, kräftige Männer und gut durchtrainiert. Aber das waren die beiden Secret-Service-Agenten auch. Da er ein Leben lang Kampfsituationen trainiert hatte, war Tillman besser vorbereitet als Gideon. Er legte seine Hand unter das Kinn des Beamten und schmetterte seinen Helm gegen die Betonwand. Sogar mit Helm war der Aufprall für seinen Kopf so stark, dass der Mann benommen wurde. Tillman verpasste ihm anschließend einen Faustschlag gegen das Kinn, und er sackte zu Boden.

Währenddessen war Gideon damit beschäftigt, einen wesentlich jüngeren und stärkeren Gegner niederzuringen. Schon nach wenigen Sekunden stellte sich heraus, dass das nicht so einfach war. Der Agent überwand seine anfängliche Verwirrung sehr schnell und zwang Gideon zu Boden.

Tillman packte ihn von hinten, zwängte ihn mit den Beinen ein und legte seine Arme um den Kopf des Gegners. Es war ein Würgegriff, den die brasilianischen Jiu-Jitsu-Kämpfer »Löwentöter« nannten.

Der Posten versuchte, um Hilfe zu rufen. Aber es kam nur ein gurgelnder, keuchender Laut aus seinem Mund.

»Pack seine Arme!«, zischte Tillman. »Vielleicht hat er irgendwo einen Notsignalknopf.«

Gideon packte die Arme im gleichen Moment, als die Finger sich einem kleinen roten Knopf am Funkgerät näherten, das er am Gürtel trug. Nach wenigen Sekunden erschlaffte der Körper des Postens, nachdem sein Gehirn durch den Arterienwürgegriff unter Blutverlust zu leiden begann.

»Nimm ihre Klamotten, Ausweise und Waffen«, flüsterte Tillman und zog ein paar Plastikfesseln vom Gürtel des Postens. »Wir müssen uns beeilen. Er kommt gleich wieder zu sich.«

Sie zogen den Wachposten die Kleider aus und packten die beiden in den Kofferraum ihres Wagens. Fünf Minuten später krochen sie in den Lüftungsschacht über dem unterirdischen Tunnel.

Tillman kroch bis zum Gitter am Ende des Schachts und spähte hindurch. Vor ihm lag der Zugang zum älteren unterirdischen Gang, eine Art Rampe. Wachposten waren nicht in Sicht, auch keine Hunde, nichts. Er zog das Gitter aus der

Wand. Es hing in rostigen Angeln und konnte zur Seite gedreht werden. Ein schrilles Quietschen ertönte. Auf der anderen Seite der Rampe bewegte sich ein Schatten auf einen offenen Durchgang zu.

»Bleib da«, flüsterte er, schob sich wieder zurück und schloss das Gitter.

Lampen gingen flackernd an und tauchten den gesamten Raum in einen grellen Lichtschein. Ein groß gewachsener Sicherheitsbeamter trat ein. Er hatte die Hand unter die Jacke geschoben und umfasste den Knauf seiner Pistole. Ein zweiter Beamter folgte ihm. Der zweite hatte eine kleine, aber sehr helle Taschenlampe bei sich und leuchtete damit über die Rampe hinweg zu einer Stelle, wo ein größerer Tunnel abging.

»Alles klar«, sagte er.

»Aber ich hab was gehört«, sagte der große Beamte, immer noch mit der Hand an seiner Pistole. Er deutete auf den Luftschacht: »Wo führt der hin?«

»Zu einem Luftschacht, der zum Bunker führt.«

Tillman hatte davon gehört, dass es einen Bunker unter dem Capitol gab. Aber dies hier war für ihn die erste Bestätigung dieses Gerüchts.

»Sollten wir das nicht überprüfen? Die ganze Umgebung ist so unübersichtlich wie ein Rattennest.«

Der Beamte mit der Taschenlampe schüttelte den Kopf. »Am Ende des Tunnels ist eine Tür, und die ist zugeschweißt.«

»Überprüf das mal.«

Der Beamte ging und kam nach einigen Minuten zurück. »Wie ich gesagt habe, zugeschweißt.«

»Aber ich weiß doch, dass ich was gehört habe, verdammt.«

»Hast du schon mal gesagt.«

»Was ist mit dem Luftschacht dort?« Er deutete in Tillmans Richtung und richtete die Taschenlampe auf das Schachtende.

Tillman erstarrte. Er wusste, dass sie ihn entdeckten, wenn sie durch das Gitter leuchteten. Aber wenn er jetzt versuchte, sich zurückzuziehen, würden sie seine Bewegung bemerken.

»Warte mal«, sagte der Mann mit der Taschenlampe und legte den Kopf zur Seite, als würde er auf etwas in seinem Ohrhörer lauschen. »Der Präsident ist im Anrücken. Wir müssen den Korridor überprüfen.«

Der große Beamte verzog das Gesicht und schüttelte bedauernd den Kopf. Ein Schweißtropfen rann über Tillmans Gesicht. Der Beamte schaltete seine Taschenlampe aus, drehte sich um und verließ mit seinem Kollegen die Rampe.

»Los«, flüsterte Gideon.

Tillman zog das Gitter so langsam wie möglich auf. Dieses Mal gab es nur ein ganz leises Ächzen von sich.

Sie kletterten aus dem Luftschacht.

»Und wohin jetzt?«, fragte Tillman leise.

Gideon deutete auf den Tunnel, den die beiden Sicherheitsbeamten gerade überprüft hatten. »Lass uns mal versuchen, ob wir die zugeschweißte Tür nicht irgendwie aufkriegen. Wenn wir in den Aufzugschacht kommen oder in einen Technikschacht, dann finden wir bestimmt einen Weg zur unteren Kellerebene.«

»Klingt gut. Mit Überredungskünsten kommen wir bestimmt nicht weiter.«

Sie betraten den Tunnel. Tillman schaltete die Taschenlampe ein, die er einem der überwältigten Sicherheitsbeamten im Parkhaus abgenommen hatte. Als sie die Stahltür erreichten, untersuchte Gideon die Schweißnähte am Rahmen. Alle Schweißnähte befanden sich auf der Seite der Tür, wo auch der Griff war. Auf der Seite der Angeln waren keine.

»Wir setzen bei den Türangeln an«, sagte Gideon.

»Hab ich mir auch gerade überlegt.«

Tillman zog ein Taschenmesser aus dem Gürtel, das er ebenfalls dem überwältigten Agenten abgenommen hatte. Es war ein gutes Messer, ein Benchmade-Automatic. Der Mann hatte einen guten Geschmack, was Messer betraf.

»Du setzt oben an, ich unten«, sagte Tillman und drückte auf den Knopf, der die Klinge mit einem satten Schnappgeräusch ausklappen ließ.

Weitere Abmachungen waren zwischen den Brüdern nicht nötig. Sie wussten beide ganz genau, was zu tun war. Tillman hockte sich hin und schob die Messerklinge unter den Flansch am oberen Ende des Scharniers. Gideon stieg auf Tillmans Rücken und machte sich am oberen Scharnier zu schaffen.

Nach wenigen Sekunden hatten sie die Bolzen herausgezogen. Im Gegensatz zu den Scharnieren beim Gitter im Lüftungsschacht waren diese hier mit einer dicken Schicht Schmierfett bedeckt.

Gideon sprang von Tillmans Rücken, machte sich daran, das dritte Scharnier zu lösen, und schob anschließend sein Messer in den entstandenen Spalt. Tillman folgte seinem Beispiel.

»Eins, zwei ...« , sagte Tillman.

»Drei«, sagten sie gleichzeitig. Mit einer scharfen Drehung der beiden Messer gelang es ihnen, die Tür einen halben Zentimeter aus den Angeln zu heben.

»Du stützt ab, ich geh tiefer rein«, sagte Gideon.

Tillman legte konstant viel Kraft auf das Heft seines Messers, während Gideon seine Klinge tiefer in den Spalt schob.

»Jetzt«, sagte Gideon.

Nun stützte er ab, während Tillman seine Klinge tiefer hineintrieb.

»Eins, zwei, drei.«

Wieder ein halber Zentimeter. Jetzt spürten sie den Widerstand der Schweißnähte. Mehr als einen Viertelzentimeter würden sie die Tür nicht mehr bewegen können.

Die ganze Prozedur wiederholte sich noch mehrmals, bis die Tür endlich aus dem Scharnier gestemmt war. Jetzt schoben sie die Messerklingen in den Zwischenraum und drückten mit aller Kraft dagegen. Die Schweißnähte brachen und die Tür war auf.

»Was auch geschieht«, flüsterte Gideon, »ich bin froh, dass wir das gemacht haben. Und ich bin stolz darauf, dein Bruder zu sein.«

»Jetzt fang nicht an zu flennen«, sagte Tillman.

Gideon grinste und schob die Tür gegen die Wand. Tillman leuchtete auf der anderen Seite in den Tunnel. Jenseits der Tür lag ein niedriger Gang aus bröckelnden Ziegelsteinen, der aussah, als sei er gut hundertfünfzig Jahre alt.

Gideon schaute auf seine Armbanduhr. Sie hatten noch acht Minuten bis zur Rede des Präsidenten. Acht Minuten, um Kate zu retten oder bei dem Versuch zu sterben.

ZWEIUNDFÜNFZIGSTES KAPITEL

WASHINGTON, D.C.

Im gleichen Augenblick erfreute sich Kate an den feierlichen Aspekten des politischen Zirkus. Zahllose Senatoren und Abgeordnete, die sie bislang nur von Weitem oder im Fernsehen gesehen hatte, liefen kreuz und quer und um sie herum. Einflussreiche Männer und Frauen in feinem Zwirn schüttelten sich die Hände oder klopften sich jovial auf den Rücken. Zwistigkeiten zwischen den Parteien zählten heute nicht, alle rückten zusammen, achteten einander wegen der Bedeutung ihrer Ämter, machten sich Komplimente und wünschten sich Glück für die Zukunft.

Entsprechend überrascht war sie, als sich eine raue Hand auf ihre Schulter legte und sie ein Agent des Secret Service mit dem berühmten Knopf im Ohr ansprach, als wäre sie eine Schülerin in der Highschool, die sich einen schlechten Streich erlaubt hatte.

»Bitte kommen Sie mit mir mit, Ma'am.«

Ihr erster Gedanke war, dass der Secret Service herausgefunden hatte, dass sie nur die Angestellte einer mittelprächtigen Ölgesellschaft war, die kein Recht hatte, sich unter die Entscheidungsträger und Strippenzieher zu mischen. Diesem Gedanken folgte die ganz konkrete Angst, dass Gideon etwas passiert sein könnte. Aber während der Beamte sie durch die Masse der Politiker und Staatsbeamten hindurchmanövrierte, wurde ihr klar, dass Gideon doch überhaupt nicht wissen konnte, dass sie sich im Capitol befand, und dass es andererseits niemanden hier drinnen gab, der sich dafür interessierte, ob er verletzt worden oder in Schwierigkeiten geraten war.

Am Eingang zum Russel-Gebäude überreichte der Mann vom Secret Service ihr ein Gerät, das wie ein altmodisches Transistorradio aussah und eine kurze Antenne hatte. Es war aber kein Radio, sondern ein abhörsicheres Voice-over-IP-Telefon, das über das Netzwerk der NSA mit der Außenwelt verbunden war, wie der Beamte ihr eilfertig erklärte. Er sagte ihr auch, dass ein Anruf für sie gekommen sei.

Sie wäre nicht weniger überrascht gewesen, wenn Gideon persönlich vor ihr erschienen wäre. Aber sie war doch sehr erstaunt, als sie feststellte, dass die Stimme am anderen Ende die einer Frau war.

»Spreche ich mit Kate Murphy?«, fragte die Stimme. Sie hatte einen leichten Südstaatenakzent, und Kate wusste sofort, dass es sich um Nancy Clement handelte. Sie erinnerte sich daran, dass Gideon und sie in Tennessee aufgewachsen waren. Sie war die Tochter eines Tabakproduzenten. Ein Mädchen aus gutem Hause, das sich zu einem schlecht bezahlten Job beim FBI entschlossen hatte, was Kate durchaus bewundernswert fand.

»Geht es um Gideon?«, fragte sie. »Ist alles in Ordnung?«

»Gideon geht's gut«, sagte Nancy. »Aber Sie sind in Gefahr. Sie müssen sofort das Capitol verlassen.«

»Warum?«

»Ich kann das jetzt nicht erklären. Aber der Beamte, der neben Ihnen steht, heißt Ron Livingston. Er ist ein guter Freund von mir. Er wird Sie aus dem Gebäude führen.«

»Ich kann doch nicht jetzt, kurz vor der Rede des Präsidenten, hier weggehen. Ich wurde von Innenminister Fitzgerald eingeladen. Wie soll ich ihm das denn erklären?«

»Darüber können Sie später noch nachdenken. Es ist ein Anschlag auf das Repräsentantenhaus geplant. Die Zeit ist knapp. Gideon hat mich gebeten, Sie dort rauszuholen.«

»Gideon?«

»Er ist dort. Er versucht, es zu verhindern. Aber Sie müssen raus.«

Sie konnte doch Gideon nicht einfach im Stich lassen. »Vielleicht braucht er ja meine Hilfe«, sagte sie.

»Kate, jetzt hören Sie mal zu. Die Männer, die diesen Anschlag geplant haben, sind knallharte Fanatiker. Die sind durch nichts aufzuhalten, nur durch Gewalt.«

»Aber Gideon …« Sie wurde von einem großen, mürrischen Mann unterbrochen, den sie sofort als Ray Dahlgren identifizierte, der sie schon mal wegen Gideon ausgefragt hatte. Zwei Beamte begleiteten ihn. Er bedeutete Livingston, er solle ihm sein Telefon geben. Livingston verzog das

Gesicht und nahm Kate zögernd den Apparat aus der Hand und reichte ihn Dahlgren.

»So«, sagte Dahlgren. »Was ist los?«

DREIUNDFÜNFZIGSTES KAPITEL

WASHINGTON, D.C.

»Der Präsident wird in sechzig Sekunden eintreffen«, sagte die Stimme in Wilmots Ohrhörer. Er kannte die klare, schneidende Stimme des Verbindungsbeamten bereits. Er war nicht der Einsatzleiter, sondern nur derjenige, der die Befehle an alle Einheiten weitergab.

Dale Wilmot fühlte sich so lebendig wie noch nie zuvor in seinem Leben. Alles passte exakt zusammen. Collier hatte den ersten Gasbehälter bereits an die Klimaanlage angeschlossen. Jetzt arbeitete er am zweiten.

Die Stimme des Verbindungsbeamten sagte: »Agent Busbee und Agent Weiner, bitte melden.«

Jeder Beamte musste sich im Abstand von fünfzehn Minuten mit der Einsatzzentrale kurzschließen. Wenn sie das nicht taten, wurden sie per Funk angefragt. Dann mussten sie sich unverzüglich melden. War das nicht der Fall, ging man davon aus, dass etwas passiert war.

»Agent Busbee und Agent Weiner, bitte Rückmeldung.«

Immer noch keine Antwort.

»Warum melden die sich nicht?« Wilmot beugte sich näher zu Shanelle Klotz, als diese keine Antwort gab.

»Sie sind im Parkhaus im Russel-Gebäude stationiert«, sagte sie. »Manchmal funktionieren die Funkgeräte in dem Gebäude aus gehärtetem Beton nicht so gut. Die Stahlträger sorgen für Interferenzen.«

Wilmot schaute sie prüfend an.

»Agent Dennis und Agent Roberts. Level zwei. Bitte überprüfen Sie Posten neun«, sagte der Verbindungsbeamte.

»Diese beiden sollen also die anderen beiden überprüfen, richtig?«

»Richtig.«

»Level zwei, was bedeutet das?«

»Sie sollen die Waffen ziehen, weil es möglicherweise einen Anschlag gibt.«

»Wie oft passiert so etwas?«

Shanelle Klotz räusperte sich nervös. »Nicht sehr oft.«

»Wenn es da ein Problem gibt, wird uns das hier beeinflussen?«

»Nur wenn es einen Generalalarm gibt.«

Collier nickte und richtete sich auf. »Alles startklar.«

Die Stimme des Verbindungsbeamten ertönte wieder. »Der Präsident erreicht jetzt Station eins. Noch zwei Minuten bis Station zwei.«

Station eins, das wusste Wilmot, bezeichnete den Eingang zum Capitol. Station zwei war die Tür zum Saal des Repräsentantenhauses. Sie hatten also noch ein paar Minuten Zeit. Laut Plan wollten sie so lange warten, bis der Präsident seine Rede begonnen hatte, und dann das Hydrogenzyanid einspeisen. Sie hatten überlegt, ob sie es schon tun sollten, wenn er den Saal betrat. Aber sie wollten abwarten, bis die Türen geschlossen waren und er in der Mitte des Raums angekommen war, wo man ihn nicht so einfach schützen konnte.

Bis dahin mussten sie das Polittheater über sich ergehen lassen, das mit der Ankunft des Präsidenten verbunden war. Er würde Hände schütteln, während er zwischen den Stuhlreihen hindurchschritt, und dann je eine Kopie seiner Rede dem Sprecher des Repräsentantenhauses und dem Vizepräsidenten überreichen. Anschließend würde er sich vorne aufbauen und feist grinsen, bis der aufbrandende Applaus abgeebbt war. Seine Rede begann traditionell mit den Worten »Meine amerikanischen Landsleute ...«, und in diesem Moment würden sie das Gas ausströmen lassen.

Collier brachte die Gasflaschen in Position, während Wilmot wartete. Collier setzte einen Schraubendreher unterhalb der Ventile an. Er musste sehr viel Kraft aufwenden, aber dann bewegte sich die Feststellschraube. Ein, zwei, drei Drehungen, und schon war ein leises Zischen innerhalb des Behälters zu hören. Er holte eine kleine Box mit einem roten Schalter hervor. Es war der Auslöser, der den normalen Ein- und Ausschalter der Klimaanlage überging. Er funktionierte per Fernsteuerung über Kurzwelle aus einer Entfernung von bis zu fünfundzwanzig Metern. War der Abstand größer, würden die Frequenzen gestört und das Signal blockiert. War der rote Schalter umgelegt, wurde die heiße Luft in das Röhrensystem geblasen. Zehn Sekunden würde der Inhalt der beiden Zyanidbehälter durch ein Magnetventil direkt in die Luftkammer strömen, die Gebläsemotoren würden anspringen und die Luftleitbleche das Gemisch durch die Anlage direkt ins Repräsentantenhaus leiten.

Innerhalb von dreißig Sekunden wäre der Großteil der dort Anwesenden tot.

»Der Präsident geht los. Ich wiederhole, der Präsident geht los.«

Wilmot spürte, wie sich ein gleichmäßiges Summen in seinem Körper ausbreitete. Es fühlte sich an, als hätte jemand den tiefsten Ton einer sehr großen Kirchenorgel betätigt.

»Gib ihn mir«, sagte Wilmot.

Collier übergab ihm den Schalter.

VIERUNDFÜNFZIGSTES KAPITEL

WASHINGTON, D.C.

Präsident Erik Wade stieg aus der Limousine, die vor dem Capitol angehalten hatte, hielt kurz inne, um die Fassade des riesigen Gebäudes zu betrachten, während seine Frau neben ihn trat, und stieg dann die Stufen hinauf. Oben angekommen, drehte er sich um, winkte der kleinen Menschenmenge zu, die sich vor dem Gebäude versammelt hatte, und trat ein.

Obwohl er heute seine allererste Rede zur Lage der Nation halten sollte, war er kein bisschen nervös. Er hatte schon unzählige Reden in der Öffentlichkeit gehalten und wusste, dass er kein Cicero war, aber er wollte das Ereignis angemessen über die Bühne bringen. Er hatte sich gewissenhaft vorbereitet und würde bestimmt nicht ins Stottern geraten. Seine Abgeordneten sorgten garantiert dafür, dass der Applaus laut und ausgiebig ausfiel. Irgendwelche Problemthemen waren im Augenblick nicht an der Tagesordnung.

Dennoch war er verärgert und besorgt wegen der Schießerei in West Virginia. Er war vom stellvertretenden FBI-Direktor Dahlgren darüber unterrichtet worden, bevor er sich auf den Weg gemacht hatte. Schon wieder steckte dieser verdammte Gideon Davis mit drin und mischte sich in Angelegenheiten ein, die ihn nichts angingen. Nun war Wade gezwungen, auf dieses katastrophale Ereignis einzugehen, und das in jenem glorreichen Moment, wo er als Letzter in einer langen Reihe bedeutender Männer hier eine Rede hielt. Als er den Eingang zum Capitol erreichte, verzog er kurz das Gesicht, dann ging er in die eine Richtung, seine Frau in die andere. Sie würde auf der Galerie

Platz nehmen, zwischen heldenhaften Feuerwehrmännern und Polizisten, Trägern der Ehrenmedaille und Rollstuhlfahrern.

Sein Kabinett erwartete ihn. Er schüttelte jedem Minister die Hand, machte ein paar Scherze, drückte hier und da jemandem den Arm und fragte nach Frau und Kindern. Als er die Gesundheitsministerin begrüßte, hatte seine Frau es sich schon auf der Galerie gemütlich gemacht, und die Kabinettsmitglieder waren auf dem Weg in den Saal.

Er holte tief Luft. Die Show konnte beginnen.

FÜNFUNDFÜNFZIGSTES KAPITEL

WASHINGTON, D.C.

Tillman und Gideon machten sich kurz mit den Tunneln vertraut, die alle von Dampfrohren und dicken Kabelkanälen durchzogen wurden. An jedem anderen Tag wäre dies eine außergewöhnlich interessante Tour durch die Geschichte der Vereinigten Staaten gewesen – die Ziegelsteine, mit denen die Tunnel gemauert waren, stammten aus dem 19. Jahrhundert, die schweren Stahltüren aus der Zeit des Kalten Krieges, die Glasfaserkabel wiederum aus dem 21. Jahrhundert. Aber im Augenblick war keine Zeit, sich näher damit zu befassen.

Gideon schaute auf seine Armbanduhr. In wenigen Minuten würde der Präsident mit seiner Rede beginnen.

Sie folgten dem Tunnel, der um einen vertikalen Schacht herumführte, und erreichten eine weitere Tür. Darauf stand: Kellerebene zwei. Sie waren also in dem Stockwerk, von dem aus sie Zugang zur Klimaanlage hatten, aber leider war die Tür verschlossen. Über ihnen hing eine Videokamera, die zweifellos Aufnahmen von ihnen in die Einsatzzentrale übermittelte. Gideon hoffte, dass sie in ihrer Kampfmontur und mit den Mützen nicht zu identifizieren waren.

»Agent Busbee und Agent Weiner bitte melden«, ertönte eine Stimme in seinem Ohrhörer, der zu dem Funkgerät gehörte, das sie den überwältigten Beamten abgenommen hatten.

»Ich habe eine Idee«, sagte Gideon.

Er winkte in die Kamera, deutete auf sein Mikrofon und schüttelte den Kopf. Tillman kapierte, worauf er hinauswollte, und winkte ebenfalls.

»Agent Busbee, wir sehen zwei Beamte in einem nichtautorisierten Gebiet«, sagte die Stimme über Funk. »Sind Sie das?«

Gideon senkte den Kopf und deutete auf die Tür, als würde er etwas mit Tillman besprechen. Aber er machte ein Zeichen mit erhobenen Daumen Richtung Kamera.

»Agent Busbee, ist das Agent Weiner bei Ihnen?«

Gideon machte wieder ein Zeichen mit dem Daumen. »Schlag einfach gegen die Tür«, sagte er zu Tillman. »Sie glauben jetzt, unsere Funkgeräte sind ausgefallen.«

Tillman schlug mit der flachen Hand gegen die Tür.

»Agent Busbee und Agent Weiner, Sie sind für Ihren gegenwärtigen Aufenthaltsort nicht autorisiert. Kehren Sie auf Ihren Posten zurück.«

Tillman schlug weiter gegen die Stahltür. »Vielleicht machen sie die Tür ja auf«, sagte er. »Aber wenn sie es tun, dann stehen auf der anderen Seite wahrscheinlich zehn Typen mit MP-5-Maschinenpistolen und zielen auf uns.«

»Das will ich doch hoffen«, sagte Gideon.

Plötzlich hörten sie ein Scharren auf der anderen Seite. Die Tür schwang auf, und vier bewaffnete Männer erschienen vor ihnen, die P-90-MPs direkt auf sie gerichtet.

»Oje, wie schrecklich«, sagte Tillman. »Die haben keine MP-5, sondern P-90er.«

Dann wurden sie angebrüllt: »Runter auf den Boden! Sofort runter auf den Boden! Los, runter!«

Tillman und Gideon gingen in die Knie, und ein fünfter Mann, der Truppführer, näherte sich. Er grinste süffisant. Seine pomadisierten Haare waren glatt nach hinten gekämmt. Es war Ray Dahlgren.

»Gideon Davis«, sagte er. »Und das da muss Ihr Bruder Tillman sein.«

Sie befanden sich in einer Halle mit Betonwänden. Ungefähr zwanzig Meter von ihnen entfernt, am anderen Ende, war eine rote Tür, auf der in großen schwarzen Buchstaben »ZUGANG KLIMAANLAGE« geschrieben stand.

»Dahlgren!«, rief Gideon. »Da drüben in dem Raum sind zwei Männer, die gerade versuchen, Zyanid in das Heizungssystem zu pumpen. Sie müssen sofort da rein und sie aufhalten, sonst werden sie alle Personen in diesem Gebäude umbringen.«

»Sie müssen sich schon was Besseres ausdenken, wenn Sie sich vor einem längeren Aufenthalt im Bundesgefängnis drücken wollen.«

»Hören Sie doch mal zu, Sie Idiot«, sagte Tillman. »Sie sind vielleicht schon in ein paar Minuten tot.«

»Bleiben Sie doch bitte höflich«, sagte Dahlgren amüsiert.

»Hören Sie bitte«, sagte Gideon. »Lassen Sie mich die Tür da öffnen. Sie haben nichts zu verlieren. Wenn ich falschliege, dann verschwenden Sie nur wenige Minuten Ihrer Zeit. Aber wenn ich recht habe, dann können Sie den Tod des Präsidenten verhindern, wie auch des Vizepräsidenten und von hunderten von Senatoren und Kongressabgeordneten. Sie wollen bestimmt nicht in die Geschichte eingehen als der Mann, der es nicht verhindert hat.«

»Sie werden überhaupt keine Tür öffnen«, sagte Dahlgren. Aber Gideon sah ihm an, dass seine Worte ihn beeindruckt hatten, als er zwei seiner Männer anwies: »Bringt sie in den Arrestraum.« Dann zog er eine Pistole aus dem Holster. »Ich werde diese verdammte Tür öffnen, und dann werden wir den ganzen Quatsch beenden.«

Wilmot und Collier hörten, dass draußen vor der Tür etwas im Gange war.

»Was zum Teufel ist denn da los?«, fragte Collier und spähte durchs Schlüsselloch. »Da sind Leute vom Secret Service, die andere Leute vom Secret Service verhaften.«

»Irgendetwas stimmt nicht«, sagte Wilmot. »Los jetzt, wir ziehen es durch.«

»Der ganze Ablauf dauert eine Minute und dreißig Sekunden.« Collier fing an, auf seiner Tastatur herumzutippen.

»Ich dachte, du hättest alles bereit.«

»Hab ich auch. Aber die Heißluft muss zirkulieren. Erst kommt das Gas, dann wird die Luft in der Umwälzanlage aufgeheizt. Die Ventilatoren gehen erst an, wenn die Luft eine bestimmte ...«

»Ist ja gut. Tu's einfach.«

Zum ersten Mal seit einer ganzen Weile verspürte Shanelle Klotz so etwas wie Hoffnung. »Sie werden es nicht schaffen, das ist doch klar«, sagte sie. »Sie werden gleich hier sein ...« Sie schaute zur Tür. »Da sind sie ja schon.«

Die Türklinke wurde gedrückt, jemand trat gegen die Tür.

»Mist«, sagte Wilmot.

Colliers Hände flogen über die Tasten. »Nur noch ein paar Sekunden ...«

Wieder trat jemand gegen die Tür.

Wilmot legte die kleine Box mit dem roten Schalter beiseite und griff nach der Pistole, die er dem überwältigten Beamten abgenommen hatte. »Wir können nicht mehr warten. Mach weiter, ich halte sie auf.«

»Nein, Sir.« Collier stand auf. »Das übernehme ich.«

»Aber du musst doch noch …«

»Alles erledigt. Ich habe das System scharf gemacht.« Er griff nach der Box mit dem roten Schalter und hielt sie Wilmot hin. »Sie müssen nur auf den Knopf drücken.«

Wilmot schaute Collier an, dann überreichte er ihm die Pistole.

Collier nahm sie nicht entgegen. »Ich hab was Größeres vor.«

»Vielen Dank, mein Sohn. Für alles.«

Collier salutierte: »Ich bin stolz darauf, Ihr Sohn sein zu dürfen.«

Wilmot rang sich ein Lächeln ab, von dem er hoffte, dass es seine Verachtung für Collier überspielte. Er war überrascht, dass er so negative Gefühle hegte, vor allem angesichts seiner bedingungslosen Hingabe.

Präsident Erik Wade hörte, wie der Zeremonienmeister ausrief: »Sprecherin des Hohen Hauses, der Präsident der Vereinigten Staaten von Amerika!«, und betrat den Saal.

Da Erik Wade vor seiner Wahl zum Präsidenten Gouverneur gewesen war, hatte er das Abgeordnetenhaus bislang nur einige Male besucht. Jetzt kam ihm der Saal kleiner und weniger prächtig vor, als er ihn in Erinnerung hatte.

Seine Sicherheitsleute hatten den Befehl, ihm nicht zu dicht auf die Pelle zu rücken. Der Saal war ja gefüllt mit Menschen, die ihrem Land viele Jahre treu gedient hatten. In diesem Moment war es hier wahrscheinlich so sicher wie in Fort Knox. Wade wollte Hände schütteln. Er nahm sich die Zeit, bei einem Demokraten aus Kalifornien anzuhalten, bei einem Republikaner aus South Carolina, bei einem

Senator, einem Kongressabgeordneten. Wade hatte ein fast fotografisches Gedächtnis und sprach jede Person mit Namen an. Den Abgeordneten hatte er noch nie in seinem Leben gesehen, aber ihm fiel rechtzeitig der Name von dessen Tochter ein.

»Hallo Ted, wie geht's Christines Bein?«, fragte er und bezog sich damit auf eine Verletzung, die sich das Mädchen beim Fußballspielen zugezogen hatte. Ein Hinweis darauf hatte in den Personalunterlagen gestanden, die er eifrig studierte, seit er Präsident geworden war.

»Danke, gut, Mr President. Nett, dass Sie danach fragen.« Das Gesicht des unbedeutenden Abgeordneten leuchtete auf. Er war überrascht, dass der Präsident seinen Namen kannte und sogar von dem Beinbruch seiner Tochter wusste.

»Vielen Dank, dass Sie mir bei der Energiegesetzgebung Ihre Stimme geben«, sagte Wade.

»Davon weiß ich ja gar nichts.«

»Oh, was das betrifft, habe ich vollstes Vertrauen in Sie«, sagte Wade mit einem Augenzwinkern.

Und schon war er weitergegangen, um noch mehr Hände zu schütteln.

Als er endlich das Podium erreichte, den Text seiner Rede in der linken Hand, bemerkte er, dass die Agenten des Secret Service aufgeregt in ihre Mikrofone sprachen.

Sie schienen über irgendetwas beunruhigt zu sein. Aber das war ja schließlich ihre Aufgabe. Wenn es ein ernstes Problem gab, würden sie ihn packen und in Sicherheit bringen. Bis es so weit war, hatte er sich mit wichtigeren Dingen zu beschäftigen.

Er gab dem Vizepräsidenten die Hand und lächelte ihn breit an. Er hasste den Vizepräsidenten und war sich sicher, dass das auf Gegenseitigkeit beruhte. Aber so war Politik nun mal.

Er reichte dem Vizepräsidenten eine Kopie seiner Rede und gab der Sprecherin des Kongresses einen Kuss auf die Wange. Er mochte diese Frau überhaupt nicht, hatte sogar ein wenig Angst vor ihr. Ein zufälliger Beobachter hätte das überschwängliche Lächeln der beiden ganz anders interpretiert: Er hätte eher vermutet, dass sie sich nach unheimlich langer Zeit endlich wieder gefunden hatten. »Schön Sie zu sehen, Ma'am. Sie sehen wie immer wundervoll aus.«

»Mit Schmeicheleien werden Sie gar nichts erreichen, Mr President.«

Erik Wade lachte laut auf und sagte: »Wie es das Protokoll verlangt, überreiche ich Ihnen hiermit eine Kopie meiner Rede.«

»Wie es das Protokoll verlangt, nehme ich sie mit großer Freude entgegen«, sagte sie und trat danach ans Mikrofon, wo sie ausrief: »Meine Damen und Herren, ich habe die Ehre und das Privileg, Ihnen den Präsidenten der Vereinigten Staaten zu präsentieren.«

Erik Wade wandte dem Vizepräsidenten und der Sprecherin den Rücken zu und stieg auf das Podium.

»Vielen Dank«, sagte er und hob die Hände, um den donnernden Applaus zu besänftigen. »Vielen Dank. Vielen Dank, Leute. Ich danke euch von ganzem Herzen …«

Der Präsident bemerkte, dass es im Saal ungewöhnlich kalt war, und fragte sich, ob sich vielleicht mal jemand um die Heizung kümmern könnte. Weiter kam er nicht, denn genau in diesem Moment wurde der Saal von einer gigantischen Explosion erschüttert, und er merkte, dass er fiel.

SECHSUNDFÜNFZIGSTES KAPITEL

WASHINGTON, D.C.

Hydrogenzyanid verwandelt sich bei Zimmertemperatur in ein extrem flüchtiges Gas. Es ist sehr leicht entflammbar, wenn es sich mit Luft mischt, und schon der kleinste Funke kann eine Explosion verursachen.

Als es Dahlgren nicht gelang, die Tür aufzutreten, zog er seine Dienstpistole und zielte. Aber im selben Moment, als er gerade fünf Schüsse abgeben wollte, sprang die Tür auf und Collier stürzte heraus, die Arme fest um eine der Gasflaschen geschlungen. Dahlgren konnte nur einen Schuss abgeben, bevor Collier gegen ihn prallte und beide Männer zu Boden gingen.

Obwohl Collier die Absicht gehabt hatte, seine Gasbombe selbst zu zünden, war das nun nicht mehr nötig. Die von Dahlgren abgefeuerte Kugel drang durch die Metallwand, perforierte den Tank, entzündete die darin befindliche Flüssigkeit und verursachte eine Explosion. Die Druckwelle tötete Collier augenblicklich, und die Flammen verbrannten Dahlgren so schwer, dass er einen sofortigen Herzstillstand erlitt. Zwei Beamte des Secret Service, die dicht neben ihm standen, erstickten wegen des plötzlichen Sauerstoffmangels, und ein dritter sollte später an den Folgen einer Zyanidvergiftung sterben.

Tillman wurde gegen die Wand geschleudert, während Gideon sich auf den Boden warf und nur knapp einem herumfliegenden Metallsplitter entging. Glücklicherweise waren beide so weit von dem entstandenen Feuerball entfernt, dass die Flammen beinahe das gesamte Zyanid verbrannt hatten, als die Gaswelle sie erreichte. Ihre Augen brannten, und es sollte einige Wochen dauern, bis Tillman wieder etwas essen konnte, ohne den typischen Bittermandelgeschmack im Rachen zu spüren. Aber beide überlebten die Explosion relativ unbeschadet.

Gideon stand auf und sah, dass sein Bruder noch auf dem Boden kniete, sich die Hände vors Gesicht hielt und hustete. »Alles okay?«, fragte er.

Tillman nickte, konnte aber nicht sprechen. Die toten Sicherheitsmänner lagen neben Collier und Dahlgren auf dem Boden. Der verwundete Beamte kroch auf seine Kollegen zu, denen er allerdings nicht mehr helfen konnte. Gideon wusste, dass es zwei Männer waren, die sich Zugang zur Klimaanlage verschafft hatten. Nur einer lag tot vor ihnen, was bedeutete, dass der andere – er vermutete, dass es Wilmot war – sich noch drinnen befand. Er streckte die Hand aus und zog seinen Bruder auf die Füße. Dann stiegen sie vorsichtig über das Durcheinander auf dem Boden des Korridors und gingen auf den Raum zu, in dem sie ihren zweiten Gegner vermuteten.

Als die Explosion den Kongresssaal erschütterte, warfen sich die Beamten des Secret Service vor die Türen. Den Raum zu sichern und das Gebäude abzuriegeln, war allererste Priorität. Das war der erste Punkt auf der Liste der sofortigen Maßnahmen, wenn ein Anschlag auf den Präsidenten erwartet wurde. In diesem Fall war es allerdings das denkbar Schlechteste, was sie tun konnten. Der Gefahrenherd befand sich ja nicht außerhalb des Gebäudes, sondern darin. Außerdem versuchte die panische Menschenmenge, die Türen aufzureißen. Senatoren packten Kongressabgeordnete, Männer fassten Frauen unter, Frauen krochen über Männer, Starke schoben die Schwachen beiseite, die Schwachen trampelten über die am Boden Liegenden. Vor jeder Tür drängten sich hunderte von Personen, wurden gegeneinandergeworfen, stöhnten, schrien, weinten – in wenigen Sekunden war aus den ruhig und beherrscht handelnden, zivilisierten Menschen eine chaotische Horde von Tieren geworden, die nur noch ihrem Überlebensinstinkt gehorchten.

Kate war draußen vor dem Saal geblieben, nachdem Dahlgren sie befragt hatte. Jetzt, in diesem ganzen Chaos, dachte sie nur daran, Gideon zu finden. Sie hatte Dahlgren keine Informationen gegeben, jedenfalls keine, die Gideon irgendwie schaden konnten. Die Explosion, so vermutete sie, hatte etwas mit den Terroristen zu tun, denen Gideon auf der Spur war. Offenbar hatte sie sich irgendwo im Keller ereignet. Kate riss sich von dem Sicherheitsbeamten los und rannte ins Treppenhaus.

SIEBENUNDFÜNFZIGSTES KAPITEL

WASHINGTON, D.C.

Gideon trat mit den Absätzen gegen die unverschlossene Tür des Serviceraums. Sie sprang auf, und er und Tillman stürmten hinein und suchten den Raum nach möglichen Gegnern ab.

Niemand war zu sehen.

Nur auf dem Boden lagen zwei Personen, ein Mann und eine Frau, beide in der Uniform des Secret Service.

»Tot«, stellte Gideon fest, nachdem er nach dem Puls des Mannes gefühlt hatte.

Die Frau lag mit ausgestreckten Gliedmaßen regungslos da, Blut rann über ihre Wange. Tillman erkannte die Frau wieder, die er auf den Familienfotos im Haus von Dr. Klotz gesehen hatte – es war seine Frau Shanelle.

»Ist sie auch tot?«, fragte Gideon.

Als wollte sie seine Frage beantworten, stöhnte sie auf.

»Nein«, sagte Tillman mit rauer, kratziger Stimme.

»Wo zum Teufel ist er denn hin?«, fragte Gideon. »Hier drin ist niemand sonst.«

Shanelle Klotz setzte sich auf und hielt sich den Kopf. »Ich kenne Sie doch«, sagte sie schwerfällig.

»Gideon Davis«, stellte er sich vor.

»Das FBI sucht Sie.«

Gideon antwortete nicht, er wusste nur zu gut, was Dahlgren ihm alles angehängt hatte. »Der Mann, der hier war. Wo ist der hin?«

In diesem Augenblick hörte er das surrende Geräusch innerhalb der riesigen Klimaanlage, wo die Luftmassen umgewälzt wurden. Shanelle deutete wortlos zum anderen Ende des Raums, wo es eine Luke oder Zugangstür gab, die in das Gehäuse der Klimaanlage führte. Wilmot war offenbar in eine Röhre gekrochen und steuerte von dort aus die Anlage per Funk.

»Keine Bewegung!«

Gideon wirbelte herum. Shanelle Klotz zielte mit einer kleinen Pistole direkt auf seinen Kopf. Sie musste die Waffe irgendwo verborgen getragen haben, als Reserve im Fall einer Entwaffnung, war bislang aber nicht an sie herangekommen.

»Hören Sie«, sagte Gideon. »Er hat bereits den Gashahn aufgedreht. Wir haben vielleicht noch sechzig Sekunden, bevor das Zyanid sich ausbreitet.«

»Zyanid?«

»Er will es zerstäuben und verteilt es über die Klimaanlage im ganzen Gebäude.«

»Um Gottes willen.« Sie deutete auf den Behälter, der über die Leitung für das Kondenswasser mit der Anlage verbunden war. »Da ist genug drin, um alle Menschen oben im Saal zu vergiften.«

»Wir müssen was tun«, sagte Gideon. »Sie müssen mir vertrauen.«

»Aber die haben meine Kinder.«

Gideon schüttelte den Kopf. »Ihren Töchtern geht's gut. Tillman hat sie befreit.«

Die Agentin schaute sie mit weit aufgerissenen Augen an und wusste nicht, was sie davon halten sollte.

»Es ist eine lange Geschichte«, sagte Gideon. »Aber wir müssen jetzt etwas unternehmen.«

Shanelle Klotz hielt die Pistole noch einige Sekunden lang auf Gideons Kopf gerichtet, dann senkte sie den Arm.

»Los«, sagte sie.

ACHTUNDFÜNFZIGSTES KAPITEL

WASHINGTON, D.C.

Gideon kletterte in den dunklen Schacht hinauf. In der Ferne hörte er Alarmrufe und Kommandos der Sicherheitskräfte.

Die Röhren vibrierten, während die Luft in der Umwälzanlage sich erwärmte. Er wusste, dass in dem Moment, wo sie die richtige Temperatur erreichte, die Ventilatoren ansprangen und die mit Zyanid verseuchte heiße Luft durch das Röhrensystem im ganzen Gebäude verteilten. Er und Tillman wären die ersten Opfer. Ihre einzige Chance war, Wilmot zu erreichen, bevor es so weit war, und die Anlage herunterzufahren.

Gideon bewegte sich, so schnell er konnte, durch den Schacht voran. Tillman folgte ihm. Die Röhren waren ungefähr neunzig Zentimeter breit und ein Meter zwanzig hoch, und es gab Einkerbungen im Abstand von dreißig Zentimetern, um Fuß fassen zu können. Sie quälten sich in gebückter Haltung voran. Nach ungefähr fünf Metern kamen sie zu einer Abzweigung, wo mehrere Schächte in horizontaler Richtung abgingen. Gideon horchte, ob er aus irgendeiner Richtung Schritte hörte, aber das laute Dröhnen der Umwälzanlage übertönte alles. Kurz kam ihm ein eigenartiger Gedanke: Wenn er jetzt die nächsten fünfzehn bis zwanzig Sekunden ganz einfach nichts tat, dann würde er eine Phase seines Lebens beenden, die sehr erniedrigend für ihn gewesen war, und zwar auf eine sehr spektakuläre Weise. So schäbig wie Präsident Wade ihn behandelt hatte, wäre es zwar ein gerechtes, aber auch irgendwie perverses Ende der Geschichte.

Aber das war nur ein kurzer Gedanke. Gideon wusste, dass hier der nackte Wahnsinn am Werk war. Dieser irre Wilmot wollte den Tempel der Demokratie niederreißen, der hier seit über zweihundert Jahren stand. Es stimmte schon, dass vieles in diesem Tempel falsch lief, aber es würde ohnehin niemals eine absolut perfekte menschliche Institution geben. Jedenfalls nicht, bevor der Mensch selbst perfekt geworden war. Aber die amerikanische Demokratie war trotzdem noch immer die beste Regierungsform in der Menschheitsgeschichte.

Er spürte Tillman neben sich.

»Du gehst in diese Richtung«, flüsterte Tillman. »Ich gehe in die andere.«

Gideon nickte.

Tillman kroch ein Stück weit in die Röhre, dann hielt er an und drehte sich um. »Wenn du diesen Drecksack siehst, dann zögere keine Sekunde«, flüsterte er. »Töte ihn einfach.«

Dann wandte er sich wieder um und kroch weiter.

NEUNUNDFÜNFZIGSTES KAPITEL

WASHINGTON, D.C.

Dale Wilmot hätte beinahe laut aufgelacht. Die Sicherheitsleute hatten allen Anwesenden befohlen, im Saal zu bleiben. Genau das hatte er erwartet, und es war genau das Falsche.

Die in Panik verfallene Horde im Kongresssaal beruhigte sich allmählich wieder. Aber noch immer versuchten manche, aus dem Saal zu kommen, während die Sicherheitsbeamten den Präsidenten umringten.

»Bleiben Sie ruhig«, hörte er sie rufen. »Bleiben Sie ruhig! Hier drinnen sind Sie sicher!«

Das waren sie eben nicht, aber das wusste nur Wilmot allein. Jetzt, wo der große Moment gekommen war, hätte er ihn nur allzu gern in die Länge gezogen. Es kam ihm vor, als würde seine Seele aufbrechen und sich ausbreiten, während er eins wurde mit der historischen Mission, die er nun erfüllen durfte. Hatte Lincoln sich vor seiner großen Rede auf dem Soldatenfriedhof in Gettysburg so gefühlt? Hatten sich die Unterzeichner der Unabhängigkeitserklärung oder der Verfassung so gefühlt, als sie ihre Namen darunter setzten?

Das Gesicht seines Sohnes tauchte vor seinem geistigen Auge auf – nicht sein verstümmeltes Gesicht, sondern das hübsche Gesicht, mit dem er nach Afghanistan aufgebrochen war. Alles, was er getan hatte, hatte er für Evan getan, und eines Tages, da war er sich ganz sicher, würde sein Sohn die Bedeutung dieser Tat erkennen. Es war eine großartige Tat, und die Geschichte würde ihn gerecht beurteilen.

Die Box mit dem roten Knopf in der einen Hand, hob er triumphierend die Arme. In der Dunkelheit blitzte das Metall auf wie eine silberne Kugel, die durch die dunkle Nacht flog.

SECHZIGSTES KAPITEL

WASHINGTON, D.C.

Gideon kroch um eine Ecke herum und sah ihn. Der massige Mann hockte mit ausgebreiteten Armen in einem rechtwinkligen Bereich, die eine Hand an dem Knopf, der den Menschen oben im Saal den sicheren Tod bringen würde. Gideons einzige Chance war, ihm diese Box abzunehmen und die Umwälzanlage abzuschalten, bevor die Ventilatoren das Gas aufnahmen.

Er zielte auf die rechte Hüfte des Mannes und schoss. Es war nicht möglich, seinen Kopf anzuvisieren, also musste er ihn stückweise erledigen.

Dale Wilmot brüllte laut auf, als die erste Kugel ihn am Bein traf. Mit seinem unversehrten Bein schob er sich nach vorn, seine Hände umklammerten noch immer die Fernsteuerung.

Gideon schoss erneut, diesmal in den unteren Rücken.

Wilmot stöhnte auf, kroch aber weiter. Die Fernsteuerung hielt er weiterhin fest. Wenn Gideon ihn nicht stoppte oder innerhalb der nächsten dreißig Sekunden an die Fernsteuerung kam, dann war es für alle zu spät.

Er feuerte wieder.

Wilmot schien von den schweren Verletzungen, die er erlitt, unbeeindruckt. Er kroch weiter ins Dunkle, und nun war er nur noch als Schattenriss vor dem massigen Apparat der Umwälzanlage zu erkennen. Das Geschrei im Kongresssaal war wieder lauter geworden, als die Anwesenden die Schüsse hörten und merkten, dass direkt unter ihnen etwas im Gange war.

»Amerika!«, rief Wilmot aus. »Der Tag der Abrechnung ist gekommen!« Seine Worte hallten durch die Metallrohre.

Dann zersprang sein Hinterkopf, und er fiel auf den Boden des Schachts.

Gideon drehte sich um, während gleichzeitig sein Bruder an ihm vorbeihechtete. Tillman kroch in Windeseile voran und riss dem Toten die Fernsteuerung aus der Hand. Er drückte auf den Knopf, und die Umwälzanlage kam jaulend zum Stehen. Alles war jetzt still.

»Guter Schuss, Bruderherz«, sagte Gideon.

»Es sah so aus, als bräuchtest du Unterstützung.«

»Er brach schon zusammen. Ich hatte ihn fast erledigt.«

»Ich möchte aber doch festhalten, dass ich den finalen Schuss abgegeben habe. Ich bin der Held des Tages.«

»Noch ein Schuss von mir, und er wäre fertig gewesen.«

»Ich sagte doch gerade, dass ich den entscheidenden Schuss abgegeben habe. Der Präsident wird sich bei dir bedanken, aber ich bin derjenige welcher. Das ist das größte Ding meines Lebens.«

»Ich hatte eine schlechte Schussposition.«

»Ja, wie auch immer. Das sag ich doch.«

Sie brachen in lautes Gelächter aus und krochen zurück durch den Schacht zur Luke.

»Ich möchte an dieser Stelle auch noch mal festhalten, dass du für den Posten eines College-Professors nicht im Geringsten geeignet bist«, sagte Tillman.

»Wieso das denn?«, fragte Gideon.

»Ich hab dein Gesicht gesehen. Du liebst diesen Scheiß. Du magst solche Aktionen viel zu sehr.«

Gideon seufzte. Tillman konnte nur das blasse Aufschimmern seiner weißen Zähne in der Dunkelheit sehen, als er breit zu grinsen anfing. »Tja, vielleicht hast du ja recht.«

Sie lachten immer noch, als zwanzig schwer bewaffnete Männer sie zu Boden warfen und fesselten. Kate brauchte, unterstützt von Shanelle Klotz, ganze dreißig Minuten, um sie wieder freizubekommen. Aber Gideon war das egal. Er war glücklich, ganz still neben seinem Bruder sitzen zu dürfen, während jemand anderes die Verhandlungen führte.

EINUNDSECHZIGSTES KAPITEL

PRIEST RIVER, IDAHO

Nancy Clement saß auf dem Sofa von Hank Adams und schaute sich im Fernsehen an, wie Präsident Erik Wade zurück aufs Podium stieg. »Meine amerikanischen Landsleute, wir sind heute Zeuge eines außergewöhnlichen Ereignisses geworden, als versucht wurde, auf die gewählte und rechtmäßige Regierung der Vereinigten Staaten von Amerika einen Mordanschlag zu verüben. Das Attentat konnte verhindert werden. Doch selbst wenn alle Menschen hier in diesem Saal umgekommen wären, hätte der Anschlag keinen Erfolg gehabt. Auch wenn unsere Republik den einen oder anderen Makel hat, so kann sie doch nicht von einer Handvoll Extremisten zerstört werden. Sie ist viel zu stark, zu robust und meisterlich konstruiert. Wir – und damit meine ich alle, die sich hier versammelt haben – sind nur die ausführenden Organe des allgemeinen Willens. Und so wichtig wir uns im Einzelnen auch nehmen mögen, wir sind doch alle ersetzbar.«

Der Präsident warf einen prüfenden Blick ins Publikum. Auch wenn die Menge der Anwesenden sich deutlich verringert hatte, waren doch noch immer hunderte von Abgeordneten anwesend und wollten die Rede des Präsidenten hören.

»Nach dieser kurzen Vorrede«, fuhr Erik Wade fort, »möchte ich meiner gesetzlichen Pflicht nachkommen und den versammelten Vertretern des amerikanischen Volkes meine Rede zur Lage der Nation vortragen. Und ich habe nicht die Absicht, mich von irgendwelchen Möchtegernterroristen davon abhalten zu lassen.«

Damit erntete er tosenden Beifall, der fast fünf Minuten lang dauerte.

Hank Adams warf Nancy einen Blick zu und fragte: »Darf ich Ihnen etwas zu trinken anbieten?«

Nancy schaute ihn an und lächelte. Dabei merkte sie, dass sie irgendetwas an ihm überaus attraktiv fand. Er war vielleicht ein bisschen schräg drauf, aber war sie das nicht auch?

Erik Wade holte tief Luft und fuhr fort: »So ... bevor ich unterbrochen wurde, war ich gerade dabei, einiges über die zukünftige Energieversorgung unseres Landes zu sagen.«

»Wissen Sie was?«, sagte Nancy und legte ihr verletztes Bein auf das Sofa. »Wo Sie sowieso aufstehen wollten, könnten Sie das doch ausschalten. Ich glaube, ich habe ein für alle Mal genug von Reden zur Lage der Nation.«

EPILOG

WASHINGTON, D.C.

Gideon Davis und seine Frau Kate Murphy Davis standen im Oval Office und sahen zu, wie Präsident Erik Wade Tillman Davis die Freiheitsmedaille – die höchste zivile Auszeichnung der USA – an die Brust heftete. Neben ihm standen Nancy Clement und ihr Freund Hank Adams, außerdem Evan Wilmot und seine Krankenschwester Margie Clete. Alle sechs strahlten.

Präsident Wade ging zu seinem Schreibtisch zurück und sagte: »Normalerweise unterschreibe ich diese Dinger nur und gebe den Stift dann weiter an denjenigen, der die Auszeichnung bekommt, und anschließend mache ich mich davon, so schnell es geht. Aber heute muss ich zwei Dokumente unterzeichnen. Ich werde nicht alle Floskeln vortragen, die bei der Verleihung der Freiheitsmedaille angebracht sind. Sie wissen ja, was Sie geleistet haben, Mr Davis. Aber ich möchte Ihnen diese andere Sache hier gern vorlesen.«

Er nahm ein kräftiges Blatt Papier in die Hand und las vor.

»In Kenntnis der Tatsache, dass Tillman Davis wegen verschiedener Delikte im Zusammenhang mit der sogenannten Obelisk-Affäre verurteilt wurde, die während seiner Zeit als vertraglicher Mitarbeiter der CIA vorgefallen sind;

in Kenntnis der Tatsache, dass Tillman Davis degradiert wurde und ihm alle Privilegien als ehemaliger Angehöriger des Militärs der Vereinigten Staaten gestrichen wurden;

in Kenntnis der Tatsache, dass Tillman Davis den Vereinigten Staaten von Amerika lange und hingebungsvoll gedient hat;

in Kenntnis der Tatsache, dass Tillman Davis sich kürzlich in einem einmaligen mutigen und tapferen Akt um das Wohl der Bürger der Vereinigten Staaten verdient gemacht hat,

erlasse ich Tillman Davis alle von den Bundesgerichten ausgesprochenen Verurteilungen und verleihe ihm darüber hinaus wieder den Rang eines Master Sergeant der Armee der Vereinigten Staaten im Ruhestand und gebe ihm somit seine Pensionsberechtigung und die verdienten Privilegien zurück.«

Erik Wade unterschrieb das Dokument, ging auf Tillman zu und schüttelte ihm zum zweiten Mal die Hand. »Sie sind ein guter Soldat, Sergeant Davis«, sagte er. »Es tut mir leid. Ich hoffe sehr, dass dies hier all das ersetzen kann, was die Regierung Ihnen genommen hatte.«

»Vielen Dank, Mr President«, sagte Tillman mit starr nach vorn gerichtetem Gesicht, während die Tränen ihm über die Wangen liefen.

Nachdem sie das Büro des Präsidenten verlassen hatten, nahm Evan Gideon beiseite und reichte ihm den Brief, den er von seinem Vater bekommen hatte.

»Ich weiß nicht, was ich damit anfangen soll«, sagte er. »Soll ich es dem FBI geben?«

Gideon las den Brief. »Er wollte, dass Sie ihn behalten.«

»Aber darin wird nichts wirklich erklärt.«

»Er dachte, er hätte es damit getan.«

Evan dachte darüber nach. »Mein Vater war ein ziemlich komplizierter Mensch«, sagte er schließlich. »Aber ich glaube nicht, dass ich jemals verstehen werde, warum er das getan hat.«

»Gerade deshalb sollten Sie den Brief behalten.«

Evan nickte. »Vielleicht haben Sie recht.«

Gideon gab ihm den Brief zurück. »Viel Glück, Evan.«

»Vielen Dank, Mr Davis. Auch Ihnen viel Glück.«

Dann nahm Gideon Kates Hand, und sie verließen Evan und seine Krankenschwester. Mehr gab es nicht zu sagen, das wusste Gideon nur zu gut, und auch, dass kein Mensch das richten konnte, was zwischen einem Vater und einem Sohn schiefgelaufen war. Nur die Zeit – oder ein Bruder – konnte alles heilen.

DANK

Nach der Fertigstellung von »Peacemaker«, war ich recht kleinlaut. Einen Roman zu verfassen ist ein gewaltiges Unterfangen. Ihn zu schreiben, während man eine Karriere als Fernsehproduzent verfolgt, ist völlig verrückt. Ich werde meiner geduldigen und wunderschönen Frau Cami für immer dankbar sein, weil sie mir meine übertriebenen Ambitionen nie übel nahm, zumal sie ja ihren eigenen Neigungen nachgeht. Wir beide sind dennoch der Meinung, dass unser schönster gemeinsamer Erfolg unsere drei tollen Kinder Micah, Arlo und Capp sind.

Was wie ein Crashkurs in Sachen Buchpublikation begann, wurde schließlich dank Richard Abate zu einer regelrechten Ausbildung. Richard, ich verdanke dir eine Menge. Auch Rick Rosen, der ein toller Agent und ein noch besserer Freund ist. Vielen Dank für dein Wissen und dafür, dass du an mich geglaubt hast. Da diese Bücher von Brüdern handeln, bin ich besonders glücklich, dass meine beiden Brüder Lawrence und Richard zu meinen allerbesten Freunden gehören.

Ich danke meinem Assistenten, meiner rechten Hand und meinem Freund Jose Cabrera, der mir half, meine Tage zu organisieren. Ebenso Carlos Bernard, der Gideon und Tillman und den anderen Charakteren, die dieses Buch bevölkern, eine Stimme gegeben hat.

Dem gesamten Team bei Touchstone danke ich für seine Geduld und Professionalität. David Falk war ein Meisterstratege, als es darum ging, für diese Bücher ein Publikum zu finden. Und Stacy Creamer ist die Tollste von allen. Ihr inspirierender Enthusiasmus wirkt ansteckend und wird nur noch von ihrer Intelligenz und ihrem guten Geschmack übertroffen.

Zuletzt bin ich noch allen Autoren zu Dank verpflichtet, deren Arbeiten mir nicht nur unterhaltsame Stunden beschert haben, sondern die mich auch anregten, ihnen nachzueifern. Besonderer Dank gilt in diesem Zusammenhang Walter Sorells und Cameron Stracher. Ohne ihre großzügige Unterstützung und ihr Talent würde dieses Buch noch immer als unvollendete Datei auf meinem Laptop liegen.

Howard Gordon

arbeitet seit mehr als zwanzig Jahren als Drehbuchautor und Produzent in Hollywood und wurde bereits mit dem Emmy und dem Golden Globe Award ausgezeichnet. Er war Executive Producer der TV-Serien »24« und »Akte X« und ist Autor der internationalen Erfolgsserie »Homeland«. Howard Gordon lebt mit seiner Familie in Pacific Palisades, Kalifornien.

Mehr von Howard Gordon:

Peacemaker. Thriller (auch als E-Book erhältlich)

GOLDMANN
Lesen erleben